Gina Greifenstein

Paparazzo

Originalausgabe – Erstdruck

Gina Greifenstein

Paparazzo

Ein neuer Fall für Paula Stern

Ein Krimi aus der Pfalz

Schardt Verlag

Bibliographische Information der Deutschen Bibliothek:

Die Deutsche Bibliothek verzeichnet diese Publikation in *Der Deutschen Nationalbibliografie*; detaillierte bibliographische Daten sind im Internet über www.d-nb.de abrufbar.

Titelbild: Rainer Griese, Troisdorf
Autorenbild: Simone Jöst
Umschlaggestaltung: Medienagentur Mangoblau GbR, Oldenburg

1. Auflage 2013

Metzer Straße 10 A
26121 Oldenburg
Tel.: 0441-21 77 92 87
Fax: 0441-21 77 92 86
E-Mail: kontakt@schardtverlag.de
www.schardtverlag.de
Herstellung: Aalexx Buchproduktion GmbH, Großburgwedel

ISBN 978-3-89841-719-8

1.
Montag, 8.8.2011

Paula schaute wechselweise auf den kleinen Nummernzettel in ihrer Hand und auf die Nummernanzeige an der Wand gegenüber. Seit fast einer Stunde hockte sie jetzt hier und wartete ungeduldig darauf, dass sie endlich an die Reihe kam. Offenbar hatte sie sich einen schlechten Morgen ausgesucht, um ihr Motorrad umzumelden. Viel zu viele andere hatten offensichtlich die gleiche Idee gehabt wie sie.

Eigentlich hatte sie ja Zeit, heute war ihr freier Tag. Aber sie hatte Besseres zu tun, als hier zwischen schätzungsweise fünfundzwanzig ummeldefreudigen Menschen zu sitzen. Bei ihr warteten daheim noch unzählige Umzugskartons darauf, ausgepackt zu werden – der Umzug lag jetzt schon sechs Wochen zurück, aber sie kam einfach nicht dazu. Zudem strahlte draußen die Sonne von einem wolkenlos blauen Himmel herab – sie säße also jetzt lieber auf ihrer kleinen Honda als hier in diesem Raum voller verbrauchter Luft und Männerschweiß.

Wieder sah sie auf ihren Zettel mit der Nummer 97, um gleich darauf auf der Anzeigentafel unverändert Nummer 89 zu lesen. Mann, das ging ja gar nicht voran. Kein Wunder, denn jeder dritte Wartende hier hatte eine Tasche voller Nummernschilder bei sich – offenbar meldeten sie gleich mehrere Fahrzeuge für irgendwelche Autohäuser an.

Sie war tatsächlich die einzige Frau hier – anscheinend meldeten Frauen ihre Fahrzeuge nicht selbst an oder um. Sie wich den glotzenden Blicken einiger lästiger männlicher Artgenossen geschickt aus.

Da endlich: Nummer 90 erschien auf der Anzeigentafel – wenigstens ein kleiner Fortschritt! Einer der unangenehmsten Glotzer erhob sich und verschwand in Raum 2.

Paula überschlug in Gedanken, wie lange sie wohl noch hier sitzen musste – noch sechs kamen vor ihr dran – jeder brauchte zwischen zehn Minuten und einer Viertelstunde – Himmel, sie rechnete gar nicht erst fertig!

Ihr Handy klingelte in ihrer Lederjacke. Alle Blicke wandten sich ihr interessiert zu. Paula ignorierte das Klingeln – ha, sie würde diesen neugierigen Typen keine Chance zum Lauschen geben!

Der Glotzer kam wieder raus, zwinkerte ihr anzüglich zu, worauf sie sich nur mit Mühe beherrschen konnte, ihm nicht den Stinkefinger zu zeigen.

91.

Ein älterer Herr mit geschätzten zehn Schildern kam als Nächstes dran – das würde ewig dauern.

Noch einmal betrachtete sie das Zeitschriftenangebot auf dem Tisch in der Mitte des Raumes. Fast alles Auto-Zeitungen, was sie kein bisschen interessierte. Der Rest waren bunte Skandalblättchen, die sich einzig und allein um das Leben der Schönen und Reichen kümmerten – und das interessierte sie noch weniger.

Wieder das Handy in ihrer Tasche. Wieder diese neugierigen Blicke.

92.

„Ja, wollet Se net mol draagehe?" erkundigte sich ihr Nachbar.

„Wird schon nicht so wichtig sein", winkte Paula ab. Sie tippte eh auf einen Anruf ihrer Mutter, und die konnte sie später zurückrufen.

„Alla, des is jo Ihr Sach! Aber vun do sinn Se aascheinend nit, so wie Sie babble!" stellte er munter fest und deutete auf das Nummernschild auf ihrem Schoß. „Vun Minchen, nemm ich emol aa?"

Paulas erster Reflex war, das Nummernschild umzudrehen, aber dazu war es jetzt eh zu spät. Sie nickte nur unverbindlich.

„Ich wor aach emol in Minchen – uff'm Ogdoberfescht!" Er grinste selig bei der Erinnerung an diesen Höhepunkt seines Lebens. „Un Sie?" Sein seliger Moment hielt nur kurz an. „Hot Sie die Liwwe in der Palz aagschwemmt?"

Paula verstand nur Liebe und schüttelte den Kopf.

„Ach, donn beschdimmt der Dschobb! Is schu arich, wenn mer blooß weche der Aarwet umzieche muss. Des werd alleweil immer schlimmer!"

Als Paula nicht antwortete, bohrte er weiter: „Ei, was fer en Dschobb mache Sie denn, wenn mer frooche derf?"

93.

„Ich bin bei der Polizei", gab sie Auskunft und angelte sich nun doch eines dieser Schmierblättchen vom Tisch, in der Hoffnung, sich dahinter vor ihrem aufdringlichen Fragensteller verstecken zu können.

„Bei der Bolizei – ja wu denn dann? Mei ääner Neffe ist nämmlich aach bei der Bolizei!"

„In Landau", antwortete sie kurz.

94.

„Ach, des is awwer schaad, grad, wu mir uns so schää underhalde hawwe!" Sichtlich ungern erhob sich ihr Nachbar. „Ich bin näämlisch die Vieräneunzisch!" Wie zum Beweis hielt er ihr seinen Zettel vor die Augen. „War mir ään Vergnieche, Frau Bolizischdin!" Winkend verschwand er hinter Tür Nummer 1.

Paula vertiefte sich erleichtert in den Bericht über irgendeinen Presseball, auf dem irgendeine ihr völlig unbekannte Schauspielerin mit einem viel zu tief ausgeschnittenen Kleid mit dem Gatten einer hochschwangeren, ihr ebenfalls unbekannten Moderatorin viel zu eng getanzt haben soll. Und das interessierte tatsächlich einen Großteil der Weltbevölkerung? Dass man mit solchen Nachrichten überhaupt Geld verdienen konnte!

Angewidert warf sie die Zeitung zurück auf den Tisch.

95.

Eine Tasse Kaffee wäre jetzt nicht schlecht, dachte Paula sehnsüchtig. Und ein oder zwei süße Teilchen dazu! Ihr Magen begann unwillkürlich zu knurren.

96.

Sie sah auf die Uhr. Gleich zwölf. Mann, sie hatte einen ganzen Vormittag hier verbracht – kein Wunder, dass sie Hunger hatte.

97, endlich.

Sie schnappte sich ihren Helm und stürmte erleichtert in Anmelderaum Nummer 2.

Gerade, als die freundliche junge Angestellte ihre Daten aus ihrem Fahrzeugschein in den Computer eingab, klingelte ihr Handy erneut.

„Entschuldigen Sie bitte", murmelte sie und zog das Telefon hervor. ‚Keeser' verriet das Display. Was wollte der denn an ihrem freien Tag von ihr?

„Da muss ich leider rangehen, tut mir leid." Sie schickte ihrem Gegenüber ein um Verständnis heischendes Lächeln über den Schreibtisch. „Hallo, Lieblingskollege", meldete sie sich. „Was gibt es so Wichtiges, dass du mich an meinem freien Tag störst?"

„Mensch, Paula, wo treibst du dich denn rum? Ich hab schon ein paarmal versucht, dich zu erreichen", nörgelte Bernd Keeser in ihr Ohr.

„Ich bin in der Kreisverwaltung und melde mein Moped um."

Die Angestellte war anscheinend fertig mit der Datenerfassung und sah sie erwartungsvoll an.

„Komm sofort her", forderte ihr Kollege. „Wir haben einen neuen Fall – ein Toter in den Weinbergen."

„Vergiss es, ich bin nach Stunden des verzweifelten Wartens gerade zum Allerheiligsten vorgedrungen – mich trennen nur noch Minuten von einem neuen Nummernschild", antwortete sie schroff. „Warte mal kurz ..." Sie nahm das Handy vom Ohr, legte die Hand darüber und wandte sich der Angestellten zu, die sie geduldig ansah. Keesers Stimme kam jetzt als ein leises Krächzen zwischen ihren Fingern hervor.

„Wollen Sie einen bestimmten Buchstaben für Ihr Schild? Den Anfangsbuchstaben Ihres Namens zum Beispiel? – Das kostet dann aber ein paar Euro mehr.“

Paula überlegte kurz und schüttelte dann den Kopf. „Das ist mir vollkommen egal – das Schild darf nur nicht zu groß werden.“ Sie nahm das Telefon wieder ans Ohr. „He Keeser, kannst du nicht mal einen Moment die Luft anhalten?“

„Ich brauch dich hier und zwar schnell!“ Er dachte offenbar nicht im Traum daran, die Luft anzuhalten.

„Der Kerl ist doch tot, der wird mir schon nicht davonlaufen.“

Paula sah die junge Sachbearbeiterin erblassen und ängstlich zu ihr herübersehen. Ihre Kollegin am Nachbarschreibtisch hielt auch in ihrer Arbeit inne und starrte sie entsetzt an.

„Ich brauche hier vielleicht noch eine halbe Stunde, dann komme ich sofort, versprochen! Wo ist das?“ Sie angelte sich einen Stift vom Schreibtisch, und die Angestellte schob ihr eilfertig einen Zettel herüber.

Paula nickte ihr dankbar zu und schrieb mit, was Keeser ihr durchgab.

„Okay, wir sehn uns gleich.“ Sie klappte ihr Handy zu.

„Ich bin bei der Kripo – Mordkommission“, erklärte sie das seltsame Telefonat.

Die beiden Mädels lächelten erleichtert und widmeten sich wieder ihrer Arbeit. Paula bekam ihre Unterlagen und wurde in den Keller geschickt, wo sie ihr neues Schild bekommen würde.

Paula hatte schon die Klinke in der Hand, als sie sich noch einmal umdrehte. „Könnten Sie mir vielleicht noch sagen, wie ich von hier nach Schweigen komme?“

„Von hier aus wieder zurück nach Landau, dann rechts halten Richtung Bad Bergzabern“, kam die Antwort wie aus der Pistole geschossen. „Immer geradeaus und dann vor Bergzabern auf die Umgehungsstraße Richtung Straßburg. Dann landen Sie automatisch in Schweigen.“

„Dort ist das Deutsche Weintor, gar nicht zu verfehlen“, fügte ihre Kollegin freundlich hinzu.

Von da an ging alles zügig. Wenig später hielt sie ihr neues Nummernschild in den Händen. Etwas wehmütig entwertete sie ihr Münchener Nummernschild mit einer Art Fräse. Sie zögerte kurz, ob sie es wirklich in die Altmetalltonne werfen sollte. Sie könnte es ja als Andenken an ihre Jahre in München aufheben – doch was würde aus diesem Andenken werden? Genau: eines schönen Tages würde sie dieses Schild doch wegwerfen ... dann konnte sie es auch gleich tun. Beherzt öffnete sie den Deckel, und das Andenken an München verschwand auf Nimmerwiedersehen in den Tiefen der Tonne.

Als sie die Zulassungsstelle endlich mit ihrem neuen Schild verließ, überlegte sie kurz, ob sie es noch anschrauben oder doch lieber gleich nach Schweigen fahren sollte. Keeser hatte immerhin ziemlich gedrängelt. Kurzentschlossen stopfte sie das Nummernschild in den Rucksack, schwang sich auf ihr Motorrad und machte sich auf den Weg Richtung Frankreich.

Schweigen und das Weintor fand sie auf Anhieb. Sie fuhr in den Ort hinein und wieder zurück, aber ein größeres Polizeiaufkommen, das auf einen Tatort hinweisen würde, sah sie nicht. Also stellte sie ihre Maschine direkt vor dem Tor ab und rief Keeser an. Sie betrachtete das beachtliche Bauwerk genauer, während sie darauf wartete, dass der Klingelton an ihrem Ohr der Stimme ihres Kollegen wich.

„Wo bleibst du denn?" schnauzte diese ihr unsanft entgegen.

„Ich stehe genau an diesem Weintor – wo, verdammt, seid ihr?" erwiderte sie ebenso wenig freundlich.

„Fahr noch ein Stück weiter Richtung Frankreich, da steht rechts am Ortsausgang der alte Grenzposten – und davor geht ein Weg in die Weinberge. Mach hinne!" Er hatte schon wieder aufgelegt.

„Ja, ich freu mich auch schon sehr auf dich", murmelte Paula und setzte ihren Helm wieder auf.

An besagter Abzweigung stand dann auch unübersehbar ein Einsatzwagen der Kollegen von der Polizei, die die Zufahrt zum Tatort für Unbefugte absperrten.

Auch Paula hielten sie an.

„Ich bin vom K 9 – der Kollege Keeser ist schon vor Ort und erwartet mich", teilte sie dem Beamten mit, der sofort auf sie zutrat, als sie abzubiegen versuchte.

Er sah sie prüfend an, doch bevor er etwas sagen konnte, sprang ein jüngerer Kollege herbei.

„Des is doch die Fraa Kommissar, die kannscht durchlosse", klärte er den Älteren mit wichtiger Miene auf.

Paula erkannte den ansonsten sehr schüchternen Polizeimeisteranwärter kaum wieder.

„Hallo Berger", begrüßte sie ihn durch das geöffnete Visier. „Wie geht's Ihnen?"

Augenblicklich wurde der junge Mann rot bis in die Haarwurzeln. Paula musste grinsen, was er zum Glück unter dem Helm nicht sehen konnte.

„Der Herr Keeser ist aach scho do“, sagte er verlegen.

Paula gab leicht Gas und fuhr an dem Einsatzwagen vorbei.

„Fraa Schtern, sie hawwe ja gar kä Nummernschild!“ hörte sie ihn noch hinter sich herrufen.

Kurz darauf ließ sie die letzten Häuser hinter sich. Sie folgte einer schmalen Straße, die links und rechts von endlos scheinenden Weinrebenreihen gesäumt war. Dann tat sich vor ihr eine Pfütze auf, groß wie ein See, die die Straße auf etwa fünfzehn Metern verschluckte.

Sie erinnerte sich, dass es die ganze Nacht geregnet hatte, und das hier war wohl das Ergebnis. Widerwillig hob sie die Füße hoch und fuhr langsam durch das Wasser. Klasse, wo sie so gerne Motorrad putzte!

Der Weg machte einen großen Rechtsbogen. Und dann sah sie schon mehrere Einsatzfahrzeuge der Polizei, den Wagen der Gerichtsmedizin sowie Keesers Dienstwagen und beim Näherkommen ein weiteres weiß-blaues Fahrzeug, das sie keiner ihr bekannten Behörde zuordnen konnte. *Police municipale* stand auf der Seitentür – sie tippte auf französische Polizei. Was die hier wohl verloren hatten?

Sie stellte ihr Motorrad ab und näherte sich dem Tatort.

Werner Dreißigacker kam ihr mit vollen Händen entgegen – anscheinend war die Kriminaltechnik mit ihrer Arbeit schon fertig. „Sie werden schon sehnsüchtigst erwartet.“ Sein breites Grinsen verschwand fast in seinem buschigen Schnauzbart. Bestimmt wünschte sich der Techniker, dass seine Haare auf dem Kopf genauso buschig wären wie seine Gesichtsbehaarung, dachte Paula. Sie war froh, kein Mann zu sein, denn die meisten bekamen recht früh schwindendes Haar, wenn nicht gar eine Glatze.

Beim Näherkommen erkannte sie sofort ihren Kollegen, der die anderen weit überragte. Er hatte keinerlei Probleme mit dem Kahlwerden – seine dunklen Haare mit den grauen Strähnen, die Männer angeblich so interessant machten, waren noch dicht und standen ihm auch heute wieder ungebändigt, weil völlig frisurlos, vom Kopf ab.

„Na, endlich!“ Er winkte ihr über die Köpfe der andern hinweg zu.

„Du tust ja gerade so, als ob ihr ohne mich nicht zurechtkämt.“ Sie nickte den Anwesenden zu. „Grüß Gott, meine Herren.“

„Du kennst doch sicher das Buch ‚Nicht ohne meine Kollegin‘? War damals ein Bestseller, wurde sogar verfilmt. Erstens sollst du dir selbst ein Bild von der Sache machen, und zweitens müsste ich dir sonst alles haarklein erzählen.“ Keeser trat zur Seite, damit sie die „Sache“, also die Leiche, sehen konnte.

Neben dieser kniete Andreas Knopp, der Gerichtsmediziner, der grüßend die Hand hob.

„Hieß das Buch nicht ‚Nicht ohne meine Tochter‘?“ Paula trat näher.

Ein Mann lag langgestreckt zu ihren Füßen. Sein hellblondes Haar war raspelkurz geschnitten, seine Haut war sehr hell und übersät mit großen Sommersprossen. Bestimmt hatte er sein Leben lang Probleme mit der Sonne gehabt. Auch die Augenbrauen waren blond, fast weiß, ebenso die Wimpern. Für einen Mann hatte er mädchenhaft geschwungene, sehr ausgeprägte Lippen, fast wulstig. Er war genau der Typ Mann, der ihr überhaupt nicht gefiel. Bekleidet war er mit einem dunkelblauen Anzug und einem blau-weiß gestreiftes Hemd. Keine Krawatte. Die dunkelbraunen eleganten Lederslipper an seinen Füßen waren dreckverkrustet.

„Weiß man schon, wer das ist?“ Sie sah fragend in die Runde.

Kopfschütteln und Schulterzucken. Die beiden Kollegen von der französischen Polizei schlossen sich wortlos ihren deutschen Kollegen an.

„Käne Babbiere, mir hän alle Dasche durschgeguggd – ewenduell en Raubiwwerfall“, brach endlich einer das kollektive Schweigen.

„Polizeiobermeister Becker, ich grüße Sie! Und wie würde das wohl mein geschätzter Dolmetscher übersetzen?“ Paula sah Keeser an.

„Wir fanden bei dem Toten keinerlei Papiere, eventuell ein Raubüberfall“, kam die Übersetzung prompt.

„Dann also auch kein Handy?“

„Auch kein Handy.“

Keeser deutete auf die linke Hand des Opfers. „Seinen Ehering haben sie dann aber vergessen. Könnte gut sein, dass der Mörder alles verschwinden lassen wollte, was uns die Identität des Mannes verraten könnte, und vielleicht wurde er dabei gestört.“

„Was macht ein Mann in diesem Aufzug wohl mitten in den Weinbergen? – Wandern ja wohl eher nicht.“ Sie zeigte auf die ruinierten Schuhe. „Wie lange ist der Gute denn schon tot?“ Sie ging neben Knopp in die Hocke und befühlte mit zwei Fingern einen Anzugärmel des Toten. „Wohl noch nicht so lange, höchstens ein paar Stunden“, schlussfolgerte sie. „Der Pfütze da unten nach zu urteilen hat es hier auch die ganze Nacht geregnet, aber seine Kleidung ist so gut wie trocken.“

„Gut beobachtet! Und noch keine Leichenstarre“, sagte der Mediziner. Zum Beweis hob er den rechten Arm des Leichnams und bewegte ihn. „Also noch keine zwölf Stunden. Aufgrund der Temperaturmessung tippe ich auf sieben Uhr heute Morgen, plus minus eine halbe Stunde.“

„Wann wurde denn die Polizei benachrichtigt?“ Paula sah Keeser an. Der wiederum blickte auffordernd hinüber zu seinen französischen Kollegen.

„Um ‘alb acht ‘eute Morgön“, sprachen beide wie aus einem Munde die ersten Worte, seit sie hier war – und das mit dem typischen Akzent, mit dem Franzosen Deutsch zu sprechen pflegen. Das stimmte genau mit Knopps Berechnungen überein.

„Und wer hat ihn gefunden?“ wollte sie dann wissen.

„Zwei polnische Erntehelfer.“ Keeser deutete auf zwei verlegen rumstehende Männer in Arbeitsklamotten. „Becker hat sie schon befragt. Sie wollten im Nachbarwingert dort drüben das Gras sensen und sind hier über die Leiche gestolpert.“

„Sie sollen ja nicht weggehen, damit wir auch noch mit ihnen sprechen können!“ ordnete sie an. „Todesursache?“ war ihre nächste routinemäßige Frage, obwohl sie sich aufgrund der bläulich verfärbten Zunge, die zwischen den leicht geöffneten blassen Lippen zu sehen war, recht gut vorstellen konnte, wie der Ärmste gestorben war.

Knopp hob eines der Lider des Toten. Sie blickte in ein wasserblaues Auge mit trüber Pupille, ein eindeutiges Zeichen, dass der Tod vor über zwei Stunden eingetreten sein musste.

„Einblutungen in den Augen – ich tippe auf Tod durch Strangulieren“, bestätigte Knopp gleich darauf ihre Vermutung.

„Womit?“

Der Gerichtsmediziner schüttelte ungläubig den Kopf und drehte sich um. „Keeser, du scheinst keinen guten Einfluss auf deine junge Kollegin zu haben – die ist schon genauso ungeduldig wie du.“ Er stand auf und winkte zwei seiner Mitarbeiter heran. „Einpacken!“ befahl er, worauf diese eine Trage und einen Leichensack aus dem Transporter holten.

„Genaueres wie immer NACH der Obduktion, meine Liebe“, sagte Knopp ruhig und schenkte Paula einen eindringlichen Blick über die Ränder seiner Brillengläser hinweg.

„Was ist mit der Kriminaltechnik? Sind die schon fertig?“ wollte Paula wissen.

„Hier bei der Leiche ist alles aufgenommen, jetzt wird die nähere Umgebung noch nach eventuellen Spuren abgesucht. Bisher wurde aber noch nichts Brauchbares gefunden.“

Paula hatte die beiden Leute in weißen Schutzoveralls, die gebückt zwischen den Rebenreihen umhergingen und jedes Blatt umdrehten, schon bei ihrer Ankunft gesehen.

„Anzeichen eines Kampfes?“

Knopp zog seine Gummihandschuhe mit lautem Schnalzen von den Fingern. „Nichts Offensichtliches – keine Verteidigungs- oder Abwehrspuren an dem Toten. Keine eindeutigen Spuren am Boden, die auf eine Rangelei oder einen Kampf hindeuten. Allerdings ein paar Schuhabdrücke in der nassen Erde zwischen den Reben – die können ja aber gut und gerne auch von einem Winzer oder den Arbeitern sein, die ihn gefunden haben. Wir haben alle Abdrücke abgenommen. Aber es ist ja auch noch etwas früh für Ergebnisse, finden Sie nicht auch, geschätzte Kollegin?“

Knopps Leute setzten die Trage neben der Leiche ab.

„Stopp, liegen lassen!“ rief Paula, worauf die beiden erschrocken zur Seite wichen. „Die Leiche ist bewegt worden!“

„Meinst du?“ fragte Keeser, und Paula fand, dass das irgendwie scheinheilig klang.

„Das sind doch eindeutig Schleifspuren.“ Sie zeigte auf unübersehbare Furchen im nassen Gras. „Die muss Dreißigacker doch auch bemerkt haben!“

„Was muss ich bemerkt haben?“

Sie sah zu dem Kriminaltechniker auf, der sich gerade neben Keeser stellte und neben diesem wie ein Zwerg wirkte. Wie ein kleiner, dicker Zwerg.

Aus dem Augenwinkel heraus sah sie dabei zufällig, wie Keeser und die beiden Franzosen Blicke wechselten.

„Was machen denn eigentlich unsere französischen Kollegen hier?“ stellte sie daraufhin die Frage, die sie schon seit ihrer Ankunft im Weinberg beschäftigte.

„Nun, das hier ist Grenzgebiet“, druckste Keeser herum.

Paulas Blick wanderte den Weinberg hinab. „Dort drüben beginnt also schon Frankreich?“

Keeser hüstelte. „Eigentlich beginnt hier schon Frankreich.“

„Wie *hier*?“

„Na hier, genau neben der Leiche – dort drüben ist der Grenzstein.“

Paulas Blick folgte seinem ausgestreckten Zeigefinger und blieb ein paar Meter weiter an einem Sandsteinbrocken am Wegesrand hängen.

„Ja, und?“ Sie schaute die drei fragend an.

Knopp neben ihr kramte geschäftig in seiner Tasche herum, seine Mitarbeiter steckten sich jeder eine Zigarette an. Dreißigacker untersuchte auffällig konzentriert seine Fingernägel.

„In welchem Land liegt der Tote denn nun?“ Während sie das fragte, ahnte sie schon, wie die Antwort darauf lauten würde.

Wie erwartet, sagte Keeser: „Jetzt in Deutschland."

„Willst du mir damit sagen, dass er vorher nicht auf deutschem Boden lag?" fragte Paula ungläubig.

„Nicht ganz ..."

„Nicht ganz?" Sie sah von einem zum anderen.

„Na ja, nur zur Hälfte halt." Keeser sah sie prüfend unter seinen buschigen Augenbrauen hervor an.

Paula schnappte nach Luft. „Und da habt ihr ihn einfach mal schnell nach Deutschland rübergezogen?"

Stummes Nicken um sie herum.

„Nee, oder?!" Sie konnte es nicht glauben.

Keiner sagte etwas.

„Aber warum denn?"

„Wegen der Zuständigkeit. Die Kollegen hier sind von der Gemeindepolizei und nicht für derartige Fälle zuständig. Man hätte also die *Police nationale* hinzuziehen müssen", begann Keeser schließlich zu erklären. „Und wir sind nach eingehender Beratung zu dem Schluss gekommen, dass es viel einfacher für alle Beteiligten ist, wenn nur eine Behörde in diesem Fall ermittelt ..."

„Sowas geht ja wohl nur in der hinterletzten Pampa!" stieß Paula hervor. „Und warum habt ihr den armen Kerl dann nicht nach Frankreich verfrachtet?" fragte sie angriffslustig. „Das wäre auf jeden Fall einfacher für UNSERE Behörde gewesen!"

„Wir gehen davon aus, dass der Tote deutscher Staatsbürger ist ...", fuhr Keeser kleinlaut fort, was Paula von ihm gar nicht gewöhnt war.

„Ach, ja? Und wie seid ihr, bitteschön, so ganz ohne Ausweispapiere zu diesem Schluss gekommen?"

„Anzug: deutsches Fabrikat. Hemd ebenfalls. Schuhe auch."

„Gewagte Theorie, meine Herren – hoffentlich hat das kein Nachspiel. Kollege Dreißigacker, was sagen denn Sie dazu?" wandte sie sich hilfesuchend an den Mann vom Kriminallabor.

„Ich glaube, Sie haben Ihr Nummernschild verloren."

„Falsche Antwort! Einen Versuch haben Sie noch!" Paula musste sich sehr anstrengen, angesichts dieser Provinzposse nicht zu lachen. Unwillkürlich musste sie an „Das königlich bayerische Amtsgericht" denken, eine Vorabendserie aus ihrer frühesten Jugend, in der genau solche aberwitzigen Fälle vor einem ebenso aberwitzigen Provinzgericht verhandelt wurden.

„Der Mann ist tot – für die Ermittlungen ist nicht relevant, in welchem Land er gestorben ist. Wir werden ermitteln wie immer und den Täter überführen ...“ Er wollte anscheinend ‚wie immer‘ sagen, unterließ es aber.

„Und wenn sich herausstellt, dass unser Toter Franzose ist?“ Paulas Stimme klang noch immer gereizt.

„Dann werden wir die französischen Behörden mit in die Ermittlungen einbeziehen“, sagte Keeser besänftigend.

„Und wenn wir herausfinden, dass der Mörder französischer Staatsbürger ist?“

„Auch dann, Paula. Bisher haben wir das ja auch immer geschafft.“

„Immer? Soll das heißen, ihr schiebt regelmäßig Leichen über irgendwelche Ländergrenzen? Knobelt ihr vielleicht sogar darum?“

„Mann, Paula, jetzt gib doch endlich Ruh! WIR ermitteln, und damit basta!“ Keeser wollte endlich diese leidige Diskussion beenden. „Kannst ja Beschwerde einlegen, wenn du unbedingt willst – ich will jetzt auf jeden Fall mit der Arbeit anfangen. Wenn wir noch lange hier herumstreiten, fängt der Gute noch zu stinken an.“

Was gar nicht so weit hergeholt war, denn es war inzwischen wieder richtig heiß geworden. Sie nahm den Rucksack ab und zog die viel zu warme Lederjacke aus. Sie legte den Kopf in den Nacken, schloss die Augen und überlegte kurz. Dann gab sie schließlich Knopps Leuten Zeichen, dass sie die Leiche abtransportieren konnten. Kopfschüttelnd stand sie daneben und sah zu, wie der Leichensack geschlossen und unter Knopps Geleit abtransportiert wurde.

Dreißigacker verabschiedete sich, und auch die französischen Beamten gingen zu ihrem Fahrzeug.

„Das darf ich keinem erzählen“, seufzte Paula, als nur noch Hans Becker bei ihnen stand.

„Was ist mit deinem Nummernschild?“ wechselte Keeser das Thema.

Sie rollte genervt mit den Augen und deutete auf den Rucksack. „Da drin, ich hatte ja keine Zeit, es anzuschrauben.“

„Es ist verboten, ein Kraftfahrzeug ohne amtliches Kennzeichen auf öffentlichen Straßen zu bewegen“, belehrte er sie schmunzelnd.

„Es ist sicherlich auch verboten, Leichen einfach mal schnell über öffentliche Staatsgrenzen zu bewegen!“ fauchte sie.

„Es war doch nur eine halbe Leiche ...“ Seine Augen funkelten spitzbübisch.

Jetzt musste sie doch grinsen. „Wo bin ich hier nur hingeraten?!“

Keeser sah an ihr vorbei, in die Richtung, aus der sie vorhin gekommen war, und verzog das Gesicht. „Ach, herrje, die hat mir gerade noch gefehlt!“ brummte er nicht gerade begeistert.

Paula drehte sich um und sah, wie Staatsanwältin Marianne Renner am Wagen der Gerichtsmedizin mit Knopp sprach. Gerade wurde der Leichensack geöffnet, damit sie einen Blick auf den Toten werfen konnte. Als sie damit fertig war, kam sie hüftschwingend auf sie zugestöckelt. Sie trug wie immer ein eng sitzendes Kostüm, heute in feuerrot, und farblich passende hochhackige Pumps dazu – und sie sah wie immer hinreißend darin aus, fand Paula. Renners kastanienbraune Locken wippten in Form eines Pferdeschwanzes bei jedem ihrer energischen Schritte hin und her ... und augenblicklich kam sie sich in ihrer Lederkombi und den klobigen Motorradstiefeln schrecklich plump dagegen vor.

„Ohoh“, entfuhr es Becker angesichts der nahenden Bedrohung, und auch er machte sich aus dem Staub.

„Was Staatsanwältin Renner wohl zu eurem kleinen Grenzverkehr sagt?“ stichelte Paula.

„Sie muss es ja nicht unbedingt erfahren ...“

„Ist das Ihr Motorrad, das da vorne ohne Nummernschild rumsteht?“ waren die Begrüßungsworte der Staatsanwältin. „Sie wissen schon, dass das nach Strafgesetzbuch eine Straftat ist?“ fuhr sie fort, ohne eine Antwort abzuwarten. „Aber da Sie ja offensichtlich im Einsatz sind, kann man eventuell darüber hinwegsehen – kommt auf den Staatsanwalt an, der die Sache bearbeitet ...“ Ihr Blick glitt über die Weinberge hinüber zu den Hügelkuppen, die einen aufgrund ihres Baumbestandes glauben machen könnten, man sei in der Toskana. „Mein Gott, ist das schön hier!“ Tief atmend blieb sie bei den Kommissaren stehen.

„Was verschafft uns denn die Ehre Ihres Besuches?“ erkundigte sich Keeser säuerlich. „Sind Sie beim Wandern etwa zufällig hier vorbeigekommen?“

„Das ist mein Fall – ist doch logisch, dass ich mich mal an Ort und Stelle umsehe, oder?“ Sie betrachtete die weißen Umrisse, die die Kriminaltechnik um den vormals am Boden liegenden Toten gesprüht hatten. „Und Sie sind sicher, dass der Körper auf deutschem Boden liegt?“

Paula wollte gerade zu einer Antwort ansetzen, als Frau Renner schon weitersprach: „Es ist nämlich immer so schrecklich kompliziert, wenn die Behörden von zwei verschiedenen Ländern an einem Fall arbeiten müssen.“

Keeser stieß seine Kollegin unsanft mit dem Ellenbogen an, worauf diese den Mund wieder schloss und schwieg.

„Definitiv deutscher Boden!“ bestätigte Keeser unverfroren mit dem Brustton der Überzeugung. „Knapp zwar, aber doch eindeutig – gleich dort drüben ist der Grenzstein.“

„Gut. Und, was wissen wir bis jetzt?“ Wieder wanderte der Blick der Staatsanwältin über die toskanaähnlichen Erhebungen jenseits der Grenze. „Jemand von hier? Oder ein Tourist?“

„Wir wissen noch gar nichts über den Toten, am besten, wir klappern mal alle Hotels und Pensionen in der Umgebung ab, vielleicht erkennt ihn ja jemand“, antwortete Keeser eilfertig.

„Da liegt was ...“ Die Staatsanwältin machte zwei Schritte von dem befestigten Wirtschaftsweg ins Gras, auf die Stelle zu, wo bis vor Kurzem noch der Leichnam gelegen hatte. Augenblicklich versank sie mit ihren hohen Absätzen in der aufgeweichten Erde.

Keeser trat geistesgegenwärtig zu ihr und hielt sie am Arm fest, damit sie nicht stürzte.

„So ein Mist!“ fluchte Renner wenig damenhaft und zog – auf Keesers hilfsbereiten Arm gestützt – die Schuhe mit schmatzendem Geräusch wieder aus dem Erdreich. Sie ließ sich von ihrem unerschrockenen Retter zurück auf sicheren Boden führen. Ohne ein Wort des Dankes betrachtete sie mit grantig zusammengezogenen Augenbrauen ihre dreckverschmierten Pumps. „Verdammt, ich hab gleich einen Termin vor Gericht – wie sieht das denn jetzt aus!“

Keeser grinste verstohlen, während sich Paula nach dem bückte, was die Renner bewogen hatte, den geteerten Weg zu verlassen. Ein Stück schwarzes Plastik, hart und spitz, sah aus wie ein Splitter von ... tja, von was?

Keeser kramte eines seiner Beweismitteltütchen hervor und hielt es ihr auf.

„Hmm“, machte er nur, als er das Fundstück von allen Seiten betrachtete. „Na, Dreißigacker wird schon herausfinden, was das ist“, fügte er zuversichtlich hinzu und steckte die Tüte in seine Jacketttasche.

„Was halten die Damen von einem schönen Mittagessen?“ wechselte er abrupt das Thema. „Ein leerer Bauch ermittelt nämlich nicht gerne.“

„Keine Zeit“, murmelte die Staatsanwältin und besah sich immer noch ihre versauten Schuhe. „Ich sollte wirklich mal ein paar Gummistiefel in meinem Kofferraum deponieren.“ Sichtlich angefressen machte sie sich auf den Weg zu ihrem Auto.

„Sieht bestimmt extrem scharf aus – die Renner in ihren sexy Kostümen und dann Gummistiefel dazu“, flüsterte Paula ihrem Kollegen zu.

„Bestimmt besser als mein sexy Kostüm mit versauten Pumps, wie jetzt gerade, meine Liebe“, kam die Antwort prompt.

Verdammt, sie hatte alles verstanden. „Wir sehen uns, meine Herrschaften!“ Die Staatsanwältin winkte ihnen, ohne sich dabei umzudrehen, kurz zu und stakste weiter.

„Ich dachte, du magst sie nicht?“ Paula wartete mit dieser Frage, bis die Renner im Auto saß und sie ganz sicher nicht mehr hören konnte.

„Mag ich ja auch nicht“, erwiderte Keeser.

„Warum lädst du sie dann zum Essen ein?“

„Du hast doch ihre Schuhe gesehen – damit geht so ne aufgetakelte Tussi doch ganz sicher nicht in ein Lokal. Außerdem hat sie gesagt, sie hätte gleich einen Gerichtstermin – meine Einladung war also völlig gefahrlos.“ Er grinste frech. „Die fass ich noch nicht mal mit der Kneifzange an.“

„Ich bin noch immer der Meinung, dass ihr wunderbar zusammenpassen würdet.“

„Hör mir bloß damit auf, das nervt langsam! – Und jetzt zu den beiden ehrlichen Findern.“ Er ging auf die zwei Polen zu, die ihm mit sichtlich ungutem Gefühl entgegensahen.

Paula folgte ihm. Keeser stellte sich und seine Kollegin vor und erfragte im Gegenzug deren Namen. „Pavel und Tomasz“, wurde ihnen bereitwillig mitgeteilt, die Nachnamen verstand Paula nicht und vergaß sie deswegen gleich wieder.

„Sprechen Sie deutsch?“ vergewisserte sie sich.

Die beiden lächelten breit und nickten synchron.

„Gut“, freute sie sich. „Also, Pavel, Sie haben die Leiche heute Morgen gefunden – haben Sie irgendetwas angefasst?“

Der Angesprochene zog nur fragend die Augenbrauen in die Höhe und sah seinen Kollegen Tomasz hilfesuchend an.

„Sie sprechen also doch nicht deutsch“, schlussfolgerte Keeser stöhnend. Das würde also nicht einfach werden. Wie hatte das Becker nur geschafft, eine Aussage von den beiden zu bekommen? Er gab den Arbeitern Zeichen, sie mögen ihm folgen. Bei den weißen Umrissen, in denen noch vor Kurzem die Leiche gelegen hatte, machte er halt und zeigte auf den Boden.

„Toter Mann.“

Pavel nickte heftig. „Toter Mann, ja! Wir finden!“ Er deutete auf seinen Kollegen und sich selbst.

„Haben Sie den Mann angefasst?“

Wieder ratloses Schweigen.

Keeser ergriff Paulas Arm und zerrte demonstrativ daran. „Den Mann angefasst?“

Die beiden schienen endlich zu verstehen und schüttelten die Köpfe. „Nix angefasst! Nix angefasst!“ beteuerte Pavel. „Chef angerufen!“ Er hielt den beiden Kommissaren sein Handy vor die Augen.

„Nummer von Chef?“ Mit einer schwachen Hoffnung zeigte Paula auf das Handy in seiner schwieligen Hand. Pavel schien sie nicht zu verstehen. Aber Tomasz. Er nahm das Handy, suchte die betreffende Nummer aus dem Adressbuch heraus, drückte ein paar Tasten und gab ihr das Telefon.

Paula hörte es am anderen Ende tuten, dann wurde abgenommen, und eine männliche Stimme sprach ihr polnische Worte ins Ohr. Ihre Hoffnung sank. „Sprechen Sie deutsch?“ fragte sie trotzdem.

„Wer ist denn da?“ fragte wiederum ihr Gesprächspartner überrascht und in schönstem Deutsch. „Und was ist mit Pavel?“

„Hier spricht Paula Stern von der Kripo Landau – und wer sind Sie, wenn ich fragen darf?“

„Ich bin Pavels Vorarbeiter, Jochen Seiter. Was ist mit Pavel? Haben Sie ihn etwa verhaftet?“

„Warum sollten wir das denn tun? Hat er sich denn was zuschulden kommen lassen?“ stellte Paula die Gegenfrage.

„Was weiß denn ich? Sie sind doch von der Kripo, das müssten Sie doch wissen.“

„Nein, wir haben ihn nicht verhaftet, und wir haben das auch nicht vor“, beruhigte Paula den besorgten Vorarbeiter. „Wir haben hier nur ein paar Verständigungsprobleme, und ich hoffe, Sie können uns eventuell etwas helfen ... wann hat er heute Morgen bei Ihnen angerufen?“

„Kurz nach sieben, Viertel nach sieben, so um den Dreh – ich hab dann gleich bei der Polizei angerufen. Stecken die beiden etwa in Schwierigkeiten?“ wollte er erneut wissen.

„Bisher nicht – was hat er Ihnen am Telefon gesagt?“

„Dass er und Tomasz einen Mann im Weinberg gefunden haben, dass er sich nicht mehr bewegt und wahrscheinlich tot ist, das war alles.“

„Herr Seiter, könnten Sie uns ein bisschen beim Übersetzen helfen?“

„Klar.“

„Können Sie Ihre Männer fragen, ob sie irgendetwas gesehen haben – oder irgendjemanden?“ Sie gab Pavel das Telefon.

Der hörte in den Hörer hinein und sprudelte dann in seiner Landessprache die Antwort heraus.

Paula nahm das Handy wieder und lauschte Seiters Übersetzung. „Er sagt, sie hätten nichts gesehen, sie waren aber auch viel zu aufgeregt – man findet ja nicht jeden Tag eine Leiche. Danach hätten sie auf das Eintreffen der Polizei gewartet."

„Wie lange arbeiten die beiden schon für Sie?"

„Ach, herrje, was Sie alles wissen wollen." Er schien zu überlegen. „Bestimmt schon die elfte oder zwölfte Saison, sie kommen jedes Jahr wieder, und ich hatte nie Ärger mit ihnen. Beide hatten noch nie mit der Polizei zu tun. Sie sind fleißig, zuverlässig und vor allem – sie trinken beide keinen Alkohol. Sonst noch Fragen?"

Paula ließ sich noch seine Adresse geben, bevor sie das Gespräch beendete und Pavel das Handy zurückgab.

„Alles gut", sagte sie freundlich lächelnd und gab den Männern zu verstehen, dass sie gehen könnten.

„Alla tschüss", sagten die dann erleichtert und gingen den Weg zum Dorf zurück.

„Können kaum einen Brocken Deutsch – aber alla tschüss! Verrückte Welt!" Keeser stumpte sie in die Seite. „Die können fast mehr Pfälzisch als du."

„Haha. Die zwei scheinen anständige Kerle zu sein, kommen seit Jahren auf den gleichen Winzerhof", teilte Paula dem Kollegen mit.

„Wenn die was mit dem Tod unseres Opfers zu tun hätten, hätten sie ja wohl kaum die Polizei gerufen und hier brav gewartet – dann wären sie doch so schnell wie möglich abgehauen!"

„Und gesehen haben sie auch nichts – Mist!" Ärgerlich warf sie sich die schwere Motorradjacke über die Schulter. „Wie war das jetzt mit Essen gehen?"

„Im Restaurant Deutsches Weintor kann man recht gut essen und dabei auf einer fantastischen Terrasse sitzen – du bist übrigens mit Bezahlen dran!" Er machte sich auf den Weg zum Auto.

„Bin ich nicht! Wie kommst du denn darauf?" rief Paula empört hinter ihm her.

„Na schön, ich bin dran – aber den Versuch war es allemal wert!" lachte er und blieb bei ihrem Motorrad stehen. „Jetzt mach erst mal dein Schild dran."

„Dazu muss ich aber erst mal die Löcher ins Blech bohren – hab extra den Akkuschrauber dabei!"

Ungläubig sah Keeser seine junge Kollegin an. „Du hast ne Bohrmaschine im Rucksack?"

„Tja, ich bin nicht wie die anderen Frauen, die ihre Schminke im Täschchen herumtragen ...“ Sie machte Anstalten, den Rucksack zu öffnen.

„Lass uns erst mal was essen“, stoppte Keeser ihren Tatendrang. „Fahr einfach hinter mir her!“

Nachdem sie beide ihre Fahrzeuge gewendet hatten, folgte Paula ihrem Kollegen aus den Weinbergen hinaus, noch einmal durch die Monsterpfütze und zum wiederholten Male ans Deutsche Weintor, wo sie schließlich nebeneinander parkten.

„Du kennst ja sicher die Geschichte des Weintores?“ fragte er rhetorisch, als sie auf den Eingang des daneben befindlichen Restaurants zugingen.

„Nein, woher denn?“ Sie folgte ihm auf eine riesige Terrasse mit einem atemberaubenden Blick weit hinein in die Rheinebene bis hin zum Schwarzwald. „Wow!“

Keeser steuerte einen freien Tisch an und ließ sich laut schnaubend auf einen Stuhl fallen. „Ermittlungsarbeit ist immer so erschöpfend!“

„Du hast doch noch gar nichts ermittelt“, grinste Paula und legte Helm und Lederjacke ab.

„... und schon so erschöpft – ich fürchte, dieser Fall könnte mich umbringen!“ Er nahm der herbeigeeilten Bedienung lachend die Speisekarte ab. „Bringen Sie mir ganz schnell eine groooße“ – er deutete mit den Armen die Ausmaße eines Zehnlitereimers an – „Rieslingschorle, um mich wiederzubeleben! Und für meine reizende Kollegin bitte ein alkoholfreies Hefeweizen – das kann gerne etwas kleiner sein.“

Paula entschied sich ebenso wie Keeser für den Tafelspitz in Meerrettichsoße mit Petersilienkartoffeln.

Als die Getränke gebracht wurden, trank Keeser sein Glas fast mit einem Zug leer. „Noch so e Glässche!“ rief er der Bedienung nach.

„Du wirst später bei jedem Schritt gluckern, Kollege“, prophezeite Paula.

„Das heißt ‚gluggre‘ – ich denke, wir sollten endlich an deiner pfälzischen Sprachentwicklung arbeiten. Was, wenn ich mal nicht zur Stelle bin und alles für dich übersetze? – Also, sprich mir nach: Du werscht schbäder bei jedme Schridd gluggre, Kollesch.“

„Hör bloß auf, *Kollesch*, das klingt wie eine Fremdsprache!“ winkte Paula ab.

„Würde dein nächstes Bewerbungsschreiben enorm aufwerten: Ich, Paula Stern, spreche fließend Deutsch, Italienisch und Pfälzisch! Tür und Tor würden dir offenstehen!“

Lachend begann Paula ihren Salat zu essen. „Du hast Bayerisch vergessen!“

„Du wärst ein absolutes Sprachwunder, meine Liebe.“

„Erzähl mir von dem Tor – aber bitte so, dass ich es auch verstehe.“

Keeser lehnte sich zurück, verschränkte die Hände über seinem recht ansehnlichen Bauch und holte Luft.

„Also: Das Tor wurde 1936 in nur zwei Monaten erbaut. Von den Nationalsozialisten, wie du sicher unschwer erraten kannst“, begann er zu dozieren.

„Dachte ich mir fast, als ich den Reichsadler gesehen habe“, nuschelte Paula mit vollem Mund.

„Eine recht düstere Epoche in unserem Land – damals war allen jüdischen Weinhändlern Berufsverbot auferlegt worden. Da aber der Weinhandel vornehmlich in jüdischen Händen lag, kam dieser erheblich ins Stocken. Und zwei extrem gute Erntejahrgänge hintereinander taten ihr Übriges: Die Weinpreise fielen ins Bodenlose. Deshalb wurde die Deutsche Weinstraße ersonnen, ausgebaut und beworben, um die Pfalz als Weinbaugebiet für den Tourismus interessanter zu machen. Das Deutsche Weintor wurde extra gebaut und markiert seitdem den Anfang der Deutschen Weinstraße, die 85 Kilometer weiter in Bockenheim endet.“ Keeser trank zufrieden von seiner Schorle. „Nach dem Zweiten Weltkrieg wurde aus dem Steinrelief übrigens das Hakenkreuz, das besagter Adler in einem seiner Fänge hielt, herausgeschlagen.“

Punktgenau mit dem Ende seines Geschichtsberichtes kam das restliche Essen.

Keeser rieb sich in Vorfreude die Hände. „En guuden Awwedid, allerlibbschde Kolleschin!“

„Gebbts des bei eich aach – Meerreddichsoß?“ erkundigte er sich nach ein paar Bissen. „Ob es bei euch auch Meerrettichsoße gibt?“ fragte er noch einmal auf Deutsch, als Paula ihn strafend ansah.

„Na klar – bei uns ist die Soße aber schärfer.“

„So, dass es einem die Nasenwurzel zusammenzieht und einem die Tränen in die Augen schießen?“

„So in etwa – das hier ist lächerlich.“

„Bei uns Pälzer sind halt andere Sachen scharf!“ versuchte Keeser die Ehre seines Volksstammes zu retten.

„Ach, ja? Was denn?“

Er beugte sich etwas zu ihr herüber und flüsterte mit wichtigem Blick: „Die Kerle!“

Paula verschluckte sich fast an dem Stück Kartoffel, das sie gerade im Mund hatte.

„Soso – und du zählst dich sicherlich auch dazu“, grinste sie, als sie den Bissen endlich hinuntergeschluckt hatte. „... zu den scharfen Kerlen“, fügte sie ergänzend hinzu.

„Ja, logisch – bist du etwa anderer Meinung?“

Paula tätschelte ihm den gut genährten Bauch, den er daraufhin reflexartig einzog. „Und was ist das? Das, mein Lieber, nimmt jedem Mann jegliche Schärfe!“

„Das ist alles sexuelle Schwungmasse“, schmollte er gespielt.

Paula lachte schallend.

„He, niemand darf über meine Schwungmasse lachen – nicht einmal du!“ Er sah sie drohend an, was sie nur noch mehr lachen ließ.

„Ach, Keeser, wenn alle Frauen dein Selbstbewusstsein hätten, gäbe es keine Diäten.“

„Kein Mensch braucht Diäten außer Politikern! Diäten sind wirtschaftsschädigend. Lach nicht schon wieder! – Wer nichts isst, kauft auch nichts zu essen. Ist doch eine ganz einfache Rechnung.“

„Apropos Rechnung – wir sollten endlich los und was arbeiten“, ermahnte Paula.

Auf dem Weg nach draußen fiel Keeser noch etwas ein. „Hab ich dir eigentlich schon erzählt, dass der Küchenchef von diesem Laden Fernsehkoch ist?“

„Nein, wir sprachen nur über das Weintor und deine körperliche Ausstattung.“

„Dann erzähl ich es dir halt jetzt: Der Küchenchef von diesem Laden ist Fernsehkoch beim RNF – Marc Kunkel.“

„RNF? – Nie gehört.“ Paula blieb wie angewurzelt im Eingang stehen und starrte hinüber zum Parkplatz.

„Rhein-Neckar-Fernsehen – brauchst doch deswegen nicht so entsetzt aus der Wäsche schauen ...“

„He, Finger weg von meinem Motorrad!“ rief sie und stürmte die Treppe hinunter.

Keeser sah ihr überrascht nach und entdeckte zwei Kollegen von der Polizei und einen nahenden Abschleppwagen.

Grinsend folgte er Paula, die wild gestikulierend auf die Beamten einredete, wie auf einen lahmen Gaul.

„Sie können doch nicht einfach mein Moped abschleppen!“ keifte sie gerade, als er zu der kleinen Gruppe aufschloss.

„Die Maschine hat kein Nummernschild und muss deswegen aus dem Verkehr gezogen werden!“ belehrte sie Beamter Nummer 1 ruhig.

„Können Sie überhaupt beweisen, dass das Ihr Motorrad ist?“ mischte sich Beamter Nummer 2 jetzt ein.

„Natürlich ist das mein Motorrad! Ich bin übrigens bei der Kripo, Kriminaloberkommissarin Paula Stern!“ fauchte Paula und zerrte vergeblich am Reißverschluss der Innentasche ihrer Motorradjacke, aus der sie ihre Papiere herausholen wollte. Das dumme Ding bewegte sich keinen Millimeter. „Das hier ist mein Kollege, Kriminalhauptkommissar Keeser – er kann Ihnen das bestätigen.“

„Na klar – bei der Kripo“, antwortete Beamter Nummer 1 ungerührt. „Und mein Zweitwohnsitz ist auf der Venus.“

Keeser zog seelenruhig seinen Dienstausweis hervor.

„Schon gut, Jungs, ich hab die Dame hier gerade wegen Verdachts auf Terrorismus festgenommen – ich kümmere mich um alles Weitere!“ Er verzog dabei keine Miene.

„Keeser!!!“ Paula hätte ihm die Augen auskratzen können.

„Eine Terroristin, echt?“ fragte Beamter Nummer 2 beeindruckt.

Nummer 1 kniff die Augen zusammen und musterte Keeser skeptisch. „Wollen Sie uns verarschen?“

„Würde ich mir niemals erlauben!“ entgegnete Keeser mit todernster Miene.

„Soll ich jetzt ufflaade?“ warf der Mann vom Abschleppdienst ungeduldig dazwischen.

„Moment noch“, wurde er dreistimmig vertröstet.

Endlich gab der Reißverschluss nach, und sie konnte den Ausweis hervorziehen. Sie streckte ihn Nummer 1 hin.

„Die ist ja wirklich bei der Kripo!“ erkannte der überrascht.

„Alla gut, ich verzähl euch die Wahrheit“, sagte Keeser verschwörerisch. „Meine Kollegin ist etwas komisch – sie nimmt immer ihr Nummernschild mit ins Lokal, weil sie Angst hat, dass es ihr geklaut wird. – Los, Paula, zeig den Kollegen dein Nummernschild.“

Paula funkelte Keeser böse an. Wortlos holte sie das funkelnagelneue Nummernschild aus dem Rucksack und hielt es den Polizisten demonstrativ unter die Nasen.

„K 9“, sagte Nummer 1.

Paula atmete erleichtert auf. „Genau, ich bin beim K 9!“

„Geniales Schild“, lobte Nummer 2. „Fast so gut wie ein Dienstausweis.“

Paula verstand nicht und betrachtete zum ersten Mal bewusst ihr neues Nummernschild. LD-K-9.

„Was is dann jetzt? Ich habb schließlisch nit den ganzen Daach Zeit!“ Der Fahrer des Abschleppwagens mischte sich noch einmal ins Gespräch.

„Hat sich erledigt.“ Beamter Nummer 1 gab Paula den Ausweis zurück.

„Na toll, glaabt ihr, ich gurg hier zum Vergnieche rum?“ maulte der Fahrer des Abschleppdienstes. Laut fluchend stieg er in seinen Laster und gab kräftiger Gas als nötig.

„Schauen Sie zu, dass Sie Ihr Schild anschrauben“, ermahnte Nummer 1 die Kollegin von der Kripo. „Nicht alle unsere Kollegen sind so großzügig wie wir.“

Keeser streckte ihr die Hand entgegen. „Gib mir mal die Bohrmaschine, das erledigen wir gleich. So einen Zirkus will ich nicht noch einmal erleben.“

„Was du nicht sagst – ich hatte eigentlich das Gefühl, du hast dich grandios amüsiert ... auf meine Kosten, wohlgemerkt! Terroristin!“

Lachend machte sich Keeser an die Arbeit, und ein paar Minuten später hatte er zwei Löchlein gebohrt und das Schild angeschraubt.

„So, jetzt hat alles seine Ordnung.“ Zufrieden betrachtete er sein Werk. „Können wir jetzt endlich ein bisschen ermitteln gehen?“

Eine halbe Stunde später kamen sie bei ihrer Dienststelle an. Während Paula ein paar Meter weiter zu ihrer Wohnung fuhr, um endlich die Lederkombi gegen normale Straßenkleidung zu tauschen, wollte Keeser schon mal hinauf in die Kriminaltechnikabteilung gehen.

Als sie wenig später dazukam, beäugte Dreißigacker gerade den Inhalt des Beweismitteltütchens, das Keeser ihm mitgebracht hatte.

„Hmm, Hartplastik“, murmelte er mit zusammengekniffenen Augen und in Falten geworfener Stirn. „Eine Seite glatt, eine geriffelt – ein Teil einer Stereoanlage vielleicht.“

„Stereoanlage?“ wunderte sich Keeser. „Mitten in den Weinbergen?“

„Mann, Bernd, ich sag doch nur, was mir als Erstes in den Sinn kommt – und das ist halt in diesem Fall eine Stereoanlage.“ Dreißigacker sah ihn grantig an. „Kann ja auch von einem Autoradio sein, oder ein Teil von der Kunststoffausstattung eines Autos oder ein Stück eines Außenspiegels – es könnte also vieles sein, und es wird immer mehr, je länger ich nachdenke.“

„Is ja gut, reg dich nicht auf!“ sagte Keeser sanft. „Was habt ihr sonst noch so im Wingert gefunden?“

„Bergeweise Zigarettenkippen verschiedener Marken – die meisten konnten wir aber ausschließen, da sie schon länger dort draußen herumlagen und sich schon teilweise aufgelöst hatten. Nur die Kippen jüngsten Datums werden wir genauer untersuchen.“ Er deutete auf eine Reihe eingetüteter Gegenstände auf einem Tisch. „Kaugummipapierchen, ein gebrauchtes Papiertaschentuch, diverse Kronkorken, eine leere Sektflasche, zwei gebrauchte Kondome ...“

„Na, zumindest ist jetzt ein paar Quadratmeter rund um den Tatort alles lupenrein sauber“, grinste Keeser schief, der sich von diesen Gegenständen nicht sehr viel Aufschluss über den Mord erwartete. „Dann macht mal schön weiter, wir düsen los!“

„Im Gegensatz zu euch beiden haben wir die ganze Zeit gearbeitet“, sagte Dreißigacker spitz und ging hinüber zum Elektronenmikroskop.

„He, wir haben auch schwer gearbeitet!“ verteidigte sich Keeser.

„Ach ja? Seit wann ist Essen für dich Schwerstarbeit?“

„Essen? Wie kommst du denn darauf?“ Keeser gelang ein total unschuldiger Gesichtsausdruck.

Der Kriminaltechniker deutete auf Keesers Schwungmasse. „Die Soßenreste auf deinem Hemd haben dich überführt. Nach Farbe und Konsistenz des Kleckses zu urteilen und ohne genauere Untersuchungen gemacht zu haben, tippe ich mal auf Meerrettichsoße.“

„Der ist bestimmt von gestern ...“ Keeser rubbelte vergeblich an dem eingetrockneten verräterischen Fleck auf seinem Hemd herum.

„Ein Soßenfleck übrigens, der vorhin am Tatort noch nicht da war. Fazit: Du musst in der Zwischenzeit beim Essen gewesen sein – Tafelspitz mit Meerrettichsoße, nehme ich mal an“, vervollständigte Dreißigacker sein Ermittlungsergebnis.

„Lüge nie jemanden von der Kriminaltechnik an“, riet Keeser seiner Kollegin und drängte sie nach draußen. „Ach, Werner, du weißt doch genau, dass ein kleiner Kommissar wie ich nur gut funktioniert, wenn er anständig gegessen hat. Alla hopp, wir wollen euch nicht länger von eurer Arbeit abhalten ...“

„... und jetzt zu Geigerlein“, verkündete er, als er die Tür zur Kriminaltechnik hinter ihnen schloss.

Schon auf der Treppe nach unten duftete es verführerisch nach frisch gebrühtem Kaffee.

Vor ihrem Büro hantierte jemand an der Kaffeemaschine herum, die in einem ausrangierten Regal auf dem Gang postiert war.

Geschnürte knallrote Stiefeletten, die strammen Waden in farbenfrohen Leggins, der kurze, eindeutig zu eng sitzende Jeansrock – die recht klein geratene, dafür umso praller ausgefallene Figur von einer pinkfarbenen Riesenbluse umflattert – unverkennbar Martina Geiger, die Sekretärin und gute Seele der Mordkommission.

„Hallo, Geigerlein, schon wieder bei deiner Lieblingsbeschäftigung?“ neckte Keeser sie.

„Ach, ich möchte auch den ganzen Tag nur Kaffeekochen müssen“, hängte sich Paula frotzelnd dran.

„Seid nicht so frech zum niederen Personal – immerhin koche ich hier gerade den Kaffee für euch beide!“ Sie drehte sich zu ihnen um und hob demonstrativ zwei dampfende Kaffeetassen hoch. „Ich habe das liebliche Stimmchen meines Commissarios über mir vernommen, und da dachte ich mir, dass ihr es euch sicher nicht nehmen lassen werdet, bei mir vorbeizuschauen. Bingo – ich hatte mal wieder recht.“

Keeser starrte sie mit offenem Mund an. Ihr Haar – es war blau! An das knallige Rot der letzten Monate hatte er sich inzwischen gewöhnt gehabt, aber das ...

Tina stöckelte mit ihren Stiefeletten an ihnen vorbei in ihr kleines Schreibzimmer. „Folgt mir unauffällig und geruchlos!“

„Freitagabend war sie noch rot, und jetzt sieh sie dir heute an – wir sollten unbedingt mal einen Drogentest bei ihr machen lassen!“ raunte Keeser Paula zu und folgte seiner Kaffeetasse.

„Das hab ich gehört, Commissario!“ Die Sekretärin thronte schon hinter ihrem Schreibtisch und fuhr sich mit ihren nagelstudiogestylten Fingern demonstrativ durch das kurze Haar. „Gefällt es euch?“

„Hmm“, brummte Keeser ausweichend.

„Mal was anderes“, steuerte Paula bei.

„Meinem Hänschen hat das Rot nicht so gut gefallen“, erklärte Tina.

Keeser bezweifelte allerdings, dass der eher brave und konservative Polizeiobermeister Hans Becker mehr Gefallen an der neuen Farbe finden könnte. Die zwischenmenschliche Beziehung zwischen dem Polizeibeamten und der schrillen Sekretärin war nicht nur noch recht frisch – sie war auch, wie er fand, etwas erstaunlich. Er musste grinsen – armer Becker!

Auch Paula grinste hinter ihrer Tasse.

„Dein schöner langer Zopf würde sich in blau bestimmt auch gut machen“, überlegte Tina, worauf Paulas Grinsen versiegte.

„Ja“, pflichtete Keeser bei, „polizeiblau wäre klasse!“

Paula schwieg, weil ihr nichts Passendes dazu einfiel. Reflexartig zog sie den Zopf über die Schulter nach vorne und umklammerte ihn schützend mit der freien Hand.

„Da ihr ja aber sicher nicht da seid, um mit mir über Haarcolorationen zu plaudern ...“ Schwungvoll drehte sich die Sekretärin mit ihrem Drehstuhl einmal um die eigene Achse und schnappte sich dabei einen Stapel Papier von der Ablage hinter ihr. „Ich hab da was für euch – kam gerade aus der Gerichtsmedizin – vielleicht nicht unbedingt für eine Bewerbung geeignet, aber ansonsten recht gut geworden.“

Paula erkannte auf den ausgedruckten Fotos den Toten aus dem Weinberg.

„Kaum zu glauben, dass wir vor Kurzem noch mit Polaroids gearbeitet haben“, bemerkte Keeser und staunte über die gute Qualität des Ausdrucks.

„Du meinst, damals in der Steinzeit, als du noch ein junger, knackiger Kripobeamter warst?“

„Knackig bin ich immer noch“, meinte Keeser ernst und betrachtete das deutlich sichtbare Strangulationsmal am Hals der Leiche.

„Ach ja?“ Tina und Paula tauschten vielsagende Blicke.

„Ihr müsstet mal hören, wie schön alle meine Gelenke knacken, wenn ich mich bücke oder in die Hocke gehe“, sagte er, ohne eine Miene zu verziehen.

„Da kann ich locker mithalten!“ winkte Tina Geiger ab. „Sie müssten ... ähm, du müsstest das mal hören, wenn ich Gymnastik mache!“ Irgendwie kam sie mit dem Du, das ihr Keeser vor ein paar Wochen angeboten hatte, noch nicht zurecht.

Dieser kräuselte die Stirn und musterte sie prüfend, als ob er überlegte, wie das wohl aussehen mochte, wenn Tina Geiger Gymnastik machte.

Sein Handy klingelte in der Tasche.

Ein Blick auf das Display verriet ihm den Anrufer. „Knopp – das ging aber schnell“, sagte er überrascht.

„Hallo, Knoppi, was gebbt's?” Er lauschte in den kleinen Apparat an seinem Ohr. „Alla guud, mir sin gleich do!“

„Was Neues?“ erkundigte sich Paula und trank vorsorglich ihren Kaffee aus.

Tatsächlich stellte ihr Kollege seine Tasse ab und verließ den Raum.

„Ich werte das mal als ein Ja.“ Sie winkte Tina, schnappte sich die Fotos vom Opfer und folgte Keeser hinaus. Auf dem Parkplatz holte sie ihn ein.

„Redest du nicht mehr mit mir?“ erkundigte sie sich und ließ sich auf den Beifahrersitz fallen.

„Diese blauen Haare machen mich depressiv. Für mich wäre das ein Scheidungsgrund.“ Er fuhr vom Hof und schlug den Weg Richtung Gerichtsmedizin ein.

„Zu Geigerlein passt es aber irgendwie ...“

Er schenkte ihr einen vernichtenden Seitenblick und schüttelte den Kopf. „Blaue Haare!“ blaffte er.

„Dir muss es ja nicht gefallen, sondern Becker ...“ Ihr Blick traf Keesers, und beide prusteten los.

„Armer Becker!“ stellten sie wie aus einem Munde fest und mussten wieder lachen.

Andreas Knopp wartete geduldig, bis sie sich die Kittel und Handschuhe übergestreift und die Überzieher über ihre Straßenschuhe gezogen hatten. Als er die Tür zum Sektionsraum öffnete, schlug ihnen der unangenehme Geruch von Tod und Desinfektionsmittel entgegen.

„An diesen Gestank werde ich mich nie gewöhnen“, stöhnte Paula und versuchte, so wenig wie möglich zu atmen.

„Ach was, ich hab mich ja auch daran gewöhnt“, aufmunternd klopfte Knopp ihr auf die Schulter und ignorierte ihre ungesunde Blässe. „Nach einer Stunde riecht man das gar nicht mehr.“

Das konnte sich Paula nicht vorstellen – und sie hatte auch gar nicht vor, so lange zu bleiben, um das zu überprüfen.

„Ich wundere mich immer über die Studenten, die zum ersten Mal hier reinkommen“, plauderte der Gerichtsmediziner munter weiter. „Nach einer Viertelstunde werden sie fast grün und stürzen nach draußen, um frische Luft zu schnappen – und wenn sie dann nach zehn Minuten frischer Luft wieder in den Sektionsraum zurückkommen, müssen sie sich noch mal von vorne an den Geruch gewöhnen. Wären sie gleich geblieben, hätten sie den Geruch gar nicht mehr wahrgenommen. Ist doch ganz logisch, oder?“

Paula unterdrückte tapfer ihren Fluchtreflex in die frische Luft.

Sie würde noch Stunden nach dem Besuch in der Gerichtsmedizin diesen Geruch in der Nase haben – das wusste sie aus Erfahrung.

Keeser machte das wieder mal überhaupt nichts aus – er trat unverzagt an den Seziertisch und begutachtete interessiert den bereits wieder geschlossenen Leichnam.

Ein Gemüt wie ein Metzgerhund, dachte Paula – allerdings ein bisschen neidisch. Und sie dachte noch ein Stück weiter: Warum verwendet man hier nicht einfach ein allesübertönendes Raumspray? Das wäre doch wirklich nicht zu viel verlangt!

Als hätte Knopp diesen letzten Gedanken gelesen, dozierte er begeistert weiter: „Und nicht selten sind es die Gerüche einer Leiche, die uns helfen, der Todesursache auf die Spur zu kommen."

Also, dann halt kein Raumspray, zog Paula ihren Gedanken zurück. Ohne diesen ausschweifenden Vortrag wären sie jetzt schon fast wieder draußen ...

Der dunkelrote, grob zugenähte Ypsilonschnitt fiel dem Betrachter sofort unübersehbar ins Auge.

„Ich habe ja schon am Tatort die deutliche Strangulationsmarke gesehen", eröffnete Keeser die Leichenschau.

Jetzt, im grellen Licht der Lampe, stach der rötlich-blaue Streifen am Hals des Toten regelrecht von der hellen, fast weißen und schon leicht ins Bläuliche gehenden Haut ab.

„Ja, Tod durch Strangulieren – er hat ein gebrochenes Zungenbein, ein eindeutiges Zeichen dafür", bestätigte Knopp. „Typisch dafür auch die Petechien in den Augen." Zum Beweis hob er ein Augenlid des Toten und gab so den Blick frei auf ein waschblaues Auge, das deutliche punktförmige Einblutungen vorwies.

Auch Paula trat jetzt näher, um sich das anzusehen. Bei einem Blick auf den Hals entdeckte sie mehrere leicht gerötete Hautirritationen, die vertikal zu dem Strangulationsmal verliefen.

„Was ist das hier – Kratzspuren?"

„Ja", bestätigte der Gerichtsmediziner. „Aber welche, die sich das Opfer selbst zugefügt hat – wahrscheinlich wollte er im Todeskampf nach dem greifen, mit dem er stranguliert wurde und hat sich dabei selbst gekratzt. Diese Theorie wird auch durch die Epithelzellen bestätigt, die ich unter seinen Fingernägeln sicherstellen konnte – ausnahmslos mit der DNS seiner eigenen Haut."

„Und womit wurde er stranguliert?" meldete sich Keeser zu Wort.

„Keine Ahnung."

„Na, das hilft uns aber nicht viel weiter, geschätzter Freund. Gar keinen Tipp? Der Kerl hatte einen Anzug an – aber die Krawatte fehlte – könnte er mit seinem eigenen Schlipps erwürgt worden sein? "

„Tut mir leid, Bernd, ich habe keinerlei Abrieb oder Fasern sicherstellen können, die weiterhelfen könnten. Aber eine Krawatte schließe ich aus. Es muss etwas zirka zweieinhalb Zentimeter Breites gewesen sein – wie ein Band. Aus sehr festem Material, denn es hat an den Rändern tief in die Haut eingeschnitten – siehst du?“ Er deutete auf den Hals des Toten.

„Hmm“, überlegte Keeser und fuhr sich mit einer Hand automatisch an den eigenen Hals. „Vielleicht ein Ledergürtel oder der Griff einer Handtasche?“

Knopp wiegte überlegend den Kopf, bevor er verneinte. „Leder kommt eher nicht in Frage – es ist zu weich, zu elastisch für diese Male. Ich denke eher an Kunststoff. Ein Verpackungsband zum Beispiel, wie es um manche Pakete gemacht wird – sowas in der Art.“

Paula angelte nach dem großen Vergrößerungsglas über sich und positionierte es über dem Hals des Toten. Einige Zeit stand sie darübergebeugt da. „Da ist ein Muster zu sehen. Schwach, aber eindeutig zu erkennen“, stellte sie dann fest. „Kommt mir irgendwie bekannt vor ...“

Knopp schob sie beiseite, um es selbst zu betrachten. „Tatsächlich! Anscheinend wird dieses Muster erst mit der Zeit sichtbar – vorhin war es noch nicht zu sehen!“ Er richtete sich auf.

Jetzt wollte Keeser natürlich auch sehen, was die anderen beiden gesehen hatten.

„Hmm“, brummte er, „sieht aus wie das Muster eines Sicherheitsgurtes – nur schmaler.“ Er sah die anderen triumphierend an. „Der Halsriemen eines Fotoapparates!“

„Das wäre durchaus möglich“, bestätigte Knopp nach einem weiteren prüfenden Blick durch das Vergrößerungsglas und fügte dann lobend hinzu: „Keeser, gar nicht schlecht für einen alten Mann!“

„Alter Mann?! – Dir geb ich – alter Mann, ha!“ Keesers Handy schlug unter dem Kittel Alarm. Während er es mühsam hervornestelte, murmelte er wüste Beschimpfungen – Paula und Knopp konnten nicht genau verstehen, ob er damit das gut versteckte Handy meinte oder noch immer auf dem *Alten Mann* herumhackte. Als er das kleine Telefon hervorgekramt hatte, schwieg es. „Hat denn keiner mehr Geduld?“ fragte er rhetorisch in den gefliesten Raum hinein.

„Genau, alte Männer brauchen schließlich etwas länger, bis sie am Telefon sind“, kicherte Paula.

„Auch du wirst meine Rache spüren!“ drohte ihr Kollege und tippte auf seinem Handy herum. „Keeser hier – du hast gerade angerufen?“ Während er in den Hörer hineinlauschte, drohte er den beiden Anwesenden mit einer geballten Faust.

„Uhhh, jetzt haben wir aber Angst!“ Paula sah ihn gespielt gelangweilt an. „Ich bin nämlich schneller als er“, raunte sie Knopp halblaut zu.

„Und JÜNGER“, betonte der Gerichtsmediziner grinsend. „Ich übrigens auch, ganz nebenbei bemerkt. Hach, und in Kürze vergrößert sich dieser Altersunterschied ja auch noch!“

Keeser beendete sein Gespräch und sah die beiden kühl von oben herab an. „Weil ihr gerade so gemein zu mir wart, verrate ich euch nicht, was Dreißigacker herausgefunden hat.“ Er verschränkte seine Arme wie ein trotziger kleiner Junge vor seiner Brust.

„Dass er auch jünger ist als du?“ frotzelte Knopp und klatschte vor Freude über diesen Witz übermütig in die Hände.

„Deine Sonja wird eine sehr junge Witwe sein“, sagte Keeser düster, aber seine Augen funkelten amüsiert.

„Ach, allerliebster Kollege“, Paula sah ihn mit gekonntem Augenaufschlag an, „mir verrätst du doch aber, was Dr. Mabuse dir erzählt hat – ansonsten muss ich ihn halt selbst anrufen ...“

Keeser schwieg noch einen theatralischen Moment, dann rückte er raus mit der Sprache: „Das schwarze Plastikteil, das die Renner unter Einsatz ihrer teuren Schühchen gefunden hat, ist identifiziert: Es ist ein Teil einer Fotokamera, ein herausgebrochener Splitter.“ Er warf einen herablassenden Blick in die kleine Runde. „Was die Theorie des GENIALEN ALTEN MANNES insoweit bestätigt, dass das Mordwerkzeug der Riemen eines Fotoapparates gewesen sein könnte.“

„Zufallstreffer!“ tat Knopp diese Tatsache ab.

„Seniorenglück“, diagnostizierte Paula schmunzelnd.

„Die Sache mit dem blinden Huhn ...“, setzte Knopp noch eins obendrauf und rückte geschäftig sein in Reih und Glied liegendes Werkzeug zurecht.

„Ist mir schon klar, dass ihr mit meiner jahrzehntelangen Erfahrung und meiner überwältigenden Kombinationsgabe nicht mithalten könnt – Himmel, mit was für Unwissenden ich mich abgeben muss!“

Paula musste lachen, stellte sich vor ihn und tätschelte ihm gönnerhaft die unrasierte Wange. „Du bist einfach unser bestes Pferd im Stall, wir sind ja sooo stolz auf dich! Und du kannst uns dank deiner überwältigenden Kombinationsgabe bestimmt auch sagen, wo diese Kamera jetzt ist?“

„Hmm, das nicht – ich muss mich erst einmal von diesem ermittlerischen Triumph erholen, bevor ich wieder klar denken kann – außerdem kann ich dir ja nicht die ganze Arbeit abnehmen, meine Liebe!“

„Unser Toter war also in aller Herrgottsfrühe mit seinem Fotoapparat in den Weinbergen unterwegs", sinnierte Paula laut und betrachtete wieder die vor ihnen liegende Leiche. „Apropos: Wann war jetzt der genaue Todeszeitpunkt?"

„Ich lag mit meiner Schätzung vorhin ein bisschen daneben – nach genauerer Untersuchung würde ich auf früher tippen – ziemlich genau sechs Uhr morgens."

„Sechs Uhr morgens – was wollte er denn da knipsen? Für romantische Sonnenaufgangsbilder war es zu dieser Zeit schon zu spät ..."

„Die Weinberge selbst, den toskanischen Blick nach Frankreich rüber, Vögel, den Regenbogen – das könnte alles sein", gab Keeser zu bedenken.

„Vielleicht wurde er getötet, weil er etwas fotografiert hat, was er nicht fotografieren sollte", spann Paula den Faden weiter.

„Vielleicht wurde er aber auch nur mit dem Riemen seiner Kamera erwürgt, weil sein Mörder nichts anderes zum Töten dabei hatte?" setzte Keeser dagegen.

„Warum hat der Täter dann aber die Kamera mitgenommen? Er hätte doch nur die Speicherkarte rausnehmen müssen." Paula knabberte überlegend an ihrer Unterlippe.

„Du meinst den Film", korrigierte Keeser.

„Quatsch, Kollege, kein Mensch fotografiert heutzutage noch mit Film – das ist Steinzeittechnik!"

„Ich fotografiere noch mit Film ...", sagte Keeser kleinlaut.

„Sag ich doch: Steinzeit!"

„Vielleicht wollte der Täter genau so eine Kamera schon immer haben?" sagte Keeser nicht ganz ernst und überhörte ihre letzte Bemerkung geflissentlich.

„Wohl eher, weil er eventuelle Fingerabdrücke darauf verschwinden lassen wollte." Sie sah sein Grinsen und boxte ihn auf den Oberarm. „Mann, du sollst mich nicht immer veräppeln!"

„Und wenn es gar nicht die Kamera des Toten war?" gab Keeser zu bedenken. „Der Mörder könnte sie selbst dabeigehabt und den Riemen als Mordwerkzeug eingesetzt haben – was hältst du von dieser Variante?"

„He, ihr zwei Nervensägen, das ist ja nicht auszuhalten!" fuhr Knopp lautstark dazwischen. „Könntet ihr eure Diskussionen vielleicht draußen weiterführen? – Hier sind Leute, die noch arbeiten müssen."

Betroffen sahen sich die beiden Kommissare an und schwiegen.

„Bevor ihr geht, hab ich aber noch was: Es gibt bis auf die paar Kratzer am Hals keinerlei Kampf- oder Verteidigungsspuren an dem Leichnam. Bis auf das.“ Er drehte den Kopf der Leiche etwas auf die rechte Seite. Eine kleine rasierte Stelle mit einer kleinen Wunde hinter dem rechten Ohr wurde sichtbar. „Da hat er einen Schlag abbekommen – nichts Tragisches und nicht sehr tief, hat auch nichts mit seinem Tod zu tun. Kann auch sein, dass er sich selbst den Kopf irgendwo angeschlagen hat. War aber noch recht frisch, kaum Verschorfung an den Wundrändern. Ich gehe also davon aus, dass er sich diese Verletzung kurz vor seinem Tod eingehandelt hat – das bestätigen auch die Blutspuren auf seiner Anzugjacke. Ich habe schon Gewebeproben ins Labor geschickt, vielleicht kann ich euch ja bald sagen, wo die Wunde herrührt.“ Knopp sah die beiden an. „Ansonsten erfreute sich der Knabe bis zu seinem gewaltsamen Tod bester Gesundheit. Alle Organe sind in tadellosem Zustand. Wunderschöne Lunge, er hat in seinem kurzen Leben, das ich übrigens auf etwa dreißig plusminus ein, zwei Jährchen schätze, offensichtlich nie eine Zigarette angerührt. Er scheint regelmäßig Sport getrieben zu haben – nach dem Muskelaufbau zu schließen, war er treues Mitglied eines Fitnessstudios. So, das ist alles, was ich bisher herausgefunden habe. Der toxikologische Befund liegt noch nicht vor. Und jetzt zischt ab, fangt den Mörder! Ich melde mich, wenn was Wichtiges sein sollte.“ Ihm schien noch etwas eingefallen zu sein. „Wartet, den könnt ihr mitnehmen – vielleicht hilft er euch ja weiter.“ Er angelte ein winziges Klarsichttütchen zwischen seinen Instrumenten hervor und reichte es Paula.

„Sein Ehering“, erkannte sie. Im grellen Licht der Lampe über dem Seziertisch versuchte sie die verschnörkelte Gravur auf der Innenseite zu entziffern. „Schade“, stellte sie schließlich enttäuscht fest, „nur ein Datum – kein Name. 5.5.2005 – ich möchte gar nicht wissen, wie viele Menschen deutschlandweit an diesem Tag geheiratet haben! Mit dem Vornamen seiner Frau hätten wir das Ganze wenigstens ein bisschen einschränken können.“

Sie saßen im Auto vor der Gerichtsmedizin, und Keeser machte keine Anstalten, loszufahren.

„Unser Opfer war recht groß und kräftig und zudem durchtrainiert – sein Mörder muss also auch groß und fast noch kräftiger gewesen sein, sonst hätte er keine Chance gehabt, ihn so ohne Gegenwehr zu töten.“ Paula versuchte sich das Szenario vorzustellen.

„Da zählt oft das Überraschungsmoment“, gab Keeser zu bedenken und fügte hinzu: „Könnte auch sein, dass ihn dieser Schlag auf den Kopf kurz außer Kraft gesetzt hat. Dadurch hätte es der Mörder natürlich leichter gehabt, ihm den Garaus zu machen, was meinst du?"

„Wenn wir doch nur schon wüssten, wer unser Opfer ist – dann würde sich vielleicht von ganz alleine klären, was er dort draußen wollte."

„Fräulein Ungeduld mal wieder! Wir sind – ich zumindest, du hast dir ja jede Menge Zeit gelassen – seit", er sah auf seine Armbanduhr, „gerade mal knappen sieben Stunden an der Sache dran – was erwartest du eigentlich? Wir kennen schon das Tatwerkzeug, he, wir sind schon recht weit gekommen. Alle anderen Puzzleteile finden wir auch noch, nur die Ruhe. Hat keiner gesagt, dass unser Job leicht ist, oder?"

„Hast ja recht – ich hätte halt einfach gerne, dass wir unsere Puzzleteile der Reihe nach finden", verteidigte sich Paula.

„Ach, das wäre doch schrecklich langweilig", lachte Keeser und drehte den Schlüssel im Zündschloss. „So, und jetzt gehen wir auf Puzzleteilejagd."

Paulas Handy klingelte. Ihr Kollege drehte den Schlüssel wieder zurück.

Tina Geiger war am Apparat. „Wo seid ihr denn?" fragte sie vorwurfsvoll. „Was ist mit dem Telefon des Commissarios los? So ne schnippische Bandansagetussi hat mir mehrfach einreden wollen, dass sein Anschluss momentan nicht *available* ist."

Paula musste lachen. „Wir stehen gerade vor Knopps *Katakomben des Grauens* – warum willst du das wissen?"

„Sonne will euch unbedingt sehen. Er hat eine kleine gemütliche Runde einberufen. In zehn Minuten im Besprechungszimmer!"

„Sind unterwegs." Paula wandte sich an ihren Kollegen. „Das war Geigerlein: Der Boss hat Sehnsucht nach uns, wir sollen postwendend in die Dienststelle kommen."

„Mir bleibt auch nichts erspart – erst die Renner und jetzt Sonne! Dabei hatte der Tag so gut angefangen!"

„Für dich vielleicht – unser Toter ist da bestimmt ganz anderer Meinung. Außerdem: Der Tag hat mit Aufstehen angefangen, was ist bitte daran gut?"

Im Besprechungszimmer herrschte reger Betrieb. Etwa acht Polizeibeamte, unter ihnen auch Hans Becker und der junge Anwärter Berger, Dreißigacker und noch ein weiterer Techniker saßen am sogenannten runden Tisch, der in diesem Fall allerdings achteckig war. Mittendrin thronte Kriminaloberrat Heribert Sonne. Sein hellrosa Hemd spannte über seinem gewaltigen Bauch, und seine dünnen Haare klebten wie immer verschwitzt am Kopf. Mit dem großen karierten Stofftaschentuch in seinen kurzen dicken Fingern tupfte er sich unentwegt den Schweiß von der Stirn. Wie Buddha sah er aus, fand Paula.

Sie überlegte, wie Sonne wohl an seinen jetzigen Job gekommen war – so wie er aussah, wohl eher nicht über den normalen Weg von unten nach oben. Sonne als normaler Ermittler, so wie Keeser und sie, konnte sie sich beim besten Willen nicht vorstellen. Er machte eher den Anschein eines *theoriegesteuerten Sesselpfurzers* – so hatte ihr Münchener Kollege Obermoser die studierten Quereinsteiger immer genannt.

„Meine Lieben, jetzt, da wir endlich vollzählig sind, wollen wir doch gleich zur Sache kommen!" mahnte Sonne zur Ruhe, und die Gespräche erstarben sofort. Sonne war leicht reizbar und äußerst aufbrausend, das wollte keiner riskieren.

„Wo stehen wir?" Der Kriminaloberrat sah in die Runde.

„Sie haben's aber eilig, Chef", bemerkte Keeser. „Der Tote ist noch nicht richtig kalt, und die Ermittlungen haben noch gar nicht richtig begonnen ..."

„Dann sollten Sie aber schleunigst damit beginnen", blaffte Sonne dazwischen. „Es ist Hauptsaison – wir wollen schließlich verhindern, dass der Tourismus leidet. Unsere Region lebt vom Tourismus!"

Keeser sah ihn verblüfft an. „Was hat denn unser Toter mit dem Tourismus zu tun?"

„Nun, der Bürgermeister von Schweigen-Rechtenbach hat mich vorhin angerufen – für ihn hat der Fall natürlich etwas mit dem Tourismus zu tun. Er hat Angst, dass ihm die Touristen wegbleiben, wenn das mit dem Toten im Weinberg publik wird."

Paula verstand genauso wenig wie Keeser, was das sollte.

„In Köln gibt es auch immer mal wieder eine Leiche, und keiner kommt auf die Idee, deswegen nicht mehr nach Köln zu fahren", sagte sie deshalb in die Runde hinein.

„Wir sind hier aber nicht in Köln, werte junge Kollegin", bekam sie prompt zur Antwort. „Wir stehen kurz vor der Weinlese, die Feste des Neuen Weins stehen vor der Tür. Wenn in den Zeitungen steht, dass hier Touristen in den Weinbergen getötet werden, kann das fatale Folgen haben."

„Erstens war es ja nur ein Toter, und zweitens wissen wir doch noch gar nicht, ob der Tote überhaupt ein Tourist ist ..."

„Die Chance ist aber groß, dass es so ist, und deswegen möchte ich diesem Fall höchste Priorität einräumen", unterbrach der stirnwischende Sonne erneut. „Wie werden Sie vorgehen?"

„Was ist denn *Neuer Wein*?" flüsterte Paula Keeser zu.

„Neuer Süßer“, flüsterte der zurück.

„Keine Ahnung, was ist denn das?“

„Federweißer?“

„Logisch, das kenn ich.“

„Neuer Wein oder Neuer Süßer sind das Gleiche wie Federweißer“, erklärte Keeser seiner Kollegin aus dem Frankenland.

Sonne hatte sie argwöhnisch beobachtet. Er konnte es auf den Tod nicht leiden, wenn ihm nicht die gesamte Aufmerksamkeit geschenkt wurde. „Gibt es etwas, was Sie beide uns mitteilen möchten?“

„Am besten, wir geben sein Foto an die Zeitungen“, schlug Paula geistesgegenwärtig vor. Bevor Sonne sich dagegen aussprechen konnte, fügte sie schnell hinzu: „Wir müssen ja nicht erwähnen, dass es sich um ein Mordopfer handelt.“

„Ich werde darüber nachdenken.“ Neue Schweißtropfen bildeten sich auf seiner Stirn, die er mit dem Taschentuch jedoch abfing. Er sah Keeser erwartungsvoll an.

„Nun, dann bleibt erst mal nur die routinemäßige Ermittlungsarbeit: Da wir noch nicht wissen, um wen es sich bei unserem Opfer handelt, werden wir mit seinem Foto alle Hotels und Pensionen im Umkreis abklappern, Gaststättenpersonal befragen und von Haus zu Haus gehen. Wir beginnen in Schweigen-Rechtenbach und weiten den Radius dann notfalls auf die umliegenden Ortschaften aus. Irgendjemand wird ihn ja wohl zwangsläufig erkennen.“

„Sie bekommen dafür genügend Beamte zur Verfügung gestellt!“ Sonnes Hemd bekam jetzt Schwitzflecken unter den Achseln, was Paula sehr unappetitlich fand. Kein Wunder, dass er noch unverheiratet war. Sie bemühte sich, ihren Chef nicht anzusehen. „Wie sieht es aus mit den Vermisstenmeldungen?“ So eifrig hatte sie ihn noch nie erlebt!

„Nun, der Mann ist noch keine zwölf Stunden tot – ich kann mir nicht vorstellen, dass ihn da schon jemand vermisst ... aber wir werden diese Option natürlich im Auge behalten.“ Auch Keeser schien irritiert von Sonnes Eifer.

„Dreißigacker – was haben Sie bis jetzt gemacht?“ Das Interesse des Kriminaloberrates wandte sich dem Kriminaltechniker zu.

„Wir haben begonnen, die Gegenstände vom Tatort zu untersuchen. Besonders weit sind wir da allerdings noch nicht ...“ Sein genervter Blick drückte eindeutig aus, dass er schon viel weiter sein könnte, wenn er nicht hier herumsitzen müsste. „Ein abgesplittertes schwarzes Kunststoffteil konnten wir als Teil einer Kamera identifizieren – was ja wiederum zum Ergebnis der

Gerichtsmedizin passen würde, dass der Tote mit großer Wahrscheinlichkeit mit dem Halsriemen einer Kamera erwürgt wurde." Er informierte Sonne kurz, dass die meisten Fundstücke nicht relevant seien. „Einen Anzugknopf konnten wir noch sicherstellen, der direkt neben der Leiche lag. Da er nicht am Anzug des Toten fehlt, könnte ihn der Mörder verloren haben. Wir haben darauf einen Teilabdruck eines Fingers abnehmen können, der gerade durch das AFIS-Programm läuft. Bisher hatten wir allerdings keine Übereinstimmung." Er holte tief Luft.

„Schon was über die Fußabdrücke rausbekommen?" wollte Paula wissen.

„Mann, wir sind doch keine Zauberer!"

„Also nicht?" vergewisserte sich Sonne.

„Nein, aber wir tun, was wir können. Vielleicht sollten wir ja das FBI oder die CIA zur Hilfe rufen, wenn wir nicht schnell genug sind", schlug der Kriminaltechniker nicht ganz ernst gemeint vor.

„Werden Sie mal nicht spaßig – so wichtig ist dieser Fall nun doch nicht." Sonne hatte wohl als Einziger die Ironie des Gesagten nicht erkannt. „Gut, dann machen Sie sich alle wieder an die Arbeit. Irgendwelche Ergebnisse teilen Sie mir sofort mit, haben Sie mich verstanden?"

Er bekam ein allgemeines Nicken und Brummen zur Antwort.

Keeser drückte Becker im Hinausgehen die Fotos des Toten in die Hand. „Hier Kollege, verteilen Sie das an Ihre Beamten – wenn sie nicht reichen, können Sie ja Frau Geiger einen Besuch abstatten und Kopien machen lassen." Er zwinkerte dem Beamten zu. „Oder hatten Sie heute schon das Vergnügen?"

„Welsches Vergnieche? – Ach so, nee, die Tina habb isch heid nuch nit gsähne!" Er strahlte vor Vorfreude.

„Na, dann gehen Sie doch gleich mal runter und lassen sich die Kopien machen ...", schlug Keeser hinterhältig grinsend vor ... was Becker sogleich in die Tat umsetzte und die Treppe hinabmarschierte.

„Wir treffen uns dann alle in einer Dreiviertelstunde am Weintor", rief der Kommissar ihm noch nach.

Kurz darauf hörten Paula und Keeser von unten einen fassungslosen Aufschrei: „Ei, bischd du dann verrickt?!"

„Muss ich übersetzen?" grinste Keeser.

„Nee, lass gut sein, hab alles verstanden", grinste Paula zurück.

Kreidebleich kam ihnen Becker aus dem Büro der Sekretärin entgegen.

„Blaui Hoor – hänn Sie des scho gsähne?" hauchte der geschockte Beamte.

„Halb so schlimm – ab 11.11. ist wieder Fasching, und Geigerlein war ihrer Zeit schon immer etwas voraus“, versuchte Keeser zu trösten.

Becker verließ wortlos das Gebäude.

„Hansi, deine Kopien ...“ Tina Geiger erschien mit einem Stapel Fotos in der Tür. „He, wo ist er denn hin? – Hätte ich eventuell vor dem Haarefärben mit ihm reden sollen?“ Sie sah gerade noch, wie die Tür ins Schloss fiel.

„Wäre bestimmt kein Fehler gewesen“, bestätigte Paula diese Überlegung.

Die Sekretärin drückte Paula die Kopien in die Hand, schnaubte: „Pöh, Männer!“ und drehte sich auf dem roten Absatz ihrer Stiefeletten um, um hocherhobenen blauen Hauptes in ihrem Sekretariat zu verschwinden.

„Ich liebe sie!“ stellte Keeser wahrheitsgemäß fest. „... trotz ihrer blauen Haare.“

Etwa zehn Polizeibeamte hatten sich am Weintor eingefunden und warteten auf Keesers Instruktionen.

„Das hat Sonne also damit gemeint, als er versprochen hat, wir bekämen *genügend Beamte zur Verfügung gestellt*! Dass ich nicht lache!“ Schlecht gelaunt verteilte er die restlichen Fotos und teilte die Beamten immer zu zweit auf verschiedene Bezirke ein.

Polizeimeisteranwärter Berger kam auf Paula zu und räusperte sich. „Ich soll Sie vun meim Unkl grieße“, stammelte er und wurde mal wieder puterrot.

Keeser, der das mitgehört hatte, musterte die beiden interessiert. „Du wurdest schon Bergers Verwandtschaft vorgestellt – ist er nicht ein bisschen zu jung für dich?“

Berger wurde daraufhin noch eine Spur roter.

„Wenn ich wüsste, was ein *Unkl* ist, könnte ich dir näher Auskunft geben.“

„Onkel – du kennst also schon Bergers Onkel. Erzähl mehr davon, Kollegin!“

„Nicht, dass ich wüsste.“ Paula sah den jungen Beamten scharf an, worauf der sich offensichtlich am liebsten unsichtbar gemacht hätte. „Würden Sie mich bitte aufklären?“

„Na, heid morsche uff der Greisverwaldung ...“, begann Berger zu stammeln.

Paula sah ihn unter hochgezogenen Augenbrauen gespannt an.

„Uff der Zulassungsschdell ... – Sie hänn ihm verzählt, dass Sie bei der Bolizei sinn ...“

Paula sah schon etwas klarer: Die Rede konnte nur von dem redseligen älteren Mann sein, der heute Morgen in der Zulassungsstelle neben ihr gesessen hatte.

„Sie sind also der Neffe, von dem er erzählt hat?“

Berger richtete sich stolz zu seiner vollen Länge auf. „Genau, Frau Schdern, des is mei Unkl. Als der vorhin nach enner Bolizischdin mit Moped gfroocht hot, hänn ich sofort an Sie gedenkt. Un ich soll Ihne en scheene Gruß saache!“ Wie vom Teufel gebissen machte er sich davon.

Keeser grinste von einem Ohr zum anderen. „Soso, du nutzt also die Zulassungsstelle als geheime Partnerbörse ... deshalb hat das so lange gedauert, bis du endlich am Tatort warst!“

„Klar, dort war übrigens die crême de la crême der Männerwelt versammelt – ich konnte mich gar nicht entscheiden! Vielleicht hätte ich tatsächlich Bergers *Unkl* genommen, wenn ich nur ein einziges Wörtchen von dem verstanden hätte, was er gesagt hat.“

„Ich sag doch, du solltest schnellstens einen Pfälzischkurs machen.“

Auch Paula und er zogen los, um von Haus zu Haus zu gehen und herauszufinden, um wen es sich bei dem Toten handelte.

Ihr erster Anlaufpunkt war das Deutsche Weintor Restaurant, in dem sie ja schon zu Mittag gegessen hatten. Doch keiner der Angestellten erinnerte sich an den Mann auf dem gezeigten Foto.

Doch schon kurz darauf schlug Paulas Ermittlerherz höher: In der Vinothek am Deutschen Weintor, genau gegenüber dem Restaurant, erkannte man den Mann!

„Ja, an den erinnere ich mich gut“, sagte eine der Damen hinter der Theke nach einem kurzen Blick auf das Foto. „Der sah fast ein bisschen aus wie der Boris Becker“, erklärte sie diesen Umstand. „Er wollte alles über biologischen Weinbau wissen, und welche Winzer hier in Schweigen-Rechtenbach biologisch anbauen. Er hat sich sämtliche Flyer von unseren Bio-Winzern geben lassen. Ein paar Flaschen Wein hat er auch gekauft – Bio-Wein natürlich. Der schien ein richtiger Öko-Fuzzi zu sein.“ Sie gab das Bild zurück. „Ist was mit ihm? Auf dem Foto sieht er nicht gerade gut aus.“

Als sie hörte, dass ihr ehemaliger Kunde jetzt tot war, reagierte sie erschrocken.

„Können Sie sich auch erinnern, wann das war?“

Sie überlegte: „Also, gestern nicht, da hatte ich frei. Es muss vorgestern gewesen sein, am Samstag. Nachmittags hatte ich frei – genau, dann war es vorgestern am Vormittag.“

„Hat er zufällig mit Karte bezahlt?“ fragte Paula voller Hoffnung, denn dann könnten sie problemlos den Namen des unbekannten Toten herausfinden.

Doch die Verkäuferin machte diese Hoffnung mit einem Kopfschütteln zunichte. „Er hat bar bezahlt.“

Zum Trost spendierte Keeser Paula ein Gläschen Winzersekt.

„Mitten im Dienst?“ sagte sie tadelnd.

„Wohl eher kurz vor Feierabend!“ Er stieß mit ihr an. „Das war doch schon mal gar kein so schlechter Anfang.“

In der nächsten Stunde ernteten sie jedoch nur Kopfschütteln, und auch von den anderen Beamten kam keine positive Rückmeldung.

„Ich hab keinen Bock mehr“, stellte Paula gegen zwanzig Uhr fest. „Außerdem hab ich Kohldampf, und müde bin ich auch. Das war mal wieder ein richtig beschissener freier Tag.“

„Ich bin auch dafür, dass wir für heute Schluss machen – ich hab schon ganz platte Füße vom vielen Rumlaufen“, ging ihr Kollege auf ihren Wunsch nach Feierabend ein. „Ziehen wir uns diskret zurück und lassen die anderen noch ein bisschen weitermachen. Wird eh spät genug, bis wir unsere Berichte geschrieben haben.“ Er schlug den Weg zum Auto ein. „Wollen wir irgendwo noch ein Häppchen essen, bevor wie ins Büro fahren?“

„Ich wollte mir heute eigentlich Spaghetti aglio e olio speciale machen – ich schmecke sie schon fast ...“, wandte Paula voller Bedauern ein.

„Reichen diese Spezialspaghetti notfalls auch für zwei?“

„Ich habe einen Nudelvorrat von grob geschätzten fünf Kilo im Haus – wenn dir das genügt?“ gab Paula lachend zur Antwort.

„Könnte knapp werden! Dann ist es also endlich so weit: Kollegin Stern kocht für mich – ich dachte schon, ich würde das nicht mehr erleben.“ Zufrieden stieg er in den Dienstwagen.

„Hat aber keiner gesagt, dass du das auch überleben wirst“, warnte Paula.

„Wird schon nicht so schlimm werden ... was kann man schon mit Knoblauch und Öl falsch machen?“ Er schenkte ihr einen aufmunternden Seitenblick.

Er fuhr los, nachdem sie ordnungsgemäß angeschnallt war.

„Was bedeutet überhaupt *speciale*?“ fragte er dann aber doch vorsichtig.

„So hat Leonardo sie immer für mich gekocht – mit viel Peperoni, getrockneten Tomaten und frischem Basilikum“, erklärte sie ihm und merkte, wie ihr schon beim Erzählen das Wasser im Munde zusammenlief.

„Ein Leonardo-Erinnerungs-Essen also – sag bloß, dein kleiner Italiener fehlt dir?“

„Er selbst nicht – aber seine Kocherei.“

„Und er hat sich tatsächlich nach seiner Stalking-Attacke nie wieder bei dir gemeldet?“ vergewisserte sich Keeser. Noch nach Wochen war es das Gesprächsthema Nummer 1 im Präsidium gewesen, wie er den liebestollen Exfreund seiner neuen Kollegin vom Balkon gepflückt hatte.

„Nie wieder, und ich bin heilfroh, dass er mich endlich in Ruhe lässt.“

Sie sah aus dem Fenster, und Keeser war sich bei diesem Blick nicht ganz so sicher, dass das der Wahrheit entsprach.

„Du solltest dir einen neuen Freund zulegen“, schlug er deshalb nach ein paar Kilometern schweigend zugebrachter Fahrt vor.

„Bei dir hört sich das wie *Hund anschaffen* an.“ Sie musterte ihn skeptisch von der Seite. „Schon mal was von Verlieben, Romantik und Schmetterlingen im Bauch gehört?“

Er sah sie mit hochgezogenen Augenbrauen fragend an.

„Das will ich nämlich haben – das ganze Programm! Und so lange das kein Mann bei mir auslöst, bleibe ich lieber alleine.“ Sie betrachtete wieder die vorbeifliegenden Weinstöcke entlang der Straße. „Apropos: Vielleicht sollte ich mir lieber wieder einen Hund anschaffen ...“, überlegte sie halblaut.

Das Büro der Sekretärin war verwaist, überhaupt war es sehr still im Gebäude.

„Sieht so aus, als wären wir die einzigen armen Schweine, die noch arbeiten müssen“, stellte Keeser nach einem Blick in die leeren Büros fest. „Sogar die ‚blaue Tina‘ hat das Schiff schon verlassen.“

„Ob sich Becker wieder eingekriegt hat?“ Paula setzte sich an ihren Schreibtisch und ließ den Computer hochfahren. „Wenn ich mir vorstelle, ich würde meinen Eltern einen Kerl mit blitzblauen Haaren als meinen neuen Lebensabschnittsgefährten vorstellen ...“

„Das würde sicherlich allgemeine Begeisterung auslösen, nehme ich mal an.“ Keeser begann lachend an seinem Bericht zu tippen.

„Absolut“, bestätigte Paula.

Eine Dreiviertelstunde später stiegen sie die Treppe zu Paulas Wohnung hinauf. Auf halbem Weg kam ihnen ein junger Mann mit einem großen Umzugskarton entgegen.

„Hallo, Nachbar“, sagte Paula, die den jungen Mann nur von ein paar kurzen Begegnungen im Treppenhaus kannte, und presste sich eng an die Wand.

„Nicht mehr lange, Nachbarin – wir stecken mitten im Umzug“, sagte der und quetschte sich an ihr und Keeser vorbei.

„Zss, jetzt ziehen die Leute unter mir aus, und ich hab sie noch nicht mal richtig kennengelernt.“

„Dann können sie dir auch nicht fehlen“, gab ihr Kollege zu bedenken.

„Das ist schon richtig.“ Paula schloss ihre Wohnung auf. „Aber ich kenne noch niemanden im Haus. Seit sechs Wochen wohne ich hier, und ich weiß nicht, wer die Leute sind, und schon gar nicht, wie sie heißen. Oder nimm es mal anders herum: Stell dir vor, ich sterbe in meinem Bett, und keinem der Hausbewohner fällt mein Fehlen auf, weil sie mich gar nicht kennen – das ist schon irgendwie traurig, oder?“

„Mir würdest du garantiert fehlen.“ Keeser trat hinter ihr ein und sah sich um. „Also, ich finde es viel schlimmer, dass du seit sechs Wochen hier wohnst und ein Großteil deiner Umzugskisten noch immer nicht ausgepackt ist.“

Paula ging in die Küche und ließ Wasser in einen großen Topf laufen.

„Das wollte ich eigentlich heute machen ...“, verteidigte sie sich schwach.

„... aber zum Glück kam dir eine Leiche dazwischen, stimmt’s oder hab ich recht?“

„So in etwa.“ Sie kramte in ihrem Kühlschrank herum.

„Anscheinend ist aber in den Kisten nichts, was du vermisst – da sieht man mal wieder, was sich im Laufe der Jahre an überflüssigem Kram ansammelt.“ Keeser folgte ihr in die Küche. „Kriminalhauptkommissar Bernd Keeser meldet sich zum Schnippeldienst.“ Er stand stramm und salutierte perfekt.

„Etwa Kommissar Bernd Fridolin Keeser?“ neckte sie ihn.

„Nein, heute nur der Bernd – der Fridolin musste zu Hause bleiben.“ Er krempelte sich die Hemdärmel auf und wusch sich die Hände. „Hätte ich dir das bloß nie erzählt ...“ Er ließ das Handtuch an ihren Hintern klatschen.

Paula legte ihm ein Schneidebrett und vier dicke Knoblauchzehen hin. „Bitte klein schneiden!“ befahl sie und zog ihm das passende Messer aus dem Messerblock.

Sie selbst fischte die in Kräuteröl eingelegten getrockneten Tomaten aus dem Glas und schnitt sie in kleine Würfel.

„Erster!“ rief Keeser und zeigte stolz auf seinen zerkleinerten Knoblauch.

Paula überreichte ihm zwei dunkelrote Peperoni. „Kerne raus und in feinste Streifen schneiden!“

„Ja, ja, die gefährlichen Sachen muss immer ich machen.“ Er betrachtete die roten Schoten ehrfürchtig. „Scharf oder nicht scharf?“

„Mittendrin, Tendenz zu scharf.“ Paula gab die Nudeln ins kochende Wasser.

„Langt da nicht eine?“ fragte er zögerlich.

„Mann, Keeser, du stellst dich an wie ein Mädchen!“

„Is ja schon gut, dann halt zwei von diesen Dingern.“ Mutig ging er ans Werk, während Paula reichlich Olivenöl in einen zweiten Topf gab.

Als das Öl heiß war, fügte sie die Tomatenwürfel und die Peperoni hinzu, zuletzt briet sie den Knoblauch kurz darin mit an. Dann goss sie die Nudeln ab und beförderte sie in den Topf mit dem Knoblauchöl. Mit der Mühle mahlte sie großzügig schwarzen Pfeffer darüber und schmeckte mit Salz ab.

„Hmm, lecker!“ stöhnte sie.

Keeser hatte inzwischen den Tisch gedeckt und füllte mit zweifelndem Blick aus einer Zweiliterflasche Lambrusco in ihre Gläser.

„Was verziehst du so das Gesicht?“ erkundigte sich Paula und schaufelte ordentliche Portionen in die großen Pastateller. Sie zupfte noch frisches Basilikum darüber und stellte die Teller auf den Tisch.

„Amabile“, sagte er unglücklich. „Wic kann man nur lieblichen Wein trinken?“

„Ach, immer ihr Möchtegern-Weinkenner und eure Dünkel!“

Sie öffnete das Gefrierfach über dem Kühlschrank und ließ aus einem steifgefrorenen Eiswürfelbeutel je zwei Eiswürfel in die Gläser plumpsen.

„Eiswürfel im Wein?“ Keeser war schockiert.

„Erst versuchen – dann meckern!“ Sie hob ihm ihr Glas entgegen. „Prost, Lieblingskollege. Los, gib dir einen Ruck und trink!“

Zögerlich ergriff er sein Glas und stieß mit ihr an.

„Im Sommer gibt es nichts Besseres“, redete Paula ihm gut zu.

Schließlich überwand er sich und nahm einen kleinen Schluck.

„Na ja“, war alles, was er zu diesem Geschmackserlebnis sagte.

Paula setzte sich und hobelte Parmesan über ihre Nudeln.

„Buon Appetito!“ verkündete sie und begann genussvoll zu essen.

Keeser tat es ihr gleich.

„Köstlich!“ stellte er kurze Zeit später mit vollem Mund fest.

„Aber ich fürchte, dass morgen niemand etwas mit uns beiden zu tun haben will“, prophezeite er und schob sich gleich die nächste Gabel voller Nudeln in den Mund.

„Ja, Küssen ist für morgen gestrichen!“ pflichtete sie ihm bei. „Aber, wer will schon küssen?“

Keeser trank zügig sein Glas leer und schenkte nach. „Der wahre Kulturfrevel – aber man kann sich tatsächlich daran gewöhnen!“ Er holte sich sogar noch Eiswürfel dazu.

„Bin gespannt, was bei diesem Fall rauskommt“, sagte Paula dann beim Abspülen und reichte Keeser einen Teller zum Abtrocknen.

„Und ich bin gespannt, wann du dir eine Spülmaschine leistest!“ brummte er.

Paula ging nicht darauf ein. „So am Anfang der Ermittlungen ist ja immer alles möglich ... es ist wie ein Buch mit lauter leeren Seiten.“ Sie richtete sich auf und überreichte ihm den frisch gespülten Topf. „Eigentlich haben wir einen sauspannenden Beruf“, spann sie ihren Gedanken weiter.

„Ja, war schon sehr spannend, wie wir vorhin stundenlang von Haus zu Haus gegangen sind, Bilder gezeigt haben ... und dann noch das aufregende Berichteschreiben ... und wenn ich an die vielen Nächte denke, die ich in meiner dreißigjährigen Dienstzeit mit irgendwelchen ermüdenden Überwachungen zugebracht habe ... wahnsinnig spannend!“

„Das ist natürlich öde. Aber ich meine eigentlich diesen Moment, wenn es vorangeht in einem Fall, wenn man eine Spur gefunden hat und der nachgeht, wenn der Jagdinstinkt erwacht, und wenn sich dann endlich die Puzzleteile Stück für Stück zusammenfügen – weißt du, was ich meine? Es ist permanentes Rätselraten, und wir werden auch noch dafür bezahlt.“

„Schlecht bezahlt“, ergänzte ihr Kollege.

Sie waren fertig in der Küche und gingen hinüber ins Wohnzimmer.

„Klar weiß ich, was du meinst – es kann richtig elektrisierend sein, und es macht dann ... richtig Spaß, ja, natürlich. Wir sind schließlich ausgebildete Jäger. Wenn mir diese Jagd irgendwann nicht mehr gefallen sollte, gehe ich in Rente.“

„Du willst mich also tatsächlich alleine lassen in dieser kriminellen Welt?“

„Eines schönen Tages, aber ein paar Jährchen hab ich ja noch abzusitzen.“ Er gähnte. „Noch kann ich mir ein Leben ohne Arbeit nicht vorstellen. Dein Vorgänger Schubert ruft mich in letzter Zeit immer öfter an – nach seiner anfänglichen Begeisterung für sein Rentnerdasein ist ihm, glaube ich, inzwischen schrecklich langweilig ... und seine Frau geht ihm auch ordentlich auf den Keks. Na, dieses Problem hätte ich einsamer Hagestolz ja schon mal nicht! Und nach dem heutigen knofilastigen Essen besteht die nächsten Tage wohl auch keine Gefahr, dass sich irgendeine Frau an mir zu schaffen macht.“ Er griff nach seinem Jackett. „Mein Bett ruft nach mir – Danke für das köstliche Mahl, meine Liebe, wir sehen uns morgen!“

„Vor Vampiren müssen wir heute Nacht zum Glück auch keine Angst haben – die fliegen ganz sicher einen weiten Bogen um uns herum“, gab ihm Paula noch mit auf den Weg.

2.
Dienstag, 9.8.2011

Paula war vor allen anderen im Büro, was sie auch beabsichtigt hatte. Sie ließ sich extrastarken Kaffee in die Tasse laufen und betrat das Büro der Sekretärin.

„He, bist du krank?“ wunderte sich Tina Geiger – aus Erfahrung wusste sie nämlich, dass Paula normalerweise morgens immer auf den letzten Drücker zur Arbeit kam.

Paula schloss vorsorglich die Tür hinter sich und setzte sich auf eine freie Ecke des Schreibtisches.

„Ich bin in geheimer Mission hier, und du bist die Einzige, die mir in dieser Sache helfen kann“, begann sie mit geheimnisvoll gesenkter Stimme und hatte damit sofort Tinas ganze Aufmerksamkeit.

„Schätzchen, Tante Tina hilft dir immer gerne!“

„Dr. Knopp hat da gestern so eine Andeutung bezüglich Keesers schwindender Jugend gemacht“, kam Paula zur Sache. „Könnte es sein, dass mein werter Kollege demnächst Geburtstag hat?“

Strahlend griff Geigerlein in die Tastatur ihres Computers. „Der Frau kann geholfen werden – ich hacke mich einfach in die geheimen und doppelt gesicherten Personalakten dieser Behörde ...“ Sie sah Paulas entsetzten Blick und beruhigte sie lachend: „Keine Sorge, ich hab nur ein bisschen agentenmäßig übertrieben – ich komme da natürlich ohne Hacken und völlig legal ran ... lass mal sehen ... Bernd F Punkt Keeser ... hä? F Punkt? Das hab ich ja noch nie gesehen“, wunderte sie sich, als sie seine persönlichen Daten aufgerufen hatte.

Paula lag der Fridolin schon auf der Zunge ... aber dann schwieg sie doch eisern, schließlich hatte sie es ihrem Kollegen hoch und heilig versprechen müssen, niemandem seinen zweiten Namen zu verraten.

„Da haben wir’s ja“, sagte Tina schließlich. „Der Gute hat morgen Geburtstag – wird stattliche fünfundfünfzig.“

Die Tür flog auf, und das Geburtstagskind in spe polterte herein.

Ein geistesgegenwärtiger Tastendruck von Tina, und Keesers Polizeiunterlagen waren vom Bildschirm verschwunden. Die beiden Frauen wechselten einen schnellen verschwörerischen Blick.

„He, was ist denn hier los? Das ist das erste Mal, seit ich hier arbeite, dass diese Tür geschlossen ist! Was heckt ihr beiden Gören aus?“

„Wir?“ kam es ihm zutiefst unschuldig und unisono entgegen. „Wir hecken gar nichts aus. Wie kommst du denn darauf?“

Argwöhnisch sah er von einer zur anderen.

„Ich glaub euch kein Wort! Und jetzt kommt rüber, es geht los!“

Tina erhob sich händereibend und flüsterte Paula beim Hinausgehen zu: „Fein, das gibt also morgen eine Überraschungsparty für den Chef! Das wäre doch mal wieder eine wunderbare Gelegenheit für einen deiner fantastischen Kuchen.“

„Gute Idee, Keeser quengelt schon, dass es mal wieder an der Zeit dafür wäre. Ich hab aber gar nichts im Haus – kannst du mir in der Mittagspause was besorgen, damit er das nicht mitbekommt?“ flüsterte diese zurück. „Wie es aussieht, bekomme ich ihn heute nämlich keine Minute von der Backe.“

„Klaro, kannst dich auf mich verlassen.“

„Schön, dass wir jetzt endlich alle versammelt sind“, begrüßte sie Oberrat Sonne mit sarkastischem Unterton. „Wo stehen wir mit den Ermittlungen? Und wie sieht es aus mit der Identität des Toten – ist die inzwischen geklärt?“

Warum mühen wir uns eigentlich jeden Tag mit den Berichten ab, wenn er sie dann eh nicht liest?, überlegte Paula insgeheim.

Keeser ergriff als Erster das Wort. „Nein, Chef, noch keine Hinweise darauf, um wen es sich handelt. Die Fingerabdrücke haben nichts ergeben – unser Opfer ist anscheinend ein braver Bürger und wurde bisher kriminaltechnisch noch nicht erfasst. Wie mir Kollege Becker vorhin mitgeteilt hat, haben seine Beamten gestern Abend noch jeden Haushalt in Schweigen-Rechtenbach befragt – niemand kennt den Mann, niemand hat ihn gesehen. Wir weiten die Ermittlungen also auf die umliegenden Orte aus – als Nächstes kommen Dörrenbach, Schweighofen und Oberotterbach dran.“ Er teilte gleich die anwesenden Polizeibeamten auf die Ortschaften auf.

Auf einmal sah sich Sonne prüfend um. „Hat jemand von Ihnen Knoblauch gegessen?“ Mit krausgezogener Nase riss er eines der Fenster weit auf. „Bei diesem Gestank bleibt einem ja die Luft weg!“

Paula und Keeser sahen mit Unschuldsmienen in die Runde.

Als Paula die Kollegen in Uniform so betrachtete, musste sie automatisch an ihr etwas unangenehmes gestriges Intermezzo mit der Polizei und dem damit verbundenen Abschleppwagen denken. Ihr kam eine Idee. „Wir sollten alle Abschleppdienste kontaktieren“, platzte es aus ihr heraus.

Alle Augen richteten sich auf sie.

„Abschleppdienste?“ fragte Keeser.

„Abschleppdienste?“ Becker sah sie dümmlich an.

„Abschleppdienste?“ Sonne, der noch immer am Fenster stand, war der dritte im Bunde, der an ihrer Intelligenz zu zweifeln schien.

„Haben wir hier ein Echo?“ wunderte sich Paula. „Niemand kennt den Toten in Schweigen-Rechtenbach, er ist also kein Bewohner dieses Ortes, und er wohnte dort erwiesenermaßen in keinem Hotel, in keiner Pension und auch in keiner Ferienwohnung. Ergo muss er irgendwo anders hergekommen sein“, versuchte Paula ihre Idee mit dem Abschleppdienst zu erklären. „Er hatte keine Wanderkleidung an – das bedeutet für mich, dass er nicht von außerhalb nach Schweigen gelaufen ist. Und falls er kein öffentliches Verkehrsmittel benutzt hat – was wir übrigens noch überprüfen müssen –, dann ist er wahrscheinlich mit dem Auto gekommen ... und das muss jetzt irgendwo in der Nähe des Tatortes herumstehen. Irgendwann wird es einem Anwohner auffallen, und er wird es melden ... und an dieser Stelle kommt dann mein Abschleppdienst ins Spiel! Über das Kennzeichen würden wir dann null Komma nichts den Namen des Toten herausfinden.“

Lautes Gemurmel setzte ein.

„Und wenn er mit dem Taxi kumme isch?“ meldete sich der junge Anwärter Berger zu Wort.

„Gute Idee“, lobte Paula, „wir müssen also auch noch alle Taxifahrer zu unserem Toten befragen.“

Alle stöhnten daraufhin – es würde mal wieder ein langer Tag mit öder Routinearbeit sein.

„Abschleppdienste also. Vielleicht gar nicht so verkehrt dieser Gedanke. Frau Geiger, das erledigen Sie gleich nach der Besprechung!“

„Jawoll, Chef!“ gab diese zackig zur Antwort.

Sonne wandte sich an den Kriminaltechniker. „Und was gibt’s bei Ihnen Neues?“

„Wir haben die Fußabdrücke durch – war nicht einfach.“ Dreißigacker machte eine Pause. Nachdem er weder ein Lob noch eine Aufmunterung der Anwesenden bekam, sprach er weiter: „Einige waren von dem Toten selbst – Schuhgröße vierundvierzig. Mehrere Abdrücke von schweren Arbeitsstiefeln. Die konnten wir den beiden Polen zuordnen, die den Leichnam gefunden haben. Die waren übrigens in einem so großen Abstand zu der Leiche, dass keiner der beiden als Täter in Betracht kommt.“

Paula hatte das auch nie angenommen.

„Ein paar recht deutliche Abdrücke eines weiteren Halbschuhs in Größe zweiundvierzig“, setzte der Kriminaltechniker seinen Vortrag fort. „Es war also definitiv noch ein anderer Mann am Tatort unterwegs, der genau wie unser Opfer nicht unbedingt die passenden Schuhe für eine Weinbergwanderung anhatte. Der Schuhgröße nach zu urteilen ein etwas kleinerer Mann, kleiner als der Tote. Und der Tiefe der Abdrücke nach zu urteilen, wurden sie von einem recht schweren Mann verursacht – ich schätze mal so von Kollege Keesers Statur." Bevor der soeben genannte irgendetwas dazu äußern konnte, setzte der Kriminaltechniker hinzu: „Zudem noch mehrere Abdrücke von Damenschuhen – das konnten wir an der kleinen Schuhgröße und der Absatzform festmachen. "

Paula musste unweigerlich an die im feuchten Boden versinkenden Pumps der Staatsanwältin denken – aber die war ja erst am Tatort eingetroffen, als die Kriminaltechnik schon mit der Arbeit fertig gewesen war. Vor ihr musste also schon eine andere Frau im Matsch eingesunken sein. War das Opfer dort mit diesen beiden Personen verabredet gewesen? Oder war es nur ein zufälliges Zusammentreffen, das in einem Streit und dem Tod eines der Männer endete? Gehörten die beiden anderen zusammen? Oder waren sie unabhängig voneinander dort? Wenn ja, wer war dann zuerst dort gewesen? Und wer von ihnen hatte den Mann letztendlich getötet?

Laut Dreißigacker kam nur ein kräftiger Mann als Täter in Frage. Als Mörderin schied die Frau also auch aus – wenn also nicht sie den Mann umgebracht hat – hat sie dann gesehen, wer der Täter war? Warum hatte sie das dann noch nicht gemeldet? War sie also doch vor dem Mord dort draußen bei ihm gewesen? Wer war diese Frau? Und wo verdammt war sie?

„Also, Jungs und Mädels, das funktioniert wie damals bei Aschenputtel", schob Dreißigacker seinen Ausführungen noch hinterher. „Findet den Schuh, der zu diesem Abdruck passt, und ihr habt eure Prinzessin!"

„Oder den Mörder", ergänzte Keeser.

„Oder so!" stimmte Dreißigacker zu.

„Was ist mit diesem Knopf?" warf Paula ein.

„Ein sechzehn Millimeter Vier-Lochknopf aus schwarzem Büffelhorn mit dem Herstellernamen *Camargo*. Wird vorzugsweise für hochwertige Markenanzüge verwendet", ratterte er die Information herunter. „Wollt ihr auch noch den Einzelpreis wissen?" fragte er schelmisch grinsend.

„Nicht unbedingt, nein", lehnte Paula dankend ab. „Wenn es allerdings für die Ermittlungen relevant sein sollte ... hat der Teilabdruck, den ihr darauf gefunden habt, irgendwas gebracht?"

„Kein Ergebnis, tut mir leid. – Und wenn ihr nichts dagegen habt, gehe ich jetzt wieder an meine Arbeit." Der Kriminaltechniker stand auf. „Ihr wisst ja, wo ihr mich notfalls findet."

Kriminaloberrat Sonne erhob sich, was auch das Ende der Besprechung bedeutete.

Tina Geiger schob Paula möglichst unauffällig ihren Notizblock nebst Kugelschreiber zu. Während diese in einer Ecke schnell ihren Einkaufszettel darauf kritzelte, verrenkte sich Keeser schier die Augen, um etwas davon entziffern zu können. Wie in ihren längst zurückliegenden Schuljahren hielt sie demonstrativ die freie Hand als Sichtschutz davor. „Du bist ja kein bisschen neugierig, Keeser!" rügte sie sein Verhalten.

„Ich bin eben mit Haut und Haar Ermittler – ich wollte nur ermitteln, was ihr zwei für Geheimnisse habt", redete er sich schwach heraus.

„Commissario, Sie ... ähm ... du darfst alles essen, aber nicht alles wissen!" kam auch noch Tadel von der Sekretärin.

Daraufhin huschte ein Grinsen der Erkenntnis über Keesers dreitagebärtiges Gesicht – er war sich ganz sicher, dass sein bevorstehender Geburtstag Grund für diese Heimlichtuereien war. Ha, er war jetzt vorbereitet – er würde morgen nicht überrascht sein. Diese Freude würde er seinen hinterhältigen Mädels nicht machen!

„Könnten wir dann endlich los? Oder willst du, dass unser Mörder an Altersschwäche stirbt, bevor wir ihn finden?"

Paula verkniff sich die bissige Bemerkung, dass er dieser Art des Abtretens mit dem morgigen Tag ja auch ein Stückchen näherkommen würde. Keeser sollte nämlich nicht wissen, dass sie von seinem Geburtstag wusste.

„Wohin?" fragte sie knapp und folgte ihm auf den Parkplatz.

„Wir werden heute zusammen mit Becker Dornröschen wachrütteln!" verkündete er augenzwinkernd.

Paula sah in forschend an – wollte er sie auf den Arm nehmen?

„Wir fahren nach Dörrenbach – das *Dornröschen der Pfalz* – so nennt man diesen hübschen kleinen Ort werbewirksam bei uns. Ein beliebtes Ziel für Touristen – vielleicht hat es ja auch unseren Toten angelockt?"

Als sie gerade vom Hof fahren wollten, meldete sich Keesers Handy.

„Einen wunderschönen guten Morgen, Knoppilein", flötete er munter in den kleinen Apparat und hielt ihn so zwischen sich und Paula, dass diese mithören konnte.

„Was haben sie dir denn heute Morgen zum Frühstück gegeben? – Vogelfutter? Drogen?" kam krächzend die Antwort aus dem kleinen Lautsprecher.

Lachend nahm Keeser das Telefon wieder ans Ohr. „Weder noch, mein Guter. Ich habe nun mal ein fröhliches Gemüt! – Aber du rufst doch sicherlich nicht an, um dich nach meinem Wohlbefinden zu erkundigen, oder?"

„Nicht vorrangig, nein. Ich hab da was, was euch interessieren könnte. Seid ihr zufällig in der Nähe?"

„Sind gleich bei dir, Lieblingsleichenfledderer", versprach der Kommissar und gab Gas.

Paula freute sich nicht besonders, dass sie schon wieder in Knopps *Katakomben des Grauens* hinunterklettern mussten.

„Wie geht eigentlich Knopps Frau mit seinem Job um?" wollte Paula wissen. „Stört sie der Geruch nicht, der ihm doch sicherlich stets irgendwie anhaftet? Ich bin ja immer nur kurz in der Gerichtsmedizin, und trotzdem habe ich danach jedes Mal noch stundenlang das Gefühl, ich rieche selbst wie eine Leiche."

„Sonja? Die ist recht taff." Er grinste seine Kollegin süffisant an. „Die beiden haben immerhin zwei Töchter zustande gebracht – so sehr scheint der Geruch dann wohl nicht gestört zu haben."

Etwa zehn Minuten später stiegen sie die Stufen zu Knopps Reich hinunter.

Als sie den hell ausgeleuchteten Gang zu den Sektionsräumen entlanggingen, ertönte auf einmal Knopps Stimme aus einem der Büros. Er hatte die Füße entspannt auf seinem Schreibtisch liegen und biss gerade herzhaft in ein üppig belegtes Brötchen.

Ein kleiner Funken Hoffnung glimmte in Paula auf: Vielleicht blieb ihr ja heute mal der Sezierraum erspart?

„Bin grad beim Frühstück", entschuldigte sich Andreas Knopp mit vollem Mund und nicht unbedingt deutlich. Er stopfte den Rest seines Imbisses zurück in eine pinkfarbene Tupperdose – ein eindeutiges Zeichen für Paula, dass wohl Knopps Frau ihm dieses köstlich aussehende Sandwich gemacht hatte. Jetzt schwang er die Beine wieder Richtung Boden und wischte die letzten Brösel von Kittel und Schreibtischplatte.

„Setzt euch", wies er sie an. „Kaffee?"

„Keine Zeit", lehnte Keeser dankend ab.

„Gut, dann kommen wir gleich zur Sache." Er schnappte sich eine dünne Akte von der Ablage hinter sich und überflog die von ihm ausgefüllten Seiten. „Ich habe die Leichenschau offiziell beendet und den Leichnam freigegeben – wer auch immer ihn haben möchte. Ich habe nichts Auffälliges mehr feststellen können ..."

„Warum sollten wir dann noch mal kommen?" unterbrach ihn Paula unwirsch.

„Fräulein Ungeduld kann's mal wieder nicht erwarten." Keeser rollte übertrieben mit den Augen. „Du weißt doch ganz genau, dass Knoppi zum Schluss immer noch ein Sahnehäubchen zu bieten hat. Nicht wahr, mein Freund? Du hast doch noch ein Sahnehäubchen für uns?!“

„Wenn du die Laborergebnisse von der Kopfwunde hinter dem Ohr als Sahnehäubchen bezeichnen möchtest – bitteschön. Es wurden minimale Spuren von Neusilber gefunden.“ Knopp sah sie forschend über den oberen Rand seiner Brille an.

„Neusilber?“ fragte Paula dann auch erwartungsgemäß.

„Das ist eine Legierung aus Kupfer, Zink und Nickel, wobei der Anteil von Letzterem extrem hoch war. Wird gerne für billigen Schmuck oder Zierleisten verwendet.“

Paula und Keeser sahen sich ratlos an. „Und wie soll uns das weiterhelfen?“

Knopp zuckte mit den Schultern. „Keine Ahnung.“

„Na, da hatte ich aber ein bisschen mehr erwartet, werter Leichendoktor“, murmelte Keeser enttäuscht und erhob sich. „Von Sahnehäubchen kann da ja wohl nicht die Rede sein.“

„Doch, schon – wenn du das Teil gefunden hast, das diese Spuren in dieser Kopfwunde hinterlassen hat, wirst du nachträglich die Sahnehaubenhaftigkeit meiner Information erkennen.“ Knopp grinste ihn an. „Tolles Wort – *Sahnehaubenhaftigkeit* – findet ihr nicht auch?“

Keeser setzte zu einer Antwort an, ließ es dann aber doch – anscheinend fehlten ihm diesbezüglich die Worte. Stattdessen schüttelte er nur den Kopf. „Lassen wir den sahnehaubenhaftigen Kerl lieber alleine, bevor er uns noch ansteckt – nicht auszudenken!“

Paula folgte ihm lachend nach draußen. „Vielleicht hat ihn ja jemand mit einer Autotür am Kopf getroffen?“ neckte sie ihren Kollegen.

„Klar – oder mit einem Kotflügel ... hat man ja auch immer dabei, wenn man durch die Weinberge spaziert.“ Er blieb mitten auf der Treppe stehen und sah mit strafendem Blick auf Paula herab. „Ihr zwei seid wirklich keine Hilfe.“

„Dafür sind wir lustig.“ Sie lief leichtfüßig an ihm vorbei.

„Hahaha, ich lach mich tot!“ rief er ihr hinterher und stieg nicht ganz so leichtfüßig die letzten Stufen nach oben.

Als er am Wagen ankam, lehnte Paula lässig an der Beifahrertür und schenkte ihm einen gelangweilten Blick. „Lass uns endlich Dornröschen wachküssen, alter Mann!“

Keeser stieg ein und schnallte sich ordnungsgemäß an. Er wartete, bis auch sie saß und sagte dann ernst: „Ich bin mir noch nicht im Klaren, ob ich auf dem normalen Dienstwege um deine baldige Versetzung ersuchen werde oder ob ich doch lieber die schnellere Variante wählen soll, indem ich dich anderweitig aus dem Weg räume."

Paula tätschelte ihm wohlwollend den rechten Oberschenkel.

„Du würdest dich bestimmt ganz schrecklich ohne mich langweilen."

„Meinst du?" Er startete den Motor und fuhr rückwärts aus der Parklücke. Seine Stimme klang skeptisch.

„Aber ja, ganz bestimmt."

„Ich werde mal deinen früheren Kollegen in München anrufen, was der dazu sagt."

„Ach, herrje, der Obermoser, der ist bestimmt heilfroh, dass er mich los ist – und das auf dem normalen Dienstweg!"

„Siehst du, noch so ein armer Tropf! Wahrscheinlich ist er dank dir ein nervliches Wrack. Ganz bestimmt ist er in einer Psychotherapie oder einer Selbsthilfegruppe – und das ohne jegliche Hoffnung auf Linderung!"

„Ihr könnt ja einen Club gründen: den Club der Paula-Stern-Geschädigten e.V.", schlug Paula grinsend vor. „Vielleicht hättet ihr sogar Aussicht auf staatliche Förderung?"

„Und Leonardo ernennen wir zum Ehrenmitglied."

„Hahaha, jetzt lach ich mich tot."

Einige Kilometer hinter Bad Bergzabern bog Keeser schließlich nach rechts ab. Nach ein paar gewundenen Kurven durch Wald und Wiese waren sie am Ziel angekommen. Dörrenbach lag gar nicht weit von der Bundesstraße entfernt, und doch schien hier die Zeit ein paar Jahrhunderte stillgestanden zu haben. Natürlich gab es auch neue Häuser, doch Paula konnte sich gut vorstellen, dass der alte Kern des Ortes vor einigen hundert Jahren schon genauso ausgesehen hatte.

„Das ist also das Dornröschen – schön!"

Polizeiobermeister Becker wartete schon mit dem jungen Berger und einem anderen, ihr namentlich nicht bekannten Beamten neben einem Streifenwagen.

„Becker, Sie und Ihre Beamten schwärmen nach links und rechts aus, ich übernehme mit Kollegin Stern die Hauptstraße. Wenn was sein sollte, rufen Sie mich sofort an!" vergab Keeser die Aufgaben.

Sie ließen die Autos auf dem Parkplatz stehen und machten sich an die Arbeit: Paula klingelte an den Haustüren auf der rechten Seite der Straße, Keeser übernahm die Häuser gegenüber. Jedes Mal, wenn sich auf ihr Klingeln hin eine Tür öffnete, vollzog sich das meist gleiche Prozedere: Sie hielten den Öffnenden ihre Ausweise entgegen, leierten ihren Text herunter: „Guten Tag, ich bin von der Kriminalpolizei Landau, haben Sie diesen Mann schon einmal gesehen?“ – woraufhin sie das Foto des Toten vorzeigten. Die meisten Befragten schüttelten nach kurzem Blick auf das Bild den Kopf, nur wenige nahmen es in die Hand und betrachteten es genauer.

Na ja, eine ältere Dame glaubte ihn schon zu kennen – sie behauptete steif und fest, dass das eindeutig dieser berühmte Tennisspieler wäre, „dieser Boris, Sie wissen schon!“

Egal, wie sie allesamt an die Sache herangingen, letztendlich hatte niemand den Toten jemals gesehen.

So arbeiteten sie sich mühsam und bisher erfolglos die Hauptstraße entlang.

Vor einem Lokal blieb Keeser seufzend stehen. „Schade, dass die ausgerechnet heute Ruhetag haben – so eine kleine kulinarische Aufheiterung könnte nämlich gar nicht schaden ...“

Paula sah auf die Uhr – es war kurz nach zwölf. Ein leises hungriges Grummeln in der Magengegend konnte sie auch nicht verleugnen.

Plötzliches, lautes Bimmeln in ihrer Jackentasche ließ sie den Hunger vergessen. Erschrocken holte sie ihr Handy hervor und beendete mit schnellem Aufklappen den Radau.

„Hi, Lieblingskommissarin!“ säuselte ihr Tina Geiger ins Ohr. „Ich habe zwei wichtige Nachrichten für dich. Erstens: Ich hab alles für dich eingekauft. Und die zweite ist eine ganz besonders gute Nachricht: Deine Idee mit dem Abschleppdienst könnte ein Volltreffer gewesen sein! Wo seid ihr zwei Hübschen gerade?“

„Bei Dornröschen.“

„Ah, in Dörrenbach, das passt gut – seit gestern Morgen steht in Schweigen-Rechtenbach ein verlassenes Auto dumm herum, eventuell ja euer gesuchtes Auto.“

Paula spürte freudige Erregung. „Hast du das Kennzeichen?“ ... denn wenn sie das hatten, hatten sie auch bald den Namen des Besitzers und somit auch den Namen ihres Opfers – wenn es denn tatsächlich der Wagen des Opfers war.

„Nein, meine Süße, das müsst ihr schon selbst rausfinden“, wurde sie von ihrer Gesprächspartnerin enttäuscht. „Aber beeilt euch, der Abschleppwagen ist schon dort, und ich konnte die Tante am Telefon nur mit viel Mühe und unter Androhung von polizeilichen Maßnahmen dazu überreden, dass ihr Mann vor Ort den Wagen noch nicht auflädt. Er steht recht ungünstig in einer kleinen Straße in der Nähe des Weintores. Irgendwas mit Paulinerstraße und dann rechts ab. Na, ihr werdet es schon finden – so viele Abschleppwagen werden dort ja nicht unterwegs sein, denke ich mal. Da erwartet euch ein aufgebrachter Weinbauer, der nicht aus seinem Hof fahren kann, und ein genervter Fahrer eines Abschleppwagens, der von einem aufgebrachten Weinbauern beschimpft wird. Also, viel Spaß euch beiden!"

„Das war Geigerlein. Wir haben vielleicht des Auto des Toten", berichtete Paula und schlug schon den Rückweg zum Dienstwagen ein.

„Warum ruft sie dann dich an und nicht mich?" sagte er verwundert. „Ich bin hier nämlich der Chef", mokierte er sich.

„Und ich bin hier die Vize-Chefin! Eigentlich hatte ich eine ganz andere Frage von dir erwartet, nämlich WO das Auto steht."

Keeser blieb stehen und sah sie scharf an. „Ihr heckt was aus, hinter meinem Rücken – aber mir altem Kripo-Hasen könnt ihr nichts vormachen!"

„Du siehst Gespenster, Häschen – und jetzt lass uns nach Schweigen-Rechtenbach fahren, bevor der Wagen abgeschleppt wird", tat Paula seinen Verdacht gespielt locker ab. Sie vermied es, ihm in die Augen zu sehen, denn dann würde er sofort merken, dass er mit seiner Vermutung richtig lag. Sie hatte noch nie gut lügen können.

Während sie nach Schweigen fuhren, sah Keeser sie immer wieder prüfend von der Seite an, sagte aber kein Wort. Und sie sah übertrieben gelangweilt aus dem Fenster.

Sie fanden das Sträßchen auf Anhieb, denn es hatten sich schon zahlreiche Schaulustige eingefunden, die ein Durchkommen fast unmöglich machten. Die beiden Kommissare verließen ihren Wagen und bahnten sich einen Weg durch die Menschen. Nach ein paar Schritten sahen sie einen Mann im Blaumann, der von einem rotgesichtigen kleineren und sehr stämmigen Mann in grüner Latzhose beschimpft wurde. Das grüne Männlein war wohl der Winzer, der seiner Arbeit nicht nachgehen konnte, weil ein fremdes Auto seine Toreinfahrt blockierte.

„Hallo, hallo", rief Keeser mit dröhnender Stimme gegen den Lärm an. „Jetzt beruhigen wir uns mal allesamt. Die Kriminalpolizei ist da, und alles wird gut!"

Sofort trat Stille ein, und alle Augen wandten sich ihm zu.

„In ein paar Minuten ist der Wagen weg", versprach er dem Winzer.

Der Fahrer des Abschleppdienstes musterte Keeser eingehend.

„Sie kenn ich“, stellte er dann fest, und es klang nicht unbedingt freundlich. Sein Blick schwenkte zu Paula, und jetzt zog er grimmig die Augenbrauen zusammen. „Und Sie aach!“

Oh, Paula erkannte ihn auch – er war derjenige, der am Tag zuvor ihr Motorrad hatte abschleppen wollen.

„So sieht man sich wieder“, begrüßte sie ihn.

„Die zwei hänn mir schun geschtern Ärcher gemacht“, erklärte der Mann in Blau den neugierigen Zuschauern. „Vun weeche Terroristin un so – des sinn genau die Rischdische, um uns zu beschützen, dass ich nit lach!“ Er schickte ein raues „Haha“ hinterher. „Schaue Sie blooß zu, dass ich hier endlisch fort kumm – Sie beide sinn langsam echt g‘schäftsschedischend!“

Paula lief um den Wagen, eine dunkelblaue BMW-Limousine neuester Bauart, herum. Der Besitzer schien gut Geld zu haben.

„Keine Einbruchsspuren“, teilte sie Keeser mit, der mit Geigerlein telefonierte, um ihr das Kennzeichen durchzugeben.

Um im Inneren des Wagens etwas erkennen zu können, drückte Paula die Nase an die Scheibe der Beifahrertür und hob ihre flachen Hände als Lichtschutz an die Schläfen. Der Wagen war blitzsauber, nichts lag herum, keine Packung Papiertaschentücher, kein Fast-Food-Müll – nicht einmal ein Einkaufschip in der Ablage. Blieb noch das Handschuhfach, das sie aber von hier aus nicht einsehen konnte. Hinter dem Beifahrersitz lag eine große Tasche – eine von der Sorte, in die man eine Kamera packte. Die stand offen da, und sie war bis auf zwei verschiedene Objektive leer. „Hier hinten ist eine leere Kameratasche“, rief sie Keeser über das Autodach hinweg zu. „Sieht nach Profi-Ausstattung aus.“

Ihr Kollege sah ebenfalls durch das Fenster und nickte. Er kam zu dem selben Schluss wie Paula, nämlich, dass ihre männliche Leiche wohl durch den Riemen seiner eigenen Kamera zu Tode gekommen war.

„Okay“, sagte sie schließlich und wandte sich an den Blaumann: „Sie können ihn einpacken.“

„Des wird awwer aach Zeit“, maulte der und befestigte eine Kette am Abschlepphaken der Luxuskarosse.

„Der geht aber nicht zu der üblichen Sammelstelle, sondern direkt zur Kriminaltechnik nach Landau“, gab Keeser weitere Instruktionen. „Westring 23 – er ist vorerst ein Beweismittel.“

Die Menschenmenge löste sich langsam auf, und die beiden Kommissare beobachteten, wie der BMW langsam auf die Ladefläche des Abschleppwagens gezogen und dort festgezurrt wurde.

„Aus Berlin – ein weiter Weg, um zu sterben“, murmelte Paula.

„Wenn es denn das Auto unseres Toten ist“, gab Keeser zu bedenken. „Aber das werden wir ja bald wissen.“ Er wählte erneut. „He, Mabuse, da ist ein Geschenk für dich unterwegs – und ich hab mich diesmal wirklich nicht lumpen lassen: Es handelt sich um einen dicken BMW.“ Er lauschte kurz, dann lachte er. „Nää, ohne Schlupp, sei doch nit immer so aaschbruchsvoll!“

„*Schlupp*?“ hakte Paula nach.

„Schleife. – Und wir zwei Hübschen, was machen wir jetzt?“

„Zurück nach Dörrenbach?“ vermutete Paula.

„Wird uns wohl nichts anderes übrig bleiben – aber erst muss ich was essen. Ein altes Pfälzer Polizeisprichwort besagt: Wer solide Ermittlungsarbeit erledigen muss, sollte solide essen!“

Paula musste grinsen. „Lass mich raten: Dieses Sprichwort hat bestimmt ein gewisser Kriminalhauptkommissar Keeser gesprochen.“

„Richtig! Ein wirklich genialer Kopf, dieser Keeser, findest du nicht auch?“

„Na ja ...“

„Und ich weiß auch schon, wo wir was Feines bekommen – folge mir unauffällig und geruchlos!“ Er lotste sie zum Auto. Sie fuhren ein Stück die Hauptstraße entlang, dann hielt er vor dem Weingut Jülg an.

Paula sah ihn strafend an. „Wegen der paar Meter sind wir jetzt mit dem Auto gefahren?“

„Ja-ha, jetzt, quasi im Zustand der völligen Magenleere, wären die paar Meter natürlich noch ganz einfach zu laufen gewesen, meine Liebe. Aber der vorausdenkende Mensch – also in diesem Fall ich – weiß, wie schwer es ist, diese paar Meter NACH dem Essen laufen zu müssen.“ Er warf die Fahrertür mit Schmackes zu. „Glaube mir, du wirst es mir später danken!“

Durch ein Tor kamen sie in einen wunderschönen Hof mit Kopfsteinpflaster. Tische und Stühle luden zum Sitzen ein, und die beiden kamen dieser Einladung in einer schattigen Ecke nach.

„Ich war schon ewig nicht mehr hier“, stellte Keeser fest. „Hier gibt es fantastische Bratkartoffeln“, schwärmte er. „Und am Besten schmecken sie mit Weißem Käs’.“

„*Weißer Käs’*?“

Keeser sah sie fast traurig an. „Dir muss man ja wirklich erst die Welt erklären! Weißer Käs’ ist Quark. Mit Zwiebelchen drin, frischen Kräutern, Sahne – Quark de luxe, wenn man so will. Was für die schlanke Linie und rein vegetarisch.“

„Überredet“, entschied Paula, ohne einen Blick in die Karte geworfen zu haben.

Keeser bestellte die übliche große Rieslingschorle für sich und die kleine Ausführung für Paula. Ebenso zweimal Weißen Käs’ mit einer Portion Bratkartoffeln extra. „Vorsichtshalber, damit meine Linie nicht zu schlank wird“, sagte er zufrieden.

„Deswegen brauchst du dir wohl keine größeren Sorgen zu machen“, tat Paula diese Befürchtung ab. „Bist ja doch recht gut genährt, mein Lieber.“

Keeser musterte prüfend seinen Bauch, der sich sanft unter seinem Hemd wölbte. „Weißt du“, sagte er schließlich, „ich hab schon so manche Diät gemacht, um diesem Bäuchlein Paroli zu bieten. Manchmal sogar zwei Diäten gleichzeitig, weil man von einer ja nicht richtig satt wird.“

„Ach, Keeser, wegen mir musst du nicht abnehmen – ich liebe jedes Gramm an dir.“ Sie tätschelte ihm wohlwollend die Hand. „Aber die Frau Staatsanwalt mag vielleicht eher den drahtig-schlanken Typ Mann, wenn du weißt, was ich meine?“

Das Essen kam, und ihr Kollege betrachtete zufrieden seine doppelte Portion Bratkartoffeln. „Na, gottlob hab ich ganz viele Bratkartoffeln bestellt, die dafür sorgen werden, dass mir die Renner vom Leib bleibt. Vielleicht sollte ich sicherheitshalber noch eine Portion von diesen wunderbaren Dickmachern mit extra viel Fett bestellen?“

„Du bist und bleibst unmöglich“, gab Paula auf und widmete sich genussvoll ihrem Essen.

Keeser hatte kaum seine Gabel ergriffen, als sein Handy Alarm schlug. „Mist“, maulte er unglücklich. „Müssen die denn immer mich anrufen? Dabei hab ich doch eine Kollegin, die sie nerven könnten ... Keeser!“ blaffte er in den kleinen Apparat. „Ach, Geigerlein, du bist’s“, fügte er sanft hinzu. „Du bist aber auch die Einzige, die mich jetzt stören darf!“ Er konnte nicht widerstehen und schob sich mit den Fingern eine wunderbar braun gebratene Kartoffelscheibe in den Mund. Dann schüttelte er heftig den Kopf. „Nein, du störst nicht beim Sex – da wäre ich nämlich gar nicht rangegangen!“ Er zwinkerte Paula zu. „Wir sitzen hier ganz anständig und vollkommen bekleidet beim Essen, und meine Bratgrumbeere werden langsam aber sicher kalt. Könntest du also freundlicherweise zur Sache kommen?“ Die nächste Kartoffel verschwand zwischen seinen Zähnen. „Na, das ist doch mal eine gute Nachricht. Bis später!“ Er legte das Handy achtlos auf den Tisch und machte sich zügig daran, sich endlich sein Essen einzuverleiben. „Das ist die reinste

Folter", teilte er nach einigen Minuten des hingebungsvollen Essens mit, „du sitzt vor den herrlichsten Speisen und darfst nur gucken und nicht essen."

„Was war denn jetzt?"

„Ach, ja – Geigerlein hat über das Kennzeichen den Halter des BMW herausgefunden – ein gewisser Klaus-Peter Jansen. Über die Führerscheinstelle kam sie an das Foto – der altbekannte Weg." Er aß seelenruhig weiter.

„Ja, und?" drängelte Paula.

Er sah sie verständnislos über seine vollgeladene Gabel hinweg an.

„Sind unser Toter und dieser Klaus-Peter Jansen nun ein und dieselbe Person?"

„Hab ich das nicht gesagt? Ja, sie sind. Er war übrigens dreiunddreißig – da lag Knopp mal wieder nah dran."

Paula klaute sich ein dickes Stück Bratkartoffel von Keesers Extraportion und wischte damit sorgfältig den letzten Rest ihres Quarks vom Teller. „Also endlich ein neues Puzzleteil! Mit dem Namen müsste es jetzt doch viel einfacher sein, herauszufinden, wo er gewohnt hat, oder?"

„Hm, ich denke schon", stimmte er ihr zu.

„Gibt es da nicht diese Meldepflicht für Beherbergungsstätten?"

Er strahlte sie zufrieden an. „He, du bist ja richtig gut!" Er deutet mit der Gabel auf sein Telefon in der Mitte des Tisches, bevor er mit dieser seine letzten Kartoffeln aufspießte und sich in den Mund schob.

Paula hatte wenig später die Sekretärin am Ohr und bat sie, die Meldelisten zu besorgen. „Schön, wenn man jemanden mit diesem lästigen Kleinkram beauftragen kann."

Keeser war da ganz anderer Auffassung: „Also, ich würde lieber telefonischen Kleinkram erledigen als von Tür zu Tür gehen wie ein Hausierer."

„Aber so bekommst du wenigstens ein bisschen Bewegung und frische Luft ..."

„Spielst du etwa schon wieder auf meinen weich geformten Rubenskörper an?"

Nach einer Tasse Kaffee brachen sie auf.

„Wo wir schon mal da sind – lass uns doch noch mal zum Tatort fahren", schlug Paula vor. Gleich darauf grinste sie hinterlistig. „Wir könnten das Stückchen auch laufen – würde uns nach dem Essen gut tun."

„Willst du mich umbringen?" Keeser stieg in den Wagen. „Ich fahre – aber wenn du unbedingt laufen willst, warte ich da oben gerne auf dich."

Paula stieg auch ein – so sehr wild war sie dann auch wieder nicht auf Laufen. Es war jetzt sehr heiß, ein typischer flirrender Augustnachmittag –

eigentlich wäre sie lieber in dem lauschigen Winzerhof sitzen geblieben als bei sengender Sonne durch die Gegend zu spazieren.

„Was willst du am Tatort?"

„Keine Ahnung. Einfach mal umsehen, wenn kein Polizeiaufgebot dort herumlungert."

Minuten später waren sie auf dem schmalen Sträßchen, das in die Weinberge führt. Von der Riesenpfütze, die gestern noch den Weg verschluckt hatte, war nichts mehr da. Die Sonne der letzten beiden heißen Tage hatte das Wasser bis auf den letzten Tropfen weggeleckt. Zurückgeblieben war als einziger Zeuge der einstigen Überschwemmung eine etwas dunklere Schicht angetrockneten Schlamms.

„Halt mal an!" rief Paula und war schon ausgestiegen, bevor der Wagen hielt. Sie bückte sich und kratzte die Reste eines Smartphones aus der Schlammkruste.

„Das ist doch eines von diesen sauteuren neumodischen Dingern. Na, damit kann man wohl nicht mehr telefonieren", diagnostizierte Keeser.

„Könnte unserem Opfer gehört haben", gab Paula zu bedenken und versenkte die kläglichen Überreste in einer Beweismitteltüte.

„Könnte aber auch jemand anderem gehört haben", gab ihr Kollege dagegen zu bedenken.

„Der Mörder könnte es hier entsorgt haben", spann Paula ihre Idee weiter.

„Es könnte einem total unschuldigen Menschen aus der Tasche und genau in die Pfütze gefallen sein", schnitt Keeser diesen frisch gesponnen Faden rigoros ab.

„Vielleicht kann ja die Kriminaltechnik genau das herausfinden?"

Keeser musterte ihren Fund skeptisch. „So wie das Teil aussieht, stehen die Chancen wohl eher schlecht. Zertrümmert UND stundenlang im Wasser – mach dir da mal nicht allzu große Hoffnungen."

„Wie kann man nur immer so negativ sein."

Sie fuhren weiter, bis sie schließlich am Tatort ankamen.

Paula ließ den Ort auf sich wirken und drehte sich langsam um die eigene Achse. Ihre Blicke schweiften eingehend über die nahe Umgebung. Nichts, sie konnte nichts Außergewöhnliches entdecken, nichts, was auf eine so grausame Tat wie einen Mord hindeutete. Das hier war ein idyllisches Stückchen Erde – abgesehen von dem rot-weißen Absperrband der Polizei, das den Fundort der Leiche markierte. Und abgesehen von den weißen Linien auf dem Boden, die die Umrisse das Opfers anzeigten.

Gedankenverloren zupfte sie ein paar Weintrauben und steckte sie sich in den Mund. „Lecker“, stellte sie fest.

„Sonst noch irgendwelche neue Erkenntnisse?“ erkundigte sich Keeser mit den Händen in den Jackentaschen.

Kopfschüttelnd sah Paula die Reihen der Rebstöcke entlang.

„Vielleicht hat ja zur Tatzeit jemand in den Weinbergen gearbeitet und etwas gesehen?“ Sie nagte überlegend an ihrer Unterlippe. „Wir sollten einen Polizeiaufruf in die Zeitung setzen.“

„Das wird Sonne nicht zulassen – er hat seinen Standpunkt dahingehend ja schon geäußert: Keine Presse!“

„Andere Regionen leben von Krimis. Ich denke da mal an diese Eifel-Krimis, die machen dort geführte Krimiwanderungen zu den Tatorten in den Büchern. Es gibt dort sogar ein Krimihotel. – Ich denke, wir würden mit einem Toten in den Weinbergen eher Neugierige anlocken als irgendwen verscheuchen.“

„Liebe Paula, tu dir keinen Zwang an und diskutiere das mit dem Chef aus – aber erwarte keine Hilfe von mir, denn ich werde mich auf alle Fälle raushalten.“

„Feigling“, murmelte sie. „Fridolin Feigling“, ergänzte sie mit einem schiefen Seitenblick.

„Das hab ich gehört.“

„Solltest du ja auch hören. – Mann, einerseits sollen wir so schnell wie möglich den Täter finden, aber andererseits lässt Sonne vernünftige Ermittlungsarbeit nicht zu. Wie soll denn das funktionieren?“ Sie stemmte die Hände in die Hüften und baute sich zornig vor ihm auf. „Hier werden nicht nur Leichen mal schnell über Grenzen gezerrt, nein, auch ernsthafte Ermittlungsarbeiten werden im Keim erstickt. So kann ich nicht arbeiten!“

Begütigend lächelnd sah der große Keeser auf sie hinunter.

„Sieht aus wie ein Zwergenaufstand.“

„Pass bloß auf, dass dir der Zwerg nicht ans Schienbein tritt!“ drohte sie und wedelte mit einer geballten Faust vor seiner Nase herum.

Er umschloss die Faust mit seiner Riesenhand und drückte sie sanft nach unten. Mit der Stimme eines Irrenhausarztes sagt er: „So, jetzt haben wir uns aber genug aufgeregt. Jetzt atmen wir ganz tief durch und beruhigen uns.“

Mehr scherzhaft als schmerzhaft trat Paula ihm ans Schienbein und entwand ihm ihre Hand. „Komm mir bloß nicht so, mein Lieber!“ Energisch stapfte sie zum Wagen.

„Aua!“ Verblüfft sah er ihr nach. Dann folgte er ihr stark humpelnd und mit übertrieben schmerzverzerrtem Gesicht zum Wagen. Dort angekommen, zerrte er das Hosenbein hoch und betrachtete sich den Schaden. Er deutete auf einen stark behaarten Unterschenkel mit einem kaum sichtbaren roten Fleck und lamentierte: „Das war ein tätlicher Übergriff auf einen Staatsbeamten, das war Nötigung ... das reicht für eine Dienstaufsichtsbeschwerde!“

„Nur zu – *von einer kleinen schwachen Kollegin getreten* – alle werden sich über dich lustig machen. Und wenn ich denen dann noch deinen zweiten Namen verrate ...“ Sie grinste ihn gemein an.

„Das wirst du schön bleiben lassen!“

„Werd ich nicht!“

„Okay, dann ist hiermit die Sache für mich erledigt!“ Er krempelte das Hosenbein wieder hinunter.

„Perfekt, dann können wir ja endlich weiterarbeiten. Da du ja sooo schwer verletzt bist – soll ich fahren?“

„Gott bewahre! Wenn du nämlich genauso Auto fährst wie du Motorrad fährst ...“ Er startete den Motor.

„Was soll das denn nun schon wieder heißen?“ Sie sah ihn prüfend an.

Er zwinkerte ihr freundschaftlich zu. „Hat dir schon mal jemand gesagt, dass du entzückend bist, wenn du dich aufregst?“

„Scheusal!“ zischte sie.

„Aber ein nettes, das musst du zugeben.“

Gegen sechzehn Uhr waren sie wieder in Dörrenbach. Vor dem Rathaus trafen sie auf einen genervten Polizeiobermeister Becker. Von ihm erfuhren sie, dass die Beamten inzwischen an fast jeder Tür geklingelt, dabei aber keinerlei Erfolg erzielt hatten. „Noch ein halbes Stündchen, dann sind wir durch“, schloss er seinen Bericht.

„Das schafft ihr ja bestimmt auch ohne uns“, meinte Keeser zuversichtlich. „Wir fahren dann nämlich rüber in die Kriminaltechnik.“

Paula hatte nichts dagegen einzuwenden. Im Gegenteil: Vielleicht konnten sie heute ja mal frühzeitig Feierabend machen – sie musste ja schließlich noch eine Geburtstagstorte backen.

Heinz Bader, der Elektronikfachmann der kriminaltechnischen Abteilung schüttete die mitgebrachten Handytrümmer vorsichtig in eine Metallschale und musterte sie mit tiefen Sorgenfalten auf der Stirn. „Himmel, wo habt ihr das denn ausgegraben?“

Paula erzählte es ihm.

„In einer tiefen Pfütze, die eine ganze Straße bedeckte? So, wie das bedauernswürdige Teil hier aussieht, sind da bestimmt sämtliche Ermittlungsfahrzeuge drübergerollt. Und dann noch das Wasser – die Aussichten, da irgendetwas retten zu können, sind mehr als schlecht."

Er ging zu einem Regal und kam mit einer großen Plastikdose zurück. Auf einem Aufkleber stand *Reis*.

„Willst du uns jetzt was Leckeres kochen?" wunderte sich Keeser.

Zu seinem grenzenlosen Erstaunen öffnete Bader die Dose und bettete die Teile des zerstörten Telefons in den Reis.

„Der Kerl denkt aber auch immer ans Essen! – Nein, Herr Kommissar, der Reis zieht die restliche Feuchtigkeit aus dem Gerät. Denn erst dann kann ich sehen, ob ich noch irgendwelche Daten retten kann." Er verschränkte die Arme vor der Brust und sah Keeser an. „Und das kann dauern."

Dieser schnaubte verächtlich. „Warum höre ich in diesen Räumen eigentlich nie ein ‚Aber ja, lieber Keeser, das kann ich dir gleich sagen!' – hier wird man immer nur vertröstet."

Bader zuckte nur gelangweilt mit den Schultern und blieb dem Kommissar eine Antwort schuldig.

Sie gingen die Treppe zu ihrem Büro hinunter. Da es im Moment nichts mehr für sie zu tun gab, konnten sie auch ihren Bericht schreiben. Während Keeser frischen Kaffee in ihre Tassen laufen ließ, schaute Paula bei der Sekretärin vorbei.

Die sah überrascht auf die Uhr. „Schon fertig mit Verbrecher fangen?"

„Wir stecken derzeit irgendwie fest. Hast du die Meldelisten der Hotels und Pensionen schon bekommen?" Sie nahm die dampfende Tasse von ihrem Kollegen dankbar entgegen.

„Hab ich." Tina reichte ihr einen Stapel Papier. „Hab alles durchgesehen – aber der Name eures Toten war nicht dabei. Allerdings kann es gut sein, dass die Meldung für ihn nur noch nicht eingegangen ist – manche Vermieter lassen sich da gerne ein bisschen Zeit, hat mich die zuständige Sachbearbeiterin wissen lassen. Sie wird mir aber ab sofort täglich die Neumeldungen zukommen lassen."

„Und wenn er unter anderem Namen abgestiegen ist?" gab Keeser zu bedenken.

„Warum sollte er das denn tun?" wollte Paula wissen.

Die Sekretärin riss ihre blau umrandeten Augen weit auf.

„Weil er vielleicht ein Spion war?"

„Geigerlein, du siehst zu viel fern!“ brummte Keeser gutmütig. „Wenn mich jemand suchen sollte: Ich bin dann mal an meinem Schreibtisch.“

Paula folgte ihm und ließ ihren PC hochfahren. „Der zweite Tag, und wir wissen noch so gut wie nichts.“

„Ich weiß gar nicht, was du hast: Wir sind jetzt etwa sechsunddreißig Stunden an dem Fall. Von diesen sechsunddreißig Stunden haben wir ungefähr acht Stunden geschlafen – macht nach Adam Riese und Eva Zwerg achtundzwanzig Stunden Ermittlungsarbeit. Wir wissen immerhin schon, wie der arme Kerl gestorben ist, wir wissen, wie er heißt und wo er herkommt. Ich hatte schon Fälle, da wussten wir das nach zwei Wochen noch nicht. Und wir können davon ausgehen, dass er nicht auf der Durchreise war, da er schon am Samstag gesehen wurde – also werden wir über kurz oder lang auch herausbekommen, wo er abgestiegen ist.“

„Der Fall ist deiner Meinung nach also schon so gut wie gelöst?“ erwiderte Paula spöttisch.

„Bis auf ein paar Kleinigkeiten – ja.“

„Deine positive Einstellung hätte ich gerne.“

Tina Geiger erschien in der Tür. „Wenn ihr beiden Hübschen nicht noch irgendeinen irre wichtigen Auftrag für mich haben solltet, gehe ich dann mal.“

Keeser sah Paula fragend an, aber der fiel auch nichts ein, was die Sekretärin noch für sie erledigen könnte. Notfalls konnten sie ja auch mit dem Telefon umgehen.

„Dann werde ich mal meinen Hansi davon überzeugen gehen, dass meine blauen Haare wunderbar mit meinen neuen blauen Spitzendessous harmonieren.“ Sie warf den beiden einen aufreizenden Augenaufschlag zu.

Kaum war sie draußen, kam sie auch schon wieder zurückgestöckelt und flüsterte Paula mit einem vorsichtigen Seitenblick auf Keeser ins Ohr: „Unser Geheimnis steht in meinem Büro im kleinen Kühlschrank – nicht vergessen!“ Dann entschwand sie endgültig.

„Was hat sie dir denn Heimliches ins Öhrchen geflüstert?“ fragte Keeser neugierig.

„Genaueres über ihre Spitzenunterwäsche – soll ich es wiederholen?“ log Paula, ohne rot zu werden.

Keeser mochte die Sekretärin wirklich gerne – aber er wollte sie sich keinesfalls in Spitzenunterwäsche vorstellen.

„Nein, danke – kein Bedarf!“ wehrte er ab.

Lachend begann Paula zu tippen.

Während sie ihre Tagesberichte schrieben, klingelte mehrfach Keesers Handy. Einmal war es Becker, der ihm seinen Bericht durchgab, die anderen beiden Male waren es die Beamten, die die Bevölkerung von Schweighofen und Oberotterbach befragt hatten. Allesamt mit dem gleichen unbefriedigenden Ergebnis: Niemand hatte Klaus-Peter Jansen jemals gesehen, geschweige denn ihm ein Zimmer vermietet.

„Gehen wir noch was zusammen essen?" wollte Keeser wissen, nachdem ihre Berichte feinsäuberlich ausgedruckt auf dem Schreibtisch lagen.

„Willst du mich mästen? Wenn ich weiter so viel esse, passen mir meine Klamotten bald nicht mehr." Hunger hatte sie eigentlich schon, aber da fiel ihr die Torte ein, die sie ja noch backen musste. „Nein, heute nicht, Kollege. Außerdem habe ich noch was vor." Doch wie sollte sie die Zutaten für die Torte aus dem Sekretariat holen, ohne dass Keeser das mitbekam? Würde sie jetzt die Tüte holen, würde er – neugierig wie er nun mal war – gleich wissen wollen, was sie denn da mit sich herumschleppte. Auch wenn sie noch eine Arbeit erfinden würde, die sie angeblich noch zu erledigen hätte und ihn wegschickte – er würde den Braten sofort riechen, da war sie sich sicher.

Also verließ sie mit ihrem Kollegen zusammen das Büro, verabschiedete sich vor der Dienststelle von ihm und winkte ihm noch einmal zu, als er mit dem Auto auf der Straße an ihr vorbeifuhr. Sobald er sie ganz sicher nicht mehr sehen konnte, machte sie auf dem Absatz kehrt und ging zurück. Mit der Einkaufstüte, die Tina im Kühlschrank für sie deponiert hatte, machte sie sich dann zum zweiten Mal auf den Heimweg.

Heute stand ein großer Umzugslaster vor der Tür, und nicht nur der Mieter aus der Wohnung unter ihr schleppte Kisten und Möbelstücke die Treppe hinunter, auch zwei Möbelpacker versperrten ihr ächzend die Treppe. Ihnen folgte die zu dem Nachbarn gehörende Frau oder Freundin. Nicht mal das wusste sie: Ob die beiden verheiratet waren oder nicht – dabei hätte ihr das eventuell ein kurzer Blick auf das Klingelschild verraten! Das würde ihr mit dem Nachmieter des Pärchens ganz bestimmt nicht passieren – sie nahm sich fest vor, ab sofort den Kontakt zu ihren Nachbarn besser zu pflegen.

Sie lächelte der jungen Frau freundlich zu und ging die letzte Treppe zur ihrer Wohnung hinauf. Im schummrigen Licht versuchte sie das Türschild ihrer Nachbarin zu entziffern.

Eine nette ältere Dame mit einem grauen Zwergpudel, das wusste sie, sie hatte sie ein paar Mal im Treppenhaus getroffen. Der Pudel hatte sie jedes Mal aufgeregt wedelnd begrüßt.

Vielleicht sollte sie den beiden demnächst einen Besuch abstatten oder sie zu sich auf eine Tasse Kaffee oder Tee einladen? *Lieselotte Seidel* stand in geschwungenen Schnörkeln auf dem goldenen Schild.

Klassische Konzerttöne drangen durch die Tür. Paula schloss bei sich auf. Ob sie wohl jemals in das Alter kommen würde, in dem Menschen plötzlich nur noch klassische Musik oder deutsche Schlager hören wollten?

Zum Trotz schaltete sie ihren CD-Player an und legte eine Scheibe von Apokalyptika ein, einer finnischen Rockband, bei der zwar auf einigen Chelli gespielt wurde, deren Musik aber sehr weit von typisch klassischer Musik entfernt war. Ihr Vater nannte es Krach.

Nachdem sie die langen Jeans gegen ein Paar ausgefranste kurze ausgetauscht hatte, ging sie in die Küche. Sie holte die Sachen, die ihr Tina netterweise für die geplante Brombeertorte besorgt hatte, aus der Tüte. Sie schaltete die Backröhre an und dann ging es los: Während die Butter in einem kleinen Topf vor sich hinschmolz, wusch sie die Brombeeren – wahre Riesenbeeren! – und tupfte sie vorsichtig mit Küchenpapier ab.

Sie schaltete die Backröhre ein und mischte die Zutaten für die knusprigen Haselnussstreusel. Dann legte sie die Springform damit aus, wobei der eine oder andere dicke Teigklumpen in ihren Mund wanderte. Der Teig war schnell gerührt und auf dem Streuselboden verteilt. Sie versenkte noch einen Teil der Brombeeren darin und dann schob sie die zukünftige Torte in den Ofen. Jetzt hatte sie etwa eine halbe Stunde Zeit, und so entschied sie sich, den Rest der Knoblauchspaghetti von gestern aufzuwärmen – sicher zum Leidwesen des Oberbosses, der heute Morgen ja doch recht negativ auf den von ihnen verströmten Duft reagiert hatte. Sein Pech, entschied sie und gabelte das köstliche Pastagericht direkt aus dem Topf.

Danach wusch sie schnell ab und setzte sich dann vor die Glotze – ein überaus seltener Genuss bei ihren unberechenbaren Arbeitszeiten.

„CSI Las Vegas" hatte gerade angefangen – eine Sendung, die sie recht gerne sah. Eine Sendung, in der das Kriminallabor im Mittelpunkt steht und dank höchstmoderner Apparaturen, bestausgebildeter und aufs Raffinierteste kombinierender Kriminaltechniker die eingehenden Fälle im Handumdrehen löst. Wenn man das Labor, mit dem sie zusammenarbeitete, mit dem im Fernsehen verglich, konnten einem schon die Tränen kommen. Ein Wunder, dass hier in Landau überhaupt Fälle gelöst werden konnten!

Kuchenduft schwebte aus der Küche zu ihr herüber und verdrängte die letzten Knofischwaden. Und als sie den Kuchen zum Abkühlen auf die Arbeitsplatte stellte, hätte sie sich am liebsten gleich ein Stück davon einverleibt.

Nichts da, sie würde sich bis zum Frühstück gedulden müssen!

Sie sah sich noch zwei andere Sendungen an und hätte danach problemlos auf ihrem Sofa einschlafen können. Aber sie musste ja noch die Torte fertig machen – wie sie sich nämlich kannte, würde morgen früh die Zeit dafür nicht reichen.

Also pürierte sie die Brombeeren bis auf eine Handvoll für die Dekoration. Dann schlug sie die Sahne und mischte das Beerenpüree darunter. Diese Masse strich sie rundum auf den Kuchen und setzte die restlichen Beeren hinein. Zufrieden betrachtete sie ihr Werk. Nachdem Keesers Geburtstagstorte im Kühlschrank verstaut war, ging sie Zähne putzen und ins Bett. Es war inzwischen weit nach Mitternacht, und sie musste den Wecker um einiges früher klingen lassen, damit sie die Torte vor Keesers Ankunft in die Dienststelle bringen konnte. Was man nicht alles für seinen Kollegen machte!

Kaum, dass ihr Kopf das Kissen berührt hatte, war sie auch schon eingeschlafen.

3.
Mittwoch, 10.8.2011

Keeser kam an diesem Tag extra etwas später zur Frühbesprechung. Da er sich vollkommen sicher war, dass Tina und Paula etwas bezüglich seines Geburtstages geplant hatten, wollte er den beiden genügend Zeit geben – für was auch immer.

Erwartungsvoll betrat er Paulas und sein Büro – aber das war verlassen, und nichts deutete auf eine Geburtstagsfeier hin. Auch Tinas Büro war verwaist. Daraus schloss er, dass schon alle im Besprechungszimmer waren und dort auf das Geburtstagskind warteten.

Voller Vorfreude öffnete er mit Schwung die Tür, doch keiner seiner anwesenden Kollegen kümmerte sich um ihn. Kein Gespräch wurde unterbrochen, kein freudig geplärrtes „Überraschung!“ ertönte und auch keine schräge Geburtstagshymne. Völlige Nichtachtung wurde ihm zuteil, und er war schrecklich enttäuscht.

„Da ist er ja!“ rief endlich Oberrat Sonne und bat um Ruhe. „Dann können wir ja endlich anfangen.“ Er wartete, bis Keeser neben Paula Platz genommen hatte und legte los – aber keinesfalls mit einer Gratulation oder dem Anstimmen von „Happy birthday to you“, wie Keeser mit dem letzten Zipfelchen Zuversicht noch erhofft hatte, sondern er stieg gleich in den Fall ein. „Die Meldeliste der Hotelerie hat also nichts ergeben?“

Ein Hauch von Traurigkeit legte sich über Keesers gute Laune.

Paula verneinte die Frage.

„Und der Mann ist bisher auch nicht als vermisst gemeldet worden?“ fragte Sonne weiter.

„Nein, Chef“, antwortete Tina Geiger. „Das überprüfe ich regelmäßig – bisher vermisst ihn keiner.“

Sonne wandte sich an Dreißigacker. „Was ist mit dem Wagen? Gibt’s da irgendwelche brauchbaren Spuren?“

„Nichts, was euch weiterhelfen könnte“, begann der Gefragte seinen Bericht. „Zum Innenraum: Bis auf ein paar Fingerabdrücke ist die Karre blitzblank sauber. Ich wünschte, mein Auto würde mal so aussehen! Der Kofferraum war leer, im Handschuhfach nur eine Wanderkarte von der Gegend, nichts im Bodenraum. In der Mittelkonsole befand sich ein kleiner Schreibblock – allerdings waren keinerlei Notizen darauf – und vier Kugelschreiber mit dem BILD-Zeitungs-Logo. Dann die Fototasche auf der Rückbank; bis auf zwei Spezialobjektive war sie leer. Da der Wagen aber keinerlei Aufbruchspuren vorweist, hat sich kein Unbefugter an den Schlössern zu schaffen gemacht, um die Kamera aus der Tasche zu entwenden. Wir können somit davon ausgehen, dass unser Opfer die Kamera bei sich hatte, als es getötet wurde."

„Das ist ja alles nicht sehr aufregend", resümierte Sonne.

Dreißigacker zuckte hilflos mit den Schultern. Wo nichts war, konnte er nichts finden. „Einzig bemerkenswert sind ein paar Erdkrümel auf der Fußmatte des Fahrers. Die gleiche Zusammensetzung übrigens wie die Erdreste, die an den Schuhen des Toten klebten."

„Er war also schon vorher dort in den Weinbergen", rief Paula dazwischen.

„Und was veranlasst Sie zu dieser Schlussfolgerung?" Sonne sah sie voller Interesse an.

„Ist doch ganz einfach: *Nachdem* er ermordet wurde, war er ja wohl nicht mehr in seinem Auto. Wenn aber Erde vom Tatort in seinem Wagen ist, muss er die *vor* seinem Tod dort hinterlassen haben."

„Einleuchtend", bestätigte Sonne. „Was ist mit den Fingerabdrücken?"

„Vier verschiedene", fuhr Dreißigacker fort. „Die des Toten, was ja zu erwarten war. Auf der Beifahrerseite, sowohl außen wie auch innen, Abdrücke von zwei verschiedenen Personen. Beide nicht registriert. Und dann auf der Fahrerseite noch Abdrücke, und zwar nur von außen: auf dem Türgriff und ein vollständiger Handabdruck auf dem Lack des Wagendaches."

„So, als ob jemand mit der linken Hand die Tür öffnet und sich mit der rechten Hand am Dachholm abstützt, um sich mit dem Fahrer zu unterhalten?" Paula konnte sich die Szene bildhaft vorstellen.

„So dachte ich mir das auch", bejahte der Kriminaltechniker.

Keeser saß unbeteiligt dazwischen und hörte kaum zu. Sie hatten seinen Geburtstag vergessen! Paula würde er das ja noch nachsehen, sie wusste ja vielleicht gar nicht, wann er Geburtstag hatte – aber Geigerlein?! Traurig sah er zu ihr hinüber und erntete nur ein unschuldiges Lächeln.

„Habt ihr dann wenigstens was zu diesen Fingerabdrücken rausfinden können?" Paula hoffte auf ein weiteres keines Puzzleteil für ihren Fall.

„Tut mir leid, auch nicht registriert", musste Dreißigacker sie enttäuschen.

„Mist!" entfuhr es ihr. „Und was macht das Handy, das wir euch gebracht haben?"

Dreißigacker schob ihr ein Blatt Papier über den Tisch zu. „Das macht gar nichts mehr – mausetot. War ganz schön ramponiert, und die Speicherkarte war eigentlich vollkommen zerstört, aber Heinz hat sich mächtig ins Zeug gelegt und es tatsächlich geschafft, ein paar Daten zu retten. Das Adressbuch ist nicht komplett – aber besser ging es nicht."

Paula studierte die kurze Liste von Namen und Telefonnummern – das war natürlich so gut wie nichts.

Tina schnappte sich das Blatt und grinste Paula breit an. „Na, dann weiß ich ja, was ich gleich tun werde. Telefonieren, stimmt's?"

Dreißigacker klappte einen mitgebrachten Laptop auf. „Und zwei Bilder hat er rekonstruiert – viel ist ja nicht darauf zu erkennen ..." Er drückte auf ein paar Tasten, bis ein grisseliges Bild auf dem Bildschirm erschien. „Sieht aus wie Schneegestöber im Nebel – trotz Bildbearbeitung. Aber schaut es euch selbst an. Vielleicht könnt ihr ja etwas damit anfangen."

Paula drehte das Gerät so zu sich herum, dass sie den Monitor vor sich hatte. Nun, zu sehen war da wirklich eher weniger. Sie kippte den Bildschirm in jede erdenkliche Position, um den Lichteinfall zu verändern, aber sie erkannte trotzdem nur Schemen.

Während sie angestrengt auf den Bildschirm vor sich starrte, machte Sonne weiter.

„Die Befragung in den Dörfern hat gestern auch nichts ergeben." Seine Stimme klang beleidigt. „Also werden wir heute den Radius erweitern. Was halten Sie von Kapsweyer und Steinfeld und danach Bad Bergzabern?" Er sah Keeser abwartend an. „Herr Keeser, sind Sie überhaupt bei uns?"

„Ähm, ja, so machen wir das", sagte der geistesabwesend und ärgerte sich augenblicklich über sich selbst. Sie hatten einen Mordfall zu klären, und er war gekränkt, weil man seinen Geburtstag vergessen hatte. Das war absolut kindisch! So ein Geburtstag war schließlich völlig unwichtig, eigentlich hatte er sich noch nie etwas aus Geburtstagen gemacht, also würde er heute nicht damit anfangen. Er atmete tief durch und richtete sich auf seinem Stuhl auf. „Dann legen wir mal los!"

„Das könnte im Weinberg sein", murmelte Paula in den allgemeinen Aufbruch hinein. Ihr Kollege beugte sich nun doch interessiert über den Computer. „Hier, siehst du? Als ob der Fotograf auf dem Weg stand und den Weg entlangfotografiert hat. Und da, diese dunklen Striche könnten die Randpfosten sein." Je mehr sie sich darauf konzentrierte, desto deutlicher wurde das Bild vor ihren Augen. Aber mehr war beim besten Willen nicht zu erkennen.

„Von wann sind die Aufnahmen?" fragte sie.

„Die Datei stammt offensichtlich vom 7. August – fotografiert um acht nach sechs“, gab der Kriminaltechniker zur Antwort. Das war einen Tag vor Jansens Ermordung geschehen, exakt vierundzwanzig Stunden vorher.

„Noch wissen wir aber nicht, wem dieses Handy gehört hat – und ob diese Bilder überhaupt in irgendeiner Weise relevant für unseren Fall sind“, bremste Keeser ihren Eifer. Und natürlich hatte er recht.

„Die Presse sitzt mir im Nacken“, teilte ihnen Sonne mit waidwundem Blick mit. „Natürlich sind der Öffentlichkeit und somit auch den Zeitungsleuten unsere Aktivitäten nicht verborgen geblieben – sie wollen eine Presseerklärung. Ich werde ihnen nur das Nötigste mitteilen, damit sie Ruhe geben. Das war's dann, viel Erfolg!“ Mit diesen Worten scheuchte er seine Leute wieder an die Arbeit.

Als sie das Besprechungszimmer verließen, duftete es im Treppenhaus nach frischem Kaffee. Keeser kümmerte sich nicht weiter darum, marschierte die Treppe hinunter und strebte der Ausgangstür zu.

„He, Kollege, was rennst du denn so?“ rief ihm Paula nach. „Geigerlein hat gerade die neuesten Meldungen der Beherbergungsstätten reinbekommen. Vielleicht sollten wir da mal einen Blick draufwerfen!“

Er hielt in der geöffneten Tür inne und sah zu ihr die Treppe hoch. „Dann wirf du den Blick – ich warte im Auto auf dich.“ Und schon krachte die Tür hinter ihm ins Schloss.

„Wo bleibt er denn?“ Tina sah neugierig um die Ecke.

„Er ist schon auf und davon. Was mach ich denn jetzt?“ Verzweifelt sah Paula auf die geschlossene Tür.

„Hol ihn zurück! Dir wird schon was einfallen. Notfalls verhaftest du ihn eben.“ Hinter der Sekretärin knallte ein Sektkorken.

Paula verließ das Gebäude und ging hinüber zum Parkplatz, wo Keeser schon ungeduldig mit den Füßen scharrte.

„Das wird aber auch Zeit“, maulte er durch sein heruntergelassenes Seitenfenster und startete den Motor.

„Du musst noch mal rein ... es geht ...“ Paula fiel ums Verrecken keine plausible Ausrede ein. Da hatte sie die Idee: „Du warst schon ewig nicht mehr beim Schießtraining, und du sollst dringend einen Termin dafür ausmachen.“

Er verdrehte genervt die Augen – immer dieser Vorschriftskram! „Das hat Zeit bis heute Abend“, entschied er.

„Hat es nicht, du drückst dich schon zu lange darum herum, und dieses Mal wirst du richtig Ärger bekommen!“ drohte sie. „Dauert auch nur ein paar Minuten.“

Widerwillig ließ Keeser den Motor ersterben und stieg wieder aus. „Schießtraining, so ein Schwachsinn. Wenn ich überlege, dass ich meine Waffe in all den Dienstjahren nur ein paar Mal benutzen musste – und das auch nur zum Drohen!“ Schlecht gelaunt stapfte er zum Dienstgebäude zurück.

„Genau deswegen ...“ Grinsend nahm sie seine Verfolgung auf.

Vor dem Sekretariat hatte sie ihn eingeholt.

„Was soll denn das? Geigerlein ist ja gar nicht da“, sagte er nach einem Blick in das Büro vorwurfsvoll. „Willst du mich verar...“

In diesem Moment wurde die Tür zu seinem eigenen Büro aufgerissen, und ein dissonantes „Happy birthday to you“ erfüllte den Gang. Keeser stand da wie vom Donner gerührt.

Die Sekretärin warf sich ihm an den Hals, krähte ein fröhliches „Herzlichen Glückwunsch, Commissario!“ und zerrte den verdutzten Keeser ins Büro, wo der Rest der Gratulanten schon wartete.

„Alles Guude, Chef!“ Becker schüttelte ihm die Hand und drückte ihm, kaum dass er sie losgelassen hatte, ein gefülltes Sektglas zwischen die Finger.

Tränen der Rührung sammelten sich in Keesers Augen.

„Ihr Mistviecher“, stammelte er und sah sich in dem Zimmer voller bestgelaunter Leute um.

Oberrat Sonne war auch da. Der schüttelte ihm theatralisch und so heftig die Hand, dass er befürchtete, den ganzen Arm zu verlieren. „Weiter so, Herr Keeser!“ ermunterte er ihn. Dann schob er dem Geburtstagskind mit den Worten „Wenn Sie mal was zu feiern haben sollten!“ eine von seinen teuren – von allen wegen ihres Gestankes gefürchteten – kubanischen Siegeszigarren in die Einstecktasche des Jacketts.

Sogar Knopp war aus seinen Katakomben des Grauens hervorgekrochen, um ihm zu gratulieren. „Na, du alter Sack – hätte nie gedacht, dass du überhaupt so alt wirst!“ Gutmütig klopfte er ihm auf den Rücken.

„Ich eigentlich auch nicht“, lachte Keeser und stieß mit allen an.

In einer Ecke am Fenster, neben Keesers gehegter und gepflegter Zimmeragave, stand Schubert, Paulas Vorgänger, etwas verloren herum.

„Ja, wen haben wir denn da!“ Keeser quetschte sich mühsam zu ihm durch. „Mensch, Manfred, das freut mich aber, dass du gekommen bist.“

Schubert hob eine Kaffeetasse hoch, auf der *„Guten Morgen, Mampfred!"* stand. „Ich wollte nur endlich meine Tasse holen, und da dachte ich mir, dass ich sie bei dieser Gelegenheit doch gleich noch mal füllen lassen und meinem geschätzten alten Kollegen die Pfote schütteln könnte!"

„Wobei die Betonung eindeutig nicht auf dem *geschätzten* Kollegen liegt, nicht wahr? – He, Paula, komm mal rüber zu uns, ich muss dir dringend jemanden vorstellen."

Paula schlängelte sich zu ihnen durch.

„Manfred, das ist deine Nachfolgerin, Paula Stern – Paula, das ist Mampfred Schubert", stellte er die beiden einander vor.

Erfreut schüttelte Paula Keesers früheren Kollegen die Hand.

Ihr Vorgänger war nur fünf Jahre älter als Keeser, sah aber um einiges älter aus als sechzig. Das mochte an seinem Haar liegen, das sehr fein und tatsächlich schon weiß war. Zudem war er kleiner als Keeser – was ja wirklich keine Kunst war –, aber er war auch etwas kleiner als sie selbst. Er wirkte zart, fast zerbrechlich. Sein rosiges Gesicht strahlte Freundlichkeit und Milde aus. Der Mann erinnerte sie sehr an Mr. Stringer, den treuen, etwas schüchternen Begleiter der resoluten Miss Marple. Keesers genialen Kollegen hatte sie sich wahrhaft immer ganz anders vorgestellt. Sie mochte ihn auf Anhieb.

„Ich hab ja schon sooo viel von Ihnen gehört, es wurde Zeit, dass ich Sie endlich mal höchstpersönlich zu sehen bekomme", begrüßte sie ihn herzlich.

„Ach, herrje, wie ich den Bernd kenne, hat er kein gutes Haar an mir gelassen."

„Von wegen", lachte Paula, „er glorifiziert Sie regelrecht – für mich waren das sehr große Fußstapfen, in die ich treten musste."

„Das hört sich ja fast so an, als ob ich ihm ein bisschen fehlen würde." Schubert stieß Keeser in die Seite und sah sich dann wehmütig um. „Das hier fehlt mir aber auch, wenn ich ehrlich bin."

„Wie wäre es mit einem Stück Torte?" verschaffte sich Tina Geiger in diesem sentimentalen Moment Gehör.

„Höre ich Torte?" Keeser hatte augenblicklich jegliches Interesse an Schubert verloren und eilte zu seinem Schreibtisch, wo ihn Paulas kleines Kunstwerk erwartete. „Meine Gebete wurden erhört!"

Kollektives Lachen erklang.

„Also, liebe Gratulanten, ihr könnt dann mal alle gehen. Ich habe zu tun", rief er scherzhaft und legte die Arme schützend um seine Geburtstagstorte.

Paula stellte sich mit einem großen Messer neben ihn. „Vergiss es!"

Absolute Stille trat ein, als sie mit gekonnten Schnitten die Torte in gleichmäßige Stückchen teilte.

„Seit wann muss man denn Geburtstagsgeschenke teilen?“ jammerte Keeser.

„Seit heute!“ bestimmte Paula.

Lautes Klacken von Absätzen war vor dem Büro zu hören. Alle Köpfe drehten sich zu Tür, in der – heute in einem hinreißenden zartgrünen Kostüm – Marianne Renner erschien.

„Frau Staatsanwältin?“ entfuhr es Keeser überrascht. „Was hat Sie denn zu uns verschlagen?“

„Ich bin hier zum Geburtstag eingeladen“, antwortete sie ihm mit strahlendem Lächeln. „Was ich überaus reizend finde. Herzlichen Glückwunsch, Bernd – ich darf Sie doch Bernd nennen?“

Keeser schüttelte ihre ausgestreckte Hand. „Danke, ähm, ja, Bernd ist schon in Ordnung“, stammelte er.

Paula und Tina wechselten verschwörerische Blicke.

„Sie kommen gerade recht“, beendete Paula die verlegene Stille, „wir gehen gerade der Torte an den Kragen.“ Sie überreichte der Staatsanwältin einen Teller. „Ein Tässchen Kaffee dazu? Oder lieber ein Glas Sekt?“

„Ein Schlückchen Sekt kann sicher nicht schaden, danke“, entschied die sich. Während sie Oberrat Sonne begrüßte, zischte Keeser ein zorniges „Wer?!“ zu Paula und Tina hinüber.

Die sahen ihn mit unschuldigen Dackelblicken an. „Wir dachten, du freust dich“, sagten sie wie aus einem Mund.

„Ihr hinterhältigen Schlangen!“ fauchte er. „Na, wartet, ich bin noch nicht fertig mit euch!“ Er bedachte sie noch mit einem düsteren Blick, dann stellte er sich mit seinem Kuchenstück zu Becker. „Na, Becker, wie g'falle Ihne dann die blaue Dessous vun der Tina?“ fragte er ihn so laut, dass es alle hören konnten.

Becker und Tina liefen synchron dunkelrot an.

„Sie haben von Ihrer Sekretärin blaue Dessous bekommen? Die würde ich mir wahnsinnig gerne mal ansehen!“ schäkerte die Staatsanwältin aus einer anderen Ecke herüber, wo sie mit Sonne geplaudert hatte.

Becker nutzte die Gelegenheit der Ablenkung, stellte seinen leeren Teller ab und murmelte was von „dringenden Ermittlungsarbeiten“. Bevor er sich verkrümelte, schnappte er sich noch den jungen Berger.

Keeser stand jetzt alleine da, und Marianne Renner setzte sich neben ihn auf die Schreibtischplatte, sorgsam darauf bedacht, dass der kurze Rock nicht allzu tiefe Einblicke bot. Nachdem er sich gefangen hatte, fragte er frech grinsend: „Gleich oder hat das Zeit bis später?“

So sehr Paula sich auch anstrengte, die beiden hatten jetzt die Köpfe zusammengesteckt und sprachen so leise miteinander, dass sie nicht mehr verstehen konnte, worum es ging.

„Wie kommen Sie denn mit dem verkorksten Kerl zurecht?“ erkundigte sich Manfred Schubert, der sich zu ihr gesellt hatte.

„Recht gut. Er ist ein bisschen stur – aber ich noch mehr, was *ihm* manchmal schwer zu schaffen macht.“ Paula musste lachen. „Manchmal fliegen bei uns ganz schön die Fetzen.“

„Aber er macht seinen Job sehr gut“, sagte Schubert ernst.

„Das will ich ja gar nicht bestreiten, aber seine Methoden sind doch gelegentlich ... nun, wie soll ich sagen? ... unorthodox!“ Sie musste da vor allem an die Zwei-Länder-Leiche denken, die er einfach eingedeutscht hatte.

„Ich weiß genau, was Sie meinen.“ Schubert sah sie mit einem vielsagenden Blick an. „Ich musste ihn auch gelegentlich bremsen.“ Er kicherte. „Ich kam mir manchmal wie ein Babysitter vor! – So, jetzt muss ich aber los, meine liebe Gerda hat mich nämlich zum Einkaufen geschickt, und sie wird immer etwas ungeduldig, wenn ich sie warten lasse.“ Er nahm Paulas Hand und sah ihr eindringlich in die Augen. „Passen Sie mir gut auf den langen Lulatsch auf!“

„Das werde ich, versprochen.“ Paula beobachtete ihn, wie er sich von Keeser und der Staatsanwältin verabschiedete, einen letzten sehnsüchtigen Blick durch den Raum schweifen ließ und dann mit seiner *Mampfred*-Tasse in der Hand ging.

Ihr wurde ein wenig schwer ums Herz. In nicht allzu ferner Zukunft würde Keeser in den wohlverdienten Ruhestand gehen und sie hier alleine lassen. Und irgendwann würde auch sie zum alten Eisen gehören, nicht mehr gebraucht werden ... was für ein trauriger Gedanke, den sie schnell beiseiteschob.

Das Büro war jetzt fast leer. Keesers Überraschungsgäste mussten schließlich alle wieder zurück an die Arbeit. Das hätten Paula und ihr Kollege eigentlich auch machen müssen, doch der machte keinerlei Anstalten, dieses Büro zu verlassen: Er war noch immer sehr angeregt ins Gespräch mit der Renner vertieft. Die kicherte ab und zu und schien geradezu an seinen Lippen zu hängen – und Keeser unübersehbar an ihrem Dekolleté.

„Na, wer sagt's denn: Die beiden vertragen sich ja doch recht gut", bemerkte Tina. „Manchmal muss man dem Glück einfach ein bisschen auf die Sprünge helfen!"

Sie sammelte die leeren Teller ein und stapelte sie ordentlich aufeinander. „Das mit der Unterwäsche bekommt er aber heimgezahlt", schwor sie. Sie schleppte das schmutzige Geschirr nach draußen.

Als sie zurück kam, wedelte sie aufgeregt mit einem Fax.

„Leute, Schluss mit Lustig: Ich weiß, wo euer Opfer eingecheckt hatte", verkündete sie.

Keeser reagierte augenblicklich und schnappte sich das Fax.

„Im Schlosshotel in Bergzabern, nicht die schlechteste Adresse!" Er machte Paula Zeichen zum Aufbruch. „Auf geht's, Kollegin!" Dann drehte er sich noch einmal zur Staatsanwältin um und nickte ihr zum Abschied zu. „Schön, dass Sie da waren – man sieht sich."

„*Schön, dass Sie da waren*?" äffte Paula ihn im Auto nach. „*Man sieht sich*? – Hab ich richtig gehört?"

„Ich wollte nur nett zu ihr sein", verteidigte er sich schwach und tat so, als ob der Verkehr seiner ganzen Aufmerksamkeit bedurfte.

„Ah ja! Worüber habt ihr denn so gesprochen?" Paula gab nicht nach. „Ihr scheint euch ja richtig gut unterhalten zu haben."

„Über nichts Besonderes ... Ist das hier ein Verhör?"

„Klar, mein zweiter Name ist Neugier. Also, sag schon!"

„Danke für die gelungene Überraschungsparty", wechselte er in ein ganz anderes Thema. „Ich hatte das ja nach eurer Heimlichtuerei schon irgendwie erwartet, aber als dann bei der Besprechung nichts passierte, war ich ehrlich gesagt schon recht enttäuscht", gestand er.

„Das war nicht die Antwort auf meine Frage! Könnte es sein, dass du mir ausweichst?"

„Die Torte war echt lecker – vielen Dank", überhörte Keeser ihren Einwand.

Paula sah ihn prüfend von der Seite an und stellte dann grinsend fest: „Sie gefällt dir also doch."

„Aber ja, war eine wunderschöne Torte", hielt er konsequent an seinem Ausweichmanöver fest.

„Du bist ein Blödmann!"

„Ich liebe Brombeeren", sagte er unbeirrt, den schwärmerischen Blick auf die Straße gerichtet.

„Gern geschehen“, gab sie schließlich auf. „Und da du Armer nur ein Stück davon abbekommen hast ...“

„Ein sehr kleines Stück“, unterbrach er sie.

„... könnte ich dich ja zur Entschädigung heute Abend zum Essen einladen – in ein Lokal deiner Wahl“, bot sie ihm an.

„In ein Lokal meiner Wahl, ist das dein Ernst? Das könnte gefährlich werden. In dem Laden zum Beispiel, zu dem wir gerade unterwegs sind, könnte ich dich mit meinem gesegneten Appetit locker an den Rand des Ruins bringen.“

„Also gut: Ein Lokal deiner Wahl, das ich mir mit meinem Gehalt leisten kann, für das ich keinen Kredit aufnehmen und für das ich mir nicht auch noch ein Abendkleid kaufen muss“, ergänzte sie ihre Einladung.

„Na, dieses Angebot nehme ich doch gerne und ohne zu zögern an.“

„Dieses Schlosshotel – ist das wirklich ein Schloss, oder nennt es sich nur so?“

„Das ist ein echtes Schloss – dort residierten einst die Herzöge von Pfalz-Zweibrücken“, begann Keeser seine Geschichtsstunde.

Paula lehnte sich gemütlich in ihren Sitz und lauschte gespannt. Sie liebte es, wenn Keeser sein Geschichtswissen über die Gegend mit ihr teilte.

„Da die Zeiten damals aber recht kriegerisch waren, wurde es immer wieder zerstört und danach immer wieder aufgebaut. Eine Zeit lang war es sogar eine richtige Wasserburg – mit Wassergräben drumherum. Aber es war auch mal ein Burgschloss mit Wehranlagen, und Anfang des letzten Jahrhunderts beherbergte es eine Schule. Nach aufwendigen Renovierungsarbeiten wurde es vor etwa fünfundzwanzig Jahren zum Sitz der Verbandsgemeinde von Bad Bergzabern.“

„Es wurde Sitz der Verbandsgemeinde? – Ich dachte, ein Hotel?“ wunderte sich Paula.

„Das befindet sich in einem Nebenflügel des ehemaligen Schlosses, der bis vor kurzem noch einem Privatmann gehört hat.“ Er atmete tief durch. „Das wiederum ist eine Geschichte für sich, und ich erzähle dir nur die Kurzfassung: Es gab einen Investor, der sich für dieses Nobelhotel starkmachte. Als dann aber die Umbaukosten ins Unermessliche schossen, sprang der ab. Woraufhin das Land der Stadt Bad Bergzabern einen Zuschuss von neunzig Prozent zu den Kosten versprach. Aber nach einem Innenministerwechsel wurde diese Zusage zurückgezogen. Nun wirft man dem vorhergehenden Minister Vetternwirtschaft vor, weil er aufgrund vorliegender Gutachten und Schätzungen einen Zuschuss in dieser Höhe nie hätte zusagen dürfen. Tja, und nun das Ende vom Lied: Das Hotel gehört jetzt der Stadt Bad Bergzabern, die auf einem riesigen Schuldenberg hockt. Der Witz bei der ganzen Sache ist allerdings, dass dieser Investor nur von dem Besitz des Hotels abgesprungen ist – einen Betreibervertrag hat er aber noch, und den will er nicht vorzeitig lösen. Er wäre ja auch blöd, denn das, was er an Pacht zahlen muss, sind Peanuts!"

„Wow, das ist ja ein richtiger kleiner Politskandal! Und das hier auf dem Land – alle Achtung!"

„Wahrscheinlich hätte sich in Mainz kein Mensch für unsere verschlafenen Gegend und dieses Hotel interessiert, wenn nicht unser allerseits geschätzter Kurt Beck aus dieser Gegend stammen und sich für uns einsetzen würde. Daher auch der Verdacht der Vetternwirtschaft." Er bemerkte ihren fragenden Blick. „Du weißt nicht, wer Kurt Beck ist? Das ist unser Ministerpräsident", sagte er, und es klang ein bisschen entrüstet.

„Entschuldige, ich hatte noch keine Zeit, mich mit der Politik der Pfalz zu beschäftigen – wie du ja selbst gesehen hast, hab ich es noch nicht einmal geschafft, meine Umzugskisten auszupacken."

Sie waren in Bad Bergzabern angekommen, und Keeser fand eine Lücke auf dem Parkplatz direkt am Schloss.

„Außerdem interessiert mich Politik nicht wirklich", gab Paula beim Aussteigen zu. Sie betrachtete den beeindruckenden Gebäudekomplex. Ihr gefielen die dunkelgrün gestrichenen Fensterläden, die einen wunderbaren Kontrast zu den weißen Sprossenfenstern und der hellgelben Fassade bildeten.

„Sieht ja echt toll aus!" Sie näherte sich der großen Freitreppe.

„Das ist der falsche Eingang", korrigierte Keeser die Richtung. „Da geht es zur Gemeindeverwaltung. Wir müssen dort drüben rein." Er übernahm die Führung.

Sie überquerten den gepflasterten Platz vor der Freitreppe und betraten über eine lauschige Terrasse das Restaurant Walram. Paula war überrascht – bisher waren die Lokalitäten, in die sie Keeser geführt hatte, immer eher rustikal gewesen – hier stand sie plötzlich mitten in teurer Eleganz. Schlagartig fühlte sie sich völlig falsch gekleidet. Aber sie waren ja nicht zum Essen da, und schon gar nicht zum Vergnügen. Sie folgte Keeser, der forschen Schrittes und anscheinend unbeeindruckt von der hier herrschenden Noblesse der Rezeption zustrebte. Ganz gegen die stille Vornehmheit, die hier jeden Raum zu erfüllen schien, tat er der Dame am Empfang lautstark und mit gezücktem Dienstausweis kund, dass er das Zimmer von Herrn Klaus-Peter Jansen zu sehen wünsche.

Diese lächelte ihn etwas verstört, aber dennoch sehr freundlich an. „Einen Moment, ich frage kurz nach, ob Herr Jansen Sie empfangen möchte." Sie griff zum Haustelefon.

Keeser nahm ihr den Hörer gleich wieder ab und sagte eindringlich: „Meine Liebe, das können Sie sich getrost sparen, Herr Jansen weilt nämlich nicht mehr unter uns. Wir sind auf der Suche nach seinem Mörder und möchten uns deshalb gerne in seinem Zimmer umsehen."

Die Empfangsdame wurde blass und schluckte schwer. „Tot? Das ist ja entsetzlich!" Sie griff erneut zum Hörer. „Ich sage Frau Jansen Bescheid, dass Sie raufkommen."

Keeser sah sie überrascht an. „Frau Jansen?"

„Ja, sie ist jetzt im Zimmer, ich habe sie vor ein paar Minuten hinaufgehen sehen."

Paula faltete das Fax auseinander. Tatsächlich, da stand *Herr Klaus-Peter Jansen und Gattin Elena, Wohnort Berlin.* Ihr lieber Kollege hatte offensichtlich nicht alles gelesen. Sie hielt ihm die Meldeliste unter die Nase, und er nickte nur ergeben. „Gut, melden Sie uns bei Frau Jansen an."

Wenig später erklommen sie die mit rotem Teppich ausgelegte Treppe in die erste Etage. Eine sehr junge, sehr blonde Frau öffnete und lächelte ihnen etwas unsicher entgegen.

Keeser zeigte ihr seinen Ausweis, worauf sich Entsetzen auf dem nach Paulas Geschmack viel zu stark geschminkten Gesicht spiegelte. Da sie sich selbst nur äußerst selten und dann auch nur sehr dezent schminkte, konnte sie derartige Kriegsbemalung nicht nachvollziehen. Sie schätzte sie auf höchstens einundzwanzig. Da hatte sich Klaus-Peter Jansen ja was richtig Junges an Land gezogen!

„Ist etwas mit Klaus?" fragte die Blonde tonlos und ließ die beiden Kripoleute eintreten. Sie sprach Deutsch, allerdings mit einem unüberhörbaren Akzent. Paula tippte auf Polnisch oder Russisch. Ihr Vorname bestätigte die Vermutung. War Jansen etwa einer dieser Typen, die sich blutjunge Frauen via Katalog aus dem Ostblock holten, weil sie hier keine Frau haben wollte?

Paula sah sich eingehend in dem hellen Hotelzimmer um. Was ihr besonders gefiel, war eine Wand, die mit Sandsteinen gemauert und nicht verputzt worden war. Mitten im Raum befand sich eine halbhohe Wand, ein angedeuteter Raumteiler, auf dessen einer Seite das Bett stand und auf der anderen eine einladende Sitzgarnitur. Billig sah das Ganze nicht aus.

Elena führte sie auf die Seite mit dem Sofa. „Nehmen Sie doch Platz!" Sie selbst blieb unentschlossen mitten im Raum stehen. Sie steckte in ein paar ausgewaschenen Jeans, die aber viel zu weit um ihre Beine schlotterten. Darüber trug sie ein schlichtes weißes T-Shirt, der Größe nach zu urteilen, musste es ihrem Mann gehören. Make-up und Kleidung passten überhaupt nicht zusammen.

Paula setzte sich, Keeser blieb vorerst noch stehen, schob eine Gardine beiseite und sah durch das Fenster hinunter auf den Vorplatz des Schlosses.

„Sagen Sie mir endlich, was mit Klaus ist! Warum sind Sie hier?" Elenas Stimme bebte.

Paula klopfte mit einer Hand auf die freie Sitzfläche neben sich. Elena folgte dieser wortlosen Einladung und setzte sich zaghaft neben sie.

„Frau Jansen, wir müssen Ihnen eine sehr schlechte Nachricht überbringen: Ihr Mann ist tot", sagte Paula sanft und nahm Elenas rechte Hand in ihre. Es war nicht die erste Todesnachricht, die sie überbringen musste, trotzdem war es so schwer wie beim ersten Mal.

„Tot?!" Elena starrte sie fassungslos an, Tränen sammelten sich in ihren Augen und drohten, ihr Make-up nachhaltig zu ruinieren. „Oh, mein Gott!" Unübersehbare Angst schlich sich in ihren Blick, der sich an Paula klammerte. „Aber warum? Was ist passiert? Hatte er ... ein Unfall?"

„Es war kein Unfall, deswegen sind wir hier – wir sind von der Mordkommission ...", versuchte Paula ihr die Tatsache schonend beizubringen. Aber ging das überhaupt – einem Menschen den Tod einer geliebten Person *schonend* beizubringen?

„Mord?!" entfuhr es der jungen Witwe gequält. Sie rang sichtlich nach Fassung, und ihre Blicke huschten nervös durch das Zimmer.

„Davon gehen wir aus. Wann haben Sie Ihren Mann zuletzt gesehen?" Jansen war vor drei Tagen gestorben, und Elena saß seelenruhig in diesem Hotel. Das war doch nicht normal!

„An Montag? Ja, ich glaube, es war Montag. Er ging ganz früh weg und wollte zum Frühstück wieder da sein. Er hatte seine Fotoapparat dabei. Aber er kam nicht zurück." Jetzt liefen die Tränen und schwemmten Wimperntusche und Eyeliner über Elenas Wangen.

„Wozu nahm er die Kamera mit? Hat es das gesagt? Wollte er etwas Bestimmtes fotografieren?" Paula streichelte die schmale Hand der Frau, die mächtig zu zittern begonnen hatte.

„Die scheiß Foto war immer dabei, er hat immerzu Bilder gemacht!" Das klang fast ein wenig verbittert.

Paula wunderte sich ein wenig. War es nicht normal, im Urlaub Fotos zu machen? Bevor sie nachfragen konnte, fügte Elena hinzu: „Nicht mal hier hat ihn seine verfluchte Job losgelassen!"

„Sein Job? Was war denn sein Job?"

„Na, er war doch Fotograf! Fotograf und Journalist – war immer auf die Jagd nach *die* Story!"

Paula erinnerte sich, dass Dreißigacker mehrere Werbe-Kugelschreiber von der BILD-Zeitung erwähnt hatte – arbeitete Jansen etwa für dieses Blatt?

„Und, hatte er *die* Story hier gefunden?" Paulas Blick fiel auf ein zugeklapptes Laptop auf einem kleinen Glastisch. „Woran hat er denn gerade gearbeitet?"

Sie bekam zuerst nur ein Schulterzucken zur Antwort. Dann entschied sich Elena, doch etwas zu sagen. „Das hat er mir nicht gesagt. Irgendwas mit Wein. Klaus ist ..." Sie atmete tief durch. „... war Frühaufsteher. Er ist oft früh an Morgen spazieren gegangen, und da muss er irgendetwas gesehen haben – seitdem war er ganz aufgeregt."

„Haben Sie eine Ahnung, was er da beobachtet hat?"

Keeser hatte draußen anscheinend genug gesehen, er drehte sich vom Fenster weg und den anderen zu. „Sie müssen Ihren Mann doch vermisst haben. Oder war es normal, dass er sie während des gemeinsamen Urlaubes mehrere Tage allein ließ?" Er stand jetzt vor der Couch, was dank seiner Größe und Statur recht einschüchternd wirkte. „Kein Anruf, keine Erklärung, was los ist – Sie wollen uns doch nicht tatsächlich weismachen, dass Sie sich keine Gedanken, keine Sorgen gemacht haben? Warum sind Sie nicht zur Polizei gegangen und haben ihn als vermisst gemeldet?"

„Weil er gesagt hat, dass ich hier bleiben und auf ihn warten soll. Ich dachte: Vielleicht ist er schon wieder nach Berlin zurückgefahren, sitzt in seine Redaktion und wenn fertig, kommt er wieder."

Das klang für Paula recht fadenscheinig.

„Für wen arbeitete er denn?"

„Für BILD-Zeitung", bestätigte Elena ihre Vermutung.

Einer dieser Paparazzi also, die blutige Schlagzeilen liebten und alles unternahmen, um ein Sensationsfoto zu bekommen!

„Hatte Ihr Mann Feinde?" war daraufhin Paulas nächste Frage.

Sie konnte sich sehr gut vorstellen, dass bei einem Paparazzo die übelgelaunten Feinde Schlangen standen.

„Feinde?“ Sie wurde noch eine Spur blasser. Dann atmete sie tief durch. „Ich weiß nichts von Feinden“, antwortete Elena schließlich gepresst, sah Paula dabei aber nicht an.

Paula konnte sich nicht helfen, aber für sie klang das nach einer Lüge. Sie betrachtete die Frau neben sich eingehend – wie eine erwachsene Frau und Ehefrau wirkte sie nicht auf sie, eher wie ein kleines Mädchen, das sich am Schminktisch seiner Mutter recht stümperhaft angemalt hatte. Mit dem verlaufenen Augen-Make-up sah sie jetzt aus wie ein trauriger Clown.

„Waren Sie wütend auf Ihren Mann, weil er in Ihrem gemeinsamen Urlaub einer Story nachjagte?“ tastete sich Paula vorsichtig vor. Auch wenn hier auf der Couch eine scheinbar zerbrechliche Kindfrau saß, war es dennoch nicht ausgeschlossen, dass sie ihren Mann umgebracht hatte. Wut und Enttäuschung hatten in der Weltgeschichte schon so manches bewirkt.

„Eine bisschen schon, ich war hier so viel alleine, und es ist schrecklich langweilig hier in diese doofe kleine Stadt“, gab Elena zu.

Keeser konnte das nachvollziehen – das Freizeitangebot für junge Leute war eher mager. Die Tourismusverantwortlichen hatten mehr den schon etwas älteren, gesetzteren Gast im Auge. „Und da sind Sie eines Morgens Ihrem Mann hinterhergefahren und haben ihn umgebracht!“ stellte er seine persönliche Schlussfolgerung in den Raum.

„Ich?! – Sind Sie verruckt?!“ Empört sprang sie auf, und fast sah es aus, als ob sie auf Keeser losgehen wollte. Aber sie blieb in einiger Entfernung von ihm stehen und sah ihn nur giftig an. „Ich habe ihn geliebt – er war immer gut zu mir, hat sich immer um mir gekimmert. Ich hätte ihm doch nie etwas antun können!“

In diesem Moment klingelte Elenas Handy. Unentschlossen betrachtete sie den kleinen Apparat, und es sah aus, als ob sie jeden Moment ohnmächtig würde.

„Gehen Sie ruhig ran“, gestattete ihr Keeser.

Wie in Zeitlupe griff Elena nach dem Telefon, setzte sich wieder neben Paula und meldete sich mit einem vorsichtigen „Ja?“. Ihr Gesicht nahm einen fragenden Ausdruck an. „Aber Kripo ist doch schon hier ...“ Sie reichte Keeser das Handy. „Für Sie!“

„Für mich?“ Verdattert nahm er das Telefon entgegen. „Wer ist da?“ fragte er misstrauisch. Nach kurzer Zeit erhellte sich seine finstere Miene. „Geigerlein! Das ist aber eine Überraschung!“ Er lauschte in den kleinen Apparat hinein, der fast in seiner großen Hand verschwand. „Wunderbar, dann wäre das also geklärt!“ sichtlich erfreut beendete er das Gespräch und gab Frau Jansen ihr Telefon zurück.

„Was war das denn?“ Für Paula war es ein Rätsel, wie dieses Telefonat über Elenas Handy zustande gekommen sein konnte.

„Geigerlein überprüft gerade die wenigen geretteten Einträge im Speicher des Handys, das du in der Nähe des Tatortes gefunden hast. Mit einer der zuletzt gewählten Nummern ist sie hier gelandet“, löste er das Rätsel. „Womit eindeutig bewiesen wäre, dass es sich tatsächlich um Jansens mobiles Telefon handelt.“

Paula dachte kurz nach. Wäre diese zerbrechlich wirkende Frau überhaupt in der Lage gewesen, einen großen, durchtrainierten Mann wie Jansen erwürgen zu können? Und die andere Überlegung: Wenn Elena die Mörderin ihres Mannes wäre – wäre sie dann hier geblieben? Hätte sie dann nicht ihre Koffer gepackt und wäre abgehauen?

„Warum sind Sie hier geblieben und nicht nach Hause gefahren?“ wollte sie deshalb wissen. „Sie sitzen drei Tage in diesem Hotel, ohne eine Nachricht – also, ich wäre stinksauer gewesen, hätte meine Sachen gepackt und wäre abgereist.“

Elena saß wie ein Häufchen Elend neben ihr auf der Couch und zuckte hilflos mit den Schultern.

„Wir bitten Sie, weiterhin hier zu bleiben, solange unsere Ermittlungen laufen.“ Keeser gab Paula zu verstehen, dass er gehen wollte. „Den Laptop Ihres Mannes müssen wir vorerst mitnehmen, vielleicht findet sich ja darauf ein Hinweis, warum er getötet wurde.“ Er zog den Stecker und wickelte das Kabel um das Gerät. „Wir werden alles in unserer Macht stehende unternehmen, um den Mörder Ihres Gatten zu finden.“

Paula drückte wie zur Bestätigung dieses Versprechens noch einmal die zarte Hand der jungen Witwe. Bevor sie ging, legte sie noch eine ihrer Visitenkarten auf den gläsernen Couchtisch.

„Wenn irgendetwas sein sollte, wenn Ihnen irgendwas einfallen sollte, auch wenn es Ihnen noch so unwichtig erscheint – rufen Sie mich jederzeit an!“

„Da stimmt doch was nicht!“ mutmaßte Keeser, als sie die Treppe hinunterstiegen. „Die Frau verhält sich doch völlig irrational, oder? Was sagt denn deine weibliche Intuition dazu?“

„Du willst ernsthaft wissen, was meine weibliche Intuition dazu sagt? Ich dachte immer, ihr Männer macht euch darüber nur lustig?“ Sie erforschte seine schlecht rasierten Gesichtszüge, aber da war nichts Spöttisches zu erkennen. „Nun, meine weibliche Intuition kommt zu genau dem gleichen Schluss wie du. Aber sie setzt noch eins drauf: Sie sagt mir nämlich, dass Elena ihn nicht umgebracht hat. Sie war ehrlich erschrocken über die Nachricht. Weiterhin sagt sie mir auch, dass sie vor irgendetwas Angst hat. Hast du gesehen, wie sie reagierte, als ihr Handy klingelte?"

Keeser nickte. „Vor ihrem Mann muss sie sich nicht mehr fürchten – es muss da also etwas anderes sein, was ihr Angst macht." Sie gingen zum zweiten Mal an diesem Tag über den Schlossvorplatz. Plötzlich blieb er stehen und sah Paula an. „Vielleicht wurden sie und ihr Mann bedroht? Und jetzt, da er ermordet wurde, hat sie mehr Angst denn je. Dann wäre es kein Wunder, dass sie uns so gut wie nichts erzählt hat."

„Vielleicht weiß oder ahnt sie ja auch, wer ihren Mann getötet hat?" Sollten sie also nicht schnurstracks zurück ins Hotel gehen, um Elena dahingehend etwas eindringlicher zu befragen? Gerade, als sie das vorschlagen wollte, kamen sie beim Auto an. Keeser legte Jansens Laptop in den Kofferraum, dann schloss er wieder ab und lief wortlos davon. Hatte er etwa das Gleiche gedacht wie sie?

Doch er ging nicht etwas zurück zum Hotel. Er schlug genau die entgegengesetzte Richtung ein. Paula sah ihm erstaunt nach. Die Frage, wohin er denn um alles in der Welt jetzt hingehe, ließ sie jedoch stecken, als sie sah, wo er seine Schritte hinlenkte: An der gegenüberliegenden Straßenecke war ein Döner-Laden. Was sonst – Keeser hatte schon wieder mal Hunger! Sie folgte ihm und dem Duft von kross gebratenem Fleisch und Knoblauch. Eigentlich war die Idee gar nicht so schlecht, musste sie sich eingestehen, denn ihr lief schon das Wasser im Munde zusammen.

Keeser bestellte für sich einen großen Döner mit allem und scharf. Paula entschied sich für einen Yufka mit Schafskäse und ebenfalls scharf.

Sie setzten sich mit ihren annähernd tropffest eingepackten Köstlichkeiten an einen der weißen Plastiktische vor dem Laden. Mit Blick auf das wunderschöne Schloss nebst Schlosshotel biss Paula genüsslich in ihren gefüllten Teigfladen. „Sonne wird wieder seine helle Freude mit uns und unseren Knoblauchfahnen haben", nuschelte sie mit vollem Mund.

Keeser bekam bei seinem Kampf mit seinem Riesen-Döner fast Maulsperre. Knoblauchsoße lief ihm über das stoppelige Kinn und landete schließlich auf seiner dunklen Hose.

„Na, klasse – vorgestern das Hemd versaut, heute die Hose!" Mit seiner Papierserviette wischte er an dem Soßenfleck herum, mit dem Ergebnis, dass er immer größer wurde. Schließlich gab er resigniert auf und widmete sich dem Rest seines Essens.

„Mir fiel besonders auf, dass Elena so gut wie nichts über ihren Mann wusste – die beiden scheinen also noch nicht so lange verheiratet zu sind“, überlegte Paula zwischen zwei Bissen.

„Junges Glück also? Ist es dann nicht verwunderlich, dass er sie im gemeinsamen Urlaub dauernd alleine im Hotel rumsitzen lässt, um einer Story nachzujagen?“ Er stopfte den letzten Bissen in den Mund und leckte sich die Finger ab. „Also, ich wäre in Jansens Alter überhaupt nicht mehr aus dem Hotelbett geklettert.“ Er zwinkerte ihr fröhlich zu. „Ich sage das natürlich nur, weil ich ein schrecklich chauvinistischer Mann bin“, schob er entschuldigend nach.

Wie ein Chauvinist kam ihr der Kollege eigentlich nicht vor, aber natürlich hatte er recht: frisch Verliebte kleben normalerweise aneinander.

„Wir sollten jetzt erst einmal sehen, was wir auf dem Computer finden, und dann werden wir sie auf jeden Fall noch mal besuchen und etwas mehr Druck auf sie ausüben. Vielleicht ist sie dann etwas gesprächiger?“

„Am liebsten würde ich sie gleich mitnehmen“, sagte Keeser und sah hinüber zum Hotel.

„Mit welcher Begründung? Wir haben keinen Haftbefehl und werden auch keinen bekommen“, gab Paula zu bedenken.

„Nur zu ihrem Schutz.“

„Sie hat aber mit keinem Wort erwähnt, dass sie Schutz braucht – ihr Männer immer mit eurem Beschützerinstinkt! Scheint was mit den männlichen Genen zu tun zu haben.“

Keeser lachte, stand auf und schob seinen Stuhl ordentlich an den Tisch. „Dich beschütze ich doch auch.“ Er lief Richtung Parkplatz. „Kommst du?“

„Mich brauchst du nicht zu beschützen, ich komme recht gut alleine zurecht!“ rief sie ihm nach.

„Ach ja? Darf ich dich an deinen kleinen lästigen Italiener erinnern, den ich dir vom Hals geschafft habe?“

Paula hatte ihn mit ein paar schnellen Schritten eingeholt. „Das hätte ich ganz gut alleine geschafft! Du hast die Sache nur ... ein bisschen verkürzt.“

„So nennst du das also!“ Er betätigte die Fernbedienung, und das Auto blinkte ihnen entgegen. „Na gut, wenn du meinen Schutz nicht brauchst, werde ich meine liebevolle Fürsorge eben einer anderen Frau angedeihen lassen. Die reißen sich nämlich darum!“

Kichernd stieg Paula ein. „Sie reißen sich also alle um dich – bist du deswegen schon so lange Single?“

„Schubert hat mich vorhin gefragt, ob ich denn gerne mit dir zusammenarbeite ...“ Er bedachte sie mit einem grantigen Seitenblick. „Vorhin hab ich noch mit ‚alles wunderbar‘ geantwortet – er sollte mich jetzt noch einmal fragen!“

Sie verließen den Parkplatz, schlängelten sich durch ein paar Gassen und einen Kreisverkehr, dann waren sie wieder auf dem Weg nach Landau. Sie sprachen kein Wort.

Kurz vor Impflingen tätschelte Paula versöhnlich Keesers Oberschenkel. „Ach, Bernd, du weißt doch ganz genau, dass du mein absoluter Lieblingskollege bist ...“, versuchte sie sich einzuschmeicheln.

„Lass das“, sagte er kühl, „du machst meinen Soßenfleck kaputt!“

Reflexartig zog sie die Hand zurück. Als ihr die Absurdität dieser Aussage klar wurde, boxte sie ihn leicht auf den Oberschenkel – genau auf den Soßenfleck.

Er verzog keine Miene. „Und natürlich bin ich dein Lieblingskollege – du hast ja keinen anderen.“ Dann plötzlich grinste er breit. „Es würde ja auch kein anderer mit dir aushalten.“

„Haha!“ sagte sie nur und sah zum Fenster raus. „Komisch, das hat mein Vater auch immer gesagt ...“

„Dein Vater scheint ein weiser Mann zu sein – ich muss ihn unbedingt mal kennenlernen!“

„Das fehlte noch! Ich werde das zu verhindern wissen“, versprach sie.

„Alles verschlüsselt“, stellte Heinz Bader wenig später fest, und das war nun so gar nicht das, was Keeser hören wollte. „Das kann dauern, bis ich an die Daten rankomme.“

„Mensch, Heinz, ich brauche die Ergebnisse aber gestern.“

„Dann hättet ihr mir schon vorgestern den Laptop bringen müssen. Spaß beiseite – gib mir alles, was du an Daten über den Besitzer dieses Teiles hast – Geburtstag, Name der Frau, Namen der Kinder, Name des Hundes, Name der Geliebten, Titel seines Lieblingsfilmes, seines Lieblingsbuches, etc.“ Er registrierte Keesers zweifelnden Blick. „Das könnte meine Suche beschleunigen, denn die meisten Menschen nehmen sowas als Passwort.“

„Was du immer alles von mir haben willst ...“ Er wurde vom Klingeln seines Handys unterbrochen.

Paula sah ein verzücktes Lächeln über sein Gesicht huschen, dann war er auch schon auf den Gang hinaus verschwunden.

„Versuchen Sie es mal mit *Elena*“, wandte sie ihr Interesse wieder dem Techniker zu.

Seine Finger tippten den Namen ein.

„Nichts.“

„Versuchen Sie es mal mit *Wein* oder *Weinbau*.“

„Auch nichts. Wir haben ein extra Suchprogramm dafür – es wird das verwendete Passwort ganz sicher finden –, aber das kann, wie gesagt, dauern.“

„Es bleibt uns ja gar nichts anderes übrig – fangen Sie gleich damit an.“ Sie verließ das Labor und suchte ihren Kollegen. Ein Stockwerk tiefer fand sie ihn schließlich in ihrem Büro. Er saß auf seinem Drehstuhl, hatte die Füße entspannt auf dem Schreibtisch abgelegt, und er telefonierte noch immer. Und er trug noch immer dieses seltsame Lächeln vor sich her.

Als er sie sah, änderte sich sofort seine Körperhaltung, sein Gesicht wurde ernst und seine Stimme hart. „Also dann, vielen Dank für Ihren Anruf!“ Er schwang die Füße vom Tisch und schnellte in die Höhe.

„Wer war das?“ Paula lehnte lässig am Türrahmen und sah ihn forschend an.

Keeser ging an ihr vorbei, hantierte umständlich an der Kaffeemaschine herum, bis die sich endlich lautstark in Betrieb setzte. „Auch ein Käffchen?“ fragte er zuvorkommend.

Paula hatte das eigenartige Gefühl, er wollte sich so noch ein paar Sekunden mehr verschaffen, um sich eine gute Ausrede einfallen zu lassen. Sie nahm das Angebot dankend an. Nachdem auch der allerletzten Tropfen aus der Maschine in ihre Tasse getröpfelt war, überreichte er sie ihr mit einer übertrieben tiefen Verbeugung. „Bitte sehr, Gnädigste.“

„Also: Mit wem hast du telefoniert?“ Wenn er dachte, sie würde ihn mit der unbeantworteten Frage davonkommen lassen, hatte er sich geschnitten!

„Das war ...“ Er druckste herum. „... das war der Thomas vom Xangsverrein ...“

„Willst du mir tatsächlich erzählen, dass du in einem Gesangsverein bist?“ fragte Paula ungläubig.

„Was soll dieser spöttische Unterton, Frau Kollegin? Ältere Männer, die zu unmotiviert für Altherren-Fußball sind, treten gelegentlich einem Gesangsverein bei. Ich singe wie ein Regensburger Domspatz, meine Liebe! Heino wollte mich unbedingt als Background-Sänger haben.“

„Seit ich dich kenne, hast du nie etwas davon erwähnt.“ Paula betrachtete den Riesen-Domspatz und konnte ihn sich einfach nicht als begnadeten Sänger vorstellen.

„Erstens will ich mir meine wenigen Geheimnisse bewahren. Zweitens musst du nicht alles wissen. Und drittens gehe ich ja auch nicht regelmäßig hin – dank unserer unregelmäßigen Dienstzeiten nur ein paar Mal im Jahr. Findet immer mittwochs statt. Und da ja heute Mittwoch ist und mein Geburtstag noch dazu, wollen die Jungs heute Abend eine Geburtstagsgesangsstunde für mich veranstalten ...“ Er sah sie traurig unter seinen buschigen Augenbrauen hervor an. „Wäre es also arg schlimm, wenn wir unser Essen verschieben würden? Oder möchtest du etwa mitkommen – wird bestimmt lustig!“

Da ein Abend mit einem Männergesangsverein das Letzte war, was Paula lustig fand, lehnte sie dankend ab. Keesers augenblicklich einsetzende Erleichterung machte sie stutzig. Aus irgendeinem Grunde wollte er sie heute Abend abwimmeln – anscheinend hatte er ein besseres Angebot bekommen als ihre Einladung zum Abendessen. Nun, das war ja in Ordnung, aber warum sagte er ihr nicht einfach klipp und klar, was Sache ist? Sie wäre ja wohl der letzte Mensch, der beleidigt wäre.

„Geht ihr in diesem Verein immer so schrecklich förmlich miteinander um?“ Sie wollte ihn noch ein bisschen quälen.

„Förmlich? Nein – wie kommst du denn darauf?“ Er sah sie argwöhnisch an.

„Nun, du hast diesen Thomas gerade am Telefon gesiezt – ‚Vielen Dank für Ihren Anruf‘ hast du gesagt.“

Tatsächlich, jetzt wand er sich wie ein Wurm, der gerade getreten worden war! Und Paula hatte ihren Spaß daran.

„Ach, das – wir albern manchmal ein bisschen herum – senile alte Kerle halt, du weißt schon!“ erklärte er dünn.

„Ah ja – das mit dem senilen alten Kerl werde ich mir merken.“ Sie glaubte ihm kein Wort. Sie würde schon noch herausbekommen, was da los war – schließlich war sie ja nicht umsonst Kriminalbeamtin!

Doch wieder einmal rettete Keeser das Telefon.

„Was?“ rief er verblüfft. „Das kann gar nicht sein – wir haben doch gerade erst mit seiner Frau gesprochen, und die wohnt im Schlosshotel in Bergzabern. Sind Sie ganz sicher, dass es sich um seine Ehefrau handelt?“ Er lauschte angespannt, und Paula erkannte an seiner Mimik, dass er nicht glaubte, was er da zu hören bekam. „Festhalten, Becker! Bleiben Sie bei der

Frau, bis wir da sind. Geben Sie mir mal die Adresse durch ..." Er notierte alles auf seinen Notizblock. „Wir sind unterwegs – ach, und rufen Sie die anderen Beamten zurück, ich denke nicht, dass sich irgendwo noch eine Frau Jansen versteckt."

Paula sah ihn verblüfft an. „Hab ich das richtig verstanden – es gibt eine zweite Frau Jansen?"

Keeser war schon mitten im Aufbruch. Er trank seine Tasse leer und knallte sie auf den Tisch. Dann riss er das oberste Blatt vom Block, schnappte sich sein Jackett und stürmte an Paula vorbei. „Erzähl ich dir alles unterwegs!"

Minuten später fuhr er zügig aus Landau hinaus.

„Als Becker anrief, ist mir siedend heiß eingefallen, dass wir völlig vergessen haben, unsere Beamten zurückzupfeifen, nachdem wir wussten, wo Jansen abgestiegen war", klärte Keeser seine Kollegin auf. „Jetzt hat sich aber herausgestellt, dass dieses Versäumnis gut war: Die Jungs haben nämlich in Steinfeld noch eine Gattin von Klaus-Peter Jansen ausfindig gemacht – eine Mareike Jansen. Und sie behauptet steif und fest, dass sie die einzig wahre Ehefrau unseres Toten ist."

„Und wer ist dann Elena?" Paula musste an ihr Gespräch mit der jungen Frau denken – ihr Bauchgefühlt hatte sich gegen die Vorstellung von Elena als Ehefrau gewehrt. Und sie hatten sich nicht ihren Ausweis zeigen lassen – wie blöd! Dabei hatte sie gleich zu Anfang ihrer Ausbildung eingeschärft bekommen: Immer zuerst die persönlichen Daten einer zu befragenden Person feststellen!

„Das werden wir gleich wissen", orakelte er und gab noch etwas mehr Gas.

In Rekordzeit erreichten sie das Schlosshotel. Keeser gab sich jedoch nicht mit langwieriger Parkplatzsuche ab, er parkte direkt auf dem Vorplatz der Gemeindeverwaltung. Er rannte mit Paula auf den Fersen an der Rezeption vorbei zur Treppe.

„Wir müssen noch einmal mit Frau Jansen sprechen", erklärte er der verdutzt dreinsehenden Dame am Empfang.

Keesers ungestümes Klopfen an der Zimmertür wurde nicht erwidert.

„Elena!" rief er laut. „Machen Sie auf, wir müssen dringend noch einmal mit Ihnen reden!"

Aber nichts tat sich hinter der Tür. Keeser überlegte kurz, ob er die Tür eintreten sollte, wie das im Fernsehen Gang und Gäbe war. Dann dachte er aber an die unangenehmen Konsequenzen: Zum einen würde das Dezernat für die Reperaturkosten aufkommen müssen – was Sonne, sein pingeliger Chef, wieder zum Staatsakt aufplustern würde. Zum anderen konnte eine dermaßen massive Tür ernsthafte Verletzungen verursachen.

„Wir brauchen den Schlüssel!" entschied er deswegen ganz unfernsehmäßig und vernünftig.

Paula eilte nach unten und kam wenig später mit der Empfangsdame zurück. „Was ist den passiert?" fragte die und öffnete mit zitternden Händen die Tür. So etwas hatte sie noch nie erlebt. Ängstlich schielte sie in den Raum dahinter, ob da etwa eine Leiche lag.

Die Kripobeamten drängten sich ungeduldig an ihr vorbei ins Zimmer. Keeser inspizierte das Bad. „Nichts!" rief er.

Paula öffnete den Kleiderschrank – bis auf ein paar Kleidungsstücke, die eindeutig dem toten Jansen gehörten, waren die Fächer leer. „Elena hat ihr Zeug zusammengepackt und ist abgehauen."

„Mist!" fluchte Keeser. „Wohin kann sie sein? – Haben Sie etwas mitbekommen? Hat sie bei Ihnen ausgecheckt?" fragte er die Hotelangestellte, die ebenfalls ins Zimmer getreten war.

Die schüttelte den Kopf. „Nein, sie hat sich nicht abgemeldet. Ich hab auch nicht gemerkt, dass sie das Hotel verlassen hat."

Sie dachte kurz nach. „Wer zahlt denn jetzt die Rechnung?"

Keeser muss sie einigermaßen fassungslos angesehen haben, denn sie lief bis zu den Haarwurzeln rot an.

„Sie haben vielleicht Probleme", murmelte er, als er an ihr vorbei auf den Gang trat. Er sah einmal nach links, einmal nach rechts, dann kam er ins Zimmer zurück. „Waren die Jansens mit zwei Autos hier?" wollte er von der eingeschüchterten Angestellten wissen.

„Mit einem Auto, einem BMW", gab sie etwas kleinlaut Antwort.

„Wie ist sie dann weggekommen?" überlegte er laut.

„Vielleicht mit einem Taxi?" schlug Paula vor.

„Um die Ecke ist gleich der Bahnhof", bemerkte die Hotelangestellte hilfsbereit.

„Bahnhof ist gut." Er nickte ihr anerkennend zu. „Wissen Sie, wie die Züge fahren?"

„Ich bin Hotelangestellte und keine Schaffnerin!" rutsche es ihr etwas schnippisch heraus, sie verzog aber gleich darauf ihren Mund zu einem verlegenen Lächeln.

Doch statt des erwarteten Donnerwetters, bekam sie von dem bärbeißigen Kommissar nur ein tiefes Lachen.

„Der war gut“, brummte er und tätschelte ihr versöhnlich den Arm. „Also dann, Kollegin, auf zum Bahnhof!“

Sie ließen die Hotelangestellte vor dem verlassenen Zimmer stehen und eilten wieder nach unten.

Während Keeser ins Auto sprang, rannte Paula am Dönerladen und an der Post vorbei. Sie erreichte gleich darauf den Kreisel, durch den sie heute schon ein paar Mal gefahren waren. Genau gegenüber war der Bahnhof, ein historisches Sandsteingebäude, und daneben stand ein Zug.

Als sie den Bahnsteig erreichte, schlossen sich mit lautem „Pfffft“ die Türen und der Zug setzte sich langsam in Bewegung.

„Halt!“ Schreiend lief Paula mit und klatschte mit der flachen Hand an die Tür, aber das war natürlich vollkommen nutzlos.

Sie lief schneller. Wenn sie schon nicht mehr in den Zug hineinkam, wollte sie wenigstens hineinsehen! Die Bahn nahm Fahrt auf, und als der Bahnsteig fast zu Ende war, entdeckte sie Elena. Beinahe hätte sie sie gar nicht erkannt, denn sie war jetzt ungeschminkt. Sie saß am Fenster und sah ihr mit dumpfem Blick direkt in die Augen. Paula konnte keinerlei Reaktion erkennen, und dann war der Zug davongefahren. Unglücklich starrte sie den Schlusslichtern nach.

„Und, war sie im Zug?“ Keeser stand jetzt neben ihr, während sie noch nach Luft rang.

„Ja – aber knapp daneben ist auch vorbei! Und jetzt?“

Keeser überlegte kurz. „In Winden muss sie umsteigen“, sagte er dann. „Komm, dort erwischen wir sie!“ Er zog Paula am Arm vom Bahnsteig.

Mit Blaulicht und eingeschaltetem Martinshorn jagten sie aus Bad Bergzabern hinaus und über die Bundesstraße.

„Und wenn sie zwischendrin aussteigt?“ In einiger Entfernung sah Paula den Zug parallel zur Straße fahren. Von hier aus hatte er die Größe einer Spielzeugeisenbahn.

„Hm.“ Keeser schien diesen Gedanken im Stillen durchzuspielen. „Es gibt zwei Bahnhöfe auf der Strecke – Kapellen-Drusweiler und Barbelroth“, sagte er dann. „Dort auszusteigen, würde ihr gar nichts bringen. Sie würde in einem kleinen Kaff stehen und dann? Nein, sie wird bis Winden fahren“, entschied er. „Von dort aus kann sie dann in verschiedene Züge steigen. Wenn wir sie dort allerdings verpassen, wird es schwierig, sie zu finden.“ Er gab deswegen nach Oberhausen noch einmal mächtig Gas.

„Wie weit ist es denn überhaupt?“

„Noch ein paar Kilometer.“

Sie kamen in die nächste Ortschaft, und er mäßigte die Geschwindigkeit. „Nächster Halt: Winden“, verkündete er, als sie aus Hergersweiler herausschossen.

Paula sah angestrengt nach links, aber der Zug war weit und breit nicht mehr zu sehen.

Dann waren sie in Winden. Paula wurde ganz hibbelig, als Keeser strikt nach Straßenverkehrsordnung mit schneckenhaften fünfzig Stundenkilometern durch den Ort fuhr.

„Keine Panik, wir kriegen sie“, beruhigte er sie, als sie am Bahnhof ankamen. Endlich erstarb der markdurchdringende Klang der Sirene. „Der Zug musste zweimal halten – wir haben also einen kleinen Vorsprung herausgefahren.“

Trotzdem sprang er äußerst dynamisch aus dem Wagen und eilte flinken Schrittes Richtung Unterführung.

Und tatsächlich: Der betreffende Bahnsteig war bis auf ein paar wartende Reisende leer – sie waren vor dem Zug angekommen, genau wie Keeser es prophezeit hatte.

„Und, wie du siehst“, sagte dieser gönnerhaft, „hatte Onkel Keeser wieder einmal recht.“

„Dort kommt er.“ Paula deutete in die Richtung, aus der sie den Zug heranfahren sah.

„Ich gehe zum Ende des Bahnsteigs, und du gehst nach vorne – dann können wir sie schön in die Zange nehmen“, schlug er vor und marschierte, ohne eine Antwort abzuwarten, los.

Paula schlenderte in aller Ruhe in die entgegengesetzte Richtung – Elena würde ihnen jetzt nicht mehr durch die Lappen gehen können!

Der Zug fuhr ein und hielt mit lautem Gezische. Zahlreiche Menschen quollen aus den sich öffnenden Türen und mischten sich mit den Wartenden.

Ein kurzer Moment der Panik erfasste Paula, dass sie Elena vielleicht doch verloren hatten. Aber dann sah sie die unnatürlich blond gefärbten Haare, die zu einem mädchenhaften Pferdeschwanz zusammengebunden waren, der bei jedem von Elenas Schritten munter wippte. Sie hatte sich nicht umgezogen und das übergroße T-Shirt flatterte in der Zugluft, die hier auf dem Bahnsteig herrschte.

„Hallo, Elena“, sagte sie mit ruhiger Stimme, als sie dicht hinter der jungen Frau stand, die sich suchend nach Hinweisen zu ihrem Anschlusszug umsah. „Ihr Zug fällt leider aus – Sie müssen jetzt mit uns weiterfahren.“

Wie von der Tarantel gestochen fuhr die so Angesprochene herum. Die Panik in ihrem Blick verschwand allerdings, als sie Paula erkannte.

„Oh Gott, Sie sind es“, presste sie hervor, und Tränen der Erleichterung sammelten sich in ihren ungeschminkten Augen. So unzurechtgemacht sah sie tatsächlich wie ein junges Mädchen aus.

„Haben Sie jemand anderen erwartet?“ Paula ahnte, dass sie nicht vor der Polizei Angst hatte. Sie ergriff ihren Ellenbogen und drehte sie zur Treppe um.

Keeser kam dazu und schnappte sich den Koffer. „Welchen Teil von *Sie sollen Bergzabern nicht verlassen* haben Sie nicht verstanden?“

Die Kommissare nahmen Elena in ihre Mitte und geleiteten sie durch die Unterführung hinaus zum Parkplatz.

Während Keeser den Koffer im Kofferraum verstaute, wies Paula Elena den Platz hinter dem Fahrersitz an, ging um das Auto herum und setzte sich neben sie.

„Sie heißen nicht Jansen – wie heißen Sie wirklich?“ fragte sie sanft, nachdem sie sich angeschnallt hatten.

Keeser entfernte das Blaulicht und nahm hinter dem Steuer Platz. Durch den Rückspiegel warf er einen prüfenden Blick nach hinten. „Alles klar da hinten?“

Paula sah ihm im Spiegel in die Augen und nickte.

Zufrieden fuhr er los. „Verraten Sie uns Ihren Nachnamen, Elena?“ fragte nun auch er.

„Das wollte sie mir gerade sagen – nicht wahr, Elena?“ Paula schaute die junge Frau auffordernd an.

„Jovonovic“, flüsterte Elena, so dass Paula sie kaum verstehen konnte. „Elena Jovonovic“, sagte sie aber gleich darauf etwas lauter.

„Ich würde gerne Ihren Pass sehen, um das zu überprüfen.“

Elena sah die Kommissarin unsicher an. „Ich habe kein Pass.“

Paula sagte darauf nichts, sie hatte da einen bestimmten Verdacht.

„Illegal hier?“ mischte sich Keeser ein.

Elena schüttelte ihren gesenkten Kopf.

„Ich vermute eher, dass er ihr nach der Einreise abgenommen wurde“, gab ihm Paula an Elenas statt zur Antwort. „Oder liege ich da falsch, Elena?“

Das Mädchen schüttelte wieder nur den Kopf. Dem setzte sie dann aber noch ein „Stimmt“ hinzu.

Keeser verstand sofort, worum es hier ging: Elena war wohl, wie so viele andere Frauen aus Polen, Russland oder Rumänien auch, unter falschen Versprechungen nach Deutschland gelockt worden. Menschenhändlerringe geben sich als Arbeitsvermittler aus und bieten den Mädchen, die in ihren Ländern keinerlei Zukunftschancen haben, einen netten Job als Kindermädchen, Bedienung oder gar als Model an. Sind die armen Dinger erst mal hier, werden ihnen sämtliche Papiere abgenommen, und sie landen in Bordellen, wo sie angeblich erst einmal die Reisekosten abarbeiten müssen. Oft wird ihnen auch gedroht, ihren Familien würde etwas Schreckliches passieren, wenn sie nicht gehorchen.

Paula legte den Arm um Elenas schmale Schultern. Die junge Frau zitterte am ganzen Körper. „Aus welchem Land kommen Sie?“

„Aus Ukraine, aus eine kleine Dorf in der Nähe von Kramatorsk.“

Hm, mit diesem Ortsnamen konnte Paula nichts anfangen. Sie hätte nicht einmal sagen können, wo genau die Ukraine lag. Irgendwo Richtung Russland, aber das war dann schon alles.

„Hat Klaus-Peter Jansen Sie da rausgeholt?“

Keeser verfolgte im Rückspiegel Elenas Reaktion.

„Ja, er hat mich gerettet.“

Ein Paparazzo, der Gutes tat? Paulas Blicke trafen sich mit Keesers, und sie wusste, dass er gerade den gleichen Gedanken gedacht hatte.

„Jetzt werden wir auf Sie aufpassen“, versprach sie und streichelte ihr wie zur Bestätigung den dünnen Oberarm.

Den Rest der Fahrt brachten sie schweigend hinter sich.

Keeser trat neben Paula, als diese Elena die Wagentür aufhielt. „Ich bringe sie in unser Büro“, raunte sie ihm zu. Sie wollte ihr einfach die kalte Nüchternheit des Verhörraums ersparen.

„Is schon okay“, stimmte er ihrer Entscheidung zu.

„Wie alt sind Sie eigentlich?“ Paula führte Elena vom Parkplatz zum Nebengebäude, in dem sich ihr Büro befand.

Keeser sah prüfend auf seine Armbanduhr. Es war schon verdammt spät, stellte er leicht bestürzt fest. Zu spät für ihn, um noch nach Steinfeld zu fahren und mit Jansens Frau zu sprechen.

„Geht schon mal vor“, rief er den Frauen daher nach. „Ich sag Becker, er soll Frau ...“ – eigentlich wollte er ‚Frau Jansen‘ sagen, überlegte es sich dann aber bei Elenas Anblick anders und sagte stattdessen: „Er soll unsere Zeugin herbringen.“

„Siebzehn“, sagte Elena.

„Scheiße!“ entfuhr es Paula. Mit siebzehn war sie ein alberner Teenager, der die Puppen gerade aus ihrem Zimmer verbannt und sich Hals über Kopf in den süßen Mathe-Referendar verliebt hatte. Sie lebte in einem behüteten – für ihren damaligen Geschmack viel zu sehr behüteten – Zuhause, hatte eine beste Freundin, mit der sie durch dick und dünn ging, der sie alle Geheimnisse und heimlichsten Wünsche anvertraute. Und sie konnte es kaum erwarten, endlich achtzehn zu werden und den Führerschein zu machen.

Voller Mitleid sah sie Elena an, die dieses Alter so ganz anders hatte erleben müssen. Ohne Schminke sah sie tatsächlich aus wie siebzehn.

„Hi, Paula", wurden sie von Tina Geiger empfangen, die gerade die Treppe herunterstieg, als sie durch die schwere Eingangstür hereinkamen. „Und wen haben wir denn da?" Sie musterte die eingeschüchterte Erscheinung neben Paula.

„Elena, das ist Tina, die gute Seele dieser Abteilung", machte Paula die beiden miteinander bekannt. „Möchten Sie einen Kaffee? Oder lieber einen Tee?"

„Oder lieber einen Kakao, Schätzchen?" erweiterte Tina das Angebot. „Du siehst mir ganz nach einem Kakao-Fall aus."

Ein kleines Lächeln huschte über Elenas ernste Züge.

„Wusste ich's doch!" freute sich Tina und strich ihr über die rechte Wange. „Kakao ist nämlich mein unangefochtenes Wunderheilmittel, wenn es mir richtig mies geht. Kommt sofort!"

Paula brachte Elena in ihres und Keesers Büro, setzte sie auf den Besucherstuhl und ging hinüber zu Tina.

„Was ist denn mit dem armen Mäuschen?" Die Sekretärin hielt einen altmodischen Tauchsieder in eine große Tasse mit Milch und sah sie dabei eindringlich an.

Paula lehnte sich an den Türrahmen und fühlte sich plötzlich erschöpft und todmüde. „Genau wissen wir es noch nicht – aber ihr wurde der Pass abgenommen. Deshalb bin ich mir ziemlich sicher, dass sie von einer Schlepperbande aus der Ukraine zu uns gebracht wurde und hier anschaffen gehen musste."

Tina sah sie aus erschrocken geweiteten Augen an. „Das ist ja grausig – wer weiß, was die Kleine schon alles durchmachen musste. Sie ist doch noch sooo jung!" Sie zog den Stecker des Tauchsieders und ließ ihn über der Tasse abtropfen, bevor sie ihn in das kleine Handwaschbecken legte.

Paula sah zu, wie Tina vier gehäufte Löffel Kakaopulver in die Milch schaufelte. Der Duft von warmer Milch und geschmolzener Schokolade füllte das kleine Sekretariat – ein wunderbar beruhigender Duft, der Duft nach glücklicher, sorgloser Kindheit. Eine Tasse Kakao hatte einfach etwas unbeschreiblich Tröstliches. „Ich glaube, ich könnte auch so eine Tasse Kakao vertragen ...“

„Die bekommst du, meine Süße – aber bring das erst mal unserem armen Küken da drüben.“ Sie reichte ihr die dampfende Tasse und sah sie beschwörend an. „Wir müssen der Kleinen unbedingt helfen!“

„Klar, das machen wir“, gelobte Paula.

Sie traf auf dem Gang auf Keeser.

„Kakao?“ wunderte der sich nach einem neugierigen Blick in die Tasse, die sie vorsichtig vor sich her balancierte. „Ich wusste gar nicht, dass es hier sowas gibt.“

„Glaub mir, Commissario, du weißt so einiges nicht“, kam Tinas Stimme aus dem Hintergrund.

„Und das ist bestimmt gut so“, murmelte er halblaut, aber fest von dieser Erkenntnis überzeugt. Er betätigte die Kaffeemaschine – er brauchte jetzt etwas Stärkeres als Kakao.

Elena saß ruhig auf ihrem Stuhl und trank in vorsichtigen kleinen Schlucken ihre heiße Schokolade. Sie schien sich recht wohl bei ihnen zu fühlen, denn sie begann von sich aus, zu erzählen. Zuerst noch etwas stockend, dann aber sprudelte es aus ihr heraus.

Sie berichtete von ihrem Dorf, von ihren Eltern und den fünf jüngeren Geschwistern, mit denen sie auf einem ärmlichen kleinen Hof gelebt hatte, bis sie eines Tages auf der Straße angesprochen worden war. Von einer elegant gekleideten Frau, die ihr erzählte, sie wäre für eine deutsche Arbeitsagentur unterwegs, um geeignete Mädchen für eine Schule für Kindermädchen zu suchen. Und sie, Elena, wäre genau so ein Mädchen. Sie könnte in Deutschland eine Ausbildung machen und dann viel Geld verdienen, sie könnte auch so tolle Kleider tragen wie sie und sogar noch Geld nach Hause schicken.

Paula und Keeser hörten zu und unterbrachen sie nicht. Nur einmal kam Tina herein, um Paula den Kakao zu bringen. Allerdings ging sie danach nicht wieder, sondern blieb und lauschte ebenfalls gebannt Elenas Geschichte.

Die beruflichen Aussichten für junge Mädchen, für die Landjugend überhaupt, waren mehr als schlecht, und so willigten Elenas Eltern schweren Herzens ein, ihre älteste Tochter nach Deutschland gehen zu lassen, um dort eine goldene Zukunft zu haben. Mit zwei anderen Mädchen aus dem Dorf wurde sie eines Abends mit einem Bus abgeholt, um dieser goldenen Zukunft entgegenzufahren.

Sie fuhren mit diesem Bus tage- und nächtelang über Land. Immer wieder stiegen andere Mädchen ein, alle mit der Hoffnung, es einmal besser zu haben als ihre Eltern. Sie bekamen gut zu essen und zu trinken, der Fahrer sang mit ihnen die Schlager aus dem Radio, machte Scherze und lachte mit ihnen. Die Frau, die sie angeworben hatte, war auch dabei, und ein weiterer Mann, der brutal aussah und nur wenig sprach. Die Mädchen nannten ihn bald den *Aufseher*. Kurze Pinkelpausen wurden nur abseits der Straße gemacht, nie wurde eine Raststätte angefahren. Und dann folgte genau das, was Paula schon vermutet hatte: Den Mädchen wurden an der Grenze zu Polen die Ausweise abgenommen. Keine von ihnen schöpfte irgendeinen Verdacht, sie waren so jung, so harmlos und so neugierig auf das Schlaraffenlandleben in Deutschland.

Quer durch Polen wurde die beschwerliche Reise fortgesetzt. Die Stimmung im Bus sank, einige der Mädchen weinten nur noch, vor allem die jüngeren, weil sie Heimweh hatten. Der Ton der Frau und des Fahrers wurde rauer, gesungen wurde da schon lange nicht mehr. Und der Aufseher schlug auch immer mal wieder zu, wenn eines der Mädchen gar nicht mit dem Jammern aufhören wollte.

Die Grenze nach Deutschland erreichten sie mitten in der Nacht in einem Wald. Ein einzelner Mann in Uniform, bewaffnet mit einem Maschinengewehr, stieg in den Bus und leuchtete ihnen mit seiner grellen Taschenlampe in die Gesichter. Die Frau verhandelte laut mit ihm in einem Kauderwelsch aus Russisch und Polnisch, dann gab sie ihm ein Bündel Banknoten. Erst, als sie noch ein paar Scheine mehr in seine gierig geöffnete Hand gestopft hatte, konnten sie weiterfahren.

Kurz danach wurde wieder gehalten. Auf einem dunklen Parkplatz mussten sie alle – todmüde und total verängstigt – mit ihrem mickrigen Gepäck aus- und in einen anderen Bus umsteigen.

Im Morgengrauen kamen sie in Berlin an. Der Bus fuhr in eine große, leerstehende Fabrikhalle, wo sie schon von fünf oder sechs Männern erwartet wurden. Die Frau stieg aus – Elena konnte durch die Scheibe sehen, wie sie einem dieser Russen einen Stapel Pässe – ihre Pässe – übergab und dafür einen dicken Briefumschlag bekam. Das war das letzte Mal, dass sie sie sah.

Die Männer stiegen ein, sie sprachen Russisch und lachten derb.

„Da ich bekam richtig Angst." Elena sah sie aus großen traurigen Augen an. „Einer ging Gang zwischen Sitzen entlang und sah uns an wie Angebot in Schaufenster – mir hat er Kinn genommen und hat Kopf gehoben, so er konnte mir genau in Gesicht sehen. ‚Blond ist gut!' er hat gesagt und gelacht. Und hat aus Mund gerochen nach viel Alkohol.“ Sie schüttelte sich bei dem Gedanken.

Natürlich wurden sie nicht in das versprochene Wohnheim gebracht, sondern in ein verlassenes Backsteingebäude auf einem verwaisten Fabrikgelände. Hier waren Feldbetten und Pritschen dicht nebeneinander aufgestellt, und hier mussten sie schlafen, oft über zehn Mädchen in einem Raum. Sie alle weinten sich in den Schlaf, denn spätestens jetzt ahnten sie wohl, dass sie ganz bestimmt nicht als Kindermädchen arbeiten würden.

Das erste Mal vergewaltigt wurde Elena einen Tag später – von einem Russen mit schlechten Zähnen, der ganz schrecklich aus dem Mund gestunken hat. Auf ihrer Pritsche, während die anderen Mädchen völlig verängstigt versucht hatten, sich unsichtbar zu machen. Sie sei ja eigentlich schon zu alt, hatte der Kerl danach lachend gesagt, aber sie dann doch mitgenommen. In seinen Laden.

„Wie lange ist das her?“ unterbrach Paula nun doch.

„Zwei Jahre.“

Mit fünfzehn schon zu alt? Paula bekam Gänsehaut.

Tina schien es nicht anders zu gehen, denn sie schlang sich die Arme um den Bauch. „Ich glaube, mir wird gleich schlecht!“ flüsterte sie blass.

Elena wurde in ein Bordell gebracht. In den vorderen Räumen saßen die erwachsenen, offiziellen Prostituierten, in ein paar schmuddeligen Hinterzimmern mussten die minderjährigen Mädchen stillhalten. So nannte es Elena: Stillhalten.

Sie musste oft stillhalten, meistens mehrmals am Tag. Bis eines Tages Klaus-Peter Jansen in ihr Leben trat, der als Freier getarnt heimlich und mit versteckter Kamera für eine Enthüllungs-Reportage recherchierte.

Ja, dachte Paula unwillkürlich, Enthüllungs-Reportagen sind ganz genau das Ding dieser meistgelesenen Zeitung Deutschlands! Am besten mit viel Blut und noch mehr Gewalt!

„Er mich hat da rausgeholt. Er ist eine gute Mensch, hat seine Leben für mich riskiert.“ Sie hielt die leere Tasse mit beiden Händen umklammert, als ob sie ihr Halt geben würde.

„Und wie hat er Sie da rausgeholt?“ Keeser hatte ebenfalls atemlos zugehört.

„Er hat eine günstige Moment abgewartet und hat mich ... wie sagt man? ... verführt?“

„Entführt“, verbesserte Paula und musste trotz der erschütternden Geschichte schmunzeln.

„Entführt, genau. Er ist mit mir in diese Hotel gefahren, weit weg von Berlin, weit weg von Juri ...“

„Juri?“ hakte Keeser mit belegter Stimme nach.

„Juri ist die Besitzer von diese Puff. Er hat mich von diese Frau gekauft ... ihm ich gehören ...“

„Hier in Deutschland gehörst du niemandem!“ empörte sich Tina. „Los, Paula, sag ihr, dass sie ein freier Mensch ist!“

„Das mag so sein, mein liebes Geigerlein, aber Juri wird das ganz anders sehen“, übernahm Keeser die Antwort. „Wer wusste davon? Wer wusste, wo Sie untergetaucht sind?“ Er beugte sich weit über den Tisch, um Elenas Aufmerksamkeit auf sich zu lenken.

„Niemand, ich denke.“ Sie richtete ihre Augen auf ihn, sah aber durch ihn hindurch. „Doch“, sagte sie dann schleppend, „eine von seine Kollege hat gewusst – seine Chef. Der hat auch alles bezahlt.“

Paulas Gedanken jagten durch ihr Hirn. Da war ein toter Klatschreporter, der eine junge verschleppte Frau aus den Fängen dieses Juri gerettet und sich hier in der Pfalz mit ihr versteckt hatte. Was, wenn Juri zur Russenmafia gehörte und alle Hebel in Bewegung gesetzt hat, um die beiden zu finden?

„Klaus mir wollte nur helfen – und jetzt er ist tot ... nur wegen mir“, sagte Elena gerade mutlos und brachte damit Paulas Gedanken zu einer logischen Schlussfolgerung: Sie waren gefunden worden, deshalb war Klaus-Peter Jansen jetzt tot! Doch, wenn sie tatsächlich gefunden wurden: Warum war Elena dann noch hier? Warum war sie nicht aus dem Hotel geholt und wieder nach Berlin zurück verfrachtet worden? Waren sie und Keeser einfach nur schneller gewesen als diese Russen? Unwahrscheinlich. Jansen war bereits vor drei Tagen getötet worden, und sie waren erst heute auf Elena gestoßen – drei Tage Vorsprung, die die Russen gehabt hätten, sie vor ihnen zu finden.

Und überhaupt: Die Mafia mordete doch nicht mit dem Trageriemen eines Fotoapparates, oder? Da wurde mit großkalibrigen Waffen geschossen – da wurden die Opfer hingerichtet! Und vorher hätten sie Jansen sicherlich noch gefoltert, um Elenas Aufenthaltsort aus ihm herauszubekommen.

„Was denn nun wird mit mir?“ unterbrach Elena ihre Überlegungen.

„Wir könnten sie vorerst in einem Frauenhaus unterbringen“, schlug Keeser vor.

„Ich bin für Zeugenschutzprogramm“, platzte es aus Tina heraus.

„Dafür müsste sie aber auch eine Zeugin für irgendetwas sein“, machte Keeser diese Idee zunichte.

„Sie kann doch gegen diesen Juri und diese schreckliche Frau aussagen!“ insistierte Tina.

„Das könnte sie tatsächlich“, gab ihr Keeser recht, „aber das wäre dann nicht unser Zuständigkeitsbereich, sondern der des BKA. Aber bis da die Mühlen anlaufen ...“

„Wie wäre es mit einem Kinderheim?“ Das klang ganz schrecklich, und natürlich war Elena kein Kind mehr, aber etwas Besseres fiel Paula auf die Schnelle nicht ein.

Elena sah sie erschrocken an.

„Gute Idee – ich könnte mal drüben im Kinder- und Jugenddorf Maria Regina in Silz anrufen, vielleicht könnte sie da ein paar Tage unterkommen, bis wir wissen, wie es weitergeht.“

„Kinderheim? Spinnt ihr?“ empörte sich Tina und trat schützend hinter Elena. „Ihr könnt das arme Ding doch nicht in ein Kinderheim stecken! Wer weiß, ob sie da überhaupt sicher ist vor diesen ... Menschenschändern! – Nein, ich nehme Elena mit zu mir“, entschied sie wildentschlossen.

„Ach, und bei dir ist sie sicherer als in Silz?“ spöttelte Keeser.

„Hör zu, Commissario!“ Sie ging um den Schreibtisch herum und plusterte sich regelrecht vor ihrem Chef auf. „Ich kann eine Löwin sein, wenn es sein muss! – Frag Hansi!“

In diesem Moment wurde an die Tür geklopft und diese gleich darauf vorsichtig geöffnet. Als ob es sein Stichwort gewesen wäre, betrat Hans Becker die Bühne.

„Hansi?!“ rief Tina zutiefst überrascht aus.

„Doo seid ihr all!“ stellte der zufrieden fest. „Ich wollt blooß saache, dass die Frau Jansen jetzt in Verhörraum eins sitzt – und als klääne Warnung vornewech: Sie ist nach der langen Waaderei nit grad guud druff!“

Keeser sah erneut auf seine Uhr – die Zeit rannte ihm davon. Dann kratzte er sich mit laut knisterndem Geräusch die Bartstoppeln.

„Kannst du das mit Frau Jansen übernehmen? Ich muss dringend los, wenn ich nicht zu spät kommen will“, sagte er zu Paula gewandt. „Ich revanchiere mich irgendwann dafür.“

Paula sah ihren Feierabend schwinden. Es war schon weit nach achtzehn Uhr – noch ein Gespräch, dann der Bericht – vor acht wäre sie nicht daheim.

„Hau schon ab“, sagte sie wenig begeistert. Immerhin war ja heute sein Geburtstag.

Er sprang auf, drückte ihr tatsächlich einen kratzigen Schmatzer auf die Wange, und schon war er verschwunden.

„Was ist denn mit dem los?“ Tina sah ihm verwundert nach. „Hat wohl ein heißes Date?“

„Angeblich mit seinem Gesangsverein“, erklärte Paula Keesers fluchtartiges Verschwinden. Und erneut kamen ihr Zweifel an dieser Sache.

„Gesangsverein?“ fragte die Sekretärin mindestens genauso ungläubig wie Paula das gefragt hatte.

„So sind meine Informationen bezüglich seines heutigen Abends.“ Paula streckte sich und sah die junge Frau an, die still dazwischen saß. „Steht dein Angebot noch, dass Elena vorerst bei dir bleiben kann?“

Polizeiobermeister Becker sah etwas belämmert aus der Wäsche.

„Aber ja, und da hat sie sogar noch richtigen Polizeischutz, nicht wahr, Hansi?“ Tina strahlte ihren Freund an.

Hans Becker hatte keine Ahnung, worum es ging, aber er nickte.

„Siehst du, sicherer könnte unser Küken gar nicht aufgehoben sein.“ Sie strich der ukrainischen jungen Frau liebevoll über das Blondhaar. „Magst du Spaghetti Bolognese?“ Wie eine fürsorgliche Glucke führte Tina ihren Schützling nach draußen, so dass Paula nicht mehr mitbekam, wie die Spaghetti Bolognese bei Elena ankamen.

Als sie endlich alleine im Büro war, lehnte sie sich – so weit es die biegsame Lehne zuließ – in ihren Bürostuhl zurück und rieb sich die müden Augen. Oh, sie wäre jetzt gerne ihr Kollege – sie würde dafür sogar einen Abend mit einem Männergesangsverein in Kauf nehmen. Männergesangsverein, tss! Das konnte er seinem Friseur erzählen!

Kopfschüttelnd raffte sie sich auf und ging hinüber ins Hauptgebäude, wo Frau Jansen alleingelassen mit einem Glas Mineralwasser im Verhörraum saß. Becker hatte nicht untertrieben: Die Laune der Frau war geradezu unterirdisch.

„Na, das wird aber auch Zeit!“ fauchte die nämlich, als Paula die Tür öffnete. „Ich werde hier wie eine Verbrecherin behandelt, das ist infam!“

Von der Trauer einer frischgebackenen Witwe war nichts zu merken.

Paula starrte auf die dicke Kugel, die unter Frau Jansens weitem Hängekleid deutlich zu sehen war: Becker hatte versäumt, ihnen mitzuteilen, dass die Frau schwanger war. Abgesehen davon war sie eine Schönheit – schulterlanges, dunkelbraunes Haar lockte sich um ein auffallend schön geschnittenes Gesicht, ihre Haut war von der Sommersonne gleichmäßig gebräunt – sie hätte ein Model sein können! Wie kam eine so attraktive Frau nur zu einem so farblosen Mann?

„Ich bin Kriminaloberkommissarin Paula Stern, Frau Jansen, und ich entschuldige mich, dass wir Sie so lange warten ließen. Es wird auch nicht lange dauern, und die Kollegen fahren Sie danach selbstverständlich auch wieder zurück in Ihre Ferienwohnung.“

Die Frau atmete tief durch und schien sich zu beruhigen. „Okay“, sagte sie schließlich, ihr Gesicht blieb aber wie versteinert.

„Soll ich Ihnen noch etwas zu trinken holen lassen, einen Tee vielleicht oder einen Saft?“ wollte Paula ihr Gegenüber etwas milder stimmen.

„Danke, nein, ich muss auch so schon dauernd auf die Toilette“, lehnte diese aber unfreundlich ab.

„Frau Jansen, mein Kollege von der Polizei hat Sie sicher über den Tod Ihres Mannes informiert“, begann Paula mit sanfter Stimme.

Die schöne Witwe nickte gefasst, aber die harte Maske, die ihr Gesicht gerade noch gewesen war, schien zu bröckeln. Ihre Lippen bebten, in den leicht geröteten Augen sammelten sich Tränen.

„Eine Frage interessiert mich: Warum wohnte Ihr Gatte in einem Hotel in Bad Bergzabern und Sie in einer Ferienwohnung in Steinfeld?“

Frau Jansen schloss die Augen. Ihre Kiefer mahlten, als ob sie die Worte, die sie gleich aussprechen würde, erst einmal gut durchkauen wollte. Mit einem leisen Ächzen öffnete sie schließlich die Lider wieder und sah Paula aus dunkelgrünen Augen fest an. „Er wusste anfangs nicht, dass ich auch hier bin“, sagte sie. Sie hielt noch einmal inne, als ob sie Schwung holen wollte für das, was sie erzählen musste. „Wir, also Klaus-Peter und ich, haben in den letzten Jahren immer zusammen hier Urlaub gemacht – in der Wohnung in Steinfeld. Wir hatten immer so wunderschöne Tage ...“ Ihr versagte die Stimme kurz, dann berichtete sie weiter: „Ich fand letzte Woche heraus, dass er eine Reise hierher plante.“ Sie schnaubte verächtlich. „Als ich ihn darauf ansprach, behauptete er doch tatsächlich, das wäre für eine sensationelle Reportage, mehr dürfe er mir aber nicht verraten, um das Projekt nicht zu gefährden. Ha! Es war nicht schwer herauszufinden, dass er diese angebliche Geschäftsreise mit einem kleinen Russenflittchen unternehmen wollte.“

Ja, dachte Paula insgeheim, eine Frau, die sich hintergangen fühlt, ist zweifelsohne der beste Detektiv!

„Wenigstens hat er den Anstand besessen, mit ihr nicht in unsere Ferienwohnung zu gehen.“

„Er hat Ihnen also nicht erzählt, warum er mit der anderen Frau hierher kam?“ Das wunderte Paula – dann wäre Jansen doch ein vorprogrammierter Ehekrach erspart geblieben. Oder wollte er sie nur vor den Russen schützen?

Nach dem Motto: Wer nichts weiß, kann auch nichts verraten? – Aber wäre das dann nicht einzig und allein Schutz für ihn und Elena gewesen? Wenn sich die Russen seine Frau vorgenommen hätten, hätte sie so oder so den Kürzeren gezogen, oder nicht? Der beste Schutz für sie wäre also gewesen, er hätte sie eingeweiht und mit hierher genommen.

„Wollen Sie mich auf den Arm nehmen? Das brauchte er mir nun wirklich nicht erklären", antwortete die Frau mit einem spöttischen Unterton. „Ich habe mir sagen lassen, dass das werdende Väter gelegentlich so machen: Sie gehen anderweitig ihrem Vergnügen nach, weil sie ihre unförmigen und vollkommen unerotischen hochschwangeren Frauen nicht mehr ertragen können."

„Sie sagten gerade, er wusste anfangs nicht, dass Sie auch hier sind – haben Sie es ihm denn irgendwann gesagt?"

„Klar, denken Sie etwa, ich bin ihm verkleidet hinterhergeschlichen, um ihn mit dieser Schlampe heimlich zu beobachten?" Ihre grünen Augen schienen Funken zu sprühen. „Gleich am Sonntag, als ich hier ankam, hab ihn auf seinem Handy angerufen und um eine Aussprache gebeten."

„Wie hat er reagiert?"

„Er ist ausgeflippt. Er hat getobt am Telefon. Logisch – welcher Mann lässt sich schon gerne auf die Schliche kommen." Sie strich mit beiden Händen zärtlich über ihren Bauch, als wollte sie das Baby beruhigen.

„Und, hat er sich mit Ihnen getroffen?"

„Nachdem ich ihn im Stundenrhythmus angerufen und SMS geschickt habe – ja."

„Wann und wo war das?"

„Er hat mich am Montagmorgen in irgendwelche beschissenen Weinberge zitiert – zsss, kurz nach sechs Uhr! Keine Ahnung, was er sich dabei dachte, ich hätte ihn dafür umbringen können ..." Sie stockte und sah Paula erschrocken an. „Das ist mir einfach so rausgerutscht ..."

„Haben Sie es getan? Haben Sie Ihren Mann umgebracht?"

„Himmel, natürlich nicht! Als ich wütend davonrauschte, war er natürlich noch am Leben." Ihre Augen weiteten sich. „Heißt das, ich könnte die Letzte gewesen sein, die ihn lebend sah?"

Nun, wenn Sie tatsächlich ihren Mann nicht umgebracht hatte, dann hatte ihn definitiv nach ihr noch jemand anders lebend gesehen – sein Mörder. Paula sagte das natürlich nicht laut.

„Sie sind also wütend *davongerauscht* – daraus schließe ich, dass Sie sich gestritten haben ..."

„Dieser Mistkerl wohnte mit dieser ... dieser ... Frau“, sie spuckte das Wort regelrecht aus, „in einem Hotelzimmer zusammen und wollte mir tatsächlich weismachen, das wäre rein platonisch und wirklich nur für eine Reportage. Sagen Sie selbst“, sie sah Paula eindringlich an, „für wie blöd halten uns die Männer eigentlich?!“

Sie schnappte sich ihre teuer aussehende Handtasche und stellte sie vor sich auf den Tisch. Nachdem sie einige Zeit darin herumgekramt hatte, hob sie schließlich entschuldigend eine Tablettenschachtel in die Höhe. „Ich hab ständig Sodbrennen und muss schnell eine Kautablette nehmen.“

Während sie mit der Silberfolie knisterte, betrachtete Paula die Tasche genauer. Da waren ein paar sehr blonde Haare an einem der silberfarbenen Kantenschoner aus Metall hängengeblieben. Und etwas Bräunliches klebte auch daran. Paula musste an die Partikel denken, die von der Gerichtsmedizin in der kleinen Kopfwunde des Toten sichergestellt worden waren: Spuren von Neusilber, das insbesondere für billigen Schmuck und Zierleisten verwendet wurde – und anscheinend auch für den Schutz von Taschenkanten.

Sie griff nach der Tasche, bevor Frau Jansen sie wieder unter dem Tisch verschwinden lassen konnte, was ihr einen verwunderten Blick einhandelte. „Sie sind also einfach so weggegangen?“

Frau Jansen machte ein betretenes Gesicht und betrachtete schuldbewusst die Tasche, die jetzt auf Paulas Tischseite stand. „Nicht, ohne ihm vorher meine Handtasche um die Ohren zu hauen“, gestand sie zögernd. Dann starrte sie die Tasche an, und blankes Entsetzen verzerrte ihr schönes Gesicht. „Sagen Sie jetzt nicht, dass ich schuld an seinem Tod bin – hab ich ihn mit meiner Tasche ...?“

„Nein, er wurde ganz sicher nicht mit einer Handtasche getötet.“ Paula legte besänftigend ihre Hand auf den Unterarm der Anderen. „Ich muss die Tasche aber trotzdem sicherstellen und von der kriminaltechnischen Abteilung untersuchen lassen.“

Frau Jansen nickte zustimmend.

Paula entschuldigte sich kurz und rief nach einem Beamten, damit der ihr eine Plastiktüte besorgte.

„Als Sie dort bei Ihrem Mann in den Weinbergen waren, ist Ihnen da irgendetwas aufgefallen?“ fragte Paula, als sie Frau Jansen wieder gegenüber saß.

Die zuckte die Schultern.

„Eine Person oder ein Fahrzeug, das Ihrer Meinung nach dort nicht hingehörte?“ wollte Paula ihrem Gedächtnis auf die Sprünge helfen.

„Ich glaube nicht ..." Sie saß auf ihrem Stuhl, ihre Hände umschlossen schwangerentypisch den Bauch, und sie kräuselte dabei angestrengt überlegend die Stirn und die wohlgeformten Augenbrauen. „Hm, jetzt, wo Sie es sagen – da war ein Auto! Eine große schwarze Limousine, kann auch dunkelblau gewesen sein – die gehörte wohl nicht unbedingt dort hin. Stand in einiger Entfernung ..."

„Haben Sie jemanden gesehen? Ist jemand ausgestiegen?" Nach dem Nummernschild fragte sie erst gar nicht.

„Hören Sie, ich hatte da keine Acht drauf – ich hab mich heftig mit Klaus-Peter gestritten ..." Sie begann zu weinen. „Und es hat mich dabei noch wütender gemacht, dass er bei unserem Gespräch dauernd in der Gegend rumgeguckt hat. Er hielt seine verfluchte Kamera in der Hand und sah permanent an mir vorbei, als ob es ihn gar nicht interessieren würde, was ich ihm zu sagen hatte."

„Haben Sie sich nach diesem Treffen eigentlich gar nicht gewundert, dass sich Ihr Mann nicht bei Ihnen gemeldet hat?"

Frau Jansen schüttelte langsam den Kopf. „Eigentlich nicht, ich hatte ihm recht unschöne Sachen an den Kopf geworfen – nicht nur meine Tasche. Ich hab ihm mit Scheidung gedroht, und dass er das Kind nie zu Gesicht bekommen würde ..." Sie schluckte schwer. „Ich habe auch nicht versucht, ihn zu erreichen – ich war so verletzt und unglücklich ..."

„Frau Jansen, ich weiß, dass Sie das nicht trösten wird, aber Ihr Mann hat Sie nicht belogen: Er hatte tatsächlich nichts mit dieser Frau. Sie ist übrigens gerade mal siebzehn Jahre alt."

Frau Jansen starrte sie ungläubig an.

„Er wollte ihr nur helfen – er hat sie aus dem Rotlichtmilieu geholt und wollte hier mit ihr einige Zeit untertauchen ..."

Die Tür wurde geöffnet, und der Beamte brachte die gewünschte Tüte herein.

„Würden Sie bitte Ihre Tasche leer machen?" bat Paula.

Systematisch packte Frau Jansen den Tascheninhalt in die bunt bedruckte Plastiktüte um. Es schien, als wäre sie froh, endlich etwas mit ihren Händen tun zu können. Dabei liefen ihr unentwegt die Tränen über das Gesicht, die sie immer wieder schniefend mit dem Handrücken wegwischte.

„Ihr Mann war ein guter Mensch, Frau Jansen – er hatte das junge Mädchen aus den Fängen des Menschenhandels gerettet. Es könnte sein, dass ihn diese Aktion das Leben gekostet hat. Er hat Sie nur nicht eingeweiht, weil er Sie und das Baby schützen wollte."

Frau Jansen war fertig mit dem Umpacken. Sie lehnte sich sichtlich erschöpft in den Stuhl zurück, als ob ihr diese Arbeit die letzte Kraft abgenötigt hätte.

„Oh Gott, wie konnte ich nur so misstrauisch sein? Wir hatten eine gute Ehe ... aber als er mit den Heimlichtuereien anfing, war ich völlig daneben. Ich hatte Angst, ihn zu verlieren und dann das Baby, *unser* Baby ..." Sie tätschelte den Bauch und schluchzte auf. „Und dann ist das Letzte, was er in seinem Leben mit mir erlebt hat, der hysterische Anfall einer wildgewordenen Furie! Ich schäme mich so."

Paula stand auf, machte ein paar Schritte um den Tisch herum und ging neben Frau Jansens Stuhl in die Hocke. Voller Sympathie für die Frau legte sie ihr eine Hand auf den Oberschenkel und die andere auf die Schulter.

„Sie müssen sich doch nicht schämen." Paula sah sie eindringlich an. „Ihre Gefühle sind einfach mit Ihnen durchgegangen, Sie fühlten sich verletzt und betrogen – jede Frau hätte so reagiert, glauben Sie mir. Und die Schwangerschaftshormone haben da bestimmt auch gehörig mitgemischt. Sie dürfen sich deswegen keine Vorwürfe machen."

Frau Jansen wurde langsam ruhiger. „Was wird denn jetzt aus dem Baby und mir?" stieß sie jammervoll hervor.

Fast die gleiche Frage hatte Elena vor nicht mal einer Stunde gestellt, und auch jetzt hatte Paula keine Antwort. Die Allzweckplattitüde „Es wird alles wieder gut" wollte sie auf gar keinen Fall in den Mund nehmen. „Das Baby wird Ihnen die nötige Kraft geben", sagte sie schließlich, war sich aber keinesfalls sicher, ob das wirklich besser war, als das „Es wird alles wieder gut".

Frau Jansen nickte jedenfalls, sie war mit der Antwort anscheinend einigermaßen zufrieden.

„Kann ich sie kennenlernen?" fragte sie, als sie wieder ruhiger war.

„Wen kennenlernen?" Paula taten die Knie weh.

„Diese junge Frau, um die sich Klaus-Peter gekümmert hat."

Paula erhob sich, wobei ihre Kniegelenke heftig knackten – und das mit neunundzwanzig, Himmel, wie würde sich das dann erst in zehn Jahren anhören?

„Das ist, glaube ich, keine so gute Idee", lehnte sie dieses Ansinnen ab.

„Warum? Sie lag meinem Mann doch anscheinen sehr am Herzen ... vielleicht könnte ich seinen Part übernehmen? Wenn er tatsächlich dafür sein Leben gelassen haben sollte, dann sehe ich es als mein Erbe an, diese Sache zu einem Ende zu bringen." Ihre schönen grünen Augen funkelten jetzt voller Tatendrang. „Sie steht doch jetzt genauso verlassen da wie ich, oder?"

Paula war plötzlich schrecklich müde. Sie fühlte sich auf einmal viel zu erschöpft, um der Frau klarzumachen, dass sie sich dadurch eventuell auch in das Fadenkreuz des Mörders begeben könnte.

„Wir werden sehen, Frau Jansen“, sagte sie, ohne ein konkretes Versprechen zu machen. „Lassen Sie uns erst einmal herausfinden, wer Ihren Mann getötet hat – alles Weitere ergibt sich dann sicherlich.“

Frau Jansen schien diese Antwort zu genügen. „Kann ich jetzt gehen? Ich wäre gerne alleine, um das alles zu verarbeiten.“

Auch sie wirkte erschöpft.

Wenig später verließ Paula mit ihr und einem Polizeibeamten das Gebäude. „Ich bitte Sie, in den nächsten Tagen nicht abzureisen“, gab ihr Paula mit auf dem Weg. „Falls noch irgendwelche Fragen auftauchen. Und natürlich halte ich Sie auf dem Laufenden“, versprach sie noch.

Dann sah sie der Frau nach, wie sie mit dem schwangerentypischen Gang neben dem Beamten sprichwörtlich davonwatschelte. An ihrer Hand baumelte die Plastiktüte mit den Habseligkeiten aus ihrer Handtasche.

So schnell war das eigene kleine Leben aus seiner normalen Umlaufbahn geworfen. Innerhalb weniger Momente kann eine Ehefrau zur Witwe, ein ungeborenes Kind zur Waise werden und Eltern müssen ein Kind betrauern. Wieder einmal wurde Paula schmerzhaft klar, dass das Leben eine fragile Angelegenheit war. Mit schweren Beinen stieg sie die Stufen zur Kriminaltechnischen Abteilung hinauf.

„Kein Zuhause?“ begrüßte Werner Dreißigacker sie.

Nach fast zwölf Stunden Dienst kam es Paula fast so vor. „Genauso wie Sie“, gab sie zur Antwort und überreichte ihm Frau Jansens Tasche. „Ich habe hier ein kleines Feierabendmitbringsel für Sie: Die Waffe einer Frau – eine Prada-Tasche!“

Dreißigacker nahm das ungewöhnliche Schlagwerkzeug in Empfang. „Das ist ein Model von Louis Vuitton“, verbesserte er sie nach einem kurzen prüfenden Blick.

Paula sah ihn verblüfft an. „Das wissen Sie?“

„Sie etwa nicht?“ fragte er verblüfft dagegen.

„Muss ich das wissen? – Na, egal, mit dieser Tasche wurde unserem Toten wahrscheinlich die Wunde über dem Ohr zugefügt. Ich möchte, dass Sie das mit den Ergebnissen aus der Kopfwunde und den Haaren des Opfers abgleichen.“

Der Kriminaltechniker sah missmutigen Blickes auf die Uhr, die an einer der Wände hing. „Ihr seid einfach lästig – eigentlich wollte ich Feierabend machen“, maulte er.

„Ich darf ja auch noch nicht heim“, sagte Paula und versuchte ihn mit einem gekonnten Augenaufschlag zu Überstunden zu bewegen.

Kopfschüttelnd ging er an einen der Arbeitstische und begann, die Haare mit einer Pinzette unter dem Kantenschutz hervorzuziehen. „Und wo ist Keeser, die zweite Nervensäge im Bunde?“

„Der hatte was Besseres vor und ist schon weg“, gab Paula Auskunft und war schon fast zur Tür hinaus. „Sie sind übrigens ein Schatz!“

„Endlich merkt das mal jemand!“ hörte sie ihn ihr nachrufen.

Sie kochte sich eine Tasse Kaffee und setzte sich an ihren Schreibtisch. Mühsam arbeitete sie sich via Bericht durch den langen Tag, der hinter ihr lag. Sie hatten doch einiges erreicht, einige neue Teile des Puzzles waren aufgetaucht und hatten sich in das Gesamtbild eingefügt. Doch wer würde am Ende der Ermittlungen als Klaus-Peter Jansens Mörder entlarvt werden? Die Schlepperbande, der Elena entrissen worden war, kam natürlich vorrangig dafür in Frage – doch im Moment war das reine Spekulation.

Kurz vor einundzwanzig Uhr war sie endlich fertig und konnte auf Speichern klicken. Zufrieden lauschte sie dem Surren des Druckers, der die von ihr ausgefüllten Berichtformulare eines nach dem anderen ausspuckte.

Gähnend fuhr sie den Computer runter, schob ihren Stuhl ordentlich an den Schreibtisch und schaltete das Licht aus.

Sie hatte Hunger – der Döner von heute Mittag lag schon so lange zurück, dass sie fast das Gefühl hatte, es wäre gestern gewesen. Auf den paar Metern Heimweg überlegte sie, was sie sich jetzt auf die Schnelle zu Essen machen könnte. Der Kühlschrank war ihres Wissens bis auf drei oder vier Karotten, zwei Flaschen Weizenbier und ein paar andere Dinge, die keiner näheren Erwähnung bedurften, leer. Tolle Aussichten!

Sie schloss die Haustür auf und ging nach oben. Eine Dose Tomatenfisch kam ihr in den Sinn, die seit Wochen in den Tiefen des Gemüsefachs vor sich hin dämmerte ...

Die Wohnungstür ihrer gerade ausziehenden Nachbarn war nur angelehnt. Grelles Licht fiel durch den Spalt ins Dämmerlicht des Treppenhauses. Radiomusik drang an ihr Ohr, begleitet von grellem, nicht gerade liedkonformem Pfeifen.

„Hallo?" Sie öffnete die Tür ein Stück weiter – sie hatte das spontane Bedürfnis, sich von den beiden zu verabschieden und ihnen alles Gute zu wünschen.

Das Pfeifen verstummte. Jetzt hörte sie Schritte, begleitet von dem typische Hallen, wenn sie in vollkommen leeren Räumen gemacht wurden. Dann ein Geräusch, das sie nicht einordnen konnte, schmatzend-tropfend, erneut hallende Schritte, ein metallenes Quietschen – im Geiste sah sie jemanden eine Metallleiter hinaufsteigen – und dann wieder fröhliches, aber dissonantes Pfeifen.

Sie musste lächeln. Schon komisch, dass sie nur durch die Erinnerung an die unterschiedlichsten Geräusche ‚sehen' konnte, was da drinnen passierte: Jemand war anscheinend damit beschäftigt, Decke oder Wände zu streichen! Jetzt roch sie auch die frische Farbe – und tatsächlich: Als sie die Tür zu dem Zimmer aufstieß, das ein Stockwerk höher ihr Wohnzimmer war, stand da ein Mann auf einer Leiter, der inbrünstig pfeifend und höchstkonzentriert mit einer farbgetränkten Rolle Farbe auf der sehr hohen Zimmerdecke aufbrachte.

Als er sie entdeckte, hielt er ruckartig sowohl mit Streichen als auch mit Pfeifen inne und grinste sie an. „Oh, Besuch!" Die Leiter kam kurz bedenklich ins Schwanken, dann kletterte er geschickt herunter.

Paula erkannte mit Schrecken, dass es nicht ihr einstiger Nachbar war, der jetzt die Rolle am Farbeimer festhakte und sich die Hände an der farbverkleckstеn Latzhose abwischte.

Doch dann wurde ihr die halbherzig gereinigte Rechte schon entgegengestreckt, und an Flucht war nicht mehr zu denken.

„Ich bin der Neue", sagte er und hinterließ klebrige Farbe in ihrer Handfläche. „Oh, tut mir leid ..." Er eilte zu einem Stapel alter Zeitungen und reichte ihr den Sportteil aus längst vergangenen Tagen. „Was anderes habe ich leider nicht zu bieten", entschuldigte er sich.

Paula wischte sich notdürftig damit die Hand ab.

„Sebastian Kornmann", stellte er sich vor und deutete eine Verbeugung an.

„Paula Stern – ich wohne genau oben drüber."

„Hallo, Frau Nachbarin, schön, dass Sie mich besuchen!" Er schien wirklich erfreut. „Leider kann ich Ihnen keinen Sitzplatz anbieten – aber ein lauwarmes Bier hätte ich im Angebot." Er zeigte auf den Bierkasten in der Ecke. „Ohne Glas allerdings."

„Ich will ja auch gar nicht bleiben – ich wollte nur mal hallo sagen.“ Sie war schon wieder auf dem Weg nach draußen. „Außerdem will ich Sie nicht von der Arbeit abhalten.“

„Schade, ich würde mich gerne von der Arbeit abhalten lassen!“ Er sah nach oben. „Diese hohen Decken sind ein Alptraum – ich hätte nichts gegen eine angenehme Abwechslung.“

Paula betrachtete ihn eingehend. Dunkle Locken quollen unter einer farbbesprenkelten dunkelblauen Wollmütze hervor. Sein Gesicht war kantigmännlich, nicht hübsch, aber interessant.

Er löste den Blick von der Decke und sah ihr direkt in die Augen. „Sagen Sie jetzt bloß nicht, Sie hätten etwas Besseres vor, als mir Gesellschaft zu leisten!“

Hellgraue Augen. Unzählige Lachfältchen drum herum. Ein schön geformter Mund ...

„Nun, nicht unbedingt was Besseres“, sagte Paula verlegen und riss ihren Blick von seinem los. „Ich habe jetzt erst Feierabend, ich bin müde, ich habe Hunger ...“

Ein tiefes Grübchen in dem entwaffnenden Lächeln, das er ihr jetzt schenkte. „Da sind wir ja schon zwei – Hunger hätte ich auch zu bieten. Und, was machen wir jetzt?“

Paula überschlug zum wiederholten Male ihre verfügbaren Nahrungsreserven, die für sie alleine schon spärlich genug waren, für zwei aber keinesfalls ausreichen würden.

„Ich habe eine Dose Tomatenfisch und vier Karotten zu bieten!“ lachte sie.

„Und das würden Sie tatsächlich mit mir teilen?“ Er zwinkerte ihr zu.

„Ungern – aber wenn es nicht anders geht ...“

Er deutet auf eine der Fensterbänke. „Ich habe ein Telefonbuch und ein Handy – was halten Sie von einem Pizza-Service?“

Eine saftig-ölige Pizza war natürlich eine grandiose Alternative zu Möhren und Dosenfisch!

„Ich wäre tatsächlich nicht abgeneigt“, gab sie zu.

Schon hatte er das Telefonbuch in der Hand und blätterte darin. Mit dem Handy in der Hand sah er sie fragend an: „Was darf ich für Sie bestellen?“

„Eine Pizza mit scharfer Salami, Zwiebeln, Champignons, viel Knoblauch ... und sie darf gerne etwas größer sein!“

„Okay.“ Er wählte und gab kurz darauf Paulas Pizzawunsch durch. „Das Ganze zweimal, bitte, und eine Flasche gekühlten Lambrusco dazu.“ Er hielt inne und sah kurz zu Paula herüber. „Machen Sie zwei Flaschen draus", korrigierte er und gab abschließend noch die Adresse durch. „So", sagte er und legte das Handy beiseite. „In fünfundvierzig Minuten wird serviert." Er zeigte nach oben. „Ich würde bis dahin gerne meine Decke fertig streichen, und Sie können so lange putzen, waschen, bügeln, oder was immer Sie gerne machen – wäre das in Ordnung für Sie?"

Ein prüfender Blick in die Küche zeigte ihr, dass die genauso leer war wie der Rest der Wohnung. „Kommen Sie dann hoch?"

„Nein, wir speisen natürlich hier. Bringen Sie Besteck und Gläser mit, dann machen wir ein romantisches Picknick."

„Na, hoffentlich ohne Ameisen."

Auf den Stufen nach oben summte sie das Lied, zu dem er vorhin so grauenvoll gepfiffen hatte. Kopfschüttelnd schloss sie ihre Wohnung auf. Der Typ war echt witzig – und nett schien er auch zu sein ... aber wie sie ihr Glück kannte, würde so ein Prachtstück von Mann sicherlich nicht alleine hier einziehen.

Seit einigen Monaten war sie jetzt unbemannt – manchmal dachte sie noch an Leonardo – an ihren *kleinen Italiener*, wie Keeser ihn immer nannte. ... manchmal sogar etwas wehmütig. Es könnte also kein bisschen schaden, wenn in ihr nicht vorhandenes Liebesleben endlich etwas Bewegung käme, fand sie.

Sie schnallte die Dienstwaffe ab, entfernte das Magazin und schloss alles im Schreibtisch ein.

Dann packte sie zwei von ihren großen Tellern, Servietten, Besteck und Gläser in einen Korb, vorsichtshalber noch zwei dicke Kerzen – denn wirklich romantisch war die nackte Glühbirne, die von Sebastians Decke baumelte, ja nun wirklich nicht. Obendrauf stopfte sie eine buntkarierte Wolldecke – für sie unverzichtbare Zutat bei einem Picknick.

Jetzt hatte sie noch knapp eine halbe Stunde Zeit. Putzen, waschen und bügeln, wie Sebastian ihr vorgeschlagen hatte, wollte sie aber auf gar keinen Fall.

Mal sehen, wer ihr geschrieben hatte – sie fuhr den Computer hoch und las die wenigen E-Mails, die eingegangen waren. Nichts Wichtiges, nichts, was beantwortet werden musste.

Dann kam ihr eine Idee. Sie gab BILD-Zeitung bei Google ein und war kurze Zeit später auf der Internetseite dieses Blattes.

Im Impressum fand sie die Telefonnummer der Redaktion und wählte diese kurzentschlossen. Es war bereits nach einundzwanzig Uhr – aber bei einer derart großen Zeitung war sie sich sicher, jemanden zu erreichen.

Sekunden später hatte sie eine sonore Männerstimme am Ohr.

„Mein Name ist Paula Stern“, stellte sie sich vor. „Ich arbeite bei der Kripo Landau, und ich habe ein paar Fragen zu Klaus-Peter Jansen.“

Am anderen Ende der Leitung herrschte Stille.

„Hallo? Ist noch jemand da?“ erkundigte sich Paula.

„Die Kripo? Was hat Klaus denn mit der Kripo zu schaffen? Welche Abteilung denn?“ fragte ihr Gesprächspartner vorsichtig.

„Mordkommission.“ Sie glaubte am anderen Ende ein schweres Schlucken zu hören.

„Ist ihm etwas zugestoßen?“

„Kann man so sagen – er ist tot“, klärte sie ihn auf. Wieder Stille. „Er ist ermordet worden“, wurde sie deutlicher.

„Verdammt ...“ In Berlin schien jemand sehr erschrocken zu sein.

„Hören Sie zu, ich will wissen, woran er gearbeitet hat, wem er damit eventuell auf die Füße getreten ist – können Sie mir da weiterhelfen?“ Paula nervte dieses schleppende Telefonat.

„Wurde er erschossen?“

„Nein, er wurde nicht erschossen ...“ Einem Mann von der Presse durfte sie nicht zu viel verraten. „Bekomme ich jetzt ein paar Informationen von Ihnen?“

„Was ist mit ...“ Er beendete den Satz nicht.

„Elena geht es gut, wir kümmern uns um sie.“ Sie hörte ein erleichtertes Aufatmen. „Wir wissen über die Sache Bescheid, gehen aber derzeit nicht davon aus, dass ihn jemand aus diesem Milieu getötet hat. Er hat hier sehr viel fotografiert – wenn ich wüsste, woran hat er gearbeitet hat, würde uns das eventuell bei unseren Ermittlungen helfen.“

„Was ist denn auf seinen Fotos zu sehen?“

Langsam nervte der Typ – aber so waren Journalisten nun mal: Andere ausquetschen und selbst nichts preisgeben!

„Es gibt keine Fotos – die Kamera ist verschwunden. Verraten Sie mir jetzt endlich, was er hier noch gemacht hat, außer Elena zu verstecken?“

„Er hat sich da ziemlich bedeckt gehalten, hat nur ein paar Andeutungen gemacht und nachgefühlt, ob er an der Story überhaupt dranbleiben soll“, rückte der andere endlich mit der Sprache heraus. „Er war der festen Überzeugung, einem Bio-Skandal auf der Spur zu sein.“

„Bio-Skandal?“ wiederholte Paula.

„Bio-Skandal“, wiederholte der Redakteur. „Aber fragen Sie mich jetzt nicht, worum es dabei ging.“

Genau das wäre aber Paulas nächste Frage gewesen. Jetzt war sie es, die schwieg.

„Und Sie sind sicher, dass es nicht die Russen waren? Bei uns in der Redaktion sind nämlich einige sehr üble Drohbriefe eingegangen, müssen Sie wissen.“ Auf einmal wurde er gesprächig.

„Die können Sie uns gerne herschicken – aber die Vorgehensweise des Mörders deutet nicht auf einen typischen Milieu-Mord hin.“

„Inwiefern deutet es nicht auf einen Mord im Milieu hin?“ fragte er prompt.

„Sie wissen genau, dass ich Ihnen darauf keine Antwort geben darf, solange die Ermittlungen noch laufen.“ Paula fiel nicht auf diese gewollt harmlos gestellte Frage herein.

„Dann werde ich am besten sofort einen unserer Leute losschicken, um über die Sache zu berichten ...“

Na, ein neugieriger Klatschreporter wäre genau das, was sie hier jetzt noch brauchten!

„Mal langsam mit den jungen Pferden!“ bremste Paula seinen journalistischen Eifer. „Wir kommen hier ganz gut ohne Ihre Zeitung zurecht.“

„Unsere Leser haben Jansens Enthüllungen über Wochen hinweg verfolgt – sie haben das Recht, über die Entwicklung in diesem Falle auf dem Laufenden gehalten zu werden!“ empörte er sich.

„Was halten Sie von einem Exklusiv-Interview nach Abschluss der Ermittlungen?“ Das dürfte dann Keeser machen, entschied sie. Oder besser noch: Oberrat Sonne, der liebte Auftrittc vor der Presse.

Der Redakteur schien zu überlegen. „In Ordnung“, gab er schließlich nach.

„Könnten Sie mir alle Berichte zuschicken, die Jansen über die Russensache geschrieben hat?“ erbat sich Paula als Nächstes. Wer weiß, vielleicht konnten sie ja etwas damit anfangen? Und wenn es nur die Staatsanwaltschaft dazu bewegen würde, Elena und den anderen Mädchen in irgendeiner Weise zu helfen.

Bevor Paula das Gespräch beendete, ließ sie sich von ihm noch seinen Namen und seine Direktdurchwahl geben.

Sie schnappte sich ihren Korb, machte aber in der Tür noch einmal kehrt, um sicherheitshalber noch ein paar Streichhölzer zu holen. Dann ging sie nach unten. Sie kam sich ein bisschen wie Rotkäppchen vor – hoffentlich war ihr neuer Nachbar nicht der böse Wolf!

Die Tür war noch immer nur angelehnt, und als sie in die Diele trat, schrillte die Klingel.

„Ich mache auf“, rief sie in die Wohnung hinein, schließlich stand sie genau neben der Sprechanlage. Ohne zu fragen, wer denn um Einlass begehrte, drückte sie auf den Türöffner. Dem Surren, das sie eine Treppe unter sich hörte, folgte das Öffnen der schweren Haustür und dann stand auch schon der Pizza-Bote vor ihr.

Sebastian Kornmann erschien mit gezücktem Geldbeutel neben ihr, bezahlte und nahm das Abendessen in Empfang.

„Folgen Sie mir unauffällig“, befahl er. Er strebte dem Balkon zu. „Ich dachte, hier draußen ist es angenehmer als in der nach Farbe riechenden Wohnung.“

Zwei gleichhohe Zeitungshaufen sollten anscheinend als Sitzgelegenheiten dienen.

Während er etwas unentschlossen mit vollen Händen dastand, breitete Paula die Decke aus, und verteilte den Rest des Korbinhaltes darauf. Im schwindenden Tageslicht zündete sie die Kerzen an und ließ sich auf einem der Zeitungsstapel nieder. Bevor er sich zu ihr setzte, schaltete er das grelle Licht im Wohnzimmer aus. So kamen die Kerzen viel besser zur Geltung.

Er reichte ihr die Pizzakartons und machte sich an der ersten Flasche Wein zu schaffen. „Ich hoffe, Sie mögen Lambrusco.“ Er füllte erst ihr Glas, dann seines.

Paula zog die Pizzen gekonnt auf die Teller und stieß dann mit ihm an.

„Auf eine gute Nachbarschaft, Paula Stern!“ sagte er mit wichtigem Gesicht.

„Danke, gleichfalls, Sebastian Kornmann!“ Sie nahm einen großen Schluck und stellte das Glas zufrieden neben ihren Teller. „Und jetzt zu den richtig wichtigen Dingen.“ Mit kräftigen Schnitten teilte sie ihre Pizza in gleichmäßige Tortenstücke.

Sie hielt sich jedoch nicht lange mit Messer und Gabel auf, sondern nahm eines dieser Stücke einfach in die Hand, klappte es der Länge nach zusammen und biss genüsslich hinein. „Hmmm!“ stöhnte sie voller Wonne und kaute mit vollen Backen.

„Mit Mafiatorte scheinen Sie sich ja richtig gut auszukennen“, lachte ihr Gastgeber und tat es ihr gleich.

„Ich war einige Jahre mit einem Italiener liiert ... und von mir aus können wir uns gerne duzen.“ Sie griff nach dem nächsten Stück.

„Gerne. Ich fühle mich immer so schrecklich erwachsen, wenn jemand Sie zu mir sagt! – Und wo ist der Italiener jetzt?“ fragte er auffällig beiläufig.

„In der Wüste.“

„Nach Ägypten ausgewandert? Oder Wüstenforscher?“

Sie musste lachen. „Nein, in der sprichwörtlichen Wüste, in die ich ihn geschickt habe.“

Sie aßen einige Zeit schweigend.

„Und, bist du mit der Decke fertig geworden?“ erkundigte sie sich, als ihr Hunger endlich gezähmt war und sie nicht mehr so gierig essen musste.

„Aber ja – was hast du in der Zwischenzeit getrieben?“

Eine leichte Brise fuhr über den Balkon und fächelte die drückende Hitze des Nachmittages davon. Die Kerzen flackerten bedenklich in diesem Luftzug, brannten aber tapfer weiter, und irgendwo in der Nähe zirpte lautstark eine Grille. Ein wahrer Bilderbuch-Sommerabend.

„Gearbeitet – allerdings nicht das, was du mir vorgeschlagen hast, sondern telefoniert.“

„Du machst doch nicht etwa Telefonsex?“ fragte er total trocken.

Paula verschluckte sich fast beim Trinken. „Nicht so ganz“, sagte sie, als sie sich wieder gefangen hatte. „Ich habe recherchiert ...“

„Bist du Schriftstellerin?“

„Nein, ganz kalt – keine Schriftstellerin.“

„Journalistin?“ setzte er unbeirrt sein heiteres Berufe raten fort.

„Auch keine Journalistin – aber trotzdem schon wärmer: Ich habe mit einer Zeitung telefoniert“, streute sie ein paar weitere Krumen. „Mit der BILD-Zeitung, um genau zu sein.“

„Du rufst extra wegen unseres Picknicks die BILD-Zeitung an? Schön, dass du das für so wichtig hältst“, grinste er und wischte sich die fettigen Finger an seiner Serviette ab. „Also, sag schon, was arbeitest du?“

„Ich bin eine Hüterin des Gesetzes“, verriet sie vage.

„Doch nicht etwa eine von diesen fiesen Politessen, die regelmäßig Jagd auf mein armes Auto machen und ihm Knöllchen verpassen?“

„Nein, keine Politesse – ich bin bei der Kripo.“

Er sah sie ehrfürchtig an und hob sein Glas. „Mein erstes Picknick mit einer Kripo-Beamtin, darauf trinke ich!“ Er leerte sein Glas mit einem Zug und füllte beide Gläser wieder auf.

„Ich verspreche auch hoch und heilig, dass ich heute nicht mehr Auto fahren werde. Andere Drogen habe ich auch nicht zu mir genommen."

„Das würde mich sowieso nichts angehen – das würde ich höchstens den Kollegen vom Drogendezernat ans Herz legen. Ich bin bei der Mordkommission."

„Mordkommission." Er ließ sich das Wort auf der Zunge zergehen. „So wie im Fernsehen? Mit bergeweise Leichen und hektoliterweise Blut?"

„Zum Glück ist es in Wirklichkeit selten so dramatisch – manchmal sogar richtig langweilig."

„Wie kommt eine hübsche Frau wie du darauf, Mörder jagen zu wollen?" wunderte er sich.

„Sollen denn nur hässliche Frauen Mörder jagen dürfen?"

„Lass mich die Frage anders stellen: Ist das nicht schrecklich gefährlich für eine Frau?"

„Nicht gefährlicher als für Männer."

„Aber Männer sind einfach stärker als Frauen ..."

„Für Notfälle habe ich einen sehr großen und starken Kollegen an meiner Seite." Sie lachte. „Nicht verzweifeln, ich weiß schon, worauf du hinaus willst. Ich wollte zur Mordkommission, weil mich Wirtschaftskriminalität nicht interessiert und weil ich das Drogenmilieu abstoßend finde. Eigentumsdelikte finde ich auch nicht so prickelnd, und für Umweltdelikte bin ich selbst nicht Naturschützer genug. Aber Mord finde ich faszinierend – in die Tiefen menschlicher Abgründe zu blicken, die dunkelsten Triebe des Menschen zu ergründen, das Wie und Warum herauszufinden und dann die Täter zu verhaften und der gerechten Strafe zuzuführen – das finde ich total spannend und immer wieder aufregend." Sie war regelrecht ins Schwärmen gekommen.

Er sah sie fasziniert an. „Wow, wenn ich jemals in die Verlegenheit kommen sollte, einen Mord begehen zu müssen, dann möchte ich auf jeden Fall von dir geschnappt werden."

„Ich gebe dir gerne meine Handy-Nummer", grinste sie. „Und du? Was machst du jobmäßig, wenn du nicht gerade Decken streichst und Picknicks veranstaltest?"

„Ich schäme mich ja fast, das zu sagen, so unaufregend ist mein Job gegen deinen: Ich bin *nur* ein Lehrer."

„Viele Ferien, viel Freizeit, feste Arbeitszeiten, gutes Gehalt – ehrlich gesagt stand das gleich an zweiter Stelle meiner Berufswunschliste!" Paula tätschelte ihm tröstend die Hand. „Und manchmal, wenn ich bis über die Ohren in einem Fall stecke, rund um die Uhr arbeiten muss, kaum Schlaf bekomme oder gar aus dem Urlaub geholt werde, bedaure ich zutiefst, dass ich nicht Lehrer geworden bin."

„Und wenn ich mich wieder mal mit einem ganz schrecklichen Schüler, mit unangenehmen Eltern, der blödsinnigen Änderung des Lehrplanes oder mit dem Schreiben von Zeugnissen zu kämpfen habe, frage ich mich gelegentlich, warum ich ausgerechnet Lehrer werden wollte. ... und manchmal denke ich auch an Mord."

„Was unterrichtest du?"

„Sport, Deutsch und Erdkunde", sagte er, während er die zweite Flasche öffnete.

Paula musste kichern. „Dann darf ich dir ja gar nicht verraten, dass ich vor meiner Versetzung hierher der festen Überzeugung war, dass Landau am Bodensee liegt."

„Nein, das solltest du mir wirklich nicht verraten", lachte er und stieß mit ihr an. „Auf gute Nachbarschaft", sagte er noch einmal.

Sie sahen sich einen Moment sehr intensiv in die Augen, bevor sie verlegen die Blicke in andere Richtungen lenkten.

„Weißt du, wem das Motorrad im Hof gehört?" fragte er in die entstandenen Stille hinein.

„Dieses wunderbare Teil gehört mir", sagte sie stolz.

„Eine Frau, die Mörder jagt und eine schwere Maschine fährt – und dann noch wie ein richtiges Mädchen aussieht – ich glaub es nicht!"

„Fährst du auch?" fragte sie ein klein wenig hoffnungsvoll. Wäre doch gar nicht schlecht, einen netten Nachbarn zu haben, mit dem man gelegentlich gemeinsame Touren fahren könnte.

„Nein, dieser Kelch ist spurlos an mir vorbeigegangen. Hat mich nie interessiert. Ich glaube, meine Mutter wäre durchgedreht, wenn ich auf die Idee gekommen wäre, Motorrad fahren zu wollen."

„Ich kann nicht behaupten, dass meine Mutter deswegen Freudensprünge veranstaltet hat." Paula musste an den Tag denken, an dem sie mit ihrem ersten eigenen Motorrad nach Haus gekommen war und grinste. „Sie steht heut noch mit meiner kleinen Honda auf Kriegsfuß."

Paulas Handy klingelte – hätte sie es doch bloß nicht mitgenommen! „Tut mir leid", entschuldigte sie sich und holte das lästige Teil aus dem Korb.

KT verriet das Display – ihr Kürzel für die Kriminaltechnik.

„Da muss ich ran ... Kollege Dreißigacker, wollten Sie nicht schon vor Stunden Feierabend machen?" begrüßte sie den Anrufer.

„Ich bin im Feierabend – halleluja! – aber ich wollte euch noch wissen lassen, was bei der Untersuchung der Tasche rausgekommen ist. Ich hab es zigmal bei Keeser versucht, erst ging immer die Mailbox ran, jetzt scheint er sein Handy ganz abgeschaltet zu haben", beschwerte sich der Kriminaltechniker. „Was treibt der Kerl denn?"

„Der feiert wild und ausgelassen seinen Geburtstag mit seinem Gesangsverein und will dabei offensichtlich nicht gestört werden", klärte Paula ihn auf.

„Gesangsverein? Das ist das Erste, was ich höre – der alte Brummbär soll singen können?"

Niemand in Keesers Umfeld schien etwas von seinem Gesangsvereinsleben zu wissen, schon irgendwie komisch ...

„Und was wollten Sie ihm Wichtiges sagen?"

„Also: Die Tests haben einwandfrei ergeben, dass die Haare und das Blut an der Tasche von unserem Toten stammen. Die Wunde am Kopf stimmt mit der Ausformung der Schutzkanten überein. Ergo: Das Opfer wurde vor dem Tod mit dieser Tasche geschlagen und verletzt."

Nichts anderes hatte Paula erwartet, denn sie hatte nicht an der Schilderung von Jansens Witwe gezweifelt.

„Danke, Doktor Mabuse, und noch einen zauberhaften Abend für Sie!"

„*Doktor Mabuse*? Mit was für zwielichtigen Leuten arbeitest du denn zusammen?" wunderte sich Sebastian.

„So nennen wir den Kriminaltechniker", erklärte sie kurz und wählte Keesers Nummer. Aber, wie Dreißigacker gerade gesagt hatte: Er hatte das Handy ausgeschaltet. Das Gleiche machte sie jetzt mit ihrem Handy, klappte es zu und legte es in den Korb zurück.

„Was Wichtiges?" erkundigte er sich interessiert.

„Ja und nein – nichts, was ich nicht schon vorher wusste."

„Erzähl doch. Ich finde das furchtbar spannend", drängelte er.

„Ich habe heute einer Zeugin eine Handtasche abgenommen, an der Blut und Haare klebten. Und Mabuse hat mir gerade mitgeteilt, dass dieses Blut und die Haare einmal unserem Toten gehört haben", erzählte sie so kurz wie möglich.

„Heißt das, dass diese Zeugin euren Toten umgebracht hat und der Fall ist jetzt gelöst?"

„Leider nein, sie hat ihm nur während eines Streites ihre Tasche übergebraten – getötet hat ihn ein anderer."

„Und wie geht es jetzt weiter?"

„Nun müssen wir weiter ermitteln, bis wir den Täter haben. Könnten wir das Thema jetzt wieder wechseln? Ich habe mich heute schon über zwölf Stunden mit diesem Fall beschäftigt und möchte endlich an etwas anderes ... etwas Netteres denken!“

„Okay, dann eine ganz andere Frage: Du sprichst kein bisschen Pfälzisch – woher kommst du?“

„Ich bin aus Würzburg. Und du? Bist du von hier?“

„Ein Franken-Mädel, sieh an. Isch bin än wascheschter Määnzer – in Mainz geboren, in Mainz studiert, bisher in Mainz gearbeitet.“

„Und was hat dich nach Landau verschlagen? Die Liebe?“ Jetzt würde sie vielleicht seinen Beziehungsstatus herausfinden ...

„Irgendwie schon.“ Er druckste etwas herum, als ob ihm die Frage unangenehm wäre. „Meine Liebe in Mainz ging auseinander, und da wollte ich einen kompletten Neuanfang: neue Stadt, neue Schule, neue Freunde ...“ Er schwenkte den Wein in seinem Glas, und beobachtete, wie er im Kerzenlicht glutrot aufleuchtete. „... und vielleicht ja auch irgendwann eine neue Liebe? Und, wie bist du hier gestrandet?“

„Grundsätzlich die gleiche Geschichte – Beziehung im Eimer und Flucht nach vorne.“ Sie musste lachen. „Was würden Umzugsunternehmen eigentlich ohne Scheidungen und Trennungen machen?“

„Das sollte man tatsächlich einmal statistisch auswerten!“

Sie stießen zum wiederholten Male miteinander an.

Irgendwo über den Dächern der Stadt schlug eine Kirchenglocke zwölf Mal.

„Geisterstunde!“ verkündete Sebastian mit röchelnder Stimme.

Paula gähnte ausgiebig hinter vorgehaltener Hand. So gerne sie noch weiter hier gesessen und sich unterhalten hätte – sie musste morgen früh raus und vor allem: Sie musste fit sein.

„Wo schläfst du eigentlich? In einem Hotel?“

„Nein, hier. Am Montag hat die Schule wieder angefangen, aber mit der Wohnung hat es leider nicht eher geklappt. Aber ich habe einen kuscheligen Schlafsack – das geht schon mal ein paar Tage. Außerdem kann ich morgen früh von hier aus einfach über die Straße stolpern, und schon bin ich in der Schule. Am Freitag kommen meine Möbel, dann wird es hoffentlich etwas gemütlicher.“

„Genau wie ich – ich hab auch nur ein Stück die Straße entlang bis zur Arbeit. Ich hoffe, du hast nicht allzu viel Angst in deiner leeren Wohnung, wenn ich dich jetzt alleine lasse. Ich muss unbedingt ein bisschen schlafen.“

Sie stellte entschlossen ihr halbgefülltes Glas auf den Boden und stand auf. „Den Wein schaffe ich nicht mehr. Das Geschirr hole ich mir irgendwann morgen ab.“

Sebastian begleitete sie zur Tür.

„Vielen Dank für die Einladung und den schönen Abend.“ Sie stand unschlüssig in der Tür und reichte ihm dann die Hand.

Er ergriff sie und zog sie an sich heran, um ihr links und rechts einen Kuss auf die Wangen zu geben. „Das Vergnügen lag ganz auf meiner Seite. Wir können das gerne wiederholen.“

Er sah ihr nach, wie sie die Treppe hinaufstieg und rief noch ein „Gute Nacht“ ins Treppenhaus, bevor er seine Tür schloss.

In ihrer Wohnung angekommen, lehnte sich Paula erst einmal von innen an die Tür. Was für ein toller Mann! Relativ gutaussehend, groß, schlank, nett, unterhaltsam und zu alledem hatte er auch noch Humor. Er wohnte direkt unter ihr ... und er war Single.

Sie ging ins Bad und machte sich bettfertig.

Was er wohl gerade macht?, überlegte sie sich beim Zähneputzen. Putzte er vielleicht auch gerade wie sie seine Zähne, oder saß er noch auf dem Balkon?

Oder lag er schon in seinem Schlafsack, auf dem harten Dielenboden?

Ob er vielleicht auch gerade an sie dachte?, überlegte sie, als sie ihr Haar bürstete und den Zopf neu flocht. Dachte er überhaupt an sie? Sie betrachtete sich im Spiegel. Gefiel sie ihm überhaupt? Vielleicht war sie gar nicht sein Typ? Sie schmierte sich reichlich Creme ins Gesicht und versuchte derartige Gedanken aus ihrem Kopf zu verbannen.

Doch sobald sie im Bett lag und ihre Augen schloss, sah sie ihn vor sich. Jede Kleinigkeit seines Gesichtes. Seinen Mund, mit dem er so gewinnend lächelte. Dieses Lächeln und das dazugehörige Grübchen. Die strahlenden hellgrauen Augen, die sie offen angesehen hatten, und die Lachfältchen um diese Augen, die zeigten, dass er gerne lachte. Die dunklen Locken, die das alles so zauberhaft umrahmten ...

Schlagartig war alle Müdigkeit passé.

Paula hörte das Ein-Uhr-Leuten und auch noch das Zwei-Uhr-Leuten der Kirchenglocke, dann endlich, endlich schlief sie ein.

4.
Donnerstag, 11.8.2011

Um halb fünf war sie schon wieder wach. Da alle Versuche, wieder einzuschlafen, fehlschlugen, stand sie auf und kochte sich Kaffee. Mit ihrer *Mamas Liebling*-Tasse setzte sie sich auf den Balkon und lauschte dem fröhlichen Gezwitscher der Vögel. Sie und die Piepmätze schienen die Einzigen zu sein, die zu dieser Tageszeit schon wach waren. Es war kühl jetzt, die Luft feucht, die Sonne, die gerade ihre ersten Strahlen um die Ecke auf ihren Balkon warf, wärmte noch nicht. Paula bekam in ihren Boxer-Shorts und dem ärmellosen T-Shirt Gänsehaut.

Sie widerstand dem Drang, aufzustehen und sich eine Strickjacke oder ein Sweat-Shirt zu holen – sie wollte den Zauber dieses Augenblicks nicht zerstören. Stattdessen zog sie die Beine an den Körper und umschlang sie fest.

Sie atmete tief die Morgenluft ein. Alles wirkte zu dieser Tageszeit so klar und frisch und neu. Sie liebte diese Stimmung am frühen Morgen – doch sie erlebte sie nur allzu selten, da sie nicht unbedingt zu den Frühaufstehern zählte.

Sebastian schlief bestimmt noch ... Ihre Gedanken schweiften automatisch zurück zum gestrigen Abend und in die Wohnung unter ihr.

Nichts da! Sie stand auf und ging ins Bad. Sie durfte sich nicht ablenken lassen, sie steckte mitten in einem Mordfall. Und überhaupt: Ihr neuer Nachbar war sicherlich überhaupt nicht an ihr interessiert – basta! Entschlossen stieg sie in die Dusche.

Wenig später kam sie fix und fertig aus dem Bad. Sie drückte erneut auf den Knopf ihrer Kaffeemaschine und sah zu, wie die duftende braune Masse in ihre Tasse lief. Dann schnitt sie zwei dicke Scheiben von dem schon etwas in die Tage gekommenen Vollkornbrot ab und steckte sie in den Toaster. Die gerösteten Scheiben bestrich sie dick mit Butter, Frischkäse und der selbstgekochten Marmelade ihrer Mutter. Nachdem sie alles mit bestem Appetit verspeist hatte, stand sie unschlüssig in der Küche. Was jetzt? Es war noch nicht mal halb sechs. Noch über zwei Stunden bis zur Frühbesprechung ... und genau die Zeit, zu der sich Klaus-Peter Jansen im Weinberg herumgedrückt hatte, als er ermordet wurde.

Da kam ihr eine Idee: Vielleicht würde sie zu dieser frühen Morgenstunde ja etwas zu sehen bekommen, was man zur Mittagszeit oder nachmittags, also immer dann, wenn die Polizei dort unterwegs gewesen war, nicht zu sehen bekam?

Entschlossen zog sie den Motorradanzug an, steckte ihre Papiere ein, schnappte sich Helm und Handschuhe und die Schlüssel und ... verdammt – ihr Handy lag noch im Korb ein Stockwerk tiefer! Dann würde sie wohl oder übel mal einen Tag ohne dieses Ding auskommen müssen, denn sie wollte bei Sebastian nicht unnötig Minuspunkte sammeln, indem sie ihn um seinen wohlverdienten Schlaf brachte.

Ein Lächeln huschte über ihr Gesicht, als sie an seiner Wohnungstür vorbeiging – es war wirklich ein richtig schöner Abend gewesen.

Zutiefst zufrieden stieg sie auf ihre Maschine – zwei lange stressige Arbeitstage war sie nicht zum Fahren gekommen, umso mehr genoss sie die Fahrt jetzt. Es war noch nicht viel los auf den Straßen, der Blick auf die Pfälzer Berge war klar – jetzt einfach weiterfahren dürfen, einen ganzen Tag lang durch die Gegend touren können, nicht arbeiten müssen ... das wäre jetzt genau das Richtige!

Ihr Weg führte sie durch Klingenmünster – mit der allesüberragenden Burg Landeck, wo sie mit ihrem ersten Fall hier in der Pfalz konfrontiert worden war. Sie schrammte an Bad Bergzabern vorbei, schlängelte sich durch Oberotterbach und kam – für ihren Geschmack viel zu schnell – in Schweigen an. Es war jetzt genau sechs Uhr. Sie fuhr zum wiederholten Male zum Tatort in den Weinbergen und stellte das Motorrad ab. Helm und Handschuhe legte sie auf der Sitzbank ab und lief ein Stück den Weg zurück, den sie gerade gekommen war.

Sie sah nichts Außergewöhnliches, keine Menschenseele außer ihr war hier unterwegs. Sie entdeckte eine weiß-braun gefleckte Katze zwischen den Rebstöcken, die hochkonzentriert und angespannt auf eine Stelle im Gras starrte. Nur kurz hob sie den Kopf, blinzelte argwöhnisch zu ihr herüber, um sich sofort wieder ihrem Jagdjob zu widmen.

Auch hier fröhliches Vogelgezwitscher. Und hoch über ihr, kaum zu erkennen, eine Lerche, die ihr Lied in den jungen Morgen trällerte.

Als sie zur Kurve kam, entdeckte sie in kurzer Entfernung ein Gehöft, das wie ein verwunschenes Schloss zwischen hohen Bäumen versteckt lag, und das ihr bisher nicht aufgefallen war. So idyllisch zu wohnen musste einfach wunderbar sein!

Paula machte kehrt und hörte dann zu ihrer Linken Traktorengebrumm. Sie lief weiter und sah dabei die Rebreihen entlang, bis sie ihn endlich sah: Ein kleiner Wingerttraktor tuckerte geschätzte fünfhundert Meter entfernt auf sie zu. Beim Näherkommen erkannte sie den Fahrer: Es war der gut genährte

Kerl mit der grünen Arbeitslatzhose, vor dessen Haus Jansens Wagen abgeschleppt worden war.

Als noch etwa zweihundertfünfzig Meter zwischen ihnen lagen, erreichte er das Ende der Reihe und manövrierte den kleinen Traktor geschickt um den Randpfosten. Dann fuhr er wieder den Weinberg hoch. Sein Rücken war jetzt von einem Aufbau verdeckt, der wie ein Riesenkanister aussah. Aus ihm wurde eine Flüssigkeit auf die Rebstöcke gesprüht. Ob das Wasser war? Beregnete er so seinen Weinberg? Musste ein Weinberg überhaupt gegossen werden? Paula kannte sich mit sowas nicht aus.

Sie beschloss, den Winzer einfach zu fragen. Mit ihren etwas plumpen Motorradstiefeln stapfte sie durch die Rebzeilen. Es ging dabei leicht bergauf, und sie kam ganz schön ins Schwitzen. Auf halbem Weg blieb sie deshalb stehen, schlüpfte aus der Lederjacke und hängte sie sich über die Schulter.

Nach etwa dreihundert mühsam zurückgelegten Metern erreichte sie einen quer verlaufenden Feldweg. Sie sah den Traktor in einiger Entfernung vor sich tuckern, sah, wie er nach rechts abbog – gleich musste er in der benachbarten Rebzeile wieder auf sie zukommen.

Doch er kam nicht. Paula lief den Feldweg entlang, sah jede einzelne Zeile entlang, aber der Traktor tauchte nicht wieder auf. Im Gegenteil, das Motorengeräusch entfernte sich immer weiter.

Warum hatte er mitten im Weinberg mit der Arbeit aufgehört? War möglicherweise der Kanister leer, und er musste Nachschub holen?

Da sie ja wusste, wo der gute Mann seinen Hof hatte, würde sie ihn dort vielleicht erwischen. Sie marschierte zurück zu ihrer Maschine, und zum Glück ging es dabei wieder bergab.

Ob es ein Zufall war, dass Jansen ausgerechnet vor dem Tor dieses Winzers geparkt hatte? Eines Winzers, dessen Weinberg sich auch noch zufällig ganz in der Nähe des Leichenfundortes befand?

Als sie zu dem Weingut kam, war der Winzer schon auf den Hof gefahren und stieg gerade ab. Etwas erschrocken sah er sie an, als sie in ihren bunten Motorradklamotten auf ihn zuging. Motorradfahrer schienen hier wohl nicht zu den alltäglichen Besuchern zu zählen.

„Hallo, Herr ..." Sie blieb lächelnd vor ihm stehen.

„Rebmann", verriet er ihr seinen Namen.

„Herr Rebmann, ich bin Paula Stern von der Kripo Landau", stellte sie sich ihrerseits vor.

Sein von Sonne und übermäßigem Weingenuss gerötetes Gesicht erblasste. Nervös nestelte er an den Schnallen seiner Latzhose herum und sah sich ängstlich um.

Paula kannte derartige Reaktionen. Sie war gewöhnt, dass ein Großteil der Menschen in der Gegenwart von Gesetzeshütern leicht irritiert reagierte.

„Wir sind uns vor zwei Tagen schon einmal begegnet – allerdings war ich da etwas anders angezogen. Ich war mit einem Kollegen wegen des Autos da, das Ihre Ausfahrt versperrt hatte."

Seine Körperhaltung entspannte sich sichtlich. „Ach so, de BMW", er lächelte schwach. „Des bin ich scho g'wehnt. War ja nit des erschde Mool – immer die Tourischde!"

„Kannten Sie den Besitzer des Wagens?"

Seine Blicke huschten nach links und rechts, Schweiß trat auf seine Stirn. „Ich wääß ja gar nit, wem er g'hört hot."

„Einem Klaus-Peter Jansen, er war Fotograf und Reporter", klärte Paula ihn auf. „Groß, blond, sehr helle Haut mit Sommersprossen – sah ein bisschen aus wie Boris Becker. Vielleicht haben Sie ihn ja mal gesehen – hier auf dem Hof oder draußen im Weinberg?"

„Nit, dass ich wisst."

„Da sind Sie sich sicher?"

„Es kumme soo viel Leit uff de Hof, do kann ich mir nit all merke."

Paula kramte in der Innentasche ihrer Motorradjacke und überreichte ihm eine Visitenkarte. „Falls Ihnen doch noch etwas einfallen sollte, dann melden Sie sich bitte bei uns."

Rebmann nickte.

Paula schloss den Reißverschluss ihrer Jacke und wandte sich zum Gehen.

„Ach, noch eine Frage", sie hielt noch einmal inne, „was haben Sie denn gerade da draußen gespritzt?"

„Gschbrizd? Ich?" Die Visitenkarte in seiner Hand zitterte ein Tremolo.

„Ja, Sie. Ich habe Sie gerade mit Ihrem Traktor im Weinberg gesehen." Paula sah ihn scharf an, weil er sich jetzt wirklich komisch verhielt. Der Kerl hatte eindeutig ein schlechtes Gewissen.

„Ach, des ... mir hänn en klääanes Problem mit Schädlingsbefall, nix Besonneres ..."

Paula verstand nicht, warum er so damit herumdruckste – Schädlingsbefall war ja wohl nichts Neues. Rebmann tat ja gerade so, als ob ihm das peinlich wäre, als ob er Fußpilz oder Herpes hätte und sich dafür schämte.

„Danke, dass Sie sich Zeit für mich genommen haben!" Paula trat nun tatsächlich den Rückzug an. „Einen schönen Tag noch, Herr Rebmann."

Erst jetzt bemerkte sie das große Schild mit geschwungenen goldenen Lettern an der alten Sandsteinmauer neben dem großen Torbogen: *„Weingut Peter Rebmann – Wein vom Bio-Winzer"*.

Es war jetzt gleich sieben – genügend Zeit, um gemütlich einen kleinen Umweg zu fahren. Paula lenkte ihr Motorrad aus Schweigen hinaus und wenige Meter später über die deutsch-französische Grenze nach Wissembourg hinein. Dort hielt sie sich im ersten Kreisel rechts, fuhr am Krankenhaus vorbei. Die Strecke war ihr bekannt, sie war sie schon ein-, zweimal gefahren. Sie fuhr nicht schnell, genoss einfach nur den Morgen und die Fahrt. Nach ein paar kleinen französischen Dörfern landete sie wieder auf deutscher Seite. Sie fuhr durch Bobenthal und bog in Niederschlettenbach rechts ab. Kurz darauf erreichte sie Erlenbach, über dem die wunderschöne Burg Berwartstein auf einem Berg thronte. Irgendwann musste sie mal da hoch, beschloss sie zum wiederholten Male. Ab da gab sie etwas mehr Gas, die kurvigen Straßen durch den Wald, die noch immer angenehm autofrei waren, luden einfach dazu ein. Dann landete sie in Klingenmünster, und von da aus war es nicht mehr weit. Sie hätte einfach so weiter fahren können!

Kurz vor acht stellte sie die Honda vor der Dienststelle ab.

Tina Geiger stand auf dem Gang vor der Kaffeemaschine und begrüßte sie fröhlich. „Guten Morgen, Rockerbraut! Sag bloß, du warst schon mit dem Motorrad unterwegs?"

„Seit Stunden und alles dienstlich", bestätigte Paula und stellte ihre Tasse unter den Auslauf der Maschine. „Wie ging es mit deinem Schützling?" Das laute Mahlen des Kaffeeautomaten verschluckte die Antwort.

„Wunderbar", wiederholte die Sekretärin deshalb noch einmal und strahlte zufrieden. „Komm in mein Büro, da kannst du dich selbst davon überzeugen."

Paula folgte ihr.

In dem kleinen Kabuff saß schon eine Person, aber Paula musste zweimal hinsehen, bis sie Elena erkannte. Der Zopf war einer Kurzhaarfrisur gewichen, die Geigerleins Haarpracht sehr ähnelte. Und das Blond war durch ein sattes Orange ersetzt worden. Elena und ihre Beschützerin amüsierten sich köstlich über Paulas fassungslosen Blick.

„Ich wollte sie ja zu dem gleichen Blau überreden, wie ich es habe, aber aus irgendeinem Grund wollte sie das nicht", erzählte Tina und kämmte Elena mit fünf Fingern liebevoll durch das kurze Haar. „Sieht aber trotzdem toll aus, oder? Nicht wiederzuerkennen, unserer Küken! Na, sag schon, wie findest du es?“

Paula betrachte das völlig veränderte Mädchen, das jetzt mehr wie ein frecher Lausbub aussah. „Gewöhnungsbedürftig – aber genial. So erkennt dich garantiert niemand. Mensch, Geigerlein, das war eine wunderbare Idee!“

„Ich weiß, ich weiß – aber leider wird meiner Genialität in diesem Gemäuer nicht genügend Würdigung entgegengebracht“, sagte diese hoheitsvoll und mit erhobener Stupsnase. „Wenn ich hier was zu sagen hätte, würde sich einiges ändern.“

„Es wäre auf jeden Fall alles etwas bunter“, grinste Paula. „Was hast du jetzt mit Elena vor? Soll sie den ganzen Tag hier im Büro bleiben?“

„Ach nein, das wäre doch viel zu langweilig für sie. – Also nicht, dass ich damit sagen will, dass meine Arbeit bei euch langweilig wäre, keinesfalls, aber für Elena wäre es ganz sicher zu langweilig. Deshalb habe ich meine Freundin Susanne angerufen, die arbeitet in einem Kindergarten. Und da Elena ja gerne Kindermädchen oder Kindergärtnerin werden möchte, hab ich sie einfach mal gefragt, ob sie unsere Kleine hier“ – sie zog Elena liebevoll am Ohr – „mit zur Arbeit nehmen könnte. Sie holt sie gleich hier ab.“

Paula nahm die Sekretärin spontan in den Arm. „Du bist ein Goldstück!“ Ihr Blick fiel auf die Uhr. „Wir sollten dann mal hoch gehen.“

Sie erklommen die Treppe und betraten das Besprechungszimmer.

„Wo ist denn dein reizender Kollege?“ Tina hatte sofort Keesers Abwesenheit bemerkt.

„Das frag ich mich auch.“ Paula fand das äußerst merkwürdig – seit sie hier arbeitete, war Keeser nie zu spät gewesen, und gefehlt hatte er auch noch nie. Ihr automatischer Griff zum Handy ging ins Leere – verdammt, sie konnte ihn jetzt nicht einmal anrufen! Wenn er also versucht haben sollte, sie zu erreichen, hätte er keinen Erfolg gehabt. Aber hätte er dann nicht im Sekretariat angerufen? Langsam machte sie sich ein wenig Sorgen. Ob ihm etwas passiert war? Ihr fielen spontan einige Szenarien ein: War er etwa an einem Stück Saumagen erstickt? Ein Herzinfarkt beim hohen C? Zu viel Alkohol auf der Geburtstagsfeier und dann mit dem Auto verunglückt? Aber vielleicht hatte er ja auch nur verpennt, weil es gestern sehr spät geworden war? Sie hoffte auf die letzte Variante.

Die Besprechung war kurz und schmerzlos. Nachdem auch Oberrat Sonne sich nach Keesers Verbleib erkundigt hatte, ging er zur Tagesordnung über. Wie jeden Tag wurden auch heute noch einmal alle Ermittlungsergebnisse durchgesprochen.

„Die sichergestellten Haare und Blutspuren an der Tasche der Ehefrau stimmen also mit der DNS des Opfers überein.“ Sonne wandte sich jetzt direkt an Paula.

Doch die war nicht ganz bei der Sache – ihre Gedanken kreisten um ihren Kollegen und sein unentschuldigtes Fehlen. Tina Geiger trat ihr unter dem Tisch kräftig ans Bein, und sie schreckte hoch. Ihr Chef sah sie erwartungsvoll an, und sie fühlte sich in ihre Schulzeit zurückversetzt, wo sie von den Lehrern auch des Öfteren unsanft aus ihren Tagträumen gerissen worden war. Sie starrte ihn unverwandt an. Sein dickes, immer rot erhitztes Gesicht schwebte wie ein aufgeblasener Ballon über seinem Hemdkragen, als sei sein Hals dort mit dem Krawattenknoten abgebunden worden. Warum machte er eigentlich nicht den obersten Knopf seines Hemdes auf, schoss es ihr durch den Kopf, dann könnte vielleicht die angestaute Luft entweichen ... was hatte er gerade gesagt?

„Wie wollen Sie da weiter vorgehen? Ist die Ehefrau eine unserer Verdächtigen?“ hakte er zum Glück noch nach, und so wusste Paula einigermaßen, worum es überhaupt ging.

„Nein, wir schließen Frau Jansen als Täterin aus. Sie ist hochschwanger und dadurch körperlich zu sehr eingeschränkt, um einen so großen Mann erdrosseln zu können. Außerdem scheidet sie auch wegen ihre Körpergröße aus – der Täter muss größer gewesen sein, um mit Jansen fertig zu werden.“

„Und diese junge Russin?“ ging er zum nächsten Thema über.

„Ukrainerin“, verbesserte ihn die Sekretärin und handelte sich damit einen rügenden Blick ein. „Elena wohnt vorerst bei mir“, fügte sie kleinlaut hinzu.

„Frau Stern, sind Sie tatsächlich der Überzeugung, dass Frau Geigers Wohnung der richtige Ort für ein dem Rotlichtmilieu entronnenes junges Mädchen ist?“ Wieder musterte er Paula streng. Mist, wenn Keeser nicht da war, bekam sie die volle Dosis Sonne ab!

„Ich kann mir keinen besseren Ort vorstellen, Herr Oberrat“, antwortete Paula, ohne zu überlegen und erntete von ihrer Stuhlnachbarin ein dankbares Lächeln. „Elena geht es bei Frau Geiger allemal besser als in einem Heim.“

„Und was ist mit der Sicherheit – diese Russen haben Geld für sie bezahlt, Sie glauben doch nicht im Ernst, dass die sie so einfach gehen lassen? Wird in diese Richtung etwas unternommen?“

„Ich bekomme in Kürze die Reportagen zugeschickt, die unser Opfer zu diesem Thema veröffentlicht hat“, sagte Paula und merkte selbst, wie dünn das klang. „Vielleicht haben wir dann genügend in der Hand, mit der Staatsanwaltschaft tätig zu werden."

„Anhand von Berichten in einem Sensationsblatt? – Wohl kaum", entgegnete Sonne dann auch sofort.

„Aber vielleicht genügt es, dass zumindest eine Abteilung in Berlin – meinetwegen die Sitte oder die Drogenfahndung – tätig wird, damit die Staatsanwaltschaft Tatsachen in die Hand bekommt", verteidigte sie ihre geplante Vorgehensweise. „Nur so kann man was gegen diese Kinderschlepper unternehmen."

Sonne war damit anscheinend zufrieden. „Sonst noch was?"

Alle schwiegen.

„Ach, apropos Zeitung ..." Er zog aus der Brusttasche seines Oberhemdes einen Zeitungsausschnitt und legte ihn auf den Tisch. „... das war in der heutigen Zeitung. Kurz und knapp, wie ich meine."

Der Ausschnitt ging reihum und landete schließlich bei Paula.

Kurz und knapp war fast noch geschmeichelt, denn mehr, als dass eine bisher noch nicht identifizierte Leiche in den Weinbergen nahe der französischen Grenze aufgefunden worden war, verrieten die sechs Zeilen nicht. Kaum zu glauben, dass sich die Zeitung damit zufrieden gegeben hatte. Sie schob das Stückchen Papier zurück in Sonnes Richtung.

„Was ist mit dem Computer unseres Opfers? Da irgendwelche Fortschritte?" wandte der sich an Dreißigacker.

Der sah völlig übermüdet aus und schüttelte nur bedauernd den Kopf. „Bader lässt Tag und Nacht dieses Entschlüsselungsprogramm laufen – bisher leider ohne Ergebnisse."

Paula hätte von der Begegnung mit diesem Winzer, diesem Rebmann, erzählen können, und dass das Auto des Toten ausgerechnet vor dessen Hoftor abgestellt worden war. Ob das nun relevant war oder nicht. Aber sie hatte keine Lust dazu, sie wollte das erst einmal mit Keeser durchsprechen und hören, was er dazu zu sagen hatte.

Als sich keiner der Anwesenden mehr zu Wort meldete, beendete Sonne die Besprechung.

Wenige Minuten später versuchte Paula von Tinas Schreibtisch aus, bei Keeser anzurufen. Sein Handy war offenbar noch immer ausgeschaltet. Als sie es auf seiner Festnetznummer versuchte, schaltete sich der Anrufbeantworter ein. Die Sekretärin stand mit abwartend hochgezogenen Augenbrauen daneben.

„Und?" fragte sie, als Paula auflegte.

„Nichts, entweder Mailbox oder AB. Irgendwas stimmt da nicht."

„Die Russen könnten ihn geschnappt haben", flüsterte Tina und sah sie angsterfüllt an. „Und jetzt hockt er vielleicht in irgendeinem feuchten dunklen Keller und wird bestialisch gefoltert ... weil die wissen wollen, wo Elena ist."

„Und warum flüsterst du jetzt?" fragte Paula flüsternd.

Tina warf den Kopf in den Nacken und sagte schnippisch und wieder in normaler Tonlage: „Hier nimmt mich keiner ernst!"

Paula stand auf und tätschelte ihr wohlwollend den Rücken. „Wir nehmen dich ernst, ehrlich – aber du siehst einfach zu viele von diesen amerikanischen Krimis, meine Liebe. Glaube mir: Unser lieber Keeser ist nicht so leicht zu kidnappen!"

Doch warum war sie dann selbst so unruhig? Ganz so absurd war es gar nicht, was Tina da gesagt hatte ... aber wenn dem so wäre, wenn die Russen tatsächlich etwas mit Keesers Verschwinden zu tun haben sollten – warum Keeser und nicht sie? Mit ihr hätten sie doch viel leichteres Spiel gehabt als mit diesem Bär von einem Mann! – Aber vielleicht hatten sie es ja versucht, vielleicht waren sie bei ihr zuhause gewesen ... woher hätten sie schon wissen sollen, dass sie nur ein Stockwerk tiefer auf dem Balkon saß?

Entschlossen ergriff sie ihren Helm und die Handschuhe. „Ich geh mich jetzt umziehen, und dann fahr ich zu Keeser – ich will wissen, was da los ist!"

Tina Geiger bedachte sie dafür mit einem dankbaren Blick.

Als Paula aus dem Gebäude stürmte, rannte sie Kriminalhauptkommissar Lenzmann unsanft über den Haufen.

„Nicht so stürmisch, Frau Kollegin! Holla, heute ganz in Leder im Einsatz?" rief er ihr hinterher.

Diese blöden Sprüche kannte sie schon zur Genüge, sie gab ihm keine Antwort darauf und lief weiter.

Sie fuhr die paar Meter nach Hause und rannte die Treppe hinauf. Als sie schon in die Jeans geschlüpft war, fand sie es auf einmal Quatsch, zurück zur Dienststelle zu laufen und dann von dort aus mit dem Dienstwagen zu Keeser zu fahren.

Entschlossen schlüpfte sie in ihre Lieblingswanderschuhe und zurück in die Motorradjacke, schnappte sich Rucksack und Helm und stürmte wieder nach draußen. Sekunden später kam sie an Sebastians Wohnungstür vorbei. Kurz überlegte sie, ob sie klingeln und ihr Handy holen sollte, aber um diese

Zeit hatte er sicherlich Unterricht, und so entschied sie, dass das bis zum Abend warten konnte.

Als sie zum zweiten Mal an diesem Tag vom Hof rollte, beschloss sie, unterwegs ein paar Brötchen zu besorgen. Sie verspürte schon wieder Hunger, und Keeser, falls er denn zu Hause und nicht von den Russen entführt worden wäre, hätte sicherlich auch nichts dagegen einzuwenden. Hier in Landau lag ihres Wissens kein Bäckerladen auf dem Weg, aber sie glaubte sich an eine Bäckerei in Klingenmünster zu erinnern, gegenüber vom Café Rosinchen.

Genau dort parkte sie eine Viertelstunde später und ließ sich sechs Körnerbrötchen und vier Nusshörnchen einpacken.

Kurz darauf stellte sie ihre Honda vor Keesers entzückendem Fachwerkhäuschen ab. Sein schäbiger roter Fiesta, der definitiv schon bessere Zeiten erlebt hatte, stand in der schmalen Hofeinfahrt. Sie zog die zusammengerollte Rheinpfalz aus der Zeitungsrolle.

Dann klingelte sie Sturm. – Nichts rührte sich.

Nach einer weiteren heftigen Klingelattacke öffnete sich endlich die schwere alte Holztür.

Sie erkannte ihren etwas zerknittert wirkenden und verschlafen dreinblickenden Kollegen fast nicht: Seine gestern noch lange und wilde Mähne war zwar wie immer etwas verstrubbelt, aber doch unübersehbar in Form geschnitten. Und der gestrige Fünftagebart war einem nahezu stoppellosen Kinn gewichen. So gepflegt hatte sie ihn noch nie gesehen.

„Paula ...?“ murmelte er überrascht und machte keine Anstalten, sie ins Haus zu lassen.

„Mann, Keeser, dein Handy ist ausgeschaltet!“ schimpfte sie, drückte ihm die Zeitung in die Hand und drängelte sich an ihm vorbei. Sie legte den Helm auf der untersten Stufe der ausgetretenen Holztreppe ab. „Und ans Telefon gehst du auch nicht! Hier“ – sie zeigte auf die rotblinkende Ziffer an seinem Anrufbeantworter – „acht Anrufe!“

Erst jetzt sah sie, dass er unter dem weißen T-Shirt nur ein Paar gestreifte Boxershorts trug. „Bist du krank?“ Sie wartete seine Antwort nicht ab, sondern marschierte in die Küche. Dort nahm sie den Rucksack vom Rücken und holte die Gebäcktüten aus seinen Tiefen.

Keeser war ihr ohne Antwort gefolgt.

„Wohl zu viel gesoffen gestern Abend?“ vermutete sie und setzte die Kaffeemaschine in Gang.

„Das auch“, gab er zu und gähnte hinter vorgehaltener Hand. Er unterstützte ihre Suche nach dem Frühstücksgeschirr, indem er wortlos die richtige Schranktür für sie öffnete.

Paula holte zwei Gedecke heraus und platzierte sie auf dem Tisch.

Im Gegenzug räumte sie zwei Weingläser ab und stellte sie neben die Spüle.

Weil sie es nicht erwarten konnte, biss sie schon mal in eines der Hörnchen. „Alle Welt versucht dich zu erreichen“, nuschelte sie mit vollem Mund. „Dreißigacker hat mich letzte Nacht angerufen, weil DU nicht ans Telefon gehst. Ich wollte dich anrufen – aber auch Fehlanzeige, der Herr stellt sich tot!“

Während sie den Kühlschrank inspizierte, bemerkte sie nicht, dass Keeser ein weiteres Gedeck aus dem Schrank holte.

„Und was will alle Welt von mir?“ erkundigte er sich beiläufig.

„Zumindest, dass du dich irgendwo abmeldest!“

„Ihr kommt schon mal ohne mich zurecht ...“, verteidigte er sich gähnend.

„Sonne hat auch nach dir gefragt!“

„Und, was hast du ihm gesagt?“ erkundigte er sich nicht sonderlich interessiert.

„Dass du noch unterwegs bist, um etwas, das unseren Fall betrifft, zu überprüfen.“

„Du hast also wegen mir den Chef belogen?“ Er grinste breit.

Paula stand mit Butterdose und einem Glas Himbeermarmelade vor ihm und sah ihn streng an. „Mensch, Keeser, ich hab mir Sorgen gemacht. Geigerlein sieht dich schon zu Tode gefoltert in irgendeinem Keller liegen.“ Nicht gerade leise stellte sie die Sachen auf den Tisch. Erst jetzt sah sie die dritte Tasse und hielt inne. Ihr Blick wanderte zu den beiden Weingläsern auf der Spüle. An dem einen entdeckte sie Lippenstift. Sie nahm es in die Hand und hielt es prüfend gegen das Licht. Da stand eine gusseiserne Pfanne auf dem Herd und im Spülbecken zwei große flache Teller und Besteck von zwei Personen.

Sie musterte Keeser scharf. „Hab ich was verpasst?“

Bevor er antworten konnte, meldete sich eine weibliche Stimme von der Küchentür her. „Hier duftet es ja schon herrlich nach Kaffee!“

Paula fuhr herum und glaubte ihren Augen nicht zu trauen: Da stand Marianne Renner, die Haare offen und unheimlich dekorativ in Unordnung. Sie trug nichts außer einem von Keesers übergroßen karierten Hemden. Und sie sah verdammt sexy aus!

„Oh, Frau Stern“, entfuhr es ihr erschrocken. Reflexartig zog sie das XXL-Hemd enger um ihren schlanken Körper.

Paulas Blicke wanderten ungläubig zwischen Keeser und der Staatsanwältin hin und her.

Ihr Kollege fixierte derweil schmunzelnd den gefliesten Boden.

Die Renner hatte sich schnell wieder gefangen. „Frau Stern – oder darf ich Paula sagen? – es ist ganz genau das, wonach es aussieht. Sie werden es aber doch hoffentlich nicht an die große Glocke hängen?“

Paula war einen Moment sprachlos.

„Mann, Keeser, das ist ja sowas von peinlich – warum hast du mich denn nicht vorgewarnt!“ warf sie ihrem Kollegen vor, als sie sich von dem Schock einigermaßen erholt hatte.

„Irgendwie kam ich gar nicht zu Wort ...“ Er fuhr sich mit beiden Händen durchs frisch geschnittene Haar.

Paula schüttelte den Kopf. „Gesangsverein – dass ich nicht lache! Ich hatte doch gleich das Gefühl, dass du mir die Hucke volllügst.“

„Lecker, Nusshörnchen“, meldete sich die Renner wieder zu Wort und schnappte sich eines. „Darf ich?“

„Nur zu, tun Sie sich keinen Zwang an.“ Paula ließ sich auf einen Stuhl plumpsen.

Keeser versorgte sie mit Kaffee und bemerkte ihr Jeans.

„Du solltest nicht in Jeans fahren“, monierte er väterlich. „Du weißt genau, wie wichtig richtige Schutzbekleidung ist.“

Paula sah ihn an und sagte dann keck: „Na, hoffentlich hast du heute Nacht Schutzbekleidung getragen.“

„Ich? – Wieso sollte ich Schutzbekleidung getragen haben?“ fragte er vollkommen harmlos. Dann huschte ein Schimmer der Erkenntnis über sein Gesicht. „Also, das geht dich ja nun wirklich nichts an!“ empörte er sich.

„Na, ich werde jedenfalls nicht bei euch babysitten, Kollege!“

Die Staatsanwältin lachte amüsiert und setzte sich ebenfalls.

Ihr schien die Situation kein bisschen peinlich zu sein. Dann fiel ihr Blick auf die Küchenuhr an der Wand, und sie stöhnte. „In einer Dreiviertelstunde muss ich bei Gericht sein.“ Unbeeindruckt von dieser Tatsache gab sie Milch und Zucker in ihren Kaffee und rührte in aller Ruhe um. Nachdem sie dem Nusshörnchen den Garaus gemacht hatte, schnappte sie sich eines der Körnerbrötchen und schnitt es auf. „Ich liebe frische Brötchen zum Frühstück“, schwärmte sie nach dem ersten Bissen.

„Wie war dein Gespräch mit der Witwe unseres Toten?“ versuchte Keeser das Gespräch auf unverfängliches Terrain zu lenken.

„Sie war es nicht – obwohl sie an diesem Morgen bei ihm im Weinberg war. Sie hat sogar zugegeben, ihm ihre Handtasche übergebraten zu haben – daher rührte auch die kleine Wunde an Jansens Kopf. Aber als sie ihn verließ, hat er noch gelebt“, berichtete Paula kauend.

„Sagt sie ...“, warf Frau Renner ein.

„Ich glaube ihr das – sie ist nicht so gebaut, dass sie einen großen Kerl wie Jansen mal schnell erwürgen könnte. Außerdem ist sie hochschwanger, sie steht kurz vor der Entbindung und weiß im Moment nicht so recht, wie sie ihr Kind ohne Vater großziehen soll.“

„Warum war sie denn überhaupt dort? Und warum hatten sie getrennte Unterkünfte?“ wollte Keeser wissen.

Paula stöhnte auf. „Mann, jetzt muss ich alles nochmal erzählen, bloß weil du mich die Arbeit alleine machen lässt. Sie ist ihm heimlich nachgereist und wollte ihn an jenem Morgen wegen der jungen Russin zur Rede stellen. Sie war fest davon überzeugt, dass er sie mit ihr betrog.“

„Warum hat der Blödmann sie denn nicht eingeweiht?“ entfuhr es der Staatsanwältin. „Hätte er sie eingeweiht, wäre es nie zu diesem Streit gekommen.“

„Genau das habe ich mich auch gefragt“, stimmte Paula ihr zu.

Die Renner trank ihre Tasse leer und erhob sich. „Männer, immer mit ihrem Einzelkämpfergehabe!“ Sie beugte sich zu Keeser hinunter und küsste ihn zärtlich auf die Stirn. „Ich muss jetzt leider los. Danke für das Frühstück und ...“ – sie schnurrte fast dabei – „die letzte Nacht!“

Keeser lief rot an.

„Soso, mit der Kneifzange also, haha!“ spöttelte Paula halblaut.

„Kneifzange?“ fragte die Renner von der Tür aus und sah zu ihnen zurück.

Keeser warf Paula einen drohenden Blick zu.

„Ach, ich brauche dringend eine und hoffe, mein reizender Kollege kann mir eine ausleihen“, log Paula ohne Skrupel. „Zurück zu Jansen – ich denke, er hat seine Frau nicht eingeweiht, weil er sie schützen wollte.“

„Du meinst nach dem Motto ‚Was sie nicht weiß, macht sie nicht heiß‘? – Hat wohl nicht funktioniert. Hast du ihre Tasche untersuchen lassen?“ kam Keeser zum eigentlichen Thema zurück.

„Klar, Chef. Es klebten sein Blut und seine Haare dran.“

„Wir sind also kein bisschen weitergekommen“, resümierte er.

„Vielleicht doch. Ich war heute Morgen nämlich – im Vergleich zu anderen Menschen – richtig fleißig. Ich war schon in Schweigen-Rechtenbach in den Weinbergen unterwegs."

„Was hast du dort überhaupt gesucht? Wir waren jetzt schon ein paarmal da draußen, die Kriminaltechnik hat jeden Stein umgedreht, und wir haben nichts Relevantes gefunden."

„Ich wollte sehen, was man so früh in einem Weinberg sehen kann – was Jansen vielleicht so früh in diesem Weinberg gesehen hat." Sie angelte sich noch ein Brötchen und schnitt es auf.

„Mit welchem Ergebnis?" Er beobachtete seine Kollegin, wie sie dick Butter auf beide Hälften strich.

„Dass ich jetzt weiß, dass ein Winzer namens Rebmann ganz in der Nähe unseres Tatortes seinen Wingert hat – er fuhr dort heute Morgen nämlich seine Bahnen und spritzte." Sie schnitt sich dünne Scheiben von einem schon recht reifen Camembert, legte sich dicht auf die untere Hälfte ihres Brötchens und bestrich sie mit Marmelade. Dann biss sie mit bestem Appetit hinein.

„Und was bringt uns diese Erkenntnis?"

Er musste warten, bis sie ihren Bissen hinuntergeschluckt hatte.

„Du erinnerst dich, wo Jansens Auto stand, bevor es abgeschleppt wurde?"

„Klar, er hatte direkt vor dem Hoftor eines Weinbauern geparkt – hat das irgendeine Bedeutung?"

„Könnte sein: Ganz zufällig war das nämlich das Hoftor eines gewissen Bio-Winzers namens Rebmann." Sie sah ihn triumphierend an.

„Ich verstehe den Zusammenhang nicht ..."

„Ich ja auch noch nicht", antwortete sie und fühlte den Triumph schwinden.

Schritte kamen die Treppe herunter. „Tschüss, ihr beiden", kam die Stimme der Staatsanwältin von der Haustür her. „Wir sehen uns!" Dann fiel die Tür ins Schloss.

Bevor Paula etwas zu seiner noch recht frischen Liaison sagen oder fragen konnte, fragte er: „Hast du mit diesem Winzer schon gesprochen?"

„Ja, ich wollte wissen, ob er Jansen kannte, was er jedoch verneinte." Sie überlegte kurz und nagte an ihrer Unterlippe. „Halt mal ... als Jansens Auto abgeschleppt wurde, diskutierte Rebmann doch mit dem Fahrer des Abschleppwagens herum ..."

„Ja, wir kamen just in diesem Moment dazu – worauf willst du hinaus?"

„Ich hab mir bisher keine Gedanken darüber gemacht, aber jetzt erinnere ich mich genau: Wir dachten, er hätte den Abschleppdienst gerufen, weil er raus aus seinem Hof wollte. Aber sein kleiner Traktor stand da schon vor der Hofeinfahrt – es war ganz sicher seiner, weil ich ihn genau mit diesem Traktor heute gesehen habe. Er war also schon damit unterwegs, *bevor* Jansen sich vor sein Tor stellte, also schon vor sechs Uhr morgens. Er wollte gar nicht *raus* – er wollte *rein* in seinen Hof!"

Keeser sah sie mit hochgezogenen Augenbrauen an.

„Sieh mich nicht so an – ich hab ja selbst noch keine Antwort darauf – ist nur so eine Ahnung, dass das wichtig sein könnte." Sie aß ihr Brötchen fertig und leckte sich die Marmelade von den Fingern. „Vielleicht sollten wir noch mal mit diesem Winzer reden – da er mit dem Traktor schon draußen war, bevor Jansen kam, hat er vielleicht zur Mordzeit genau in dem Weinberg neben dem Tatort gearbeitet. Vielleicht hat er ja etwas beobachtet?" Ihr fiel noch etwas ein: „Frau Jansen ist übrigens eine dunkle Limousine aufgefallen – die müsste Rebmann dann auch gesehen haben."

„Dieser Rebmann ist Bio-Winzer, sagst du?" hakte Keeser nach.

„Ja, stand auf dem Schild am Hoftor – wieso?"

„Na, das ist doch irgendwie komisch: Du hast gesagt, du hättest ihn heute Morgen die Reben spritzen sehen ..."

Paula nickte bestätigend.

„In Kürze beginnt die Weinlese – da darf eigentlich gar nicht mehr gespritzt werden. Und ein Bio-Winzer sollte das generell nicht tun ... wenn es nicht zufällig Brennnesselsud war, was er heute ausgebracht hat!"

Paula erinnerte sich gut an das Gespräch am Morgen. „Er druckste etwas herum, und erzählte mir dann was von Schädlingsbefall ..." Sie sah Keeser scharf an. „Genau! Bio-Skandal", sagte sie nur.

„Was?"

Aber davon konnte Keeser ja noch gar nichts wissen!

„Ich hab gestern Nacht noch mit Jansens Redakteur telefoniert, und der sagte mir, dass er an einem Bio-Skandal dran wäre", klärte sie ihren Kollegen auf. „Los, Keeser, hüpf in deine Klamotten – wie mir scheint, hat mir dieser Rebmann nicht die Wahrheit gesagt: Er kannte Jansen ganz bestimmt, und zudem hatte er noch ein wunderbares Motiv, ihn zu töten."

Paula sprang auf und ließ alles stehen und liegen. „Ich fahr schon mal vor. Hol mich dann bitte im Büro ab." Schon hatte sie sich den Helm geschnappt und war aus dem Haus gestürmt.

Keeser hörte, wie sie ihre Maschine rasant die Straße hinunterjagte. Er konnte sich wirklich nicht beschweren, dass seine neue Kollegin zu wenig Temperament hatte.

Wenig später betrat Paula das kleine Sekretariat. Tina Geiger hielt ihr einen Stapel Papier entgegen. „Ist vorhin für dich per Fax reingekommen.“ Sie sah bedrückt aus. „Das sind die Zeitungsberichte über Elena und die anderen Mädchen – ich habe alles gelesen. Mann, Paula, diesen Mistschweinen muss endlich das Handwerk gelegt werden. Versprich mir, dass du dich um die Sache kümmerst!“

„Ich werde tun, was ich kann“, versprach Paula und setzte sich auf eine freie Ecke des Schreibtisches.

„Was ist mit Keeser? Hast du ihn endlich erreicht?“ Tina sah zu ihr hoch.

„Kennst du den lauschigen Ort *Flagranti*?“ wollte Paula mit ernstem Gesicht von ihr wissen.

„Nö – sollte ich?“

„Genau dort habe ich nämlich meinen geschätzten Kollegen erwischt – in flagranti!“

„Wo war das ...?“ Die Sekretärin stutzte und riss die Augen weit auf. „IN FLAGRANTI!“ rief sie plötzlich aus. „Du hast den Chef mit einer Frau erwischt?“

Paula nickte bedeutungsvoll.

Tina lehnte sich zufrieden lächelnd in ihren rückenfreundlichen Schreibtischstuhl zurück. „Dass ich das noch erleben darf! Wer ist denn die Glückliche?“

„Dreimal darfst du raten.“

Tina schnellte mit dem Oberkörper nach vorne. „Soll das heißen, ich kenne sie?“

„Du kennst sie.“

Tina überlegte krampfhaft. „Eine von den Polizeibeamtinnen?“

„Kalt.“

„Herrje, was haben wir hier denn sonst noch für Frauen? Doch nicht etwa die Ehefrau eines Kollegen?“ Dem Ton ihrer Stimme war unschwer zu entnehmen, dass sie das nicht unbedingt gutheißen würde.

„Auch kalt.“

„Es wird ja wohl keine von den Putzmäusen sein, oder?“

Paula verzog keine Miene.

„Mensch, sag doch schon!“

„Die Putzfrauen zähle ich nicht, du hast also erst zweimal geraten – einmal musst du noch!“

Die Sekretärin raufte sich theaterreif die blauen Haare und zermarterte ihr Gehirn. „Oberrat Sonnes Mutter etwa?“

„Nur ernsthafte Kandidatinnen, bitte!“

„Ich hab's: Helga aus der Telefonzentrale.“

„Eiskalt, meine Liebe, eiskalt. Ich gebe dir ein paar Hinweise“, sagte Paula gönnerhaft. „Tolle Figur, sehr gepflegt, trägt immer elegante Kostüme und hohe Absätze, und sie hat Haare auf den Zähnen ...“

„Die Renner?! – Du verkohlst mich!“

„Würde ich nie tun! – Sie hat mit Keeser die Nacht verbracht, und wir haben alle zusammen gefrühstückt – wie eine glückliche kleine Familie.“

„Der Commissario und die Staatsanwältin ... ha, und hier hat dieser Mistkäfer immer so getan, als könnte er sie auf den Tod nicht ausstehen! Ganz bestimmt hat dieses Weib ihn gemein und hinterhältig verführt ...“

„Besonders unglücklich schien er deswegen allerdings nicht zu sein“, grinste Paula und erhob sich. „Ich geh mal kurz hoch zu Mabuse.“

Dort ließ sie sich die Tasche von Frau Jansen aushändigen, um sie ihr später zurückgeben zu können. Sie sah noch kurz Heinz Bader über die Schulter, nur um zu erfahren, dass das Passwort von Jansens Laptop noch immer nicht entschlüsselt war. Auf der Treppe nach unten hörte sie schon Keesers Stimme und folgte ihr in das Büro der Sekretärin.

„Ach, da is er ja! Können wir los?“

„Wo willst du denn hin?“ fragte er recht antriebslos und machte keine Anstalten, sich zu bewegen.

Sie schlenkerte die Tasche von Frau Jansen. „Die will ich ihrer Besitzerin zurückbringen und danach noch mal zu Rebmann, schon vergessen? Hopp, steh auf, worauf wartest du denn noch?“ Paula boxte ihn auf den Oberarm. „Wir haben eh schon einen halben Tag vertrödelt.“

Ächzend löste sich Keeser von seinem Stuhl.

„He, alter Mann, soll ich dir helfen?“ frotzelte sie. „Ich glaube fast, Sex bekommt dir nicht.“

Keeser hörte Tina Geiger noch kichern, als sie schon fast draußen waren.

Sie saßen kaum im Auto, als Paula befahl: „Erzähl!“

„Was soll ich erzählen?“ stellte sich Keeser dumm und schnallte sich an.

„Na, was wohl! Die Sache mit dir und der Renner und dem Gesangsverein.“

„Ich bin wirklich in einem Männergesangsverein“, antwortete er pikiert.

„Das mag sein – aber ganz bestimmt nicht gestern“, lachte Paula.

Ihr Kollege grinste süffisant. „Nein, gestern definitiv nicht!“

Paula fuhr ihm durch das frisch geschnittene Haar. „Sieht echt gut aus – alles wegen *ihr*?“

Er schwieg immer noch grinsend.

„Na, komm schon, du wirst doch vor deiner Lieblingskollegin keine Geheimnisse haben“, munterte sie ihn auf. „Ich liebe Liebesgeschichten.“

„Wir waren essen“, sagte er knapp.

„War das deine Idee oder ihre?“

„Ihre.“

„War mir klar, dass sie den ersten Schritt tun muss, damit was aus euch wird! Wann habt ihr euch denn verabredet?“ Sie musterte ihn von der Seite. „Ha, ich weiß wann: Der Anruf, als wir in der Kriminaltechnik waren – das war die Renner.“

„Und wie kommst du darauf ...?“

„Weil ich als erfahrene Kripobeamtin nicht so leicht zu täuschen bin. Erstens: Du hast völlig schwachsinnig vor dich hin gelächelt, als du das Gespräch angenommen hast – ich hab dich noch nie so lächeln sehen. Zweitens: Du bist zum Telefonieren rausgegangen – das machst du sonst nie. Drittens hast du das Gespräch sofort beendet, als ich ins Büro kam. Zudem hast du sehr ertappt aus der Wäsche geguckt. Und viertens hast du mir postwendend einen Korb gegeben, mein Lieber! Eigentlich wolltest du ja mit mir essen gehen. Das war also hundertprozentig der Anruf von der Renner – ich hab dich eindeutig überführt.“

„Alles nur haltlose Indizien ...“

„Entweder du erzählst mir jetzt alles, oder du bist nicht mehr meine beste Freundin!“ drohte Paula.

„Hab ich wirklich schwachsinnig vor mich hin gelächelt?“

„Total schwachsinnig“, bestätigte sie.

„Na gut, ich gestehe: Das war Marianne ..., ähm, Frau Renner. Sie hat mich gefragt, ob wir zusammen essen gehen wollen.“

„Ich liebe diese Frau!“ jauchzte Paula. „Du hättest den ersten Schritt ja in tausend Jahren nicht gemacht. Weiter!“

„Wir waren im Walram essen ...“, fuhr er zögerlich fort.

„In diesem exklusiven Schlossrestaurant?! Wow, nobel geht die Welt zu Grunde. Und wie seid ihr dann bei dir gelandet?“

„Du bist schrecklich“, jammerte er.

„Alles nur solide Ermittlungsarbeit, mein Lieber", grinste sie. „Na los, sonst babbelst du mir immer ein Ohr ab, und in dieser Angelegenheit bist du auf einmal so zugeknöpft."

„Ich *babbel*? – Dein erstes pfälzisches Wort!"

„Lenk nicht ab!" ermahnte sie ihn.

„Ich hab ihr erzählt, dass ich ganz wunderbare Crepes machen kann ..."

„Du hast sie mit Pfannkuchen rumgekriegt? Die Zeiten der Briefmarkensammlung sind also unwiederbringlich vorbei", lachte sie und stupste ihn von der Seite an. „Und nach dem Crepe gab's dann *Nachtisch* ... deine Crepes müssen wirklich gut sein!"

„Das geht dich gar nichts an!" brummte er, lächelte aber zufrieden.

Paula entdeckte Frau Jansen auf dem Balkon, als sie den Dienstwagen in der Einfahrt eines schmucken Fachwerkhäuschens abstellten.

„Wir bringen Ihre Tasche", rief Paula hinauf.

„Kommen Sie hoch." Die Frau beugte sich über das Balkongeländer und deutete auf eine Holztreppe, die links am Haus entlang nach oben führte.

„Die ist ja wirklich ganz schön schwanger", stellte Keeser fest.

Paula lachte. „Sieh sie dir genau an – vielleicht sieht deine Staatsanwältin ja auch in ein paar Monaten so aus?"

„Quatsch – dafür sind wir definitiv zu alt."

„Du vielleicht, aber die Renner ist doch sicher noch im gebärfreudigen Alter."

Er kniff sie in den Hintern, da sie so wunderbar vor ihm die Treppe hochstieg.

„Autsch!" Sie sprang mühelos die letzten Stufen hinauf. „Wie alt ist sie denn? Ein bisschen über vierzig?"

„Dreiundvierzig", antwortete er etwas atemlos, als er oben bei ihr ankam.

„Na also, da wäre ja noch alles drin ... allerdings tickt ihre biologische Uhr dann doch schon ein bisschen lauter!" Paula ging auf die offenstehende Tür zu.

„Könntest du dich mal um deine eigene biologische Uhr kümmern?" maulte er.

Sie traten ein und gingen durch einen mit hellen Kiefernmöbeln eingerichteten Wohnraum hinaus auf den Balkon. Frau Jansen saß unter einem großen Sonnenschirm auf einem bequemen Gartenstuhl und sah ihnen entgegen. Der dünne, bunt geblümte Stoff ihres Sommerkleides spannte über ihrem Babybauch. Paula schauderte bei dem Anblick ein wenig – würde sich ihre Bauchdecke etwa auch so exorbitant ausdehnen, sollte sie jemals schwanger werden? Gott behüte!

„Hallo, Frau Jansen, das ist mein Kollege Bernd Keeser“, stellte sie ihren Kollegen vor. „Und hier haben Sie Ihre Handtasche wohlbehalten zurück.“

Mareike Jansen nahm die Tasche entgegen und legte sie sich auf die Oberschenkel. „Irgendetwas Neues?“ wollte sie wissen. Ihre Stimme klang erschöpft.

„Bisher leider nicht“, musste Paula zugeben. „Aber wir verfolgen eine neue Spur.“

„Wie geht es dieser jungen Frau ... könnten Sie mir nicht wenigstens ihren Namen verraten?“ Ihr Blick hatte etwas Bettelndes.

Paula sah schnell zu Keeser hin und sagte dann: „Sie heißt Elena. Ihr geht es gut, auch wenn ihr der Tod Ihres Mannes sehr zu schaffen macht. Sie fühlt sich dafür verantwortlich. Fürs Erste wohnt sie bei einer Kollegin.“

„Sie haben versprochen, sich dafür einzusetzen, dass ich mich um sie kümmern kann.“

Paula konnte sich zwar nicht erinnern, jemals ein konkretes Versprechen gegeben zu haben, aber sie wollte trotzdem helfen. Außerdem saß ihr Geigerlein mit genau dem gleichen Anliegen im Nacken.

„Frau Jansen, alles der Reihe nach! Lassen Sie uns doch erst einmal den Tod Ihres Mannes aufklären, dann werde ich sehen, was ich für Sie und Elena tun kann.“

Die Frau nickte ergeben. Plötzlich richtete sie sich kerzengerade auf, griff sich an den Bauch und hielt die Luft an.

Paula sah Keesers entsetzten Gesichtsausdruck – offenbar fürchtete er, das Baby würde ausgerechnet jetzt zur Welt kommen wollen. Sie bezweifelte, dass er zum Geburtshelfer taugte.

Zum Glück entspannte sich die Frau wieder und atmete ruhig weiter. „Das Baby tritt jetzt manchmal so heftig, dass mir die Luft wegbleibt“, entschuldigte sie sich und tätschelte beruhigend ihren Bauch.

„Wann ist es denn so weit?“ erkundigte sich Paula.

„Termin ist am dreiundzwanzigsten.“

„August?“ hakte Paula nach.

Frau Jansen nickte.

Paula konnte sich nicht vorstellen, dass sie selbst so kurz vor dem Geburtstermin noch durch die Weltgeschichte reisen würde.

„Wissen Sie schon, was es wird?“ fragte Keeser, um auch endlich etwas zu sagen.

Ein glückliches Lächeln brachte das Gesicht der Schwangeren zum Strahlen. „Ein kleines Mädchen", verriet sie mit zärtlicher Stimme.

Paula kam da eine Idee. „Haben Sie schon einen Namen ausgesucht?"

„Magdalena-Sophie – Magdalena war der Name der Urgroßmutter meines Mannes und Sophie der meiner Großmutter."

Paula griff automatisch nach der Innentasche ihrer Jacke, nur um festzustellen, dass sie ja noch immer kein Handy dabei hatte.

„Gib mir mal dein Telefonino", forderte sie Keeser auf.

„Mein was?"

„So heißt Handy auf Italienisch", erklärte sie. „Klingt doch viel schöner als Handy, oder?"

Er zückte das Telefon und wollte es ihr geben.

„Such mir zuerst die Nummer von Bader raus", bat sie ihn.

Keeser suchte im Adressbuch die Nummer und gab den Apparat an sie weiter.

„Hallo, Kollege Bader, hier sind Stern und Keeser. Sind Sie zufällig in der Nähe von Jansens Laptop?" Sie lauschte in den Hörer. „Gut, dann geben Sie doch mal Magdalena-Sophie als Passwort ein." Sie wartete gespannt auf Antwort. „Nichts?" sagte sie enttäuscht. „Auch nicht in anderer Reihenfolge oder ohne Bindestrich? – Mist!" Sie überlegte kurz. „Dann versuchen Sie doch mal eine Kombination mit diesen Namen und folgenden Zahlen: 23 – 8 – 2011 – das ist ein Geburtsdatum."

Sie knabberte nervös auf der Unterlippe und fixierte Keeser dabei. Plötzlich leuchteten ihre Augen, und sie grinste breit. „Danke Bader, wir sind gleich da!" beendete sie das Gespräch. „Bingo, wir haben das Passwort! Bader kann jetzt alle Dateien öffnen!" Sie gab Keeser das Handy zurück und reichte dann der schwangeren Witwe die Hand. „Liebe Frau Jansen, Sie haben uns sehr geholfen. Jetzt geht es bestimmt mit den Ermittlungen voran."

Auch Keeser verabschiedete sich und folgte Paula zum Wagen.

„Manchmal versetzt du mich wirklich in Erstaunen", sagte er bewundernd. „Wie kommst du nur immer auf solche Sachen?"

„Ich bin einfach klasse", lachte sie.

„Ich hab da ein paar Fragen", bemerkte er auf der Rückfahrt zum Präsidium. „Erstens: Frau Jansen will sich um Elena kümmern? Davon hast du mir gar nichts erzählt."

„Mann, ich kann dir doch nicht jede Kleinigkeit erzählen."

„Ich finde diese Idee gut – da wäre doch beiden geholfen. Elena hätte ein Zuhause und Frau Jansen Hilfe mit dem Baby." Er schien begeistert.

„Nur hat Elena da auch noch ein Wörtchen mitzureden. Ganz zu schweigen von der Ausländerbehörde und dem Jugendamt – Elena ist ja noch nicht volljährig.“

„Ja, das Leben könnte ohne den ewigen Bürokratismus um einiges einfacher sein“, murmelte Keeser.

„Außerdem weiß noch keiner, wie das mit diesem Mädchenring weitergeht – eventuell muss Elena ja in ein Zeugenschutzprogramm.“ Sie sah ihn von der Seite an. „Und deine nächste Frage?“

„Was ist mit deinem Handy – seit ich dich kenne, hast du noch nie dein ... wie hast du das vorhin so niedlich genannt? ... dein Telefonino vergessen.“

Paula grinste ihn süffisant an. „Auch ich habe ein Privatleben, und dort habe ich es gestern vergessen ...“

„Wenn ich dein Grinsen richtig deute, warst du also gestern noch bei einem Kerl?“ Er musterte sie eingehend.

Sie errötete ungewollt.

„Wo hast du den denn auf die Schnelle herbekommen?“ wunderte er sich.

„Nenne es Zufall oder auch *Bewegung auf dem Wohnungsmarkt*“, verriet sie.

„Dein neuer Untermieter?“ fragte er ungläubig.

„Korrekt.“

Er lachte. „Das muss man dir lassen: Du lässt keine Gelegenheit ungenutzt.“

„Das Leben ist viel zu kurz, um Gelegenheiten verstreichen zu lassen, mein Lieber.“ Sie tätschelte ihm den Oberschenkel und kicherte. „Ich will ja nicht so lange damit warten wie du ...“

„Und wie heißt dein neues Privatleben?“

„Sebastian“, verriet sie bereitwillig, und um weiteren Fragen zuvorzukommen, fügte sie noch hinzu: „Lehrer für Sport, Erdkunde und Deutsch, etwa fünfunddreißig, groß, schlank, sportlich, braune Locken, hellgraue Augen, Lachfältchen, ein süßes Grübchen, Kusslippen, umwerfende Stimme, schöne schlanke Hände ...“

„Is ja gut, is ja gut“, unterbrach Keeser lachend. „Mehr will ich gar nicht wissen.“ Er bemerkte ihren verträumten Blick. „Ist er denn auch nett?“

Sie überlegte kurz. „Er ist nicht nur nett – er ist ... einfach wunderbar!“

„Mir scheint, da hat sich jemand verliebt.“

„Verliebt? – Quatsch. Ich kenn ihn doch kaum ... Aber interessant ist er schon, sehr interessant ...“ Ihr Blick wanderte nach draußen.

„Ach, bei dieser Gelegenheit möchte dir etwas ans Herz legen, einen guten Rat, den mir unlängst eine besorgte Kollegin gegeben hat: Denke bitte immer an ordentliche Schutzkleidung!“ feixte er.

„Keine Sorge, soweit sind wir noch lange nicht“, beruhigte sie ihn.

„Ja, das dachte ich gestern beim Abendessen auch noch ...“

Heinz Bader erwartete sie schon vor dem aufgeklappten Laptop.

„Tolle Leistung mit dem Passwort, Frau Stern. Hier, jetzt kommen Sie an alles dran.“ Er überließ ihr den Stuhl. „Jede Menge Fotos, Notizen und bergeweise Texte – viel Spaß!“

Paula setzte sich und öffnete die erste Bilderdatei im Ordner. Keeser sah ihr dabei interessiert über die Schulter, während sie die Fotos eines nach dem anderen durchklickte. „Fotos von seiner Frau“, erkannte er mit zusammengekniffenen Augen. „Sieht aus, als ob er ihre Schwangerschaft dokumentieren wollte – vom ersten Bäuchlein bis hin zum Monsterbauch.“

Paula betrachtete das letzte Bild der Serie, das auf den zwanzigsten Juli datiert war. „Das Bild wurde vor etwa zwei Wochen gemacht, und da war es schon eine gigantische Kugel“, stöhnte sie. „Das heute war noch ne Nummer größer. Hast du den Bauch gesehen? Der sah aus, als ob er jeden Moment platzt. Ich glaube, ich will lieber mal keine Kinder.“

„Und was machst du, wenn dein fantastischer Nachbar welche haben will?“ neckte er sie.

„Abgesehen davon, dass sich diese Frage beim momentanen Stand noch gar nicht stellt, gibt es bestimmt entzückende Kinder, die man adoptieren kann!“

„Na, wir sprechen uns noch zu diesem Thema, meine Liebe. Es ist von der Natur nämlich so eingerichtet, dass alle Frauen irgendwann einmal unbedingt Mutter werden wollen“, lachte er.

„So ein Bauch?! Nee, nicht mit mir. Danach ist man ja total ausgeleiert!“ Sie klickte sich zurück in die Bilder-Bibliothek. „Das sind ja hunderte von Ordnern – wir können uns doch nicht alle ansehen“, jammerte sie.

„Geh doch mal da drauf ...“ Er deutete mit seinem Zeigefinger auf einen Ordner, der mit *Bio-Wein* untertitelt war.

Als Paula den Ordner öffnete, erschien als Erstes das Foto eines Schildes. *Weingut Peter Rebmann – Wein vom Bio-Winzer* stand da in goldenen Buchstaben auf dunklem Grund. Paula kannte das Schild. Dann folgten mehrere Bilder von Rebmann, die allesamt wohl mit einem Teleobjektiv gemacht worden waren: Wie er gerade den Hof mit seinem Traktor und dem Spritzkanister verließ – von vorne, von der Seite und von hinten. Wie er durch die Rebzeilen fuhr – von vorne und von hinten –, wobei deutlich eine ihn begleitende Wolke zu sehen war. Eine Wolke, die die Spritzflüssigkeit beim Ausspritzen bildete.

„Ich denke, das genügt. Mach du hier weiter, ich muss mal telefonieren", entschuldigte Keeser sich und ging nach draußen.

„Grüße Marianne recht herzlich von mir!" rief sie ihm nach, während sie weiter durch die Fotos klickte. Eine Antwort blieb er ihr allerdings schuldig.

Nachdem sie noch einige anderen Bilddatein durchgesehen hatte, durchforstete sie Jansens Dokumente. Sie fand aus dem Internet heruntergeladene und feinsäuberlich abgelegte Gesetzesartikel zum Thema biologischer Anbau und bergeweise Artikel zu diesem Thema aus diversen Fachzeitschriften und dem Internet. Und schließlich entdeckte sie unter dem schlichten Titel *Bio-Skandal* den angefangenen Artikel, an dem Jansen zuletzt gearbeitet hatte. Gnadenlos nannte er darin mehrmals Peter Rebmanns Namen – der Winzer wäre nach Erscheinen dieses Berichtes ruiniert gewesen!

Beim Überprüfen seiner E-Mails entdeckte sie eine ungeöffnete Nachricht eines Forschungsinstitutes. Sie war erst gestern, also einige Tage nach Jansens Tod, eingegangen. Paula öffnete die Mail und las interessiert. Dem Schreiben konnte sie entnehmen, dass der Reporter eine Woche zuvor Erd- und Pflanzenproben dorthin geschickt hatte, um alles auf gesundheitsschädliche Substanzen untersuchen zu lassen. Und das Labor war mehr als fündig geworden: Die eingeschickten Weinbeeren enthielten mehrere krebserzeugende Stoffe in keinesfalls gesundheitlich unbedenklichen Mengen. Jansen war also auf der richtigen Spur gewesen. Da an den Laptop hier kein Drucker angeschlossen war, bat sie Bader um einen USB-Stick, auf den sie diese Mail nebst den relevanten Fotos und dem unvollendeten Artikel speicherte. Mit diesen neuen Beweismitteln verließ sie die Kriminaltechnik.

Sie fand Keeser Kaffee trinkend in Tina Geigers Kabuff.

„Ich denke, wir haben Rebmann am Wickel", frohlockte sie und schwenkte den Stick. „Ich habe den noch nicht ganz fertigen Zeitungsartikel gefunden. Jansen hatte Trauben aus Rebmanns Weinberg an ein Labor geschickt. Die Ergebnisse sind gestern in seinen E-Mails gelandet. Wenn der Artikel erschienen wäre, hätte das Weingut dichtmachen können. Wir haben also ein wunderbares Motiv. Komm, lass uns gleich hinfahren!"

Keeser sah auf seine Armbanduhr, trank seelenruhig aus seiner Tasse und blieb ungerührt auf dem einzigen Besucherstuhl sitzen.

„Nur noch einen Moment“, vertröstete er sie. „Gleich geht’s los. Ich dachte mir, dass es vielleicht gar nicht schlecht wäre, wenn wir einen Durchsuchungsbefehl mit zu diesem Winzer nehmen würden.“

„Das kann aber ewig dauern.“

„Sei doch nicht immer so schrecklich pessimistisch – dieser Rebmann wird in der kurzen Zeit schon nicht fliehen. Wenn er das vorhätte, wäre er wohl schon jetzt über alle Berge, oder?“

Da musste ihm Paula recht geben.

„Du glaubst doch nicht etwa, dass er uns einfach so einen Mord gesteht?“

Paula schüttelte langsam den Kopf.

„Außerdem wäre er gewarnt, wenn wir jetzt hinfahren, aber ohne Durchsuchungsanordnung unverrichteter Dinge wieder verschwinden müssen – er hätte dann genügend Zeit, Beweismaterial zu entsorgen, die Spritzmittel zum Beispiel oder die Kamera“, gab Keeser abschließend zu bedenken. „Aber wenn wir die Kamera bei ihm finden könnten, wäre unser Fall gelöst.“

„Und wie willst du auf die Schnelle an einen Durchsuchungsbescheid kommen?“ erkundigte sich Paula, die sich da anscheinend weniger Hoffnung machte als er.

„Ist so gut wie erledigt“, brummte er zufrieden.

Absatzklackern ertönte im Gang vor dem Büro, und hereinspaziert kam Marianne Renner. Sie hatte das Haar locker nach hinten gebürstet und sah einfach umwerfend aus. Keesers Augen leuchteten bei ihrem Anblick auf.

„Hier, mein Lieber, war nicht gerade leicht – ich habe all meine Überredungskünste einsetzen müssen.“ Sie überreichte ihm ein zusammengefaltetes Schriftstück. „Ich hoffe nur, ihr habt Erfolg damit.“

Der Durchsuchungsbescheid! Paula war beeindruckt. Genial, wenn sich Keesers Liebesleben so wunderbar positiv auf ihre Ermittlungsarbeit auswirkte.

„Du bist mir was schuldig“, ergänzte die Renner gurrend und sah Keeser dabei tief in die Augen.

„Ach, das wird er ganz bestimmt gerne einlösen“, prophezeite die Sekretärin grinsend.

Die grünen Augen der Staatsanwältin bohrten sich augenblicklich in Paulas graue. „Sie sollten das doch nicht an die große Glocke hängen“, sagte sie mit schneidender Stimme.

Paula fühlte sich schlagartig schrecklich unwohl in ihrer Haut.

„Ach, Frau Staatsanwältin, ich bin doch nur die kleine Glocke!“ versuchte Tina Geiger zu besänftigen und versprach mit gedämpfter Stimme: „Bei mir ist ihr kleines Geheimnis gut aufbewahrt.“

Marianne Renner bedachte sie daraufhin ebenfalls mit einem scharfen Blick. Dann legte sie Keeser kurz die Hand auf die Schulter und verließ wortlos das Büro.

Alle drei lauschten wieder dem Klackern ihrer Absätze, und erst als die schwere Eingangstür ins Schloss gefallen war, atmeten sie erleichtert durch.

„Ach, Liebe unter Kollegen ist doch immer wieder aufs Neue aufregend!“ bemerkte Tina spitz.

„Puh, Kollege, an deiner Stelle würde ich mir gut überlegen, jemals mit ihr Streit anzufangen“, warnte Paula und sah fast mitleidig auf ihn herab.

Doch er schien von diesem doch eher forschen Auftritt seiner neuen Freundin kein bisschen unangenehm beindruckt zu sein.

„Also, im Moment hab ich ganz andere Dinge im Sinn, als mit ihr zu streiten“, sagte er dann auch tatsächlich mit funkelnden Augen.

„Genau“, sagte Paula spöttisch, „welcher Mann will schon einen Engel im Bett? – Können wir jetzt los?“

„Erst, wenn Becker mit seinen Beamten da ist. So einen Winzerhof mit zahlreichen Nebengebäuden kann man nur mit einem größeren Aufgebot von Leuten durchsuchen.“ Sein Handy klingelte. „Das ist er schon“, vermeldete er nach einem Blick auf das Display. „Seid ihr so weit?“ fragte er in den kleinen Apparat. „Okay, dann treffen wir uns vor dem Hof. Los, Kollegin, worauf wartest du noch? Auf geht's!“

Noch einmal also fuhr Paula an diesem Tag nach Schweigen-Rechtenbach. Als sie vor Rebmanns Gehöft ankamen, standen schon zwei Polizeikleinbusse in der Straße, und etwa zehn Beamte warteten auf sie – allen voran Polizeiobermeister Becker.

„Die Zielperson ist im Haus“, teilte er ihnen mit, als ob sie ein Sondereinsatzkommando wären. „Die Kolleeche sind bereits inschdruiert.“

Paula musste ob solcher Wichtigkeit – und das auch noch fast in Hochdeutsch – schmunzeln.

„Dann mal los!“ Keeser marschierte an der Spitze der Beamten direkt auf die Haustür zu. Die wurde geöffnet, bevor er klingeln oder klopfen konnte.

Rebmann, wie immer in grüner Latzhose, trat kauend aus dem Haus. Es war etwa sechzehn Uhr, zu spät für Mittagessen, bestimmt störten sie ihn beim Kaffee trinken.

Als Paula ihn so kauen sah, versuchte ihr Magen ihr sofort und unüberhörbar zu vermitteln, dass ihm ein kleiner Imbiss auch nicht ungelegen käme.

„Peter Rebmann?“ vergewisserte sich Keeser.

Der Angesprochene nickte und musterte argwöhnisch die Beamtenschar.

„Ich habe hier einen Durchsuchungsbefehl.“ Keeser überreichte dem sichtlich nicht erfreuten Winzer das Schreiben. „Meine Kollegen werden sich jetzt eingehend hier umsehen.“ Er wedelte mit den Armen, und die Beamten schwärmten daraufhin in alle Richtungen aus.

Rebmann starrte auf das Schreiben in seiner Hand, und sein eh schon gerötetes Gesicht nahm die Farbe einer reifen Tomate an. „Und was glääbe Sie, zu finne?“ stammelte er, bemüht seine Fassung nicht zu verlieren. Nervös sah er zwei Beamten nach, die in der großen Scheune verschwanden.

„Hinweise darauf, dass Sie etwas mit dem Mord an dem Fotografen zu tun haben“, sagte Keeser kühl.

„Sie gläähe im Ernscht, *ich* hätt ebbes demit se tun?“ japste Rebmann regelrecht. Schweißperlen traten auf seine Stirn.

„Können wir nicht reingehen und dort in aller Ruhe sprechen?“ schlug Paula vor, der die Sonne gnadenlos auf den Rücken brannte.

„Habb ich des Ihne se verdange?“ blaffte der Winzer und sah sie böse an.

Paula hob fragend die Augenbrauen.

„Ob er dir das zu verdanken hat“, übersetzte Keeser bereitwillig.

„Eher der Tatsache, dass Sie mich heute Morgen belogen haben“, gab sie ruhig zur Antwort. „Wenn Sie hier nicht mit uns sprechen wollen, laden wir Sie gerne zu uns in die Dienststelle ein.“

Wortlos drehte sich Rebmann um und ging ins Haus. Keeser folgte ihm, musste sich aber bücken, um nicht mit dem Kopf am Türrahmen anzustoßen. Diese alten Bauernhäuser waren – genau wie sein eigenes – nicht für seine Körpergröße konzipiert.

Auch Paula betrat das Haus. Ihr folgten vier weitere Beamte, die sich im Erdgeschoss und im ersten Stock verteilten. Durch eine angenehm kühle und mit uralten Fliesen belegten Diele gelangten sie in einen Raum, in dem die Zeit stillgestanden zu sein schien: Dunkle Mustertapete zierte die Wände, und ein dunkelgrünes Cordsamtsofa nebst zwei dazu passenden Sesseln – allesamt mit Häkeldeckchen auf Armlehnen und Kopfteilen – lud nicht gerade zum Verweilen ein. Ebenfalls passend dazu: Schwere grüne Vorhänge an den beiden Fenstern, die kaum Licht hereinließen. Eine dunkel-rustikale Wohnzimmerschrankwand und ein Strauß künstlicher, schon etwas ausgeblichener Rosen auf dem gefliesten Couchtisch vervollständigten Paulas Bild von abgrundtiefer Spießigkeit. Von den Hummelfiguren in der Vitrine ganz zu schweigen. Die „gute Stube“, wie sie wohl schon vor hundert Jahren ausgesehen hatte. Paula wäre am liebsten geflohen.

Rebmann setzte sich in einen der Sessel, die Kommissare wählten das Sofa.

„Sie haben meiner Kollegin gesagt, Sie hätten den Toten aus dem Weinberg nie gesehen. Nun, wir wissen, dass er seit Tagen hier unterwegs war, um Stoff für einen Artikel zu sammeln. Er hat Sie nicht nur eifrig bei Ihrer Arbeit fotografiert, er hatte sogar seinen Wagen genau vor Ihrem Hof geparkt. Wollen Sie eventuell Ihre Aussage von heute Morgen überdenken?“ Von einer Aussage durfte man ja eigentlich nicht sprechen, da ihr Gespräch mit dem Winzer am Morgen ja kein offizielles Verhör war – aber Paula sagte nichts dazu.

„Höret Sie dann uff, hier rumseschdochre?“ fragte der hoffnungsvoll.

„Nein, wir werden trotzdem weiter rumstochern.“

Rebmann schien zu merken, dass er mit dem Kommissar auf seinem Sofa nicht handeln konnte. „Alla gut – ja, ich habb ihn gekennt. Der hot sich die letzt Woch in die Wingert rumgetriwwe. Erscht habb ich denkt, es isch enner vun denne Touriste, die immerzus vun unsere Traube klaue, deshalb habb ich ihn im Aach b'halte. Awwer er hot nur wild mit sein'rer Kamera rumgeknipscht. Da habb ich dann aag'numme, er wär enner vun denne bekloppte Tourischde, die allerweil jedes äänzelne Blättsche hier fotografiere.“

Paula konnte ihm einigermaßen folgen – was sie nicht verstand, reimte sie sich aus dem Zusammenhang zusammen.

„Aber er hat nicht nur fotografiert, nicht wahr? – Er hat Sie auch auf Ihre Spritzerei angesprochen. Und er hat gedroht, einen Artikel darüber zu schreiben, und daraufhin sind Sie am Montagmorgen aneinandergeraten.“ Paula fühlte sich in diesem erdrückend dunklen Wohnzimmer nicht wohl, sie wollte die Sache hier so schnell wie möglich hinter sich bringen und wieder ins helle Tageslicht hinaus.

„Herrgott, Jessas!“ Ein weibliches Kreischen aus der Küche zögerte Rebmanns Antwort erst einmal hinaus.

Aufgeregt kam eine alte Frau ins Wohnzimmer gestürzt. „Peter, was mache dann die ganzi Bolizischte in unnerm Haus?“ Ihre Stimme überschlug sich fast dabei. Sie hatte das gleiche runde Gesicht wie der Mann im Sessel ihnen gegenüber. Auch die unnatürlich rote Färbung entsprach der Rebmanns. Hektisch trocknete sie sich ihre schwieligen und arthritischen Hände an der speckigen Schürze ab, die sie über eine buntgemusterte Kittelschürze gebunden hatte.

Das konnte nur Rebmanns Mutter sein, folgerte Paula.

Entgeistert starrte die Frau die fremden Menschen in ihrem Wohnzimmer an.

„Was geht dann hier vor?“ sagte sie mit schneidender Stimme.

„Reech dich nit uff, Mudder“, versuchte Remann sie zu beruhigen. „Des hot nix se bedeide!“

„Nix se bedeide? – Die mache grad des Unnerschte nach owwe!“ Sie wandte sich an Keeser und sagte vorwurfsvoll: „Mir hänn noch nie die Bolizei im Haus g’hatt!“

„Mudder, is ja guud, geh widder in dei Kich! Ich verzähl der schbäder, was los isch!“ drängte der Sohn sie zum Verschwinden.

Die Frau schien zu überlegen, dann drehte sie sich um und verließ den Raum – allerdings nicht, ohne Paula noch einen vernichtenden Blick zugeworfen zu haben.

„Die ganz Uffräächung is naddierlich nix fer mei Mudder“, beschwerte sich Rebmann.

„Das tut uns sehr leid“, versuchte Keeser einzulenken. „Die Kollegen versuchen so wenig Unordnung wie möglich zu verursachen. Falls etwas kaputtgehen sollte, bekommen Sie es selbstverständlich ersetzt“, sagte er sanft. Weniger sanft fügte er hinzu: „Würden Sie jetzt bitte die Frage meiner Kollegin beantworten?“

Rebmann schien kurz zu überlegen, welche Frage denn an ihn gestellt worden war.

„Mir sinn iwwerhaupt nit aneinannergeraade“, sagte er schließlich und verschränkte seine kurzen stämmigen Arme vor der Brust. „Awwer er isch mit jemmand annersch aneinannergeraade – mit ännerer Frää!“ fügte er triumphierend hinzu.

„Das wissen wir“, sagte Keeser. Als er jedoch Paulas verständnislosen Blick sah, formulierte er seine Antwort anders: „Wir wissen, dass er eine Auseinandersetzung mit einer Frau hatte.“

Sie schenkte ihm ein dankbares Lächeln. Der Dialekt, den Rebmann ans Tageslicht brachte, übertraf alles, was sie bisher gehört hatte!

„Wir wissen auch, dass die Frau ihn mit ihrer Tasche geschlagen hat, was ihn jedoch nicht umgebracht hat“, ergänzte sie.

Rebmann schien enttäuscht.

„Ist Ihnen eine dunkle Limousine aufgefallen, die dort zur gleichen Zeit beobachtet wurde?“ stellte Keeser die nächste Frage.

Rebmann zog seine schweißglänzende Stirn in tiefe Falten. „Am Moondach?“

„Am Montag“, bestätigte Keeser.

„Jetzt, wu Se’s saache – ich glääb schun ...“ Er schien in seinen Erinnerungen zu graben. Dann hellte sich seine Miene auf. „Ja, ich kann mich erinn’re! Äni vun denne noble Karrosse, wie se die Oberbosse fahre – in schwarz – oder aach blau evenduell! Än Mercedes – äni S-Klass! Des wääß ich – mei Kussäng schafft nämmlich bei der Daimler in Wörth!“

Ein Seitenblick auf seine Kollegin verriet Keeser, dass sie dem Gespräch derzeit folgen konnte.

„Ist jemand aus dieser Limousine ausgestiegen?“ fragte er daher weiter.

Rebmann schüttelte den Kopf. „Awwer es sinn zwää Tippe drinneg’sesse, änner vorn un änner hinne – mit Aaziech!“ Er breitete übereifrig seine wiederkehrende Erinnerung vor ihnen aus – wahrscheinlich hoffte er, damit von seiner Tätigkeit im Weinberg ablenken zu können.

Paula kräuselte missmutig die Lippen.

„Zwei Männer in Anzügen in einer Limousine“, wiederholte Keeser deshalb netterweise für sie. „Das hört sich fast nach einem Wagen mit Chauffeur und einem Fahrgast an, was meinst du, Kollegin Stern?“

Diese nickte zustimmend, war aber mit ihren Gedanken schon anderweitig unterwegs. Vielleicht war das ja ein Abgesandter der Russenmafia? Ein Killer womöglich, der Jansen ausschalten sollte? Aber würden die einen ihrer Killer mit einem Chauffeur und auffälliger Limousine losschicken? Wohl eher nicht. Und wenn doch: Hätte der dann nicht nur ein Gewehr anlegen und schießen müssen? Das wäre schnell und sauber gewesen. Und wenn es kein Killer war, der im Fond saß, sondern nur einer, der Elena zurückholen sollte? Aber woher wusste der, dass Jansen genau zu dieser Uhrzeit in diesem Weinberg war? Hatte er ihn beschattet und dorthin verfolgt? Aber warum überhaupt hinter Jansen herfahren? Wäre es nicht einfacher für ihn gewesen, während Jansens Abwesenheit ins Hotel zu fahren und Elena einzusammeln? Egal, wie herum sie dachte, es hatte alles keinen Sinn. Oder war es am Ende doch nur irgendjemand, der ein dickes Auto sein Eigen nannte, sich einen Chauffeur dazu leisten konnte, und der sich lediglich ein bisschen die Füße an der frischen Luft vertreten wollte? Und hatte er am Ende sogar den Mord beobachtet? Klarheit würden sie nur bekommen, wenn man herausfinden könnte, wem dieser Wagen gehörte ...

„Haben Sie zufällig das Kennzeichen erkannt?“ hakte sie deshalb nach, glaubte aber eigentlich nicht an so viel Glück.

Rebmann schüttelte dann auch prompt bedauernd den roten Schädel. „Als ich denn Kerle mit sein’re Kamera scho widder g’sähne habb, bin ich erscht emool dafuugfahre.“

„Und wohin sind Sie gefahren?“ Keesers Frage half Paula sehr, das zuletzt Gesagte zu verstehen.

„Mir hawwe ja noch mehr Wingert uff der annere Seit vum Berch“, erklärte er mit einem Anflug von Stolz.

Ob sich dieser Stolz auf den großen Grundbesitz bezog oder auf die Tatsache, dass er den Fotografen ausgetrickst und abgehängt hatte, erschloss sich Paula nicht.

„Sie wussten also sehr wohl, warum der Fotograf da draußen in Ihrem Weinberg war?“ schlussfolgerte Keeser.

„Hajoo.“ Rebmann schien nicht länger die Bekanntschaft mit Jansen abstreiten zu wollen. „Er hot mer ja schun aagedrooht, dass er än Ardiggel schreiwe werd, iwwer mich, un dass unner Woi kä bissl biologisch is!“

„Also für mich ist das ein wunderbares Mordmotiv“, sagte Keeser und sah sein Gegenüber scharf an. „Sie könnten von Ihrem Traktor abgestiegen und zu Jansen gegangen sein und ihn dann mit dem Riemen seiner Kamera erwürgt haben. Die Kamera haben Sie dann vorsorglich mitgenommen, um Beweisfotos verschwinden zu lassen. Erst danach sind Sie über den Berg zu ihren anderen Weinbergen getuckert. Und als Sie dort fertig waren, stand dummerweise Jansens Auto direkt vor Ihrem Tor. Aber das haben Sie einfach abschleppen lassen. – Wenn wir nicht schon einige Fotos von Ihnen und den angefangenen Zeitungsartikel auf seinem Computer gefunden hätten, die ihn mit Ihnen in Verbindung bringen, hätte der Plan aufgehen können, was meinst du, Kollegin?“

„Hätte er, aber wir haben noch mehr belastendes Material auf Jansens Laptop gefunden, zum Beispiel einige Laborberichte. Ihr Wein ist nicht nur nicht biologisch, Herr Rebmann, er ist schlecht für die Gesundheit! Zu einer Mordanklage kommt also ganz sicher noch ein Verfahren wegen Betrugs dazu. Keine Ahnung, wie Missbrauch von Chemikalien geahndet wird, aber das Päckchen kommt auch noch oben drauf.“

Rebmann hatte ihnen mit offenem Mund zugehört und dabei von einem zum anderen gesehen. Jetzt schnappte er nach Luft.

„Also des mit dänne Schbritzmiddl nämm ich uff mei Kapp – aber än Mord – nää, Herr Kommissar, än Mord loss ich mer nit aahänge!“

Schwere Schritte kamen aus dem oberen Stockwerk die alte Holzstiege herunter.

„Ich habb die Kamera g'funne!" verkündete eine Stimme, eindeutig die des Polizeimeisteranwärters Berger.

„Ha, wer sagt's denn?" freute sich Keeser und drehte sich erwartungsvoll zur Tür.

Ein freudestrahlender Berger kam durch die Diele geeilt. Allerdings wurde er dank seiner Größe vom niedrigen Türstock ausgebremst, als sein Schädel unsanft Bekanntschaft damit machte. Mit schmerzverzerrtem Gesicht trat er ins Wohnzimmer und hielt besagtes Fundstück aufgeregt vor Keesers Nase.

Enttäuscht sank der in den düsteren Cordsamt des Sofas, als er den Fotoapparat im Taschenformat sah, der einzig und allein für den Hausgebrauch taugte.

„Wir suchen eine Profikamera, nicht so ein kleines Ding, Berger!" brummte Keeser unfreundlich. „Damit kann man ja noch nicht mal jemanden erschlagen, geschweige denn mit dem schmalen Handriemchen erwürgen!"

„Ach so", enttäuscht musterte der junge Beamte den Foto in seiner Hand. Auf seiner Stirn wuchs eine mächtige Beule heran. Missmutig stapfte er wieder hinaus, diesmal zog er aber rechtzeitig den Kopf ein.

„Ich habb kä anneri Kamera", beteuerte Rebmann. „Als ich dafug'fahre bin, hot der Pressefuzzi seini nuch schä ummen Hals hänge g'hott. Un gelääbt hot er aach nuch." Mit verschränkten Armen saß er vor ihnen und schmollte sie an. „Aach wenn mir der Dood vun demre Kerl sehr geleeche kummt: Ich habb mit demm Mord nix se duue, ich schwör's beim Lewwe meinrer Mudder!".

Paula kam sich zwar vor, wie in der Vorstellung eines Mundart-Theaters, aber sie verstand doch recht gut, was der Mann ihnen sagen wollte. Und komischerweise glaubte sie ihm sogar.

„Warum spritzen Sie überhaupt Gift?" fragte sie heftig. „Wie können Sie für Bio-Wein werben, wenn das gar nicht stimmt? Irgendwann musste Ihnen doch jemand auf die Schliche kommen."

Rebmann schwieg und sah sie an. Schließlich stammelte er eine Antwort: „Ich habb des Zeigs nuch hektolidderweis in der Scheun – alles nuch vun meim verschdorwene Vadder. Des isch doch schunn bezahlt ... und des Entsorche dääd än Schweinegeld koste ... und donn die vermeledeite Schildleis dies Johr ...

„... und da haben Sie halt mal schnell dieses Dreckszeug in Ihren Weinbergen verspritzt!“ beendete Keeser nicht gerade freundlich den Satz.

„Bei meinrer Seel – des wor doch des Johr nur äni Ausnahm ... ich riehr des Zeigs nie widder aa, ich verschbresch's, Herr Kommissar!“ winselte Rebmann regelrecht.

Keeser erhob sich und sah den Winzer böse an. „Da stoßen Sie bei mir auf taube Ohren! Um diese Sache wird sich eine andere Abteilung kümmern – das verspreche ich Ihnen!“ Er machte Paula Zeichen, dass sie ihm folgen sollte. In allerletzter Sekunde zog er den Kopf ein und verfehlte nur um Haaresbreite den Türrahmen.

„Und ahnungslose Menschen trinken diese giftige Plörre!“ ließ er seinem Zorn freien Lauf, sobald sie wieder auf dem sonnendurchfluteten Hof standen. „Und müssen für das verlogene Bio-Etikett auch noch mehr bezahlen! Lug und Trug überall. Was ist nur aus dieser Welt geworden?“

„Ich hab Hunger“, bemerkte Paula, was nicht unbedingt zum Thema passte.

Fassungslos sah Keeser seine Kollegin an. „He, du tust ja gerade so, als ginge dich dieses Thema nichts an! Der vergiftet unseren Wein, verseucht unser Kulturgut!“

„Ach, Bernd, wie viele andere wahrscheinlich auch. Aber ihm wird jetzt das Handwerk gelegt – nicht zuletzt dank Klaus-Peter Jansens Engagements. Schade, dass er das nicht mehr erleben kann“, erwiderte sie ruhig. „Und zum Glück trinke ich lieber Bier – und genau so eines hätte ich jetzt gerne.“

„Kulturbanausin! Bayerische Ignorantin, roigritschti“, grantelte er vor sich hin, als er von ihr weg und auf die Scheune zuging.

„Das hab ich gehört, liebster Kollege!“ rief sie ihm belustigt nach. „Und wenn überhaupt, dann bin ich eine fränkische Ignorantin!“

Was er daraufhin noch brabbelte, verstand sie allerdings nicht mehr, denn er war durch das offene Tor in der Dunkelheit der Scheune verschwunden. Sie schmunzelte immer noch über seinen Gefühlsausbruch, als er wenig später wieder aus dem Tor herausspazierte.

„Na, wieder beruhigt?“ neckte sie ihn.

„Ich dachte tatsächlich, ich könnte aus dir eine gute Pfälzerin machen – aber so, wie es aussieht, ist bei dir Hopfen und Malz verloren ...“ Er hielt mitten im Satz inne und fügte feixend hinzu: „Im wahrsten Sinn des Wortes!“

Paula hakte sich bei ihm ein und strahlte ihn entwaffnend an.

„Du, als echter Keeser, wirst doch nicht etwa gleich die Flinte ins Korn werfen? – Komm, bei einem kleinen hübschen pfälzischen Essen könntest du mich gleich ein bisschen weiter missionieren!" Sie schenkte ihm ihren schönsten Augenaufschlag.

„Ja, klimper du nur mit den Wimpern, du bayerische Hexe!" brummelte er gutmütig.

„Fränkische."

„Dibbelschisser, fränkischer!"

„Dibbel... was?"

Er verdrehte die Augen. „Dir muss man ja wirklich alles übersetzen! Ein Dibbelschisser ist ein Korinthenkacker, ein Kniebohrer – ein kleinlicher Mensch ... eben ein Dibbelschisser."

„Dibbelschisser", wiederholte sie. „Ein niedliches Wort. Gehst du jetzt mit deiner dibbelschissrigen, fränkischen Hexen-Kollegin was essen, bevor sie den jammervollen Hungertod stirbt?"

„Ich hab schon mit Becker gesprochen – die kommen hier auch alleine zurecht. Die Durchsuchung ist eh abgeschlossen, und auch wenn ich mich in meiner Weintrinkerehre verletzt fühle, glaube ich tatsächlich, dass Rebmann kein Mörder ist. Ich hab mit Geigerlein telefoniert. Sie kümmert sich darum, dass eine Spezialfirma die Spritzmittel hier sicherstellt – nicht, dass dieser Schwachkopf von einem Winzer das giftige Zeugs in irgendeinen Bach kippt, um Beweismittel zu beseitigen. Becker bleibt so lange vor Ort, bis alles abtransportiert ist. Wir können also getrost zur Nahrungsaufnahme schreiten."

Immer noch bei ihm eingehakt verließen sie den Hof.

„Das wird eh meine Henkersmahlzeit", sagte er mit trauriger Stimme, als sie beim Wagen ankamen.

Paula sah ihn mit fragend hochgezogenen Augenbrauen über das Autodach hinweg an.

„Na, die Staatsanwaltschaft wird von diesem Ergebnis nicht begeistert sein", erklärte er und stieg ein.

„Oh, du meinst, deine ganz persönliche Staatsanwältin wird nicht begeistert von diesem Ergebnis sein und unangenehme Konsequenzen daraus ziehen?" Paula setzte sich neben ihn und schnallte sich an.

Keeser grinste schief. „Oh ja, dafür werde ich sicherlich büßen müssen."

„Liebesentzug?"

„Das wird wohl noch die angenehmere Variante sein, nehme ich mal an. Du weißt ja, wie reizend sie sein kann, wenn ihr etwas nicht passt ... ich hege allerdings noch die schwache Hoffnung, dass sie Arbeit und Privates getrennt behandelt ..."

„Armer, armer Fridolin!"

„Ja, mach dich nur lustig über mich bemitleidenswertes Opferlamm – morgen, wenn du meine Einzelteile zusammensuchen musst, wird dir dein Spott leidtun“, sagte er mit theatralisch weinerlicher Stimme.

„Kennst du den Film *Staatsanwälte küsst man nicht*?“ erkundigte sich Paula.

„Ha, das finde ich gar nicht witzig!“

„Komisch, ich schon ... wohin entführst du mich jetzt?“

Keeser sah auf die Uhr am Armaturenbrett. „Kurz nach fünf – hm, da haben viele noch zu. Wie lange dauert es noch, bis du verhungert vom Stängel fällst?“

„Ein bisschen halte ich schon noch durch, warum?“

Er startete den Motor und gab Gas. „Dann zeige ich dir jetzt, wo man die größte Pizza in der Südpfalz zu essen bekommt.“

Paula verriet nicht, dass sie erst am Abend zuvor Pizza gegessen hatte – denn schließlich konnte man Pizza ja locker mehrmals in der Woche essen. Seit Stunden dachte sie zum ersten Mal wieder an Sebastian. Ein leises Kribbeln durchfuhr sie – das eindeutige Zeichen dafür, dass sie auf dem besten Wege war, sich zu verlieben.

„Pizza ist immer gut“, sagte sie.

„Aber nicht, dass du dann an deinen verflossenen Italiener erinnert und sentimental wirst!“

Ach, herrje, Leonardo war ja wohl der allerletzte Mann, an den sie denken musste! „Keine Sorge, wegen dem werde ich ganz bestimmt nicht mehr sentimental.“

Keeser fuhr nach Bergzabern und von dort aus weiter nach Birkenhördt. Er hielt sich Richtung Klingenmünster, bog aber in Silz nach links ab. Sie fuhren durch Silz, schrammten an Gossersweiler-Stein und Völkersweiler vorbei und bogen dann mitten im Wald nach rechts ab. In Waldrohrbach stellte Keeser den Wagen neben einer kleinen Pizzaria ab. *La Rusticana* stand auf dem Schild über der Tür.

Da sie mit die ersten Gäste waren, bekamen sie einen Platz im kleinen Innenhof. Sie bestellten ein alkoholfreies Hefeweizen für Paula und ein großes Pils für Keeser.

„Keine Schorle heute?“ wunderte sich Paula, während sie die Karte studierte.

„Mir ist der Appetit erst mal vergangen“, murrte er.

„Ich nehme eine große Calzone“, entschied sich Paula.

„Glaub mir, eine kleine wird dir vollkommen genügen", mahnte Keeser. „Hier kommen die großen Pizzen auf zwei Tellern, und da hängen sie noch über den Rand."

Paula hielt das für erheblich übertrieben und bestellte bei der Bedienung eine Calzone im Großformat.

„Dass die Jugend nie auf einen hören will", meckerte Keeser und bestellte für sich eine Pizza Adriatica – demonstrativ in klein.

Sie prosteten sich zu und tranken jeder einen großen Schluck. Da klingelte Keesers Handy. Er holte es aus der Jacketttasche, sah auf das Display und legte es neben sein Bierglas.

„Willst du nicht rangehen?" wunderte sich Paula.

„Das ist meine persönliche Staatsanwältin – da nehme ich lieber nicht ab", erklärte er mit säuerlichem Gesichtsausdruck. Das kleine Gerät vor ihm verstummte. „Ich lass mir doch nicht den Appetit verderben."

Gleich darauf klingelte es wieder. Keeser reagierte nicht. „Das ist jetzt schon ihr zehnter Anruf", stellte er kühl fest.

Beim dritten Mal schnappte sich Paula das Telefon und drückte auf die grüne Taste.

„Hier bei Keeser", meldete sie sich. „Oh, Geigerlein, was gibt es denn?" fragte sie überrascht.

Keesers Mimik entspannte sich augenblicklich.

„Hier hängt ein Pressefuzzi aus Berlin in meinem Büro herum, von der BILD – sagt, er wäre ein Kollege von Jansen", berichtete die Sekretärin fast flüsternd – anscheinend saß besagter Reporter genau vor ihr. „Er will Genaueres über dessen Tod wissen. Was soll ich denn mit dem machen?"

Paula stöhnte leise auf – das war ja klar, dass die BILD trotz des gegebenen Versprechens bei einer Story nicht stillhalten würde, in die ein hauseigener Reporter involviert und zu Tode gekommen war.

„Halt ihn hin", riet Paula. „Wir sind in einer Stunde im Büro, dann kümmere ich mich persönlich um ihn."

„Und dann geht mir Keesers Liebchen Renner auf den Geist – sie ruft dauernd hier an, weil Keeser nicht an sein Handy geht. Sie will wissen, was bei der Hausdurchsuchung bei diesem Winzer rausgekommen ist ..."

Ihre Stimme brach ab, aber es machte sich eine andere Stimme im Hintergrund laut bemerkbar. „Haben Sie da zufällig Kommissar Keeser dran?" fragte diese Stimme unfreundlich.

Marianne Renner war soeben im Sekretariat eingelaufen.

„Aber nein, das ist nicht Keeser“, hörte sie die Sekretärin stottern – dabei war es ja nicht einmal gelogen.

„Er soll sich sofort bei mir melden, wenn sie da draußen in Schweigen bei diesem Rebmann fertig sind“, belauschte Paula das Gespräch aus der Ferne. Gleich darauf vernahm sie das typische laute Klacken von staatsanwaltlichen Absätzen, die offenbar das Büro verließen. Paula schenkte Keeser einen mitleidigen Blick, worauf der nur fragend die buschigen Brauen lüpfte.

„Puh“, ächzte Tina Geiger am anderen Ende und jetzt in normaler Lautstärke. „Ich hab echt gedacht, sie frisst mich. Der BILD-Heini ist vor lauter Schreck auch abgehauen. Seid ihr denn noch bei der Hausdurchsuchung?“

„Nein“, gestand Paula. „Die ist abgeschlossen – bis auf die Tanks mit den Spritzgiften übrigens leider erfolglos.“

„Ohoh“, entfuhr es der Sekretärin. „Da möchte ich wirklich nicht in der Haut unseres allseits geliebten Commissarios stecken!“

„Er, glaube ich, auch nicht“, sagte Paula trocken und legte auf.

„Was ist? Was sollte dein mitleidiger Blick gerade eben?“ wollte Keeser neugierig wissen.

„Sag ich nicht. Wärst du selber rangegangen, wüsstest du's!“

Paulas Pizza kam zuerst – wie Keeser prophezeit hatte, wurde sie tatsächlich auf zwei großen Pizza-Tellern zu ihrem Platz transportiert.

„Ach, du meine Fresse!“ entfuhr es ihr.

„Wer nicht hören will, muss fühlen – in diesem Fall wohl eher essen.“ Er nahm seine erheblich kleinere Pizza in Empfang, die aber auch noch großzügig über den Rand des Tellers hing. „Dann mal guten Appetit, meine Liebe“, wünschte er und begann mit dem Messer an seinem duftenden Teigfladen herumzusäbeln. „Und wehe, du isst nicht auf!“ Grinsend stopfte er sich den ersten Bissen in den Mund.

„Als ich mit Geigerlein sprach, ist deine Marianne ins Büro gekommen – wie eine Furie, falls dich das irgendwie beruhigt“, erwiderte sie gehässig und hatte keine Ahnung, wo sie mit dem Essen anfangen sollte. Dann packte sie wild entschlossen ein Ende ihrer länglichen Pizza und riss ein großes Stück ab. Genüsslich biss sie hinein.

Keeser aß ungerührt weiter.

„So, wie sie geklungen hat, wird sie dir am Ende des Tages die Eier abreißen“, fügte sie hinzu.

„Ach, sie wird sich auch wieder beruhigen“, sagt er, klang aber nicht besonders überzeugt.

„Spricht Mann dann eigentlich mit hoher Stimme, wenn er keine Eier mehr hat?“ bohrte Paula gnadenlos weiter den Speer in Keesers Brust.

Er warf ein Stück trockenen Pizzarand nach ihr. „Boshafte Hexe!“

Wieder schlug sein Handy an.

„Soll ich rangehen?“ bot Paula hilfsbereit an und streckte schon ihre fettigen Finger nach dem Telefon aus.

Er patschte ihr auf die Hand. „Untersteh dich!“

Eine Weile aßen sie schweigend, nur das Telefon klingelte in regelmäßigen Abständen.

„Was hältst du von dieser Limousine, die an diesem Morgen in der Nähe des Tatortes aufgetaucht ist?“ wollte er von ihr wissen, als er mit seinem Essen fertig war. Er lehnte sich zufrieden und satt zurück und sah zu, wie sich Paula mit dem letzten Drittel ihres Essens abmühte. „Die packen hier natürlich auch die Reste ein.“

„Nichts da, ich werde doch wohl mit diesem Mini-Ding fertig werden!“ lehnte sie seinen Vorschlag rigoros ab. Sie nahm das letzte Stück ihrer Pizza vom Teller und biss davon ab.

„Wegen dieser ominösen Limousine“, kam er auf das Thema zurück. „Die passt irgendwie so gar nicht ins Bild, oder?“

Paula konnte nicht mehr – sie war kurz vor dem Platzen. Kapitulierend legte sie den Rest der Pizza auf einem ihrer Teller ab und wischte sich gründlich Mund und Finger ab, bevor sie ihm antwortete.

„Mein erster Gedanke war, dass vielleicht doch die Russenmafia dort war und Jansen das Lichtlein ausgepustet hat“, weihte sie ihn in ihre Überlegungen ein.

„Doch Morde in diesem Milieu werden mit Schusswaffen erledigt“, bemerkte Keeser.

„Genau, aus diesem Grund hab ich die Russen-Variante gestrichen“, bestätigte sie. „Die einzig logische Erklärung für das Auftauchen dieser Limou ist Zufall – irgendein gestresster Manager, Politiker oder ein anderer Großkopferter mit Chauffeur, der weder mit Rebmann noch mit Jansen etwas zu tun hatte, wollte dort oben in der Abgeschiedenheit der Weinberge den Kopf frei kriegen und einfach nur ein bisschen frische Luft schnappen ...“

„... und hat vielleicht mit angesehen, wie Jansen gestorben ist“, beendete ihr Kollege den Satz.

„Und wahrscheinlich auch der Chauffeur – da draußen laufen somit zwei potentielle Zeugen herum. Wenn wir herausfinden, wem dieser Wagen gehört, erfahren wir auch mehr über den Tod des Fotografen“, schlussfolgerte

Paula. „Blöd nur, dass sowohl Rebmann als auch Frau Jansen nicht auf das Nummernschild geachtet haben."

„Geigerlein soll gleich morgen früh über die Zulassungsstelle eine Liste der zugelassenen schwarzen oder dunkelblauen S-Klassen neueren Baujahres besorgen."

„Ich fürchte, das werden nicht wenige sein", vermutete Paula nicht gerade begeistert von der Aussicht, hunderte von Wagenhaltern abklappern zu müssen.

„Du sagst es. Uns erwartet ganz solide Ermittlungsarbeit, wie sie früher auch war, meine Liebe", lachte er.

„Und wenn dieser Wagen nicht von hier ist? Aus Frankreich vielleicht oder aus einem ganz anderen Bundesland? Willst du dann die deutschlandweiten Zulassungen durchackern?"

Die Pizza lag ihr plötzlich schwer im Magen.

„Wenn es sein muss ... dann wäre es halt noch mehr solide Ermittlungsarbeit", sagte er trocken.

„Das kann nicht dein Ernst sein ..."

„Reg dich doch nicht schon vorher künstlich auf – es gibt bestimmt irgendein Computerprogramm, mit dem man Firmenwagen und behördlich genutzte Fahrzeuge rausfiltern kann", versucht er zu trösten.

„Träum weiter – wir arbeiten hier bei der Provinz-Kripo und nicht bei der hochtechnisierten CSI in New York! Da waren die Münchner allemal besser ausgestattet", maulte sie.

„Was du mir bei jeder Gelegenheit aufs Neue unter die Nase reibst, liebste Kollegin." Er grinste sie spitzbübisch an. „Dafür sind wir aber viiieeel netter."

„Davon kann ich mir auch nichts kaufen." Missmutig betrachtete sie ihr halb gefülltes Weizenglas und entschied, dass diese Flüssigkeitsmenge nicht mehr in ihren eh schon übervollen Magen passen würde. „Lass uns gehen."

Als sie in ihr Büro kamen, saß Marianne Renner auf Keesers Schreibtischstuhl und wartete auf sie. Sie hatte die Arme vor der Brust verschränkt, ihr Blick wirkte aggressiv. Dieser Eindruck wurde durch das rhythmische Wippen ihres übergeschlagenen Beines noch verstärkt.

„Oh", entfuhr es Keeser, als er sie erblickte. Eine Flucht war nicht mehr möglich.

Die Staatsanwältin stellte das Wippen ein und stand auf. „Das war wohl nichts mit deinem untrüglichen Riecher?" legte sie ohne Begrüßung los.

Keesers böser Blick wanderte zur Wand, hinter der das Büro der Sekretärin war.

„Wieder der falsche Riecher, mein Lieber. Eure Tippse hat euch gedeckt und kein Sterbenswörtchen verraten – Polizeiobermeister Becker war so nett, mir Auskunft über den Stand der Hausdurchsuchung zu geben.“ Sie sah ihn wütend an und bohrte ihm ihren rechten Zeigefinger in die Brust. „Warum bist du nicht ans Telefon? Warst du etwa zu feige, mir zu sagen, dass die Aktion ein Schlag ins Wasser war?“

„So in etwa“, gab er kleinlaut zu.

Das brachte die Renner aus dem Konzept. Sie ließ den Arm sinken und sah ihn stumm an. Auf einmal wirkte sie müde.

„Ich hab mich von dir überreden lassen, diesen Durchsuchungsbefehl ganz gegen mein Gefühl und besseres Wissen zu besorgen ...“, sagte sie matt und ließ sich auf den Besucherstuhl sinken.

„Das war aber doch nicht das erste Mal, dass wir bei einer Durchsuchung nichts gefunden haben ...“, führte er fast zaghaft ins Feld.

„Das schon – aber damals waren wir nicht zusammen im ...“ Sie warf Paula einen verlegenen Blick zu. „Ähm, hatten wir noch nichts miteinander. Wäre das letzte Nacht nicht gewesen, hätte ich auf meinen Verstand gehört und mich nicht dazu überreden lassen. Der Richter fand den Verdacht auch nicht ausreichend, aber, Himmel, ich hab an ihn drangeredet wie an einen lahmen Gaul ...“

„Wir haben jede Menge Gift sicherstellen können“, räumte Paula zu Keesers Ehrenrettung ein.

„Was aber nichts mit dem Fall zu tun hat, meine Liebe“, kam die bittere Antwort.

„Aber das wussten wir ja zum Zeitpunkt der Durchsuchung noch nicht – wir gingen da noch davon aus, dass diese Tatsache den Tod unseres Opfers bedingt hat.“ Paula fand die ganze Aufregung eigentlich unnötig. „Rebmann war da unser einziger Verdächtiger, wurde aber – nicht allein durch die erfolglose Hausdurchsuchung – von dem Verdacht inzwischen freigesprochen.“

„Ihr tappt also genauso im Dunkeln wie zuvor“, brachte es Marianne Renner auf den Punkt.

„Nun, nicht ganz“, versuchte Keeser schön Wetter zu machen. „Wir wissen inzwischen von zwei unabhängigen Zeugen, dass eine dunkle Mercedes-Limousine am Tatort war, in der ein Chauffeur und ein Fahrgast saßen.“

Paula wusste sofort, wie die nächste Frage der Staatsanwältin lauten würde, und warf Keeser einen unglücklichen Blick zu.

„Und, habt ihr diese Personen schon zu der Sache befragt? Sind sie Zeugen oder Täter?“ wollte die Renner dann, wie von Paula befürchtet, wissen.

Keeser erkannte zu spät, dass er sich selbst eine Falle gestellt hatte, in die er unweigerlich reintappen musste.

„Noch nicht. Wir suchen noch nach der Limousine und ihrem Halter“, gab er zu. Hätte er doch bloß den Mund gehalten!

„Toll. Ihr habt also nichts!“ blaffte die Staatsanwältin.

„So kann man das auch sagen ...“, pflichtete ihr Keeser bei und lächelte sie schief an. „Soll ich dir einen Kaffee besorgen?“

„Baldrian wäre entschieden besser!“ knurrte sie.

Keeser verschwand und ließ Paula mit seiner verärgerten Geliebten alleine. Unschlüssig stand sie in ihrem eigenen Büro und wusste nicht, was sie sagen sollte. Sie hörte das Mahlen der Kaffeemaschine auf dem Gang. Dann hatte sie eine Idee: „Ich gehe mal kurz zu Geigerlein rüber, damit sie die Fahndung nach der Limousine in die Wege leiten kann.“ Sie drehte sich um und war schon fast zur Tür draußen, als die Renner ihr einen Strich durch die Rechnung machte, indem sie kühl sagte: „Das können Sie sich sparen – die ist schon weg. Wurde von einem Teenager mit orangeroten Haaren abgeholt.“

Paula drehte sich wieder zu ihr um. „Das war übrigens Elena.“

„Elena? – Die kleine Russin, die dieser Jansen vor den Mädchenhändlern gerettet hat?“

„Genau die.“

Keeser kam mit zwei Tassen in den Händen zurück. Eine davon reichte er der Staatsanwältin.

„Was ist denn das?“ erkundigte die sich nach einem zweifelnden Blick in ihre Tasse. „Ich wusste, dass der Kaffee in staatlichen Behörden mies ist ..., aber das ist die ekelhafteste Brühe, die mir je vorgesetzt wurde!“ Sie stellte die Tasse weit von sich auf Paulas Schreibtisch ab.

„Du wolltest doch Baldrian. Das ist Baldriantee – hab ich bei unserer Sekretärin in der Schublade entdeckt.“ Er umrundete die zusammengeschobenen Schreibtische und pflanzte sich mit zufriedenem Gesicht auf seinen Stuhl.

„Das ist nicht dein Ernst, oder?“ Sie sah ihn prüfend an und schaffte ein mühsames Grinsen.

„Dein Wunsch ist mir Befehl, mein Schatz!“ Keeser verzog keine Miene und trank genüsslich von seinem Kaffee. „Also, ich weiß gar nicht, was du hast, *unser* Kaffee ist excellent!“

Jetzt musste Staatsanwältin Renner lachen. „Du bist unmöglich!“

„Und ich gehöre alleine dir – ist das nicht fantastisch?“ Er strahlte sie entwaffnend an.

„Du bringst mich noch ins Grab“, stöhnte sie. „Wie halten Sie das nur den ganzen Tag mit ihm aus?“ Fragend sah sie zu Paula hoch, die noch immer unschlüssig im Zimmer stand.

„Ach, ich fange einfach keine Beziehung mit ihm an, dann geht das schon irgendwie.“ Sie zeigte auf den verschmähten Tee, der einen unangenehmen Geruch im Raum verbreitete. „Soll ich das gegen Kaffee eintauschen?“ Sie griff nach dem stinkenden Gebräu.

„Das wäre nett, danke. Um auf die kleine Russin zurückzukommen“, sagte Frau Renner gerade, als sie mit dem Kaffee für sie zurückkam. „Was hat die denn mit eurer Sekretärin zu tun?“

„Frau Geiger kümmert sich um sie, bis wir wissen, was mit ihr werden soll.“ Paula setzte sich an ihren Schreibtisch und ließ den PC hochfahren. Die Berichte mussten noch geschrieben werden – keine schöne Aussicht!

„Aber, das geht doch nicht. Da muss doch das Jugendamt benachrichtigt werden“, ereiferte sich die Staatsanwältin. „Mensch, Bernd, ich hätte mehr Vernunft von dir erwartet.“

„Ausgerechnet von mir?“ lachte er. „Die Kleine hat die letzten Jahre so viel Mist durchmachen müssen, wir wollten ihr einfach ein Kinderheim ersparen. Geigerlein kümmert sich wie eine Glucke um sie, glaub mir, bei ihr ist sie bestens aufgehoben. Elena durfte heute sogar in einem Kindergarten mitarbeiten. Sie will nämlich Kindergärtnerin werden.“

Die Staatsanwältin schien gerührt. „Das ist ja wirklich nett von euch, aber das Gesetz ...“

„Frau Jansen möchte Elena gerne zu sich nehmen, wenn das hier alles überstanden ist“, unterbrach er sie.

„Ich glaube nicht, dass das so einfach geht ...“, wollte sie ihn belehren.

Doch er unterbrach sie schon wieder. „Dahingehend könnte eine talentierte Staatsanwältin, wie du es bist, doch sicher intervenieren ...“ Er beugte sich über den Schreibtisch zu ihr hinüber. „Wenn du dich positiv dafür aussprechen würdest, würde das Jugendamt sicherlich einlenken. Die müssten doch froh um jedes Kind und jeden Jugendlichen sein, um den sie sich nicht kümmern müssen, was meinst du?“

„Hmm.“ Frau Renner schien zu überlegen. „Natürlich könnte ich ...“

„Wusste ich’s doch.“ Er lehnte sich zufrieden lächelnd zurück. „Harte Schale, weicher Kern.“

Sie sah ihn an, ohne etwas zu sagen, und schüttelte leicht den Kopf. „Du bist wirklich unmöglich!“ Sie stand auf und hob die Hand in seine Richtung. „Ja, ich weiß, du gehörst ganz alleine mir – aber ich weiß nicht, ob das wirklich von Vorteil ist!“ Sie warf ihm eine Kusshand zu. „Jetzt muss ich vor den Richter kriechen und ihm den ganzen Schlamassel erklären. Ich melde mich dann später bei dir, wenn er mir nicht den Kopf abgerissen hat.“

„Wäre wirklich schade um den hübschen Kopf“, rief er ihr nach.

„Puh, wir leben noch“, sagte er erleichtert, als das Klacken von Renners Absätzen in der Ferne verklungen und die schwere Eingangstür ins Schloss gefallen war. Er ließ den Kopf im Nacken rollen. „Jetzt schnell die Berichte schreiben und dann Feierabend – war ein langer Tag!“

„... und für manche von uns eine harte Nacht.“

„Bist ja bloß neidisch, Kollegin!“ lachte er und zog sein Jackett aus.

Gegen halb acht war die letzte Seite ihrer Berichte ausgedruckt, und die Computer waren heruntergefahren.

„Was treibst du jetzt noch?“ erkundigte sich Keeser, während er in seine Jacke schlüpfte.

„Als Erstes muss ich schauen, dass ich wieder an mein Handy komme.“

„Ah, du überfällst also deinen reizenden neuen Nachbarn“, frotzelte er.

„Ich würde nicht unbedingt von Überfallen reden“, wehrte sie ab und verspürte beim Gedanken an Sebastian ein angenehmes Kribbeln durch ihren Körper rieseln.

Keeser grinste vielsagend, als sie das Büro verließen. „Ich an deiner Stelle würde nicht so lange warten, sonst schnappt ihn dir noch eine seiner neuen Kolleginnen vor der Nase weg.“

„Ach, Papa, wenn ich dich und deine guten Ratschläge nicht hätte“, bemerkte sie sarkastisch.

„Entschuldigung – ich meine es doch nur gut mit dir.“

Sie tätschelte ihm vor dem Dienstgebäude den Arm. „Ich weiß doch, aber in Liebesdingen komme ich schon ganz gut alleine zurecht.“

„Wenn du meinst. Aber komm dann ja nicht angekrochen und flehe um meine Unterstützung“, antwortete er und begab sich in Richtung Parkplatz.

„Schönen Abend noch“, rief sie ihm munter nach.

Müde stieg sie die Treppe zu ihrer Wohnung hinauf. Im Stockwerk unter ihr überlegte sie kurz, ob sie gleich bei Sebastian vorbeischauen und ihr Handy abholen sollte. Sie entschied sich dann aber doch, erst einmal zu duschen und sich frische Kleidung anzuziehen – sie hatte einen langen Tag hinter sich und wollte nicht müffelnd und verschwitzt vor ihm stehen.

Oben angekommen, entdeckte sie einen Zettel an ihrer Tür.

„Liebe Nachbarin“, stand da. „Ich habe mich liebevoll um dein Handy gekümmert. Es wartet hier sehnsüchtig auf dich – ich übrigens auch. Wollen wir zusammen essen? Sebastian.“

Paula las die Zeilen wieder und immer wieder – am liebsten die Stelle mit dem *ich übrigens auch* – wartete er tatsächlich *sehnsüchtig* auf sie? Ein Lächeln huschte über ihr Gesicht, und sie lächelte noch, als sie in ein frisches T-Shirt und ihre Lieblingsjeans schlüpfte. Auch noch, als sie sich ihre Jeansjacke schnappte und ihre Wohnungstür abschloss. Erst als sie vor seiner Tür stand, wurde sie nervös.

Doch da wurde schon geöffnet und sie mit einem fröhlichen „Na, endlich!“ begrüßt.

Er sah noch viel besser aus, als sie ihn in Erinnerung hatte, stellte sie verblüfft fest. Auch er war anscheinend frisch geduscht, seine dunklen Locken kringelten sich feucht um sein Gesicht. Er hatte die farbbekleckste Latzhose gegen eine saubere ausgewaschene Jeans und ein kurzärmeliges, gestreiftes Hemd eingetauscht.

„War mein Handy brav?“ fragte sie unsicher und mit klopfendem Herzen. Er musste es hören, dieses Klopfen, ganz bestimmt!

„Dein Handy hat sich vorbildlich benommen, aber ich hab mir langsam Sorgen gemacht, dass du dir lieber ein neues Handy besorgst, als noch einmal mit mir in Kontakt zu treten! Komm rein.“ Er trat zur Seite.

„Wie kommst du denn auf die Idee? Ich hänge viel zu sehr an meinem Handy, als dass ich es bei einem fremden Mann aussetzen würde“, sagte sie lachend und sah sich neugierig um.

Die Wände des Wohnzimmers waren jetzt in einem warmen Sonnengelb gestrichen.

„Du warst ja richtig fleißig“, lobte sie ihn.

„Du nimmst also nur wegen deines Telefons nochmals Kontakt mit mir auf?“

„Nicht nur deswegen – ich finde dich nämlich recht nett“, neckte sie ihn.

„Gott sei Dank!“ rief er theatralisch und stutzte dann. „*Recht nett*? Na, sehr begeistert klingt das aber nicht gerade“, beschwerte er sich.

„Okay: Ich finde dich sehr nett – zufrieden?“

Er musterte sie aus zusammengekniffenen Augen. „Na, gut, fürs Erste lass ich das mal gelten. Hast du schon gegessen?“

„Ja, vorhin mit meinem Kollegen ..." Paula bereute diese Tatsache sofort.

„Das trifft sich gut." Er klang erleichtert. „Ich hab mir nämlich was vom Chinesen bringen lassen, als ich gegen sieben zu dem ernüchternden Schluss gekommen bin, dass du nichts mehr mit mir zu tun haben willst."

„Ich habe bis jetzt gearbeitet ..."

„Ist doch alles Bestens, mach dir keinen Kopf – wie wäre es zum Nachtisch mit einem schönen kalorienreichen Eisbecher? Ich lade dich ein!"

„Gute Idee", willigte sie nur allzu gerne ein.

„Ach, dein Handy!" erinnerte er sich und ging in die Küche, um es zu holen. „Ich will nicht noch einen Tag darauf aufpassen müssen."

Paula aktivierte das Gerät und überprüfte ihre Anruf- und SMS-Listen, während sie die Treppe hinunterstiegen. Zig-mal hatte die Staatsanwältin versucht, sie zu erreichen. Das hatte sie erwartet, da ja ihr werter Kollege zu diesem Zeitpunkt nicht erreichbar sein wollte.

Da sich das inzwischen erledigt hatte, löschte sie die Einträge. Dann war da noch ein Anruf von ihrer Mutter. Sie hörte die Mailbox ab, auf die sie nichts wirklich Wichtiges aufgesprochen hatte – es würde also genügen, wenn sie morgen bei ihren Eltern anrief.

Sie steckte das Handy in eine ihrer Jackentaschen.

„Kein Verehrer dabei, den du dringend zurückrufen sollst?" erkundigte er sich.

Sie liefen nebeneinander durch die Fußgängerzone. Es war genau wie am Tag zuvor ein lauer Sommerabend; die Straßen und der Rathausplatz waren voller entspannter Leute, die ihren Feierabend und das Draußensein genossen.

„Sowas habe ich gar nicht", sagte sie wahrheitsgetreu.

„Keinen Verehrer?" Er musterte sie erstaunt. „Das überrascht mich echt – aber gut für mich."

Vor der Eisdiele Zandonella fanden sie einen freien kleinen Tisch.

Paula entschied sich für einen Krokantbecher, Sebastian nahm einen Früchtebecher.

„Wie war dein Tag?" fragte er sie, während er mit einem für seinen schmalen Eislöffel viel zu großen Stück Ananas kämpfte. Entnervt packte er es schließlich mit den Fingern und schob es sich mit Siegermiene in den Mund.

„Schrecklich lang und ohne nennenswerte Fortschritte in unserem Fall", berichtete sie knapp. „Eine Hausdurchsuchung ohne das gewünschte Ergebnis, eine unzufriedene Staatsanwältin und ein Mörder, der immer noch frei herumläuft." Immerhin hatten sie Jansens Passwort geknackt, fiel ihr ein.

„Da bekommt man schon Gänsehaut, wenn man sich vorstellt, dass ein Mörder unter uns ist. Vielleicht sitzt er ja gerade am Nebentisch und löffelt seelenruhig sein Eis?“ Übertrieben vorsichtig sah er sich um. „Der dort drüben, der mit den langen fettigen Haaren und dem glasigen Blick, was meinst du?“

„Klar, und gleich bohrt er dir seinen Eislöffel in den Rücken oder ertränkt dich in der Espressotasse seiner Begleiterin.“

„Ja, mach du nur Witze – die werden dir schon vergehen, wenn ich gemeuchelmordet irgendwo herumliege“, schmollte er gespielt.

„Pass nur auf, dass ich dich nicht selbst um die Ecke bringe“, lachte sie und klaute ihm eine Erdbeere.

„He, das ist Diebstahl!“ beschwerte er sich.

Grinsend riet sie ihm: „Kannst ja die Polizei rufen!“

Sie löffelten ihr Eis fertig und bestellten sich noch jeder einen Espresso.

Paulas Handy schlug Alarm. Vielleicht noch mal ihre Mutter?

Doch das Display verhieß nichts Gutes.

„Keeser, was willst du denn schon wieder?“ begrüßte sie den Anrufer.

„Hast du schon was getrunken?“ fragte der ohne Umschweife.

„Finde ich klasse, dass du dich um meinen Flüssigkeitshaushalt sorgst ...“

„Ich meine Alkohol – hast du schon was Alkoholisches getrunken?“ Ihr Kollege klang genervt.

„Nein, nur Espresso, warum willst du das wissen?“

„Dann schwing dich schleunigst auf deine Mühle und komm nach Schweigen – Rebmann hängt hier nämlich tot unter seinem Scheunendach!“ Ein leises Knacken verriet ihr, dass er bereits aufgelegt hatte.

„So ein Mist!“ Sie kippte sich den letzten Schluck ihres Espressos in den Mund und stand auf. „Bist du arg sauer, wenn ich dich jetzt hier sitzen lasse?“

„Ruft der Job?“

„Ja, ich muss noch mal los, das war mein Kollege ...“ Sie nestelte ihren Geldbeutel hervor.

„Zisch los, ich komm schon alleine zurecht, und lass die Kohle stecken. Ich hab doch gesagt, ich lade dich ein.“

„Du bist ein Schatz!“ Sie drückte ihm einen Schmatzer auf die Wange und rannte los.

„Den ersten Kuss hatte ich mir aber anders vorgestellt!“ rief er ihr nach. „Daran müssen wir bei Gelegenheit arbeiten“, murmelte er und grinste.

Atemlos hastete Paula die Treppe zu ihrer Wohnung hinauf. Himmel, ihre Kondition war mies wie nie zuvor. Während ihrer Dienstzeit in München hatte sie regelmäßig mit den Leuten des Sondereinsatzkommandos trainiert: Schwimm-, Kraft- und Lauftraining. Hier in Landau lag das Trainingsangebot für die Beamten sehr im Argen – eigentlich mussten sie sich selbst darum kümmern, wenn sie fit bleiben wollten. Und natürlich war sie durch den mangelnden Druck stinkfaul geworden. Nach drei Monaten Faulenzia war sie nach einer geschätzten Strecke von tausend Metern fix und alle. Das musste sich ganz schnell wieder ändern, nahm sie sich fest vor. Wie sollte sie im Ernstfall einen Verdächtigen verfolgen, wenn sie nach ein paar hundert Metern auf dem Zahnfleisch kroch?

Sie schnappte sich Helm und Handschuhe und war schon wieder auf dem Weg nach unten.

Peter Rebmann hatte sich also erhängt! Auf der Fahrt nach Schweigen-Rechtenbach versuchte sie sich das Szenario vorzustellen. Der kleine, stämmige Mann mit dem roten Gesicht hatte seinem Leben ein Ende gesetzt – dabei schien er so ruhig, als sie ihn am Nachmittag verlassen hatten. Natürlich hätte sich die Staatsanwaltschaft in naher Zukunft wegen Missbrauchs unerlaubter Pestizide eingeschaltet und gegen ihn ermittelt – ins Gefängnis wäre er aber wohl nicht gewandert. Und natürlich hätte das seinem Weingut nicht gut getan – aber nach einiger Zeit hätten sich die Wogen erfahrungsgemäß wieder geglättet, irgendein anderer Lebensmittelskandal hätte von Rebmann abgelenkt, und er hätte von vorne anfangen können. Ein oder zwei Jahre hätte er nur durchhalten müssen, aber er hatte sich anscheinend für eine radikalere Lösung entschieden. Oder war da eventuell nachgeholfen worden? Doch wer hätte etwas von Rebmanns Tod? Nun, gleich würde sie mehr erfahren.

Mit ihrem Motorrad schlängelte sie sich vorsichtig durch mehrere Einsatzfahrzeuge, die die Straße vor dem rebmannschen Hof hoffnungslos zugeparkt hatten, sowie durch die obligatorischen Schaulustigen, die sich auf keinen Fall etwas entgehen lassen wollten. Ein Beamter hob für sie das rotweiße Absperrband, damit sie in den Hof hineinfahren konnte. Ihre Maschine stellte sie neben dem Wagen der Gerichtsmedizin ab.

Sie sah Keeser heftig mit Polizeiobermeister Becker diskutieren, als er sie jedoch entdeckte, kam er ihr entgegen – verstrubbelte Haare und stoppeliges Kinn, wie immer. Und, wie es aussah, trug er sein Pyjamaoberteil unter dem Jackett.

„Hübsches Hemd – ist das neu?“ neckte sie ihn und nahm den Helm ab.

Er sah an sich herunter. „Nicht neu, aber mit Perwoll gewaschen! Hatte keine Zeit, um mich schick zu machen." Er ging mit großen Schritten vor ihr her zur Scheune.

„Sag bloß, du warst um diese Uhrzeit schon im Bett?" wunderte sich Paula und sah gerade noch, wie Rebmanns Leichnam von dem Balken, an dem er sich aufgeknüpft hatte, heruntergelassen wurde.

„Richtig vermutet, ich wollte ein bisschen Schlaf nachholen", brummte er schlecht gelaunt.

„Und was ist mit deiner persönlichen Staatsanwältin?" erkundigte sie sich vorsichtig.

„Die will im Moment nichts mit mir zu tun haben", sagte er grimmig. „Können wir jetzt über wichtigere Dinge reden als über mein Liebesleben?!"

„Von mir aus."

Rebmann lag jetzt vor ihnen auf einer ausgebreiteten Plastikplane auf dem Scheunenboden. Er trug auch jetzt die obligatorische grüne Latzhose und schwere Arbeitsschuhe. Seine ehemals rote Gesichtsfarbe war einem Aschgrau gewichen, und seine Zunge quoll dick und bläulich zwischen seinen farblosen Lippen hervor.

„Armes Kerlchen", murmelte Paula.

„Seine Mutter hat ihn gefunden. Als er nicht zum Abendessen reinkam, hat sie ihn gesucht und schließlich hier hängen sehen. Sie hat einen schweren Schock erlitten – zwei Leute von der Unfallseelsorge sind gerade bei ihr", klärte Keeser sie mit knappen Worten auf.

Paula musste schwer schlucken. „Oje, das muss schlimm für eine Mutter sein, ihr Kind so zu sehen ..."

„Ja, Selbstmörder sind meist nicht sehr mitfühlend anderen Menschen gegenüber." Keeser ging näher an die Leiche heran. „Die machen sich keine Gedanken, dass sie irgendjemand finden wird, und wie der dann damit zurechtkommt."

Knopp kniete sich neben den Leichnam und machte die ersten Untersuchungen. Er sah kurz zu Paula auf. „Es sind doch immer die Gleichen, die sich an Leichenfundorten treffen", stellte er lakonisch fest und steckte dem Toten ein Fieberthermometer in den Mund.

„Lang ist er noch nicht tot, die Leichenstarre hat noch nicht eingesetzt."

Keeser überlegte kurz. „Das hätte ich dir auch sagen können – wir sind gegen siebzehn Uhr hier weggefahren, und da erfreute er sich noch bester Gesundheit."

Das Thermometer piepte, und der Gerichtsmediziner sah kurz auf die digitale Anzeige. „Todeszeitpunkt etwa vor drei Stunden ... Also gegen neunzehn Uhr."

„Das stimmt mit den Angaben der Mutter überein", bestätigte Keeser und fuhr sich mit beiden Händen über das Gesicht.

„War er euer Mörder?" wollte Knopp wissen und widmete sich dem Seil um Rebmanns Hals.

„Anfangs glaubten wir das, aber der Verdacht hat sich nicht erhärtet", gab Paula zur Antwort, da Keeser in Gedanken zu sein schien. „Alles, was wir ihm nachweisen konnten, war die Nutzung nicht zugelassener giftiger Substanzen."

Knopp betrachtete Hände und Arme des Toten. „Keine Abwehr- oder Kampfspuren. Ich denke, er hat das ganz alleine getan. Sein Genick ist gebrochen. Es ging also schnell – das könnt ihr seiner Mutter sagen. Oft hilft diese Gewissheit den Hinterbliebenen ein wenig." Er zog die Einweghandschuhe aus und stopfte sie sich in die Tasche seines Overalls.

„Meinst du, wir haben Schuld an seinem Tod?" Paula fühlte sich beschissen.

„Natürlich nicht!" kam es wie aus der Pistole geschossen. Paula hätte wetten können, dass ihrem Kollegen genau die gleichen Gedanken durch den Kopf gegangen waren. „Schließlich hat er die Pestizide verspritzt, dafür können wir nichts. Dass er dabei eines Tages erwischt wird – damit musste er rechnen. Dass er mit den Konsequenzen nicht zurechtkam, Paula, dafür können wir wirklich nicht!"

Knopps Leute begannen damit, die Leiche transportfertig zu machen.

„Gibt es einen Abschiedsbrief?" wollte sie wissen.

„Bisher wurde keiner gefunden", verneinte er. „Lass uns reingehen, vielleicht hat sich seine Mutter ja ein bisschen beruhigt, so dass wir mit ihr reden können."

Schweigend gingen sie nebeneinander her über den Hof.

„Ist schon manchmal ein Scheißjob", stellte sie fest, als sie die Diele des Wohnhauses betraten. Sie hörten lautes Weinen und dazwischen beruhigendes Stimmengemurmel.

Im Wohnzimmer, in dem sie erst vor ein paar Stunden gesessen hatten, fanden sie eine völlig aufgelöste Frau Rebmann und zwei sichtlich erschöpfte Mitarbeiter der ambulanten Notfallseelsorge.

„Machen Sie mal Pause", schlug Keeser dem älteren der beiden Männer vor, die sich daraufhin dankbar erhoben und den Raum verließen.

Bestimmt wäre in diesem Fall eine Seelsorgerin in mittlerem Alter besser gewesen, überlegte Paula.

„Frau Rebmann, erinnern Sie sich an uns?“ fragte sie sanft und setzte sich neben die alte Frau auf das Cordsofa.

Sie hatte noch immer die Kittelschürze an, die sie am Nachmittag getragen hatte. Ein paar lange Haarsträhnen hatten sich aus ihrem Dutt gelöst.

Sie hob kurz den Blick, kräuselte die Stirn, nickte dann aber. Lautstark schnäuzte sie sich in ein Stofftaschentuch. Anscheinend wurde sie jetzt etwas ruhiger.

„Haben Sie mit Ihrem Sohn gesprochen, nachdem wir gegangen waren?“ erkundigte sich Paula.

„Hajo, isch habb mit ihm g'scholte weche derer Durchsuchung und de viele Bolizischte im ganze Haus, die alles dorscheinannderg'schmisse hän!“ Sie zerknüllte das Taschentuch mit ihren schwieligen, von Arthritis gezeichneten Händen.

„Wie hat er sich verhalten? War er deprimiert?“

„Nää, erscht wie der Kerl vun der Zeidung do g'west is.“ Die Gesichtszüge der alten Frau begannen wieder zu beben, und neue Tränen liefen über ihre von Alter und Sonne zerfurchten Wangen.

„Ein Kerl von der Zeitung?“ horchte Keeser auf. „Jemand von der Rheinpfalz?“

„Nää, vun der BILD! Der hot meim Peeder arich zug'setzt und hot aach noch Fotos g'macht – vum Hof un vun der Scheier. Der wollt än richdich grooße Aadikel iwwer uns schreiwe. Mei Bu hot ihn dann vum Hof g'scheicht. Dodanooch war der Bu ferchderlich uffgeräächt!“

„Die BILD?“ wunderte sich Keeser und sah Paula unter grantig zusammengezogenen Augenbrauen an. „Hast du denen etwa was erzählt?“

„Natürlich nicht!“ empörte sie sich. „Ich hab ihnen eine Exklusiv-Geschichte versprochen, wenn der Fall abgeschlossen ist, mehr nicht.“ Sie dachte kurz nach. „Aber, warte mal. Als wir heute in dieser Pizzaria waren ... da hab ich doch kurz mit Geigerlein gesprochen. Und die hat gesagt, dass ein aufdringlicher Reporter bei ihr rumhängt ...“

„Dann hat Tina ...?“

„Kann ich mir nicht vorstellen – sie hat mit mir geflüstert, damit der Kerl nichts mitbekommt. Ich konnte sie selber kaum verstehen.“

„Jetzt ist eh nichts mehr daran zu ändern“, sagte er ruhig und legte der alten Frau Rebmann die Hand auf den Arm. „Haben Sie jemanden, der sich um Sie kümmert? Sie sollten jetzt nicht alleine sein.“

„Mei Dochter kummt, die wohnt in Schdäweiler", sagte sie matt und betrachtete ihre von der Krankheit verformten Hände. „Wie soll das dann norre weidergeehe mit demm Hof? Ohne mein Bu ... ich bin doch etzet ganz alläa do ..."

„Natürlich können Sie nicht alleine den Hof bewirtschaften", musste Keeser zugeben. „Vielleicht können Sie ja erst einmal bei Ihrer Tochter in Steinweiler wohnen?" schlug er deshalb vor. „Und dann wird man weitersehen." Er gab Paula mit einer kleinen Kopfbewegung zu verstehen, dass sie hier fertig waren.

Paula war froh, dass Keeser Anstalten machte, zu gehen. Heute Nachmittag hatte sie das düstere Wohnzimmer schon erdrückend empfunden, in der gegenwärtigen Situation war es noch um einiges unangenehmer hier.

Sie ergriff also noch einmal Frau Rebmanns abgearbeiteten Hände und erhob sich. „Wir melden uns, wenn sich etwas Neues ergibt."

Schritte erklangen im Hausflur.

„Mama?" rief eine aufgelöste Stimme. „Mama, wo bischt dann?" Eine rotblonde Frau kam ins Wohnzimmer gestürmt. Sie stürzte sich ohne Zögern auf die alte Frau auf dem Sofa und nahm sie in die Arme. Die brach sofort wieder in lautes Schluchzen aus.

Als die Tochter schließlich zu Paula und Keeser aufsah, stellte Keeser sich und seine Kollegin vor. „Wir gehen dann mal und lassen Sie alleine. Ich schicke die Leute der Notfallseelsorge wieder herein, lassen Sie sich von ihnen helfen, die machen einen wirklich guten Job."

Die Tochter löste sich aus der Umklammerung ihrer Mutter und kam zu ihnen herüber. Die Familienähnlichkeit war unübersehbar, das runde Gesicht, die Haarfarbe – nur fehlte ihrem Gesicht die ungesunde rote Farbe. Und sie war ein Stück größer und um einiges schlanker als ihr Bruder. Gegen ihn war sie eine Schönheit.

Sie gab ihnen der Reihe nach die Hand. „Ich bin Hedwig Eichenlaub. Sind Sie sicher, dass es Selbstmord war?" fragte sie mit gesenkter Stimme und in bestem Hochdeutsch.

„Bisher spricht nichts dagegen", erwiderte Keeser.

„Mein Bruder hatte es nicht immer leicht, er war nie vom Glück verwöhnt", begann sie. „Er wurde schon in der Schule oft wegen seines Aussehens und seiner Größe gehänselt, und er hatte nie eine Freundin. Er war oft unglücklich, weil er so gerne eine Familie gehabt hätte ... so wie ich." Sie hielt kurz inne. „Das Weingut lief nicht besonders gut, und letztes Jahr hat ihm später Hagel fast die ganzen Reben zerstört. Er stand damals vor dem

Ruin, aber das hat er Mama nie gesagt – er wollte sie nicht beunruhigen. Aber mir hat er's gesagt. Er hat schon oft über Selbstmord nachgedacht, das weiß ich, weil er sich immer bei mir ausgeweint hat, wenn es ihm dreckig ging. Aber er wollte Mama nicht alleine lassen." Sie sah zu ihrer Mutter. „Jetzt war ihm das anscheinend egal ..."

„Er wäre wegen Missbrauchs von Pestiziden vor Gericht gekommen", klärte Keeser sie auf. Für ihn war dieser erneute Tiefschlag eindeutig der Auslöser für Peter Rebmann, einen lang gehegten Plan endlich in die Tat umzusetzen.

„Ich hoffe, jetzt hat er seinen Frieden", sagte die Schwester.

„Was wird mit dem Hof?" wollte Paula wissen.

„Der wird verkauft. Peter hätte das schon vor zehn Jahren machen sollen, als Papa starb. Aber Mama hat sich damals mit Händen und Füßen dagegen gewehrt. Peter ist kein gelernter Winzer, müssen Sie wissen – er hat eine Ausbildung zum Automechaniker gemacht. Autos und Maschinen waren seine große Liebe. Nur Mama zuliebe hat er seinen gut bezahlten Job hingeschmissen und den Hof übernommen. ...hätte er das nur nie gemacht!" seufzte sie.

„Im Nachhinein ist man immer schlauer", versuchte Keeser zu trösten, aber kaum waren sie ausgesprochen, schmeckten seine Worte schal und abgedroschen.

„Wir wünschen Ihnen und Ihrer Mutter alles Gute." Paula drückte ihr mitfühlend den Arm.

„Ich wusste schon immer, dass es einem nicht gut tut, wenn man zu sehr auf seine Eltern hört." Sie standen wieder auf dem Hof und sahen gerade noch, wie Knopp zum Tor hinaus fuhr.

„Was wollten denn deine Eltern Schreckliches von dir?" wollte Keeser wissen.

„Ich sollte Lehrerin werden – kannst du dir das vorstellen? Ich und *Kinder*?"

„Die armen kleinen Wesen!" lachte er.

„Genau, fand ich damals auch und bin deshalb zur Polizei gegangen."

„Als Lehrerin hättest du aber jede Menge Ferien, ein tolles Gehalt, angenehme Rente oder Pension – ganz zu schweigen von den traumhaften Arbeitszeiten", schwärmte er. „Und so gefährlich wäre es auch nicht."

„Das hab ich mir auch gedacht, als mir Sebastian erzählte, dass er Lehrer ist. Aber wolltest du jeden Tag mit nervigen Halbwüchsigen zu tun haben?"

Keeser wiegte den Kopf.

„Na, siehst du, ich nämlich auch nicht. Und bei der ansteigenden Zahl von Amokläufen in Schulen ist Lehrersein dann ja auch nicht mehr so ganz ohne Risiko. Ich hab meine Berufswahl noch nie bereut ... höchstens dann, wenn ich nach Feierabend von einem Kollegen aus einem Eiscafé geholt werde."

„Du warst also Eis essen ... mit *ihm*? Diesem Sebastian, deinem neuen Nachbarn?"

„Bingo."

Als sie den Hof verließen, sahen sie Becker die restlichen Schaulustigen verscheuchen.

„Haben Sie denn kein Zuhause?" fragte sie den Beamten.

„Doppelschicht", knurrte der und verdrehte die Augen. „Urlaubsengpass – wie jedes Jahr."

Kurz vor Mitternacht stieg sie hundemüde die Treppe zu ihrer Wohnung hinauf. Als sie gerade an Sebastians Wohnungstür vorbeigehen wollte, entdeckte sie einen neongrünen Zettel, der genau in Augenhöhe klebte.

„Ich liebe es, von schönen Frauen geweckt zu werden!" stand darauf.

Grinsend drückte sie auf die Klingel.

So schnell, wie er die Tür öffnete, konnte er allerdings noch nicht geschlafen haben.

„Ich sitze auf dem Balkon und tröste mich mit einer Flasche Rotwein, weil ich vorhin von einer Frau schmählich sitzen gelassen wurde."

Sie folgte ihm nach draußen und nahm dankbar sein Glas entgegen, das er ihr reichte.

„Danke dir, das tut gut." Sie hockte sich auf einen Stapel Zeitungen und stellte das Glas auf den Boden.

„Und, wie war's?"

„Schrecklich", sagte sie müde. „Ein Selbstmord – am Nachmittag haben mein Kollege und ich ihn noch verhört, und jetzt hing der Mann an einem Balken in seiner Scheune. Nicht schön anzusehen." Sie ergriff noch einmal sein Glas und nahm einen Schluck.

„Das ist ja heftig! War er euer Verdächtiger?"

„Eigentlich nicht mehr." Paula musste gähnen. „Tut mir leid, ich glaube, ich bin jetzt keine gute Unterhalterin mehr."

„Warum hat er sich dann erhängt?"

„Gute Frage. Er hat auf seinem Bio-Weingut mit Gift gearbeitet – wahrscheinlich fürchtete er sich vor den Konsequenzen." Sie lehnte den Kopf ans Balkongeländer und sah in den Sternenhimmel über sich.

„Hast du selbst schon mal an Selbstmord gedacht?“ fragte er, während er sie beobachtete.

„Nee, kam mir nie in den Sinn – dafür lebe ich zu gerne. Außerdem bin ich der Meinung, das Leben geht immer irgendwie weiter. Und du?“ Sie ließ die Sterne Sterne sein und sah Sebastian an. Im flackernden Kerzenlicht sah er besonders attraktiv aus.

„Nein, noch nie. Ich hätte viel zu viel Angst, dass ich was verpassen könnte. Dann würden mir vielleicht solche schönen Momente wie dieser durch die Lappen gehen ...“ Er sah ihr tief in die Augen. „Darauf möchte ich auf gar keinen Fall verzichten!“ Er beugte sich langsam nach vorne, um sie zu küssen.

Paula kam ihm mit ihren Lippen auf halbem Weg entgegen.

„Schon besser als der lächerliche Kuss vorhin“, grinste er. Er schickte sich an, zu ihr rüberzurutschen, als ihr Handy Alarm schlug.

„Nee, oder?“ entfuhr es ihm enttäuscht.

Paula zückte den kleinen Apparat.

„Schon wieder dein lästiger Kollege?“

Unbekannter Anrufer verriet ihr das Display.

„Diesmal nicht“, sagte sie seufzend. „Paula Stern.“

Sie verstand kein Wort von dem, was die weibliche Stimme in ihr Ohr stammelte.

„Hallo, wer ist denn da?“ unterbrach sie den Redeschwall. Jetzt hörte sie nur noch schweres Atmen. Als sie sich fast sicher war, dass es sich um einen obszönen Anruf handelte, begann ihre Anruferin abgehackt zu sprechen.

„Hier ... ist Mareike ... Jansen ...“

Wieder schweres Atmen.

„Frau Jansen? Stimmt was nicht bei Ihnen? Sie hören sich so komisch an.“ Paula lauschte angestrengt in den Hörer.

„Ich ... wusste nicht, ... wen ich anrufen soll ...“ – Wieder schweres Atmen und ein schmerzvolles Stöhnen – „... die Wehen haben angefangen ... ich bekomme kein Taxi .... Helfen Sie mir ... ooohhh!“

„Ach, du Scheiße!“ entfuhr es Paula. „Frau Jansen, bleiben Sie ganz ruhig! Ich schicke Ihnen Hilfe ... und denken Sie dran: Immer tief durchatmen!“ Sie beendete das Gespräch und wusste vor Aufregung erst mal nicht, was sie als Nächstes tun sollte. Ihr fiel nichts Besseres ein, als Polizeiobermeister Becker anzurufen.

„Becker, tun Sie mir einen Gefallen: Fahren Sie schnellstens zu Frau Jansen in die Ferienwohnung und bringen Sie die Frau in ein Krankenhaus. Sie bekommt nämlich gerade ihr Kind." Becker antwortete nicht, aber im Hintergrund hörte sie das Martinshorn einsetzen.

„Sind unterwegs", meldete Becker.

„In welche Klinik bringen Sie die Frau jetzt?" rief sie in den Apparat, bevor am anderen Ende aufgelegt wurde.

„Ins Vinzentius – die hän äni Entbindungsschdation", kam die Antwort, dann war das Gespräch beendet.

„Alle Achtung", sagte Sebastian mit vor der Brust verschränkten Armen. „Erst ein Selbstmord, jetzt eine Entbindung – langweilig ist dein Job wirklich nicht!"

Paula stand auf. Ihre Müdigkeit war schlagartig verschwunden.

„Willst du jetzt etwa auch noch als Hebamme fungieren?" fragte er mit spöttischem Unterton und erhob sich ebenfalls.

„Die Frau ist gerade Witwe geworden und ganz alleine hier – jemand muss sich doch um sie kümmern ..."

„Und das musst ausgerechnet du sein?"

„Ich glaube ja. Sei mir nicht böse, aber ich lasse dich jetzt schon wieder sitzen!" Sie ging ins Wohnzimmer und nahm den Helm von dem Farbeimer, auf den sie ihn abgelegt hatte.

„Halt! Nicht schon wieder!" rief er ihr nach und packte sie am Arm.

„Was ...", wollte Paula losmeckern, aber er verschloss ihren Mund mit einem langen zärtlichen Kuss.

„So, Frau Kommissarin, jetzt kannst du abhauen und tun, was du nicht lassen kannst." Er streichelte ihr die Wange und lächelte sie an.

Sie stellte sich auf die Zehenspitzen und küsste ihn ebenfalls. Dann verließ sie die Wohnung.

Sie war zehn Minuten vor Frau Jansen in der Klinik. Becker hatte sein Kommen schon angekündigt, und der Kreißsaal war vorbereitet. Mit Blaulicht und Martinshorn hielt der Polizeiwagen vor dem Ambulanzeingang, die werdende Mutter wurde auf eine Bahre verfrachtete und im Eiltempo davongeschoben.

„Puh, des war knapp!" Becker wischte sich den Schweiß von der Stirn. „Die hot rumgschdöhnt, dass uns Angscht und Bang woorre is! Ich habb echt befercht, dass sie im Streifewaache entbind!"

Paula klopfte ihm auf die Schultern. „Na, das wäre doch ein Klacks für Sie gewesen!"

Er verdrehte die Augen. „Ach, du liwwe Zeit, ich habb doch kää Ahnung, wie des funktioniert."

Paula ging in die Richtung, in die die Bahre mit Frau Jansen verschwunden war. Doch die Gänge waren alle menschenleer.

Endlich entdeckte sie eine Krankenschwester, die gerade in ein Zimmer huschen wollte. „Hallo, können Sie mir helfen?“ rief sie ihr zu. „Ich suche die Entbindungsstation.“

„Ein Stockwerk tiefer, dort drüben ist der Aufzug.“

Paula bedankte sich und eilte davon. Sie entschied sich gegen den Aufzug und für die Treppe – Keeser wäre stolz auf sie gewesen.

Auf der Entbindungsstation herrschte reges Treiben. Irgendwo schrie eine Frau, und Paula stellten sich die Haare zu Berge.

„Wo finde ich Frau Jansen?“ fragte sie eine sehr junge Krankenschwester, wahrscheinlich eine Lernschwester.

„Da will ich gerade hin – kommen Sie mit!“ Sie lief voraus, und Paula folgte ihr. „Den Helm und Ihre Jacke können Sie hier ablegen.“

Paula platzierte den Helm auf dem zugewiesenen Stuhl, zog die Jacke aus und legte sie darüber.

„Kommen Sie mit!“ forderte die junge Frau sie auf, und Paula tat, wie ihr befohlen. „Hier können Sie sich die Hände waschen!“

Paula wusste zwar nicht warum, aber sie wusch sich brav die Hände. Als sie sich umdrehte, hielt ihr die Schwester einen grünen Kittel entgegen.

„Schlüpfen Sie hier rein!“

Paula wollte protestieren – wozu brauchte sie einen Kittel, wenn sie doch nur auf dem Gang sitzen und auf das Ergebnis der Entbindung warten wollte?

Doch die Schwester hatte den ersten Ärmel schon über ihren Arm geschoben. Automatisch schlüpfte sie auch in den zweiten.

„Und jetzt kommen Sie mit!“

Willenlos folgte Paula ihr und stand unvermittelt im Kreißsaal.

Sie wollte auf dem Fuß kehrtmachen, doch die Krankenschwester schob sie unerbittlich vor sich her zum Entbindungsstuhl. Auf dem kämpfte Frau Jansen gerade mit einer heftigen Wehe. Ihr sonst so schönes Gesicht war schmerzverzerrt, und ihr schienen die Augen vor Anstrengung aus dem Gesicht zu fallen. Schweiß lief ihr über das hochrote Gesicht. Sie wimmerte gottserbärmlich.

„Stellen Sie sich neben sie!“ Paula wurde neben die vom Schmerz geschüttelte Frau dirigiert, wo sie hilflos stehen blieb.

Die Wehe schien nachzulassen. Frau Jansen sank erschöpft zurück und atmete ruhiger. Dankbar sah sie zu ihr hoch und ergriff Paulas Hand.

„Frau Stern, ich bin so froh, dass Sie da sind!“ presste sie hervor und versuchte ein Lächeln, das ziemlich schief ausfiel. Ihr Haar klebte schweißnass an Stirn und Wangen. Sie sah erschöpft aus.

Paula hingegen war kein bisschen froh, hier gelandet zu sein.

Da kam die nächste Wehe. Frau Jansen verkrampfte sich und bäumte sich auf, und sie umklammerte Paulas Hand mit derart eisernem Griff, dass die sich beherrschen musste, nicht laut aufzujaulen.

„Es ist so weit!“ jubelte der Arzt. „Da kommt das Köpfchen! Pressen Sie jetzt – pressen – pressen – pressen!“

Und Frau Jansen presste. Paula war sich sicher, dass ihre Hand nach dieser Aktion für normale Tätigkeiten nutzlos sein würde.

Wie gebannt starrte sie auf den Arzt, der zwischen Frau Jansens Beinen auf den neuen Erdenbewohner wartete. Und tatsächlich, da erschien ein kleiner, blutverschmierter Kopf in einer dafür eigentlich viel zu kleinen Öffnung. Paula war fasziniert und schockiert gleichermaßen.

Frau Jansens brüllte einen wahren Urschrei in den kahlen, gefliesten Raum hinein, dann sank sie abrupt zurück und gab Paulas Hand frei.

„Der Kopf ist da, noch eine Wehe, dann haben Sie es geschafft!“ versprach der Arzt.

Die nächste Wehe ließ auch nicht lange auf sich warten, und Paula brachte ihre Hand vorsichtshalber außer Reichweite. Doch im Vergleich zu dem Kopf kam der Rest des kleinen Menschen fast wie von selbst herausgeflutscht.

„Ein Mädchen!“ verkündete der Arzt voller Triumph, als ob das einzig und allein ihm zu verdanken sei.

Und dann ertönte ein Schrei, der erste Schrei eines neuen Erdenbürgers.

„Wollen Sie die Nabelschnur durchtrennen?“ Der Arzt sah Paula auffordernd an.

Doch die lehnte dankend ab. Manche Dinge mussten einfach nicht sein. Unauffällig rieb sie ihre schmerzende Hand. Mit gemischten Gefühlen betrachtete sie das verschrumpelte, schmierige Bündel Mensch, das der frischgebackenen und auf einmal glücklich strahlenden Mutter wenig später auf die Brust gelegt wurde.

Wollte sie sich das jemals antun? Diese Schmerzen, diese Quälerei? Wollte sie überhaupt irgendwann mal Mutter werden?

Bisher hatte sie sich nie wirklich Gedanken darüber gemacht.

Als Leonardo damals von Kindern gesprochen hatte – wohlgemerkt von *Kindern*, also nicht nur von einem, sondern, wie es bei Italienern üblich ist, von einer halben Fußballmannschaft – hatte sie das als verfrüht abgetan.

Doch jetzt? Bald würde sie dreißig sein ... und dann? Tickte dann wirklich und unerbittlich die berühmte biologische Uhr? Eigentlich konnte sie mit Kindern gar nichts anfangen, sie fand sie nur schrecklich laut. Und wenn sie an das nervige Gequängel der lieben Kleinen an jeder Supermarktkasse dachte, verging ihr das letzte bisschen Lust auf ein eigenes Kind.

Aber, was zerbrach sie sich überhaupt gerade jetzt den Kopf darüber? Schließlich hatte sie noch nicht einmal einen Freund ... oder doch? Sebastian hatte sie immerhin geküsst – aber das bedeutete vielleicht gar nichts. Auf jeden Fall nicht, dass sie ausgerechnet jetzt über eigenen Nachwuchs nachdenken musste! Und überhaupt: Erst einmal musste sie die letzte Viertelstunde verdauen. Beim jetzigen Stand der Dinge wollte sie nämlich auf gar keinen Fall Kinder – sollten sich die anderen Frauen abquälen – sie ganz bestimmt nicht!

Eine Schwester nahm Frau Jansen die Kleine ab, um sie zu baden.

Sie tätschelte aufmunternd Frau Jansens Hand. „Das haben Sie wirklich gut gemacht!"

Die sah sie hohläugig und mit dunklen Augenrändern an. „Ohne Sie hätte ich es gar nicht bis hierher geschafft – mit Blaulicht und Sirene hat mich Ihr Kollege hergefahren." Sie lächelte schwach. „Ich glaube, er hatte Angst, dass ich ihm das Auto versaue."

„Das kann gut sein – Sie wissen ja: Männer und ihr heiliges Blech!" grinste Paula. „Auf jeden Fall können Sie Ihrer Tochter eine tolle Geschichte von ihrer Geburt erzählen, wenn sie mal größer ist."

Frau Jansen schloss erschöpft die Augen. Als Paula schon dachte, sie sei eingeschlafen, murmelte sie: „Ich würde die Kleine gerne Paula nennen, was halten Sie davon?"

„Wollen Sie der kleinen Maus wirklich einen so schrecklich altmodischen Namen geben? Das wird Sie Ihnen nie verzeihen!" lachte Paula. „Sie hatten doch schon einen anderen Namen ausgesucht ..."

„Magdalena und Sophie sind mindestens genauso altmodisch. Mir gefällt Paula ... und Sie gefallen mir auch. Also: Haben Sie was dagegen?"

„Ganz im Gegenteil, ich fühle mich sehr geschmeichelt!" Tatsächlich musste sie vor Rührung mit den Tränen kämpfen.

Eine Krankenschwester kam mit einem Klemmbrett herein. „So, Frau Jansen, kaum ist man auf der Welt, wird man schon amtlich erfasst. Verraten Sie mir, wie Ihr Töchterchen heißen soll?"

„Paula Magdalena Sophie."

Die Schwester schrieb es auf. „Drei sehr schöne Namen“, fand sie. „Gleich bringen wir Sie auf Station, und dann können Sie sich endlich ausruhen.“

Eine andere Schwester kam mit einem kleinen weißen Bündel herein und legte es der frischgebackenen Mutter in den Arm.

„So, Mami, da sind wir wieder. Frisch gebadet, vermessen und untersucht. Alles in bester Ordnung, sagt der Kinderarzt.“

Paula betrachtete entsetzt das rote Gesichtchen, das schrecklich zerknautscht aussah. Waren alle Babies so hässlich?

„Sie ist so entzückend!“ sagte Frau Jansen überglücklich. „Finden Sie nicht auch?“

Paula überlegte krampfhaft, ob sie ehrlich sein sollte. „Aber ja, ganz entzückend“, bestätigte sie dann doch.

Tränen liefen Frau Jansen über die Wangen. Hatte sie ihre Lüge durchschaut?

„Wenn mein Mann das doch hätte erleben dürfen ... er hatte sich so auf die Kleine gefreut! Sie wird ihren Vater nie kennenlernen – ist das nicht schrecklich?“ Sie saß da mit ihrer neugeborenen Tochter im Arm und weinte. Plötzlich atmete sie tief durch und wischte sich über die Augen. „Wir zwei Mädels werden das schon schaffen“, sagte sie, und wie zur Bestätigung streckte die Kleine eine winzig kleine geballte Faust in die Luft. Dann kräuselte die kleine Paula die Augenbrauen, riss den zahnlosen Mund weit auf und begann zornig zu brüllen.

Die große Paula konnte nicht fassen, dass ein so winziges Wesen so einen großen Lärm fabrizieren konnte.

Eine Schwester eilte herbei und half Frau Jansen dabei, den kleinen Schreihals zum ersten Mal an die Brust zu legen.

Paula befiel plötzlich bleierne Müdigkeit. Die große Uhr über der Tür ermahnte sie, dass es bereits kurz nach drei Uhr morgens war. Bald würde ihr Wecker schon wieder klingeln ...

„Ich lasse Sie dann mal alleine“, sagte sie deshalb und unterdrückte ein Gähnen. „Ich komme im Lauf des Tages vorbei und sehe nach Ihnen beiden.“

„Ach, Frau Stern, mir ist da vorhin noch etwas eingefallen“, rief die frischgebackene Mutter ihr nach, als sie schon fast aus dem Kreißsaal draußen war. „Als ich am Montag mit meinem Mann vor unserem Treffen in den Weinbergen telefonierte, hat im Hintergrund ein Telefon geklingelt. Ich nehme an, dass das der Zimmeranschluss war. Mein Mann hat sich bei mir entschuldigt und das Handy, mit dem er ja mit mir verbunden war, kurz weggelegt. Er nahm das andere Gespräch an.“

„Solche Sachen fallen Ihnen ein, wenn Sie gerade entbinden?“ fragte Paula erstaunt.

Frau Jansen schüttelte den Kopf und hatte nur Augen für ihre gierig saugende Tochter. „Nein, das ist mir eingefallen, kurz bevor die Wehen losgingen. Ich habe nicht verstanden, was er sprach, aber er klang nicht sehr freundlich. Einmal lachte er laut, aber es war kein fröhliches Lachen, es war eher sarkastisch. Das Gespräch dauerte nur wenige Sekunden, dann hörte ich, wie er den Hörer aufknallte.“

„Wissen Sie, mit wem er gesprochen hat?“ Paula stand in ihrem grünen Kittel an der Tür und hätte im Stehen einschlafen können.

„Nein – ich habe dieses Gespräch auch gleich wieder vergessen. Bis vorhin jedenfalls. Könnte Ihnen das vielleicht weiterhelfen?“ Sie sah hoch und sah genauso müde aus, wie Paula sich fühlte.

„Mal sehen, ich werde der Sache morgen nachgehen.“

Ein Krankenbett wurde hereingeschoben.

„Hier kommt das Taxi! Ich soll hier ein großes und ein kleines Mädchen abholen. Jetzt packe ich euch in ein hübsches Bettchen, und dann fahren wir hoch ins Zimmer!“ verkündete die korpulente Schwester, deren Bekanntschaft Paula ja schon vorhin gemacht hatte.

„Gute Nacht“, wünschte Paula und machte sich auf die Suche nach dem Ausgang.

Kurz vor vier lag sie endlich im Bett, doch so müde ihr Körper auch war, ihr Kopf wollte einfach nicht abschalten. Im Geiste erlebte sie noch einmal die Entbindung. Nie würde sie den Schrei vergessen, den Mareike Jansen ausgestoßen hatte – ein Schrei voller Pein und gleichzeitig ein Schrei der Erleichterung. Ihre Hand schmerzte noch immer. Die Vorstellung, wie dieser große Kinderkopf durch die viel zu kleine Öffnung herausgepresst worden war, bescherte ihr Gänsehaut. Wer hatte sich bloß ausgedacht, dass Kinder kriegen so scheußlich schmerzhaft sein muss?

Mit diesem Gedanken schlief sie dann doch endlich ein.

5.
Freitag, 12.8.2011

Der Wecker riss sie aus einem Alptraum – einerseits viel zu früh, nach den höchstens mal drei Stunden Schlaf, die sie bekommen hatte. Andererseits war Paula dankbar, dass sie aus dem schlimmen Traum erlöst worden war. Sie hatte von einer Entbindung geträumt. Sie war es gewesen, die auf dem Entbindungstisch lag und mit schier unerträglichen Schmerzen ein Kind zur Welt bringen musste. Der Arzt hatte sie angefeuert, wie damals ihr Vater sie bei ihrem ersten Schwimmwettkampf angefeuert hatte. Der Schmerz, den sie so intensiv gespürt hatte, war so stark, dass sie glaubte, in der Mitte ihres Körpers zerrissen zu werden. Ein schrecklich realer Traum, sie konnte sich sogar jetzt, im wachen Zustand, noch genau an diesen Schmerz erinnern. Bevor der Wecker sie erlöste, hatte der Arzt gerade gerufen: „Das Köpfchen ist da – es ist ein Keeser!“ Und tatsächlich hatte das Baby, das gerade aus ihrem Körper geschlüpft war, Keesers Gesicht ... sogar die Bartstoppeln waren da ... wie gesagt: ein schrecklicher Alptraum.

„Mann, Paula, wie siehst du denn aus?“ raunte ihr ihr Kollege besorgt zu, als sie verspätet in die Frühbesprechung platzte.

Sie entschuldigte sich bei Oberrat Sonne und setzte sich neben ihn.

Keeser sah sie prüfend von der Seite an und flüsterte: „Hast du etwa die Nacht durchgemacht?“

„Ich darf so aussehen – ich habe immerhin ein Kind bekommen!“

Keeser sah sie völlig belämmert an.

„Frau Jansen hat heute Nacht entbunden, und ich war dabei“, klärte sie ihn auf.

„Ist Ihr Gespräch für die Allgemeinheit gedacht, oder ist es Ihres und Herrn Keesers Geheimnis?“ erkundigte sich Sonne frostig.

„Oh, Entschuldigung, Chef – natürlich dürfen das alle wissen: Frau Jansen hat heute Nacht ihr Baby zur Welt gebracht, und ich hatte das Vergnügen, dabei sein zu dürfen“, informierte sie die Anwesenden bereitwillig.

„Das ist ja klasse!“ freute sich Tina Geiger. „Und du warst echt dabei? Boah, ich wollte schon immer bei einer Entbindung zusehen!“

Paula tätschelte ihren Unterarm. „Das willst du nicht wirklich, glaube mir!“ Ihr Traum fiel ihr wieder ein. „Ich fühle mich, als hätte ich selbst ein Kind bekommen.“

„Was isch es denn g’worrn?“ wollte Becker wissen.

„Ein Mädchen – eine entzückende kleine Paula“, gab Paula an.

„Sie nennt die Kleine nach dir?" staunte Keeser.

Becker kicherte. „Wenn die Klää bei uns im Waache uff die Welt kumme wär, däät sie jetzt Hansine hääße!"

„Wieso bei euch im Wagen?" unterbrach die Sekretärin seinen Heiterkeitsausbruch schroff. „Davon hast du mir ja gar nichts erzählt!"

Becker zuckte nur hilflos die Schultern.

Neben Becker saß Polizeimeisteranwärter Berger. Eine dicke, blaurote Beule leuchtete auf seiner Stirn. Ein Andenken an seinen Zusammenstoß mit dem Türrahmen in Rebmanns Haus – Paula musste sich ein Grinsen verkneifen.

„Können wir uns jetzt wieder um unsere Arbeit kümmern?" mischte sich Sonne merklich genervt ein.

Schlagartig trat Stille ein, alle sahen ihn an.

„Frau Jansen hat mir einen Hinweis gegeben, dem wir umgehend nachgehen sollten", brach Paula das betretene Schweigen. „Als sie am letzten Sonntag ihren Mann auf dessen Handy anrief, hat sie während dieses Gesprächs mitgekriegt, dass er nebenher über den Zimmeranschluss seines Hotels einen Anruf angenommen hat." Sie sah Tina Geiger an. „Du solltest gleich nach der Besprechung die Anschlussdaten des Schlosshotels anfordern. Vielleicht können wir ja aus diesen Verbindungsnachweisen irgendwelche Rückschlüsse ziehen."

Die legte salutierend die Hand an die Stirn. „Zu Befehl, wird sofort erledigt!"

„Hätte das nicht schon viel eher gemacht werden können?" nörgelte Sonne und wischte sich zum wiederholten Male den Schweiß von der Stirn.

„Nun, wir sind davon ausgegangen, dass Jansen ausschließlich über sein Smartphone kommunizierte ...", versuchte sich Paula herauszureden. Sie wusste selbst, wie schrecklich schwach diese Ausrede war.

„Ermittlungsarbeit ist Ermittlungsarbeit – Sie haben dabei geschlampt, wie sich jetzt herausstellt!"

Keeser und Paula wechselten vielsagende Blicke. Wo er recht hatte, hatte er recht.

In diese mehr als unangenehme Situation hinein wurde die Tür aufgerissen, und Marianne Renner stürmte herein. Sogar Oberrat Sonne zog unwillkürlich den Kopf ein.

Die Staatsanwältin baute sich mit verschränkten Armen vor ihnen auf und bedachte die Anwesenden der Reihe nach mit einem grantigen Blick. Sie trug zur Abwechslung einen Dutt, was sie noch einen Tick strenger aussehen ließ.

„Das haben Sie verbockt!“ Ihr Blick blieb an Paula hängen, und der wurde ganz heiß in ihrem T-Shirt. „Sie haben Rebmann auf dem Gewissen“, polterte die Renner los und stemmte angriffslustig die Hände in ihre wohlgeformte Taille. Sie hatte den Kopf in den Nacken geworfen, ihre Augen blitzten zornig – sie sah aus wie eine wunderschöne Rachegöttin.

„Sie, Frau Stern, hatten Kontakt mit der Presse – mit der BILD-Zeitung noch dazu. Was haben Sie sich bloß dabei gedacht, diese Aasgeier auf einen kleinen Winzer zu hetzen, bevor überhaupt geklärt war, ob der überhaupt etwas mit dem Toten zu tun hatte?“

„Ich habe niemanden auf irgendjemanden gehetzt!“ blaffte Paula ungehalten zurück. Sie hatte keine Angst vor ihr. „Ich habe lediglich mit Jansens Redaktion gesprochen, um zu erfahren, an was er gerade arbeitete. Ich habe dabei keinerlei Namen preisgegeben – und überhaupt: Von Peter Rebmann wussten wir zu diesem Zeitpunkt noch gar nichts!“

Ohne zu zögern ging die Staatsanwältin auf ihr nächstes Opfer los. „Dann waren Sie das!“ griff sie Paulas Tischnachbarin an.

„Ich?“ Die Sekretärin wurde blass und schnappte auf der Suche nach Worten wie ein Karpfen nach Luft. „Ich habe niemandem was gesagt“, verteidigte sie sich schwach. „Für wie doof halten Sie mich denn?“

Die Staatsanwältin holte tief Luft, um ihre Tirade fortzuführen, da wurde sie von Paula unterbrochen.

„Halt, Frau Renner! Sie waren es, Sie haben Rebmanns Namen erwähnt, als Sie gestern in Frau Geigers Büro gestürmt sind.“

„Was soll denn jetzt der Quatsch? Sie waren doch gar nicht dort“, empörte sich die Renner.

„Doch, ich war am Telefon, und ich habe jedes Wort mitgehört. Sie haben lautstark verkündet, dass sich Kollege Keeser umgehend bei Ihnen melden soll, wenn wir in Schweigen bei diesem Rebmann fertig sind.“ Ein leises Triumphgefühl erfüllte Paula. Sie konnte ja mit vielem umgehen, aber nicht mit Ungerechtigkeit und falschen Beschuldigungen.

„Na, und wenn schon?“ Die Renner wurde etwas unsicher.

„Dummerweise saß zu diesem Zeitpunkt der Reporter von der BILD bei Frau Geiger im Büro ...“ Paula lehnte sich zufrieden in ihren Stuhl zurück. Tina Geiger drückte ihr dankbar die Hand.

Die Rachegöttin fiel in sich zusammen. „Das ist doch nicht möglich ...“, stammelte sie, während sie krampfhaft versuchte, sich die Szene im Büro der Sekretärin ins Gedächtnis zurückzurufen.

„Doch, Paula ... ähm, Frau Stern hat recht, genau so war es“, sagte Tina Geiger jetzt mutig und grinste dabei erleichtert. „Und wenn Sie mich jetzt alle entschuldigen würden, ich habe etwas Wichtiges zu erledigen.“ Sie stand auf und ging hocherhobenen Hauptes aus dem Raum.

Zurück blieb unangenehmes Schweigen. Marianne Renner zupfte nervös an einer Haarlocke, die sich aus dem Dutt gestohlen hatte – alle Augen waren auf sie gerichtet. Und irgendwie schien jeder Einzelne der Anwesenden ihre Niederlage zu genießen.

„Wir sollten damit aufhören, einen Schuldigen für Rebmanns Selbstmord zu suchen.“ Es war Keeser, der die allgemeine Funkstille mit seiner tiefen Stimme durchbrach. Er sah die Renner sanft an, aber das fiel wohl nur Paula auf. „Er und kein anderer hat sich in diese Situation gebracht – und es war seine Entscheidung, seinem Leben ein Ende zu setzen. Die Presse wäre früher oder später sowieso über ihn hergefallen, da sind wir uns doch wohl alle einig, oder?“

Er bekam verhaltenes Murmeln und Kopfnicken zur Antwort. Und einen dankbaren Blick von Renner – aber auch das sah wohl nur Paula.

„Gut.“ Oberrat Sonne löste sich mit einem Ruck aus seiner Erstarrung. „Dann zurück zur Tagesordnung!“

Die Staatsanwältin nutzte diese Gelegenheit, sich wortlos vom Acker zu machen.

„Du hast ihr aber mächtig eins reingewürgt“, brummte Keeser vorwurfsvoll in Paulas Richtung.

„Na, logisch, schließlich wollte sie mir als Erste eins reinwürgen!“ verteidigte sich Paula.

„Ja, aber ...“

„Nichts aber!“ unterbrach sie ihn. „Ich lass mich von niemandem wegen etwas beschuldigen, das gar nicht zutrifft. Und schon gar nicht vor versammelter Mannschaft! ... Nicht mal von deiner Bettmaus!“ Zorn wallte in ihr auf, und so waren die letzten Worte etwas zu laut geraten.

„Haben Sie uns noch mehr zu berichten, Kollegin Stern?“ fragte Sonne daraufhin und sah sie aus seinen kleinen Schweinsäuglein leicht verstimmt an.

„Nein, Chef, entschuldigen Sie – ein privater Disput mit meinem Kollegen“, gab Paula kleinlaut zu.

„Gut, dann schauen Sie mal, was die Telefonliste ergibt! Wir müssen endlich in diesem Fall weiterkommen“, gab Sonne ihnen mit auf den Weg und stampfte schwitzend aus dem Besprechungszimmer.

In Keesers und Paulas Büro saß die Staatsanwältin.

„Ich geh dann mal zu Geigerlein ...“ Paula wollte auf dem Fuß kehrtmachen, denn sie hatte keinen Appetit auf eine weitere Auseinandersetzung mit Keesers aufbrausendem Liebchen.

„Bitte bleiben Sie hier, Frau Stern“, rief ihr Frau Renner unerwartet zahm nach. „Ich möchte mich bei Ihnen entschuldigen.“ Sie war aufgestanden und sah sie zerknirscht an.

„Dann hole ich gleich mal Frau Geiger dazu, so können Sie das in einem Aufwasch erledigen“, sagte Paula kühl und ging in das Sekretariat nebenan.

Sorgsam schloss sie dort die Tür hinter sich, was ihr einen verwunderten Blick von Tina einbrachte.

„Was ist denn jetzt los?“

„Die Renner sitzt drüben und will sich bei uns beiden entschuldigen“, klärte Paula sie auf.

„Die blöde Kuh, was bildet die sich überhaupt ein!“ blaffte die Sekrtärin gekränkt und nahm einen Packen Papier aus dem Drucker. „Ich lass mich doch nicht wie ein dummes Schulmädchen vor der ganzen Klasse beschimpfen! Noch dazu zu Unrecht!“

„Du hast recht“, grinste Paula und ließ sich auf dem einzigen Stuhl nieder, „lassen wir sie ruhig noch ein bisschen schmoren.“

„Ich will ihr aber gar nicht verzeihen“, schmollte Tina Geiger. Sie klopfte die frisch ausgedruckten Blätter heftiger als nötig mit der langen Kante auf ihren Schreibtisch, bis sie endlich ordentlich aufeinanderlagen.

„Sie wird bestimmt noch unerträglicher, wenn wir ihr nicht verzeihen“, prophezeite Paula.

„Hmm, ist mir doch egal.“ Sie wedelte mit dem Stapel Papier. „Das ist die Anrufliste vom Schlosshotel – lass mich raten: Ich soll jetzt bestimmt alle Nummern der Gespräche anrufen, die letzten Sonntag dort von außerhalb eingegangen sind?“

„Gut geraten“, bestätigte Paula. „Aber vorsorglich auch die, die von Jansens Zimmeranschluss nach draußen gingen – ich will nicht noch mal so einen Anpfiff von Sonne kassieren. Aber erst nach dem feierlichen Entschuldigungszeremoniell!“

Tina atmete tief durch. „Also gut, lassen wir die Furie zu Kreuze kriechen.“ Sie wuchtete ihren gut genährten Körper aus dem Schreibtischsessel, zupfte ihre wallende Bluse zurecht und schritt energisch zur Tür.

Amüsiert folgte ihr Paula nach draußen.

Im Büro nebenan herrschte eisernes Schweigen. Sowohl Keeser als auch Frau Renner saßen mit vor der Brust verschränkten Armen da und vermieden es, sich anzusehen.

Die Staatsanwältin erhob sich, als sie eintraten, und zog die perfekt sitzende dunkelblaue Kostümjacke zurecht. Sie räusperte sich, bevor sie zu sprechen begann. „Meine Damen, es tut mir leid, was da vorhin während der Besprechung vorgefallen ist. Ich war nur so geschockt über den Tod dieses armen Mannes ..."

„Wir auch – wir waren sogar dabei, als dieser arme Mann vom Balken abgenommen wurde. Kein schöner Anblick, wie Sie sich sicher vorstellen können!" fuhr ihr Paula dazwischen.

„Das glaube ich Ihnen ...", druckste die Renner herum. Was sie als Nächstes sagen wollte, schien ihr sichtlich schwerzufallen. „Ich möchte mich entschuldigen, dass ich Sie beide für seinen Tod verantwortlich machen wollte." Sie warf einen Seitenblick auf den böse vor sich hinschauenden Keeser. „Noch dazu, vor den anderen – das hätte ich nicht tun dürfen!"

„Kann ja mal vorkommen", sagte Paula versöhnlich. Sie durfte so etwas am wenigsten verurteilen, schließlich konnte sie ihre Klappe ja meist auch nicht halten und preschte nicht selten genauso ungestüm und ohne Rücksicht auf Verluste nach vorne.

„Dafür sind Sie uns aber was schuldig", bemerkte Tina Geiger nicht so versöhnlich und sah ihre klein beigebende Kontrahentin scharf an.

„Wie können Sie es wagen ...", platzte es aus der Staatsanwältin heraus, dann besann sie sich anscheinend anders. „Und wie soll das Ihrer Meinung nach aussehen?"

„Nun, wenn Sie ein gutes Wort für Elena und Frau Jansen beim Jugendamt einlegen, könnte ich ..." – sie warf einen kurzen Blick auf Paula – „... könnten wir Ihnen eventuell verzeihen."

„Also, das ist ..." Auch die Staatsanwältin tätigte einen Seitenblick, allerdings auf Keeser, der sie abwartend ansah und dabei verschmitzt grinste. „Klar, dass du zu den beiden und nicht zu mir hältst!" maulte sie ihn an.

„Ich halte zu gar keinem. Ich halte mich raus", verteidigte er sich ruhig.

„Na gut, ich werde sehen, was ich tun kann", kapitulierte sie schließlich.

„Wollen Sie einen Kaffee?" fragte Geigerlein daraufhin zuckersüß, als ob nie etwas gewesen wäre.

„Danke, nein, der würde mich nur noch mehr aufregen!" lehnte die Renner ab, nickte kurz in die Runde und verließ das Büro.

Paula und Tina ließen ihre rechten Handflächen in der Luft zusammenklatschen, gefolgt von einem triumphalen „Ja!“ Die Staatsanwältin musste das vor dem Verlassen des Gebäudes ganz sicher noch gehört haben.

„Pff, was für ein Zickenkrieg! Wir Kerle hauen uns kurz mal auf die Fresse, dann ist alles wieder gut“, brummte Keeser. „Gilt das Angebot mit dem Kaffee auch für weitläufige Angehörige der Frau Staatsanwältin?“

Die Sekretärin musterte ihn lächelnd. „Ach, Commissario, nach diesem Sieg würde ich sogar Kaffee nach Athen tragen.“

„Waren das nicht Eulen?“ wunderte er sich.

„Commissario, wer wird denn so schrecklich pingelig sein!“ Lachend ging sie hinaus auf den Gang, und gleich darauf ertönte das Mahlen der Kaffeemaschine.

„Euer Sieg ist definitiv erst einmal das Aus für mein Liebesleben“, jammerte er.

„Die wird sich schon wieder beruhigen“, tröstete Paula.

„Hoffentlich!“ Er fixierte verträumt einen Punkt an der Wand. „Die Frau macht mich vollkommen verrückt“, gestand er. „Wenn ich sie sehe, beginnt mein Herz zu flattern. In ihrer Nähe kann ich nur mit Mühe einen klaren Gedanken fassen ...“

„Keeser, ich würde sagen, du bist verliebt“, diagnostizierte Paula.

„Ich fühle mich wie ein dummer Teenager ...“

Seine Kollegin musste kichern. „Na, wohl eher wie eine Teenager-Spätlese!“

„Du solltest einem älteren Kollegen und noch dazu deinem Vorgesetzten wirklich mehr Respekt erweisen.“

Tina Geiger stellte zwei große Tassen mit dampfendem Kaffee zwischen sie. „Leute, ich mache mich dann mal an die Telefonliste.“

„Und was machen wir zwei Hübschen so lange?“ Keeser nippte vorsichtig an dem heißen Gebräu.

Paula sah auf die Uhr. „Lass uns das Baby anschauen“, schlug sie vor.

Für Kinder interessierte sich Keeser ja nicht besonders, und schon gar nicht für ganz kleine, aber da die Ermittlungen derzeit etwas in der Luft hingen, willigte er ein. Vielleicht konnte sich Frau Jansen inzwischen ja an ein paar Kleinigkeiten mehr erinnern, die das Telefonat betrafen, das sie unfreiwillig mitgehört hatte.

An der Pforte erfuhren sie die Zimmernummer und mieden wie immer den Aufzug.

„Könnte es sein, dass du unter Klaustrophobie leidest?“ Paula erklomm neben ihm die Stufen nach oben.

„Das Einzige, worunter ich gelegentlich leide, sind die neugierigen Fragen meiner jungen Kollegin“, gab er knurrig zur Antwort.

Besagte junge Kollegin rammte ihm den Ellenbogen in die Seite.

„He, das tat weh!“ beschwerte er sich. „Ich bin mal als junger Kerl mit drei meiner Kumpels in einem Fahrstuhl steckengeblieben – fast sieben Stunden mussten wir auf unsere Befreiung warten. Kennst du den Film ‚Abwärts‘ mit Götz George? Den hatte ich kurz zuvor gesehen. Und mir war gar nicht wohl in dieser kleinen Blechkiste. Ich weiß zwar ganz genau, dass mehr Leute durch Autounfälle zu Schaden kommen als durch Aufzugabstürze, aber ich will mein Schicksal nicht herausfordern. Außerdem ist Treppen steigen ...“

„... sehr gesund für das Herz. Ich weiß, das sagst du mir schließlich bei jeder Treppe, die wir zusammen hochkraxeln.“

Sie waren in der Etage angekommen, auf der sich die Wochenbettstation befand.

„Wolltest du eigentlich mal Kinder?“ wollte Paula von ihm wissen, als sie nach der richtigen Zimmernummer Ausschau hielten.

„Früher schon. Jetzt bin ich fünfundfünfzig – der Zug ist wohl abgefahren.“

„Du wärst bestimmt ein toller Papa!“

Paula klopfte kurz an und öffnete die Tür, ohne lange auf ein *Herein* zu warten. Drei Betten standen in dem freundlich gestrichenen Raum, im mittleren saß Frau Jansen. Ihre Tochter lag in ihrem Arm und schlief selig.

Keeser beglückwünschte die Mama und betrachtete die Kleine, die mit ihren winzigen Fingerchen den Zeigefinger ihrer Mutter umklammerte. Er musterte daraufhin seine eigenen Pranken. „Nicht zu glauben, dass ich auch mal so klein war.“

„... und so niedlich“, ergänzte Paula. „Wie geht es Ihnen, Frau Jansen?“

„Gut, alles gut. Paula ist kerngesund, und bei mir war die Nachuntersuchung auch ohne Befund. In drei oder vier Tagen dürfen wir nach Hause.“ Ein Schatten legte sich auf ihr Gesicht, Tränen sammelten sich in ihren Augen. „Was für ein trauriges Zuhause ohne meinen Mann.“

„Haben Sie jemanden, der Ihnen in der ersten Zeit hilft?“ erkundigte sich Keeser und konnte den Blick nicht von dem winzigen Gesicht des Babys abwenden.

„Meine Mutter will kommen, die ersten Wochen zumindest. Und mir steht von der Krankenkasse aus der Hausbesuch einer Hebamme zu. Dieses

Angebot werde ich wohl annehmen.“ Sie lächelte schwach. „Sie sehen, das werde ich schon irgendwie hinbekommen. Allerdings muss ich auch alles Nötige für die Beerdigung in die Wege leiten ...“ Ihre Stimme brach, und sie rang um Fassung. „Aber meine Mutter wird mir da auch beistehen. Ich hab ja jetzt meinen kleinen Sonnenschein. Die kleine Paula wird mir hoffentlich die nötige Kraft geben, um das alles durchzustehen.“

Sie schwang die Beine über den Bettrand und streckte Keeser das Kind entgegen. „Könnten Sie sie kurz halten? Ich würde gerne zur Toilette gehen.“

Zögernd nahm Keeser das Bündel in seine großen Hände. „Ich weiß nicht, ob ich das richtig mache“, stammelte er unsicher, während Frau Jansen im angrenzenden Bad verschwand. Er wollte das Kind an Paula weiterreichen, doch die winkte dankend ab.

„Mach du nur, da kannst du gleich ein bisschen üben.“

„Ich muss nicht üben – die Keesers werden mit mir aussterben.“

Vorsichtig setzte er sich auf einen Stuhl und starrte in das Kindergesicht.

Da schlug Klein-Paula die Augen auf.

„Oh Gott, sie ist wach!“ entfuhr es Keeser entsetzt. „Bestimmt schreit sie gleich!“

Tatsächlich verzog die Kleine das Gesicht zu einer unzufriedenen Grimasse, entschied sich dann aber, ihm ein strahlendes Lächeln zu schenken.

Automatisch lächelte Keeser zurück. „Ich glaube, sie mag mich“, sagte er verzückt.

„Klar, sie kennt dich ja auch noch nicht näher“, frotzelte Paula.

Keesers Handy klingelte. Er hob ungeschickt das Kind hoch und gab Paula zu verstehen, dass sie sein Handy aus seiner Jackentasche holen sollte.

„Geigerlein, was gibt's?“ Paula meldete sich nach dem fünften Klingeln.

„Wo seid ihr gerade?“ kam die Gegenfrage.

„Im Krankenhaus bei Frau Jansen – Keeser spielt gerade mit der Kleinen.“

Der Genannte schüttelte kräftig den Kopf. Wenn Geigerlein das wusste, wussten das bald auch alle Kollegen – und dann wäre sein Ruf als harter Kerl im Eimer!

„Ach, wie süüüüß“, begeisterte sich die Sekretärin. „Mach ein Foto!“

„Gute Idee!“ Paula grinste hinterhältig in die Richtung ihres Kollegen.

„Was ist eine gute Idee?“ Keeser fühlte, dass die beiden Frauen etwas gegen ihn ausheckten.

„Pscht, man redet nicht, wenn sich Erwachsene unterhalten!“ Paula drehte sich lachend weg. „Warum rufst du an?“

„Ich hab die Nummern durchgearbeitet. Ich wusste ja gar nicht, wie viele Menschen an einem einzigen Tag in einem Hotel anrufen. Lange Rede, kurzer Sinn: Eine Nummer ist mir dabei besonders aufgefallen, da sie mehrfach auf der Liste erscheint – und zwar hat der Anrufer das Schlosshotel schon vor dem besagten Sonntag mehrmals angerufen."

Paula nutzte Geigerleins Atempause für eine Frage: „Und warum sollte uns ausgerechnet diese Nummer interessieren?"

„Aus der Anrufliste geht hervor, dass diese Nummer die ersten paarmal bei der Rezeption angerufen hat."

„Ja und?" Paula spürte leichte Ungeduld in sich aufkeimen.

„Und jetzt kommt der Hammer! Die letzten paarmal hat der Besitzer dieser Nummer die Durchwahl zu Jansens Zimmer gewählt – so geschehen auch am Sonntag. Was sagst du jetzt?"

Wie elektrisiert drehte sich Paula zu Keeser um und streckte den Daumen in die Höhe. „Du bist die Beste! Und wer ist der geheimnisvolle Anrufer?"

„Du wirst es nicht glauben!"

„Vielleicht doch – versuch es doch einfach mal!"

„Als ich die Nummer anrief, meldete sich ein gewisser Heller."

„Und? Sollte mir dieser Name was sagen?"

„Na, Thomas Heller", wurde die Sekretärin ausführlicher. „Klingelt es da endlich bei dir?"

„Sagt mir nichts, tut mir leid", raunzte Paula – sie hasste es, wenn sie so auf die Folter gespannt wurde.

„Thomas Heller ist unser aller Landrat, du Dummchen!" Sie hörte Tina am anderen Ende glockenhell lachen.

„Sorry, woher soll ich das denn wissen? Ich bin doch erst ein paar Wochen hier", versuchte Paula sich zu rechtfertigen, während ihre grauen Gehirnzellen schon fleißig arbeiteten. Ein Landrat hatte Jansen mehrmals angerufen. Landräte fuhren doch sicher nicht mit ihren Privatautos durch die Gegend, bestimmt standen ihnen Dienstwagen zur Verfügung – dunkle Limousinen mit Chauffeur ... „Geigerlein, ich liebe dich!" rief sie in den Apparat.

„Na, das hoffe ich doch", kicherte die. „Das war übrigens die Nummer seines Privathandys – und der Kerl war nicht besonders nett am Telefon. Er hat mich angeblafft, ich solle gefälligst einen Termin mit seiner Sekretärin festlegen. Was ich dann auch postwendend gemacht habe: Heute um vierzehn Uhr habt ihr eine Privataudienz bei seiner Heiligkeit, dem Landrat, in der Kreisverwaltung."

Ein leises Kribbeln in ihrer Magengegend verriet Paula, dass sie endlich eine wichtige Spur hatten. „Und was spricht dagegen, den guten Mann gleich heimzusuchen?“

„Der Herr Landrat hat gerade das Haus verlassen und kommt erst um vierzehn Uhr zurück.“

Ihr derzeitiger Hauptverdächtiger hatte gerade das Haus verlassen? Na, hoffentlich kam er wieder und war nicht gerade im Begriff, sich schnellstens abzusetzen! „Hast du ihm eigentlich verraten, worum es geht?“ fragte sie besorgt.

„Wo denkst du hin! Er hat mich ja gar nicht richtig zu Wort kommen lassen, der unhöfliche Kerl. Also, ich werde ihm bei der nächsten Landratswahl ganz bestimmt nicht mein Kreuzchen schenken.“

Wenn es denn überhaupt eine nächste Wahl für den Herrn Landrat geben wird, dachte Paula insgeheim.

„Wie geht es Klein-Paula?“ wollte Geigerlein noch wissen.

„Die schäkert mit dem alten brummigen Keeser, was das Zeug hält!“ Gerade grapschte die Kleine an seine Nase und er verzog dabei lustig das Gesicht. Schnell zückte Paula ihr eigenes Handy und machte ein Foto.

„He, lass das!“ Abwehrend hielt Keeser eine Hand vor sein Gesicht.

„Zu spät, ich habe jetzt ein wunderschönes Beweisfoto: Der hotzenplotzige Keeser liebt Kinder, auch wenn er immer das Gegenteil behauptet. Mal sehen, vielleicht gebe ich es für viel Geld an die BILD weiter?“

Keeser saß hilflos mit dem Baby im Arm da, das jetzt zu schreien anfing

„Geigerlein, es könnte jetzt etwas lauter werden, ich mache also vorsichtshalber Schluss ... und vielen Dank für die Audienz, das hast du gut gemacht!“

„Audienz?“ fragte Keeser verwirrt über das anschwellende Geschrei hinweg. „Und wo, verdammt noch mal, bleibt ihre Mutter denn so lange?“ Mit zwei Händen schaukelte er das kleine plärrende Wesen. Aber ohne jeglichen Erfolg – Klein-Paula schrie weiter, was das Zeug hielt. Das Gesichtchen war vor Anstrengung krebsrot, genau wie nach der Geburt. Und der gerade noch so niedliche kleine Mund war weit aufgerissen und ließ freien Blick auf das heftig vibrierende Gaumensegel. Mit ihren Zwergenfäustchen boxte sie wild in die Luft.

In Keesers Gesicht war Panik geschrieben. „Hier, nimm du sie!“

„Vergiss es“, wehrte Paula jedoch ab.

Da öffnete sich endlich die Badezimmertür. Frau Jansen hatte sich in der kurzen Verschnaufpause offenbar die Haare frisiert und etwas Make-up aufgelegt. Jetzt eilte sie zu dem verzweifelt dreinschauenden Keeser, um ihn aus seiner Not zu retten. Das wütende Geschrei endete abrupt, sobald sie auf dem Bett saß und das Kind an ihre Brust gelegt hatte.

Der Anblick der stillenden Frau machte Keeser so verlegen, dass er nicht wusste, wo er hinsehen sollte. „Wir sollten dann mal ..." Er deutete zur Tür.

„Ja, du hast recht. Wir gehen jetzt, Frau Jansen. Wir haben soeben einen neuen Hinweis bekommen, dem wir nachgehen müssen – wir melden uns wieder bei Ihnen!"

Keeser huschte erleichtert zur Tür hinaus.

„Puh", stöhnte er draußen auf dem Gang und wischte sich den Schweiß von der Stirn. „Das war ja die reinste Hölle!"

„Ach, was." Paula steuerte das Treppenhaus an. „Erst bei Zwillingen kann man von Hölle reden – das war nur ein bisschen Vorhölle."

„Mir hat's gelangt. Ich werde nie wieder ein Baby anfassen!" schwor er. „Sagst du mir jetzt endlich, was es mit dieser *Audienz* auf sich hat?" wechselte er dann das Thema.

„Geigerlein hat herausgefunden, wer Jansen angerufen hat, als der seine Frau am Handy hatte – und bei dem haben wir in knapp drei Stunden einen Termin", klärte Paula ihn auf. „Und zwar bei keinem Geringeren als beim hochangesehenen Thomas Heller", verriet sie ihm, als er sie im Eingangsbereich eingeholt hatte.

„Heller ... sagt mir nichts ..." Doch dann weiteten sich seine Augen erstaunt. „Doch nicht Landrat Heller?"

„Genau der – er hat mehrmals bei Jansen angerufen. Und uns interessiert jetzt natürlich brennend, warum er das getan hat."

Sie erreichten das Auto. „Ich habe Hunger!" informierte sie ihn beiläufig.

„Wann hast du eigentlich mal keinen Hunger?"

„He, ich hatte heute keine Zeit zum Frühstücken. Wenn du nichts essen willst, kannst du ja gerne im Auto warten, während ich irgendwo meinen Hunger stille." Sie grinste ihn an.

Er öffnete ihr galant die Beifahrertür und sagte spöttisch: „Als ob ich schon jemals in meinem Auto gewartet hätte, während mein Partner zum Essen geht. Wie kommst du denn auf so eine verrückte Idee?" Er stieg ebenfalls ein und schnallte sich an. „Nichts ohne meinen Partner – so lautet meine Devise. Und wo würdest du gerne deinen Hunger stillen?"

„Irgendwo, wo es Fleisch gibt und Knoblauch und ..." Ihre Augen begannen zu leuchten. „... Gyros!"

„Dann also zum Griechen, jawohl, Mylady, immer zu Diensten!"

Er fuhr Richtung Innenstadt und parkte wenig später auf dem Weißquartierplatz. Nach einem kurzen Fußmarsch erreichten sie das griechische Restaurant Olympia.

„Willkommen bei meinem Lieblingsgriechen." Keeser machte eine einladende Bewegung zum Eingang hin.

Paula las sich genussvoll durch die umfangreiche Speisekarte und hätte am liebsten alles auf einmal bestellt. Zuletzt schwankte sie zwischen gegrillter Leber und einer gemischten Fleischplatte, bestellte dann aber Gyros Spezial.

„Sonne wird nicht begeistert davon sein, wenn er von unserer *Audienz* erfährt!" orakelte Keeser, während sie ihre Salate gabelten.

Paula grinste ihn mit vollem Mund an. „Er wird auch nicht begeistert sein, wenn wir schon wieder nach Knoblauch duften", sagte sie etwas undeutlich, bevor sie endlich schluckte. „Aber er will, dass wir ganz schnell diesen Mord aufklären – auf persönliche Befindlichkeiten können wir da keine Rücksicht nehmen. Er will schließlich Erfolge, und wir tun nur unsere Arbeit."

„Na, hoffentlich wird das auch ein Erfolg ..."

„Feigling", mümmelte sie mit vollem Mund.

Er ging nicht darauf ein. „Meinst du, Heller könnte unser Mann sein?"

„Wenn er sich von einem Chauffeur in einer Limousine durch die Gegend kutschieren lässt, rückt er auf der Liste der Verdächtigen ganz weit nach oben."

„Welche Liste denn? Meines Wissens ist diese Liste wieder ein völlig leeres Blatt, seit Rebmann als Täter ausgeschlossen werden konnte."

„Umso schöner ist es doch jetzt, endlich wieder einen potentiellen Verdächtigen zu haben, oder?"

Das Essen kam, und sie sog voller Vorfreude den köstlichen Duft ein, den das mit Käse überbackenen Gyros in der Auflaufform verströmte. Gleich mit dem ersten Bissen verbrannte sie sich Zunge und Gaumen. Verzweifelt versuchte sie mit offenem Mund kühle Luft einzuhecheln. Als sie endlich schlucken konnte, ohne sich die Speiseröhre zu versengen, spülte sie ordentlich mit kaltem Mineralwasser nach. „Verdammt!" fluchte sie und sah ihr gefährlich dampfendes Gericht böse an.

„Heiß?" fragte er spöttisch.

„Nein, schwer, was sonst? Lass einfach deine blöden Kommentare!"

Keeser hatte Mühe, sich das Grinsen zu verkneifen. Er beugte sich deshalb tief über seinen Teller und schob übertrieben konzentriert die Fleischstücke von einem Metallspieß.

Paula schnappte sich den leeren Spieß und fuchtelte damit vor seinen Augen herum. „Wenn du auch nur einmal grinst, ersteche ich dich mit diesem Teil!“

Da konnte er sich nicht mehr beherrschen und lachte ihr geradewegs ins Gesicht.

Beleidigt piekste sie ihn in die Hand.

„He, das ist unfair!“ Er rieb sich die Hand und sah sie vorwurfsvoll an. „Du hast nur gesagt, ich darf nicht grinsen!“

„Das ist doch das Gleiche.“

„Grinsen und Lachen ist doch nicht das Gleiche – jedenfalls hier bei uns in der Pfalz. Bei euch in Bayern mag das ja vielleicht anders sein ...“

„Franken – ich komme aus Franken!“

„Jetzt geht das schon wieder los ...“

Paula verzog das Gesicht. „Mann, das hat richtig wehgetan!“ beschwerte sie sich.

„Das glaube ich gerne.“ Er deutete mit seinem Messer auf ihr Essen. „Das brodelt ja immer noch. Ich wollte dich noch warnen, aber so schnell wie du das Zeugs in dich reingeschaufelt hast ...“

Paula riss mit Messer und Gabel die Käsekruste an mehreren Stellen auf, damit die Hitze entweichen konnte. Vorsichtig aß sie weiter und pustete ausgiebig bei jedem Bissen.

„Jansen war hier, um sich mit Elena vor der russischen Schlepperbande zu verstecken. Dabei stieß er zufällig auf eine Bio-Wein-Schummelei. Wie passt da deiner Meinung nach ein Landrat ins Bild?“ kam er zurück zum eigentlichen Thema.

„Keine Ahnung. Politiker und Verbrechen passen aber doch immer ganz wunderbar zusammen – Bestechung, Verschleierung, Hinterziehung – alles schon vorgekommen. Warum also nicht auch ein Mord?“ stellte sie die Gegenfrage. „Politik und Presse stehen doch immer auf Kriegsfuß – die einen machen sich die weiße Weste schmutzig, und die anderen zerren die schmutzige Wäsche ans Tageslicht. Wer weiß, vielleicht hat unser aller Landrat ja irgendwelche Leichen im Keller, über die Jansen gestolpert ist?“

Keeser sah auf seine Armbanduhr. „In einer Stunde wissen wir mehr.“

Genau eine Stunde später betraten sie das Vorzimmer von Landrat Hellers Büro in der Kreisverwaltung. Vor fünf Tagen war Paula schon mal hier gewesen, allerdings in einem anderen Flügel des modernen roten Backsteingebäudes, nämlich in der Zulassungsstelle.

„Der Herr Landrat hat gleich für Sie Zeit“, begrüßte sie eine sehr gut gekleidete Sekretärin mit jugendlich flotter Fönfrisur.

„Frau Schmitter, lassen Sie die Herrschaften doch bitte herein“, krächzte auch schon eine Stimme durch die Sprechanlage.

Die Sekretärin stand auf und ging hüftschwingend an Keeser und Paula vorbei. Sie schien ihre Kostüme im gleichen Laden zu kaufen wie Staatsanwältin Renner.

„Bitteschön.“ Sie öffnete die Tür für sie und schloss sie auch wieder, als sie eingetreten waren.

Hinter einem Riesenschreibtisch aus Chrom und Glas saß ein etwa fünfundvierzigjähriger Mann, der Paula auf den ersten Blick unsympathisch war. Sein halblanges Haar hatte er mit Hilfe einer großzügigen Portion Haargel stromlinienförmig nach hinten geklebt. An seinen kurzen, nicht gerade männlichen Wurstfingern protzte ein überdimensionaler Siegelring.

Zur Krönung schmückte ein nach oben gezwirbelter Schnauzbart seine Oberlippe. Irgendwo hatte sie mal gelesen, dass Männer mit derartigem Gesichtsschmuck eitel und selbstverliebt wären.

Er gab vor, in einen Text vertieft zu sein. Paula durchschaute diese Taktik – es sollte zeigen, wie schwer beschäftigt der Herr Landrat war, und welche Gnade dem Besucher zuteilwurde, dass er ein paar der wertvollen Arbeitsminuten dieses eifrig arbeitenden Politikers geschenkt bekam. Aber so hatte sie Zeit, die sehr ansprechenden modernen Bilder an den rot gemauerten Wänden zu bewundern. Das waren genau die Farben, die sie liebte, und die ungleichmäßigen, teilweise gespachtelten Oberflächen, waren ein eindeutiges Zeichen, dass es sich um Originale handelte. Mit zusammengekniffenen Augen konnte sie in einer Ecke *K.Theobald ‘09* entziffern. Diese Bilder würden sich auch an ihren noch leeren Wänden gut machen, fand sie.

„Sie haben Glück, dass Sie mich überhaupt noch hier antreffen, normalerweise wäre ich schon im Wochenende. Aber die Woche über ist so viel Arbeit liegen geblieben, dass ich dringend ein paar Überstunden dranhängen muss. Ich hoffe also, Sie fassen sich kurz! Sie kommen also vom Weinbauamt?“ fragte Heller, ohne aufzusehen.

Paula und Keeser wechselten erstaunte Blicke – anscheinend hatte Tina Geiger sie so angemeldet, um niemanden in diesem Büro vorzuwarnen.

„Nicht direkt“, gestand Keeser und zog seinen Dienstausweis hervor. Doch der Landrat würdigte ihn keines Blickes.

„Was soll das heißen?“ Heller schien sich toll zu fühlen, indem er sie weiterhin ignorierte.

„Wir sind von der Kriminalpolizei“, sagte Paula scharf und legte ihm ihren Ausweis direkt vor seine Augen auf die Unterlagen.

Jetzt schoss sein Kopf in die Höhe, und seine ganze Aufmerksamkeit gehörte endlich den beiden Beamten.

„Kriminalpolizei?“ wiederholte er und strich sich das klebrige Haar noch fester an den Kopf. Seine Blicke musterten Paula von oben bis unten.

Er hatte einen Schlafzimmerblick à la Silvester Stallone – noch so etwas, was Paula an Männern nicht mochte.

„Ich weiß zwar nicht, was Sie von mir wollen, aber nehmen Sie doch Platz.“ Gönnerhaft wies er auf die Besucherstühle, die seitlich an der Wand aufgereiht standen, und schob seine Arbeit zur Seite.

Keeser zog zwei der Sitzgelegenheiten direkt vor den Schreibtisch und setzte sich. Paula nahm neben ihm Platz.

Heller lehnte sich lässig in seinen Lederstuhl zurück und spielte mit einem teuer aussehenden Füllfederhalter.

„Nun, was führt Sie zu mir?“

Täuschte sich Paula, oder war sein Blick lauernd?

„Der Tod eines Fotografen in Schweigen-Rechtenbach“, kam Keeser ohne Umschweife zum Grund ihres Hierseins. „Seine Leiche wurde am Montag in den Weinbergen gefunden.“

„Das war also ein Fotograf? Soviel ich weiß, stand in der Zeitung nichts davon.“

Er hatte den unscheinbaren Miniartikel also gelesen – klar, ein Landrat musste sich schließlich darüber informieren, was in seinem Landkreis los war. Trotzdem musterte Paula ihn kritisch.

„Ich verstehe allerdings nicht, was Ihr Besuch bei mir soll? Wie soll ich Ihnen da in irgendeiner Weise weiterhelfen können?“ Er schenkte Paula ein lang geübtes, schmieriges Lächeln.

„Sie könnten uns verraten, warum Sie diesen Fotografen wiederholt angerufen haben“, antwortete sie unterkühlt.

„Wie kommen Sie denn zu der Annahme, dass ich diesen Mann angerufen habe?“ Seine Stimme klang überheblich.

Vielleicht dachte er ja gerade an Jansens zerstörtes Smartphone, dass irreparabel in einer Pfütze versenkt worden war. Wenn er das dachte, dann wäre er tatsächlich der Täter ... Paula ermahnte sich selbst, ihre Gedanken in Zaum halten – sie durfte keinesfalls voreilige Schlüsse ziehen, bloß weil ihr dieser Typ so schrecklich unsympathisch war!

„Wir haben ein paar Anrufe zu Ihnen, beziehungsweise zu Ihrem Handy, zurückverfolgen können – und möchten jetzt gerne von Ihnen erklärt bekommen, in welcher Beziehung Sie zu dem Toten standen“, übernahm Keeser das Wort. Aus dem scharfen Ton, den Paula angeschlagen hatte, schloss er, dass sie ihrem geschniegelten Gegenüber nicht gerade wohlgesonnen war. Er wollte die Unterhaltung vorsorglich etwas entschärfen.

„Ach, tatsächlich?“ Er hielt an seiner überheblichen Fassade fest.

„Über das Festnetz des Schlosshotels“, klärte Paula ihn auf und sah mit Genugtuung, dass diese Fassade jetzt etwas zu bröckeln schien.

„Wie, sagten Sie, war der Name des Mannes noch mal?“ Er drehte jetzt an dem protzigen Ring – das konnte Nervosität bedeuten, aber auch nur eine seiner automatisierten Angewohnheiten sein.

„Wir haben noch gar keinen Namen erwähnt ...“ Paula sah ihn mit unverhohlener Abneigung an.

„Klaus-Peter Jansen“, sagte Keeser ruhig und beobachtete Hellers Reaktion.

„Jansen ...Jansen ... ja, der Name sagt mir was – mit ihm habe ich tatsächlich telefoniert. Und der Mann ist jetzt tot, sagen Sie? Das ist ja schrecklich! Wie ist er denn gestorben? Ein Unfall?“ Er stellte das Ring-Drehen ein, setzte sich auf und beugte sich über den Schreibtisch. „Ich glaube, ich habe ihn am Sonntag angerufen – ja, Sonntag. Wann ist er denn gestorben? Am Montag danach? Ach, der arme Mann!“

„Warum haben Sie ihn denn überhaupt angerufen?“ unterbrach Paula seinen Redeschwall.

Er schien kurz zu überlegen, dann lächelte er sein einstudiertes Politiker-Plakate-Lächeln – eindeutig, er hatte seine Fassung wiedererlangt! „Er hat mich zuerst angerufen.“

„Und, was wollte er von Ihnen?“ erkundigte sich Paula skeptisch.

„Das weiß ich nicht. Ich hab Ihn ja nie erreicht. Am Sonntag habe ich zwar kurz mit ihm gesprochen, aber da hatte er ein Gespräch auf einer anderen Leitung, und da hat er mich kurzerhand abgewürgt.“ Er sah sie bedauernd an. „Und jetzt werde ich wohl nie erfahren, was er von mir wollte.“

Paula musste sich eingestehen, dass er bezüglich dieses Telefonates die Wahrheit sagte. Auf der anderen Leitung war Jansens Frau gewesen, die genau dieses Gespräch bestätigt hatte. Sollten Sie doch wieder in einer Sackgasse gelandet sein?

„Sie haben sich also nie persönlich getroffen?“ fragte sie ein bisschen weniger aggressiv.

„Nein, das Vergnügen hatte ich leider nie."

„Wo waren Sie am Montagmorgen zwischen halb sechs und acht Uhr?" Keeser war auch nicht glücklich über den Verlauf des Gesprächs.

Heller zog einen dicken, ledergebundenen Terminplaner zu sich heran und blätterte darin übertrieben lange herum – so empfand es Paula jedenfalls.

„Dann wollen wir doch mal sehen ... Montagmorgen? Ach ja, hier, ich wusste doch, dass ich da einen Termin hatte." Er drehte den Terminkalender so um, dass die beiden Kommissare hineinsehen konnten. Mit seinem dicken Zeigefinger deutete er auf einen Eintrag. „Hier, sehen Sie: 8 Uhr Dienstbesprechung in Mainz in der Staatskanzlei – das bedeutet, dass ich zu dieser Uhrzeit bereits im Auto saß und auf dem Weg zur Autobahn war." Er wirkte zutiefst zufrieden.

„Kann Ihre Sekretärin diesen Termin bestätigen?" Paula wusste, dass man Terminkalendern jeder Zeit etwas hinzufügen konnte.

Wortlos drückte Keller den Knopf der Sprechanlage und bat Frau Schmitter mit dem großen Terminplaner hereinzukommen.

Sie machte nicht so viel Aufhebens und fand den Eintrag des besagten Termins sofort.

„Ich denke, das war es dann?" erkundigte sich Heller selbstgefällig. „So nett unsere kleine Unterhaltung auch war, verzeihen Sie mir bitte, wenn ich Sie jetzt hinauskomplimentiere – ich habe noch zu arbeiten."

„Eine Frage noch." Paula war schon auf dem Weg nach draußen. „Fahren Sie selbst, oder haben Sie einen Chauffeur?"

„Ich habe einen Chauffeur, warum interessiert Sie das? Das ist ungemein praktisch, so kann ich während der Fahrt wunderbar arbeiten. Sonst noch was?"

„Ihr Dienstwagen, von welcher Marke ist er?"

„Eine S-Klasse, dunkelblau mit Ledersitzen. Wollen Sie auch noch meine Schuhgröße wissen?" Heller holte sich demonstrativ die Papiere heran, in denen er vorhin gelesen hatte.

„Nein, das war's erst mal, danke für Ihre Mithilfe", sagte Keeser schnell und zog Paula zur Tür hinaus.

Ernüchtert verließen sie nach knappem Gruß auch das Vorzimmer.

„Mist, totale Fehlanzeige", resümierte Keeser das gerade beendete Gespräch. „Und wir haben wieder nichts, aber auch gar nichts. Und was jetzt?"

„Ich trau dem Kerl nicht, der ist so aalglatt und hatte auf alles eine passende Antwort."

„Ach, Paula, wenn er die Wahrheit gesagt hat, hatte er natürlich auf alles eine passende Antwort."

„Ich glaube aber nicht, dass er die Wahrheit gesagt hat. Wir sollten unbedingt mit seinem Chauffeur sprechen."

„Aber seine Sekretärin hat den Termin doch schon bestätigt – du musst es einfach glauben."

„Vielleicht hat er ja was mit ihr, und sie hat für ihn gelogen?" führte sie ins Feld.

„Jetzt übertreibst du aber – nicht jeder ist ein Täter, nur weil du es gerne so haben möchtest."

„Wenn wir einen Durchsuchungsbefehl für sein Büro und seine Wohnung hätten ..."

„Und was glaubst du, dort zu finden?"

„Zum Beispiel die Kamera, die muss ja irgendwo sein, oder?"

„So wie wir sie schon bei Rebmann gefunden haben? Mensch, Paula, vergiss es", tat Keeser diesen Gedanken ab. „Nach der letzten peinlichen Durchsuchung wird sich Marianne dafür ganz bestimmt nicht erweichen lassen. Wir haben ja noch nicht mal einen zwingenden Verdacht."

„Aber ich habe ein zwingendes Gefühl", insistierte sie.

Keeser lachte bitter. „Und ich habe das zwingende Gefühl, dass deine Gefühle für die Staatsanwaltschaft ganz bestimmt nicht ausreichen werden. Lass uns in die Dienststelle fahren und noch mal alles in Ruhe und von Anfang an durchgehen."

„Ein Versuch noch." Sie kramte ihr Handy hervor und rief im Büro an. „Herzallerliebstes Geigerlein", flötete sie in den kleinen Apparat, froh, sie noch erwischt zu haben.

„Ach, herrje, wenn du so mit mir sprichst, kann ich mir bestimmt meinen wohlverdienten Feierabend abschminken", vermutete die Sekretärin. „Schieß los, was brauchst du?"

„Keine Sorge, das ist ganz schnell erledigt: Kannst du irgendwie rausfinden, ob der Herr Landrat am Montagmorgen in Mainz bei einer Dienstbesprechung in der Staatskanzlei war?"

„Natürlich kann ich das – gar kein Problem. Vorausgesetzt, ich bekomme dort um die Zeit noch jemanden an die Strippe. Es ist Freitag und noch dazu Nachmittag, wenn du weißt, was ich damit meine?"

„Versuch es einfach. Du bist ein Schatz!"

Sie verließen das Gebäude. Bei dem originellen Brunnen auf dem Vorplatz blieb Paula jedoch stehen. „Früchtebrunnen", las sie auf dem kleinen

Metallschild. Interessiert umrundete sie das Kunstwerk entlang der wellenförmig gemauerten Umrandung. Gekrönt war das Bauwerk von eine riesigen Birne aus Metall, unter der Wasser hervorquoll und laut plätschernd nach unten fiel. Ebenfalls aus Metall hing seitlich eine überdimensionale Traube herab, aus einer der Weinbeeren sprudelte munter Wasser, ebenso aus einer großen, ebenfalls metallenen Walnuss, die etwas abseits lag.

„Was ist denn das stachelige Ding da?“ wunderte sie sich.

„Eine Keschde – eine Esskastanie mit der Schale“, erklärte ihr Kollege und sah auf die Uhr. „Lass uns fahren“, drängelte er.

„Ganz kurz noch, ich will nur Geigerleins Rückruf abwarten!“ Ein weiteres Mal lief sie um den schönen Brunnen.

„Du verrennst dich da in was“, sagte Keeser gerade, als ihr Telefon klingelte.

Mit den Worten „Geigerlein, mach mich glücklich!“ nahm sie das Gespräch an.

„Ich? Kannst du dir nicht jemand anders dafür suchen?“ kam die verdutzte Antwort. „Aber hör zu: Der Herr Landrat war nicht bei dieser Sitzung. Denn die fand gar nicht statt – wurde kurzfristig abgesagt und auf den Nachmittag verschoben. Die Landräte sind aber alle rechtzeitig per Handy informiert worden. Kannst du damit was anfangen?“

„Und ob – jetzt haben wir ihn. Ich bin dir was schuldig!“ Paula klappte ihr Telefon zu und sah Keeser triumphierend an. „Die Sitzung ist ausgefallen. Heller kann überall gewesen sein, aber er war ganz bestimmt nicht auf dem Weg nach Mainz. Mir nach!“ Sie marschierte flotten Schrittes zurück ins Kreishaus.

„Trotzdem muss er doch nicht in den Weinbergen gewesen sein“, gab Keeser zu bedenken und hatte Mühe, mit ihr Schritt zu halten.

„Fest steht jedenfalls, dass der Kerl uns frech belogen hat. Und warum hat er das gemacht, wenn er so unschuldig ist, wie du ihn gerne sehen würdest?“

Darauf wusste Keeser keine plausible Antwort.

Paula nahm zwei Stufen auf einmal. „Wenn er ein glaubhaftes und nachprüfbares Alibi für diesen Morgen hat, lass ich ihn in Ruhe. Versprochen!“ Sie blieb vor der Tür von Hellers Vorzimmer stehen und rang nach Atem.

„Ich vorne und du hinten – oder lieber umgekehrt?“ Ihr war die zweite Tür in Hellers Büro nicht entgangen, und sie wollte einer eventuellen Flucht entgegenwirken. Sie fand das in den Fernsehkrimis immer so doof: Da standen vor der Haustür regelmäßig ein halbes Dutzend Polizisten herum, während der Verdächtige durch ein rückwärtiges Fenster oder durch die Hintertür abhaute. Und in der nächsten Folge das gleiche Prozedere – die TV-Kommissare lernten anscheinend nichts dazu!

„Meinst du wirklich, das ist nötig?“

„Willst du dem Kerl etwa hinterherrennen?“ Sie griff nach der Türklinke.

„Ich gehe ja schon.“ Grummelnd verschwand er um die Ecke.

Paula wartete zwei Minuten, dann riss sie dir Tür auf. Frau Schmitter sprang erschrocken auf. „Was zum Teufel ...“

„Ihr Chef hat uns belogen – ich muss noch einmal mit ihm sprechen.“ Ohne Umschweife ging Paula auf die Bürotür zu, vor der die Sekretärin inzwischen schützend Stellung bezogen hatte.

„Sie können doch nicht einfach da reinstürmen!“

„Wenn Sie wüssten, was ich alles kann.“ Paula wollte die pflichtbewusste Frau Schmitter zur Seite schieben, hielt dann aber inne. An der Garderobe neben der Tür hingen zwei in dünne Schutzfolie verpackte Kleiderpakete, wie man sie üblicherweise aus der Reinigung zurückbekam. An einer der Folien hing ein grellgelber Zettel, auf dem drarauf hingewiesen wurde, dass dem Kleidungsstück ein Knopf fehlte.

Paula zerrte die Folie ein Stück nach oben, um die verbliebenen Knöpfe in Augenschein zu nehmen.

„He, was machen Sie denn da?“ rief Frau Schmitter empört und wollte sie davon abhalten.

„Da fehlt einer!“ Die Knöpfe des frisch gereinigten Jacketts sahen genauso aus wie der schwarze Knopf in der Kriminaltechnik – was hatte Dreißigacker gesagt? Vier-Loch-Knopf aus irgendeinem Horn ... Büffelhorn? Allerdings hatte Paula keine Ahnung, wie viele tausend oder zehntausend Anzüge mit dieser Art von Knöpfen ausgestattet waren. Natürlich konnte es ein Zufall sein, dass ausgerechnet an Hellers Jacke ein Knopf fehlte ...

„Frau Schmitter, bitte gehen Sie aus dem Weg! Oder wollen Sie wegen Beihilfe angeklagt werden?“

Widerwillig trat die Sekretärin zur Seite, und Paula öffnete die Tür. Genau das schien auch Landrat Heller an der gegenüberliegenden Tür vorgehabt zu haben – allerdings versperrte da der nicht gerade kleine Keeser den Weg. Heller war nicht klein, aber Keeser überragte ihn noch um einige Zentimeter.

„Wohin denn so eilig, Herr Landrat? Ich dachte, Sie wollten noch arbeiten?“ Keeser ging einen Schritt auf ihn zu, und Heller wich eiligst ins Büro zurück.

Paula nahm ihm die Plastiktüte ab, die er schnell in einer Schreibtischschublade verschwinden lassen wollte.

„Was haben wir denn da? Eine Kamera?“ Sie nahm das Gerät aus der Tüte und begutachtete es eingehend. „Sieht richtig teuer aus. Aber eine Plastiktüte ist wohl nicht das geeignete Transportmittel für so einen wertvollen Apparat – Sie sollten sich eine Fototasche dafür zulegen. Sind Sie Hobby-Fotograf?“ fragte sie scheinheilig.

„Ja, in meiner wenigen Freizeit fotografiere ich ganz gerne.“ Hellers Stimme hatte deutlich an Überheblichkeit eingebüßt.

Paula drehte den Fotoapparat hin und her. „Ich würde auch gerne mit dem Fotografieren anfangen – vielleicht können Sie mir ja ein paar Tipps geben? Welche Filme verwenden Sie denn?“

„Och, da bin ich nicht festgelegt – meist kaufe ich die, die im Angebot sind.“ Heller lächelte schief und ließ sich langsam auf seinem Ledersessel nieder.

Keeser hatte keine Ahnung, was Paula mit ihren Fragen bezweckte.

„Ach, ja?“ Paula drückte auf *on* und sofort erwachte das Display zum Leben. „Das ist aber komisch, denn das hier ist eine Digitalkamera! Und ich wette, dass das gar nicht Ihre Kamera ist.“ Sie deutete auf eine Lücke im Plastikgehäuse. „Und ich wette außerdem, dass das hier fehlende Stück bei uns in der Kriminaltechnik liegt – genau wie der Knopf, der an einem Ihrer Anzüge fehlt.“ Ihr Blick fiel auf seine für einen großen Mann recht klein ausgefallenen Füße. „Sie sprachen vorhin in unserem ersten Gespräch das Thema Schuhgröße an – welche Größe haben Sie denn? Zweiundvierzig?“ Heller starrte sie ungläubig an, nickte dann aber stumm. „Und ich bin mir so gut wie sicher, dass die Sohle eines Ihrer teuren Schuhe genau in den Abdruck passen wird, den wir neben Jansens Leiche sicherstellen konnten.“

Sie öffnete das Menü und klickte die Fotos durch, die Jansen vor seinem Tod geschossen hatte. Auf dem letzten erkannte sie seine hochschwangere Frau. Er musste es bei dem Treffen im Weinberg gemacht haben, als sie gerade auf ihn zukam. Sie machte die Kamera aus und seufzte. „Klaus-Peter Jansens Frau hat letzte Nacht übrigens ein kleines Mädchen entbunden – das Kind muss jetzt ohne Vater aufwachsen.“ Sie setzte sich auf einen der Besucherstühle. „Ich denke, Herr Heller, es wäre jetzt an der Zeit, ein Geständnis abzulegen!“ Sie legte die Kamera vor sich auf den Schreibtisch und sah ihn erwartungsvoll an.

Keeser blieb mit verschränkten Armen im Raum stehen und war gespannt auf das, was er gleich zu hören bekommen würde.

Heller schwieg und presste die Lippen zusammen. Er drehte wie wild an seinem Ring.

„Gut“, sagte er schließlich und schloss die Augen. „Vor einigen Tagen rief mich eine Bekannte an und teilte mir mit, dass ein BILD-Reporter im Schlosshotel eingecheckt hat.“

Als er nicht weiter sprach, fragte Paula ungeduldig: „Ja, na und?“

„Ja, verstehen Sie denn nicht? Ein Schmierfink von der BILD!“

„Das habe ich schon beim ersten Mal verstanden“, blaffte Paula, „aber ich kann mit dieser Information nichts anfangen. Was ist denn daran so besonders?“

„Na, da kommt einer von der größten Zeitung Deutschlands ausgerechnet in unser verschlafenes Bad Bergzabern – was meinen Sie denn, was der hier wollte?“

Paula zuckte ahnungslos die Schultern.

„Die Schloss-Affaire!“ Keeser ging ein Licht auf.

„Ihr Kollege scheint ja einiges mehr drauf zu haben als Sie!“ Mit verächtlich herabgezogenen Mundwinkeln sah der Landrat Paula an.

„Sie dachten tatsächlich, Jansen wäre den weiten Weg hierhergekommen, um über diese kleine Finanzaffäre zu berichten?“ fragte Paula nicht minder verächtlich.

„Weshalb denn sonst? Jedenfalls wollte ich mit ihm sprechen, wollte ihm sein Vorhaben ausreden. Schadensbegrenzung, wie man das so schön nennt.“ Er lachte trocken, und die gezwirbelten Enden seines Bartes vibrierten. „Aber der Kerl hat nicht mit sich reden lassen. Ja, er hat mir nicht mal richtig zugehört. Ausgelacht hat er mich und gesagt, ich soll ihn endlich in Ruhe lassen. Hat behauptet, er wäre an einer ganz anderen Geschichte dran. Ha, für wie blöd hat dieser Idiot mich denn gehalten?!“

Paula hielt ihn genau für den Idioten, der er war. „Und da haben Sie ihn eben mal kurz umgebracht?“

Heller schluckte. „Das hatte ich niemals vor – wirklich nicht!“ Er sah Keeser um Verständnis flehend an, von Paula schien er sich offenbar nichts Derartiges zu erhoffen. „Bei diesem Telefonat am Sonntag ist er regelrecht ausgerastet. Er hat geschrien, dass ich ihn endlich in Ruhe lassen soll – er hätte wichtigere Dinge zu tun, als sich mein Gejammer anzuhören. Und dann hat er einfach aufgelegt.“ Er atmete dann tief durch und fuhr fort: „Als am Montag die Sitzung abgesagt wurde, hatte ich die Idee, Jansen im Hotel zu besuchen. Ich dachte, wenn ich ihm gegenüberstehe, kann ich ihn umstimmen. Als ich allerdings ankam, fuhr er gerade weg. Es war noch keine sechs Uhr. Ich ließ meinen Chauffeur hinterherfahren. Jansen fuhr nach Schweigen-Rechtenbach und parkte in irgendeiner Gasse. Ich stieg aus und ging zu ihm, um mit ihm zu reden."

Paula sah das Bild vor sich: Heller öffnet die Fahrertür, Jansen sitzt noch im Wagen. Heller redet auf Jansen ein und stütze sich dabei mit der rechten Hand am Autodach ab – genau das sagten zumindest die sichergestellten Fingerabdrücke aus.

„Doch der Kerl ignorierte mich einfach und schubste mich aus dem Weg. Dann stieg er aus, verschloss seinen Wagen und lief mit seiner Kamera in die Weinberge. ... und mich ließ er wie einen Trottel stehen." Bei dieser Erinnerung wallte anscheinend erneut Zorn auf, denn Hellers Stimme wurde eine Nuance höher. „Ich stieg daraufhin wieder ins Auto, und wir fuhren ihm langsam nach. In einiger Entfernung ließ ich meinen Fahrer anhalten, um zu beobachten, was Jansen als Nächstes machte. Er fotografierte irgendetwas – mir schien, als hätte er nicht alle Latten im Zaun, wie er da so durch die Gegend knipste." Er schüttelte den Kopf bei dieser Erinnerung. „Dann kam eine sehr dicke Frau dazu, schwanger, schätze ich mal. Die beiden stritten sich, das war offensichtlich, denn sie knallte ihm ihre Tasche an den Kopf. Danach lief sie weg. Und da dachte ich, dass das die Gelegenheit wäre. Ich bat Fred, meinen Fahrer, sich doch die Beine ein bisschen zu vertreten, eine zu rauchen ... und ich ging hinüber zu Jansen." Er hielt einen Moment inne und leckte sich nervös über die schmalen Lippen. „Ich bot ihm Geld, wenn er aus Bergzabern verschwinden und keinen Artikel schreiben würde. Viel Geld! Und da sah mich der Kerl an, grinste bereit und sagte, dass ich es jetzt endlich geschafft hätte, dass er sich nun doch brennend für die Sache mit dem Schlosshotel interessieren würde."

„... und Sie gerieten in Panik", resümierte Keeser.

Heller nickte. „Natürlich geriet ich in Panik! Ich musste ihn aufhalten – zu viele Köpfe wären gerollt, wenn er angefangen hätte, zu recherchieren. Der BILD-Zeitung sagt man nach, dass sie es mit der Wahrheit nicht so genau nimmt und die Geschichten gerne etwas aufbauscht – umso schlimmer wären die Folgen gewesen."

Er stockte und wischte sich mit der Hand über die Augen.

„Lassen Sie mich raten: Ihr Kopf wäre mitgerollt?"

Dass er nicht darauf antwortete, war für Paula Antwort genug.

„Was mich am meisten aufregte, war, dass er immerzu weiter fotografierte und mich wie Luft behandelte. Da packte ich seine verfluchte Kamera, um sie ihm abzunehmen. Aber die hing an seinem Hals. Er wehrte sich, und plötzlich stand ich hinter ihm, die Kamera noch immer in meinen Händen ...

und da zog ich den Riemen an seinem Hals einfach zu – fester und immer fester ... bis er in die Knie ging und dann umkippte. Ich wollte wegrennen, aber da fiel mir ein, dass ja meine Fingerabdrücke auf diesem Scheiß-Fotoapparat waren. Also zerrte ich ihm den Trageriemen vom Kopf – dabei knallte die Kamera an einen Betonpfosten. Die Autoschlüssel nahm ich auch mit, auch seine Papiere und das Handy ... damit meine Anrufe nicht zu mir zurückverfolgt werden konnten. Ich war völlig durch den Wind und lief ein Stück durch die Weinberge, um einen klaren Kopf zu bekommen. Dann kam ich an die große Pfütze mitten auf der Straße, durch die wir auf dem Hinweg gefahren waren. Ich hatte Jansens Mobiltelefon noch immer in der Hand, also zertrat ich es und warf die Einzelteile ins Wasser. Die Schlüssel und die Papiere warf ich in ein Dickicht."

„Warum nahmen Sie die Kamera mit?" wunderte sich Paula.

Heller starrte auf den Apparat, der zwischen ihnen auf der Schreibtischplatte lag. „Heißt das, wenn ich sie auch entsorgt hätte, säßen wir gar nicht hier, und Sie hätten mich nicht überführt?"

Paula strich sanft über das mattschwarze Gehäuse.

„Wir haben da auch noch einen Knopf mit einem Teilabdruck eines Fingers, der offensichtlich an einem Ihrer Anzüge fehlt und bei uns in der Kriminaltechnik liegt", sagte sie entspannt. „Wir hätten Sie also auf jeden Fall überführt, Herr Heller."

Keeser trat hinter ihn und zog ihn vom Stuhl hoch. „Ich nehme Sie hiermit wegen des Mordes an Klaus-Peter Jansen fest!" Klirrend schlossen sich die Handschellen um die Handgelenke des Landrates. Fast genussvoll leierte er dem Verhafteten seine Rechte und Pflichten herunter.

„Ach, übrigens ..." Paula konnte es sich einfach nicht verkneifen. „Klaus-Peter Jansen hatte Ihnen immer die Wahrheit gesagt. Er war keine Sekunde an ihrer kleinen Finanzaffäre interessiert. Sie haben ihn ganz umsonst getötet. Und von den vielen Köpfen, die Sie vorhin erwähnt haben, wird jetzt nur ein einziger rollen, nämlich Ihrer!"

Erschöpft saß Paula an ihrem Schreibtisch. Heller war inzwischen ein zweites Mal verhört worden, sein Geständnis lag fein säuberlich getippt und ausgedruckt neben ihr. Es war gleich neunzehn Uhr. Nur noch ein paar Zeilen, und ihr Bericht wäre auch fertig.

Schwere Schritte kamen den Gang entlang, und Kriminaloberrat Sonne erschien in der Tür. Anscheinend hatte ihn die frohe Kunde, dass Jansens Mörder endlich gefasst worden war, dazu bewegt, noch einmal ins Präsidium zurückzukommen. Dass er sich besonders schick gemacht hatte, ließ vermuten, dass er gleich vor die versammelte Presse treten würde, um *seinen* Triumph zu verkünden.

„Da sind ja meine erfolgreichen Ermittler!“ rief er erfreut aus. Er zerrte Keeser aus seinem Stuhl und presste ihn an seine schwabbelige Brust.

Paula machte sich instinktiv klein und kam mit einem, im wahrsten Sinne des Wortes, feuchten Händedruck davon.

„Das war schnelle Arbeit“, lobte Sonne, zückte ein fast tischdeckengroßes Stofftaschentuch und wischte sich über die Stirn. „Landrat Heller ist also unser Täter. Das wird natürlich unangenehme Schlagzeilen geben und einen Schatten auf unsere Region werfen ... aber dafür können ja wir nichts, nicht wahr?“ Er strahlte seine beiden Kommissare zufrieden an. „Wollen Sie den Zeitungsleuten auch ein paar Worte sagen?“ Er deutete in die Richtung des anderen Gebäudekomplexes, wo die Pressekonferenz anscheinend stattfinden würde.

„Kein Bedarf“, lehnte Paula dankend ab. „Wir müssen noch die Berichte fertig schreiben ...“

„Das hat doch keine Eile“, sagte Sonne gönnerhaft und zauberte eine dicke Zigarre aus der Einstecktasche seines Jacketts. „Wenn ich sie am Montag auf meinem Schreibtisch habe, reicht das vollkommen. Machen Sie sich ein schönes Wochenende, schlafen Sie aus, erholen Sie sich!“ Er machte Anstalten, das stinkende Ding anzuzünden.

Paula rümpfte die Nase und schwor sich, mit dem Fertigstellen des Berichtes ganz sicher bis Montag zu warten, wenn er sie hier einstänkern würde.

„Bitte nicht hier drin!“ sagte sie.

Sonne sah sie überrascht an, dann seine Zigarre. „Oh, natürlich, verzeihen Sie!“ Sichtlich enttäuscht steckte er sie wieder ein. „Ich geh dann mal, die Aasgeier warten sicher schon!“ Er stapfte davon.

„Puh, das war knapp“, stöhnte Paula.

Breit grinsend holte Keeser die Zigarre hervor, die er von Sonne zum Geburtstag bekommen hatte. „Freu dich nicht zu früh!“

„Untersteh dich! Dann gehe ich auf der Stelle, und du darfst den Bericht ohne mich schreiben“, drohte sie. „Heb das Ding auf – vielleicht kannst du ja deiner Marianne mal eine Freude damit machen?“

„Das glaube ich eher nicht“, brummte er und ließ die Zigarre in den Tiefen seines Schreibtisches verschwinden. „Ich mag die Dinger ja selbst nicht.“ Sein Handy meldete sich. Prüfend sah er auf das Display. „Wenn man vom Teufel spricht ... hallo, Mariannchen“, meldete er sich.

Mariannchen! Paula versuchte, nicht loszukichern.

Außer „toll", „echt klasse", „das hört sich gut an" und „werde ich ausrichten" sagte er nichts. Er hängte ein „bis dann" dran und sah richtig zufrieden aus, als er sein Handy wieder einsteckte.

„Ich soll dich grüßen", beantwortete er Paulas unausgesprochene Fragen. „Und ich soll dir sagen, dass sie mit dem Jugendamt eine Übereinkunft aushandeln konnte: Da Elena fast volljährig ist, kann sie selbst entscheiden, was sie tun will. Und die Einwanderungsbehörde kommt ihr auch sehr entgegen: Wenn sie in nächster Zukunft eine Unterkunft und eine Arbeits-, beziehungsweise Lehrstelle vorweisen kann, kann sie bleiben. Wenn nicht, wird sie in ihre Heimat abgeschoben."

Paula strahlte über das ganze Gesicht. „Das sind ja wunderbare Neuigkeiten. Das ist ja ein richtig kitschiges Happy-End – wie im Fernsehen. Wir könnten, wenn wir hier fertig sind, ins Krankenhaus fahren und es Frau Jansen höchstpersönlich sagen. Was hältst du davon? Und danach gehen wir zur Feier des Tages irgendwo schön essen."

Keeser sagte nichts darauf, er sah sie nur verlegen an.

„Oh – wir gehen nicht zusammen essen, stimmt's? Große Versöhnung mit *Mariannchen*, ich verstehe ... na ja, dann gehe ich eben alleine ins Krankenhaus und danach gaaanz alleine und vereinsamt essen ..." Sie spielte die Beleidigte.

„Das tut mir wirklich leid, aber ..."

Paula musste über seinen gequälten Gesichtsausdruck lachen.

„Mach dir keinen Kopf, Kollege Keeser, ich komm schon zurecht. Bring du mal deine Beziehung und deinen Testosteronhaushalt in Ordnung!"

Sie musste zwangsläufig an ihre eigenen Hormone denken. Sie hatte seit mehr als einundzwanzig Stunden nichts von Sebastian gesehen oder gehört. Zuletzt hatten sie sich geküsst – plötzlich verspürte sie große Sehnsucht. Sollte sie ihn anrufen? Oder eine SMS schicken? Unentschlossen sah sie auf den Bildschirm ihres Computers.

„Du bist mir echt nicht böse?" wollte sich Keeser vergewissern.

„Natürlich nicht – wir sind doch schließlich nicht verheiratet. Außerdem habe ich heute so schrecklich viel Zeit mit dir verbringen müssen, dass ich ehrlich gesagt die Schnauze gestrichen voll von dir habe. Noch Fragen?"

„Alla guut, wanscht määnscht ..."

Eine halbe Stunde später verließen sie das Büro. Keeser wollte sie zwar nach Hause fahren, aber Paula hatte Lust, die paar Schritte zu gehen.

Mit klopfendem Herzen klingelte sie bei Sebastian. Doch hinter seiner Tür rührte sich nichts. Enttäuscht ging sie ein Stockwerk höher. Kein Zettel von ihm an der Tür, schade!

Sie tauschte die Halbschuhe gegen die Motorradstiefel und die Jeansjacke gegen die Motorradjacke. Schnell schrieb sie einen Zettel, den sie beim Hinuntergehen an Sebastians Tür klebte.

„Du fehlst mir!“ stand drauf, und als sie schon auf dem Motorrad saß, überlegte sie, ob das nicht vielleicht doch ein bisschen zu aufdringlich war. Aber jetzt hing der Zettel, und noch mal hochgehen wollte sie nicht. Also fuhr sie zum Krankenhaus.

Dort erwartete sie ein Zimmer voller Leute: Tina Geiger war da – sie präsentierte ihr gleich die entzückenden Babyanzüge, die sie besorgt hatte. Becker war auch da, doch der hielt sich still im Hintergrund und beobachtete das Treiben eher skeptisch. Und Elena war da. Sie saß mit Klein Paula im Arm auf Frau Jansens Bett und war sichtlich vernarrt in die neue Erdenbürgerin. Und Frau Jansen betrachtete dic beiden Mädchen lächelnd.

Paula berichtete von dem erfolgreichen Abschluss des Falls, was Frau Jansen wieder in Tränen ausbrechen ließ. Als sie sich wieder etwas gefasst hatte, erzählte Paula von dem Angebot, das das Jugendamt und die Einwanderungsbehörde gemacht hatten.

Elena sah Frau Jansen ernst an. Als die lächelnd nickte, strahlte die junge Frau wie ein Honigkuchenpferd.

Hier waren also alle glücklich ... irgendwie verloren stand sie dabei.

Ihr Handy holte sie aus ihrer beginnenden Trübsal. Eine SMS von Sebastian!

„Du mir auch! Habe heute die Küche aufgebaut. War einkaufen. Hast du Zeit? Soll ich uns was kochen?“

„Bin gleich da“, schrieb sie zurück und stahl sich unbemerkt aus dem Zimmer.

Nachwort

Der geneigten Leserin und dem geneigten Leser sei versichert, dass die beteiligten Personen meines Romans allesamt meiner blühenden Fantasie entspringen – falls Sie aber doch glauben, jemanden erkannt zu haben, so ist das wahrscheinlich Zufall ... oder eventuell so beabsichtigt.

Eines kann ich jedoch sagen: Es gibt weder eine Mordkommission noch eine Gerichtsmedizin in Landau – die habe ich aus ermittlungstechnischen Gründen frei erfunden.

Frei erfunden ist auch Landrat Thomas Heller – für den Landkreis Südliche Weinstraße ist in Wirklichkeit seit 1997 eine Landrätin zuständig, nämlich Theresia Riedmaier (witzigerweise eine waschechte Bayerin und, wie ich zufällig weiß, eine begeisterte Krimileserin!). Sie hat nichts, aber auch gar nichts mit den beschriebenen Geschehnissen zu tun, Hand aufs Herz!

Ach, und das Bio-Weingut Rebmann, das ich in Schweigen-Rechtenbach angesiedelt habe, und sein umweltsündiger Besitzer sind natürlich ebenfalls das Produkt meiner überschäumenden Kreativität.

Die „Tatorte“

Liebe Leserin, lieber Leser,

haben Sie Lust bekommen, meine schöne Südpfalz näher kennenzulernen oder gar auf Paula Sterns Spuren zu wandeln? Falls ja, finden Sie auch dieses Mal nachfolgend nähere Informationen zu den einzelnen „Tatorten“, die im Buch erwähnt werden.

Viel Spaß beim Erkunden meiner Heimat!

Bad Bergzabern (auf pfälzisch: Berchzawwre)

Die hübsche Kleinstadt mit ca. 7.655 Einwohnern befindet sich im Landkreis Südliche Weinstraße (KFZ-Zeichen SÜW – von bösen Zungen wird das gelegentlich mit ***S****ie* ***Ü****ben* ***W****ieder* übersetzt, Anm. der Autorin) in Rheinland-Pfalz – nahe am südlichen Anfang der Deutschen Weinstraße und am östlichen Rand des Pfälzer Waldes. Zudem ist Bad Bergzabern ein anerkanntes Heilbad.

Hier gibt es einiges Sehenswertes:

Bergzaberner Schloss – Wo einst die Herzöge der Wittelsbacher Linie Pfalz-Zweibrücken residierten, befindet sich heute die Gemeindeverwaltung.

Bismarck-Turm – Ein hölzerner Aussichtsturm oberhalb der Stadt, von dessen Plattform man auf die Stadt und weit hinein in die Rheinebene bis hin zum Schwarzwald blicken kann.

Gasthaus zum Engel – Einer der schönsten Rennaissancebauten im Südwesten Deutschlands. Hier ist neben einer Gaststätte auch das Heimatmuseum untergebracht.

Westwall-Museum – Dieser ehemalige Bunker erinnert an die Zeiten des Zweiten Weltkrieges in der Region.

Zinnfiguren-Museum – Es befindet sich in den Kellergewölben der Buch- und Kunsthandlung Wilms direkt am Marktplatz. Man kann hier 10.000 Einzelteile bestaunen.

Burg Berwartstein

Eine zauberhafte und sehr gut erhaltene Burganlage hoch über Erlenbach. Wo einst gefürchtete Raubritter ihr Unwesen trieben, kann man heute im Barbarossaturm oder in der Kurfürstensuite äußerst historisch übernachten.

Die sehr empfehlenswerte Burgführung durch Folter- und Waffenkammern, Gemächer und geheime Kellergänge ist sehr spannend und lehrreich. Und in der gemütlichen Burgschänke kann man sich danach vortrefflich stärken. Besondere Veranstaltungen sind das Rittermahl oder eine Fackelführungen.

Öffnungszeiten: November - ca. Mitte März: Sa. und So.
März - Oktober: täglich
Burg Berwartstein, 76891 Erlenbach
Tel.: 06398-210
www.burgberwartstein.de

Café Rosinchen

Dieses schnuckelige kleine Café mitten in Klingenmünster habe ich schon in Paula Sterns erstem Fall, in „Spectaculum", erwähnt. Leider schloss das *Rosinchen* kurz nach Erscheinen des Buches. Jetzt wurde es zum Glück unter neuer Führung – aber mit den altbekannten wunderbaren selbstgebackenen Kuchen – wiedereröffnet!

Öffnungszeiten: Di.-So. 12 bis 18 Uhr. Montag Ruhetag.
Café Rosinchen, Weinstr. 39, 76889 Klingenmünster
Tel.: 06349-9963299
E-Mail: mail@cafe-rosinchen.de

Deutsches Weintor

Es steht in Schweigen-Rechtenbach und markiert den Beginn der Deutschen Weinstraße, die 85 Kilometer weiter in Bockenheim am *Haus der Deutschen Weinstraße* endet, das allerdings erst 1995 erbaut wurde.

1939 wurde das 18 Meter hohe Tor in einer Bauzeit von nur zwei Monaten errichtet. Das *Deutsche Weintor* und der Ausbau der *Deutschen Weinstraße* sollten die Pfalz als Weinbaugebiet interessant machen und Touristen anlocken. Weinbau und Weinhandel lagen damals im Argen, da die vornehmlich jüdischen Händler Berufsverbot auferlegt bekommen hatten und nach zwei extrem guten Erntejahren der Weinpreis im Keller war.

Erbaut in der Zeit des Nationalsozialismus trägt das Tor ein Steinrelief des Reichsadlers – nach dem Zweiten Weltkrieg wurde das Hakenkreuz, welches der Adler in einem seiner Fänge hielt, jedoch herausgemeißelt.

Von einem Balkon aus kann man ins benachbarte Elsass blicken.

Deutsches Weintor Restaurant

Das Restaurant steht direkt am Deutschen Weintor und verwöhnt seine Gäste mit kreativer regionaler Küche und erlesenen pfälzischen Weinen. Unterschiedliche Gasträume und die große Garten-Terrasse mit traumhaftem Blick auf das Rebenmeer und weit in die Rheinebene hinein laden zum Verweilen ein. Und wer sich „traut“, kann im Trauzimmer standesamtlich verbunden werden.

Besondere Events: Konzerte, Lesungen, After-Work Küchenpartys, Kochkurse und vieles mehr.

Öffnungszeiten: Mo.-So. 11 bis 23 Uhr

Deutsches Weintor Restaurant, Weinstraße 4,
D-76889 Schweigen-Rechtenbach
Tel.: 06342-922 788 8
E-Mail: restaurant@weintor.de
www.weintor.de

Nicht gerade typisch pfälzisch, aber der Vollständigkeit zuliebe:

Dogan Döner & Pizza Haus (mit Heimservice)
Königstr. 63, 76887 Bad Bergzabern
Tel.: 06343-939536

Dörrenbach

Dieser hübsche Ort (1975 zum schönsten der Pfalz gekürt) liegt mit seinen wunderschönen Fachwerkhäusern zwischen Bad Bergzabern und Wissembourg, versteckt und abseits mitten im Pfälzer Wald. Es ist ein Sackgassen-Ort – vielleicht wirkt er dadurch fast verwunschen? Hier scheint die Zeit stillgestanden zu haben – es ist wie dazumal bei Dornröschen. Das historische Renaissance Rathaus mit seinem bemerkenswerten Fachwerk zählt zu den am meisten fotografierten Motiven der Pfalz. Die Grundmauern der mittelalterlichen Wehrkirche stammen aus dem 13. Jahrhundert.

www.doerrenbach.de

Eisdiele Zandonella

Hier gibt es nicht nur Bio-Eis – es wird auch selbst hergestellt. Plätze zum Drinnen- und Draußensitzen mitten in der Fußgängerzone in Landau.

Eisdiele Zandonella, Gerberstr. 16, 76829 Landau
www.zandonella.de

Griechisches Restaurant Olympia

Abwechslungsreiche Karte, schmackhafte Küche und netter Service – mitten in Landau.

Öffnungszeiten: Mo.-So. 11.30 bis15 Uhr und 17 bis 24 Uhr
Restaurant Olympia, Martin-Luther-Str. 26, 76829 Landau
Tel.: 06341-82808

K. Theobald

= Karin Theobald. Ihre Bilder hängen in dem für diesen Roman frei erfundenen Büro des frei erfundenen Landrates. Dass sie malt, ist allerdings keineswegs frei erfunden – sie lebt und malt in Neustadt an der Weinstraße. Ich liebe ihre Arbeiten, und ich freue mich sehr, dass ein paar davon bei mir zu Hause an den Wänden hängen!

www.karin-theobald.de

Pizzaria La Rusticana

Hier gibt es – wie Hauptkommissar Keeser ja schon sagte – die größte Pizza in der Südpfalz. Und die kommt aus dem original Holzofen, dem Mittelpunkt und dem ganzen Stolz des Lokals.

Öffnungszeiten: Di.-Sa. sowie Sonn- und Feiertage: 11.30 bis 13.30 Uhr und 17 bis 22.30 Uhr
Montags Ruhetag
Pizzaria La Rusticana, Hauptstr.1, 76857 Waldrohrbach
Tel.: 06346-5196
www.pizzaria-rusticana.de

Schlosshotel Bergzaberner Hof

Die einstige Remise des Bergzaberner Schlosses erstrahlt nach aufwendiger und liebevoller Renovierung in neuem Glanz. Unter den Namen „Schlosshotel Bergzaberner Hof“ und dem Gourmet-Restaurant „Walram“ bietet das wunderschöne historische Anwesen am Anfang der Fußgängerzone auserlesene Wohlfühlatmosphäre.

Schlosshotel Bergzaberner Hof
Königstr. 55-57, 76887 Bad Bergzabern
www.bergzaberner-hof.de

Restaurant Walram im Schlosshotel Bergzaberner Hof

Hier werden Sie von Küchenchef Vjekoslav Pavic und seinem Team verwöhnt.

Mo. und Di. Ruhetag
Öffnungszeiten: Mi.-Fr. 18 bis 22 Uhr
Sa.-So. 12 bis 14 Uhr und 18 bis 22 Uhr
Reservierungen Hotel und Restaurant unter Tel.: 06343-93659-0

Schweigen-Rechtenbach

Die kleine Gemeinde wurde im Juni 1969 aus den bis dahin selbstständigen Gemeinden Schweigen und Rechtenbach neu gebildet. Sie liegt direkt an der deutsch-französischen Grenze – nur einen Kilometer vom elsässischen Wissembourg entfernt – und gehört zur Verbandsgemeinde Bad Bergzabern.

Erwähnenswert ist, dass hier, dank uralter Pachtverträge, einige Schweigener Winzer auf französischem Boden Weine anbauen und ihnen eigentlich geografisch geschützte Namen, wie z. B. Crémant d'Alsace, geben können.

www.schweigen-rechtenbach.de

Vinothek am Deutschen Weintor

Sie gehört ebenso wie das Restaurant der 1956 gegründeten Winzergenossenschaft Deutsches Weintor eG. Mitglieder sind etwa sechshundert Winzerfamilien, deren Weine neben zahlreichen anderen regionalen Erzeugnissen und Geschenken hier vorgestellt und verkauft werden.

Öffnungszeiten: Mo.-So. 9 bis 17 Uhr
(im Januar und Februar am Montag und Dienstag geschlossen)

Vinothek am Deutschen Weintor
Weinstraße 5, 76889 Schweigen-Rechtenbach
Tel.: 06324-224

www.weintor.de

Weingut Jülg mit Weinstube

Ein traditionsreicher Familienbetrieb – hier werden die sonnenverwöhnten Trauben liebevoll angebaut und ausgebaut. Gemütliche Gasträume und im Sommer ein wunderschöner Hof laden zum Verweilen ein. Ob Weinproben, Konzerte, Schlachtfest oder auch „nur" die ganz normale Pfälzer Küche in gemütlicher Runde – Sie werden sich hier wohlfühlen!

Öffnungszeiten: Sa.-Mi. 11.30 bis 22 Uhr

Weingut Jülg, Hauptstr. 1, 76889 Schweigen

Tel.: 06342-919190

www.weingut-juelg.de

Spaghetti aglio e olio speciale
(= Spaghetti mit Knoblauch und Öl spezial)
Zutaten für 4 Personen:
600 g Spaghetti
8 halbe getrocknete und in Öl eingelegte Tomaten
1-2 frische rote Peperoni (Menge je nach Schärfe und persönlichem Geschmack)
4 große Knoblauchzehen
8-10 EL Olivenöl
3 EL von dem Tomatenöl
Salz, grob gemahlener schwarzer Pfeffer
3 Zweige frisches Basilikum
frisch gehobelter Parmesankäse

Zubereitung:
Die Spaghetti in reichlich Salzwasser kochen und abgießen.
Knoblauchzehen schälen und fein hacken. Tomaten in kleine Würfel schneiden. Peperoni der Länge nach halbieren, Kerne entfernen und in feine Scheiben schneiden – bei besonders scharfen Schoten die Hände danach gründlich waschen und nicht in die Augen fassen!
Olivenöl und Tomatenöl in einem Topf erhitzen. Tomatenstücke und Peperoni zugeben und kurz anbraten. Knoblauch zugeben, salzen und pfeffern. Bevor der Knoblauch braun wird, die Spaghetti zugeben und alles gut durchmischen. Eventuell nochmals mit Salz und Pfeffer abschmecken. Auf die Pastateller verteilen, Basilikum mit den Fingern zerzupfen und darüberstreuen. Parmesan frisch darüberhobeln – finito!
Buon appetito!

Brombeertorte
(aus meinem Backbuch „1 Teig – 50 Kuchen, Teil 3, Gräfe und Unzer, München; ISBN 978-3-8338-3437-0)

Zutaten für eine Springform von 28 cm Durchmesser:

Streusel:
80 g zerlassene Butter
130 g Mehl
50 g Zucker
25 g gemahlene Haselnüsse
1 TL Kakao

Teig:
500 g frische Brombeeren
2 Eier
125 g Zucker
100 ml Öl
100 ml Orangensaft
150 g Mehl
½ Pck. Backpulver

Für den Belag:
600 g Schlagsahne
3 Pck. Vanillezucker
3 Pck. Sahnesteif

Zubereitung:

Zutaten für die Streusel in einer Schüssel mischen und auf dem Springformboden verteilen. Etwas andrücken und mit einer Gabel mehrfach einstechen. Brombeeren waschen, putzen und mit Küchenkrepp trockentupfen. 20 schöne Beeren für die Deko beiseite stellen. 125 g Brombeeren pürieren.
Ofen auf 200° C vorheizen. Eier mit Zucker dick-cremig schlagen. Öl und Saft zugeben. Mehl mit Backpulver rasch untermischen. Teig auf den Streuselboden geben und die restlichen Brombeeren darauf verteilen. Im Ofen (mittlere Schiene, Umluft 180° C) 30-35 Minuten backen. In der Form abkühlen lassen.
Sahne mit Vanillezucker und Sahnesteif schlagen. Beerenpüree untermischen und den Kuchen rundum damit bestreichen. Brombeeren darauf verteilen und kühl aufbewahren.

Weißer Käs' und Gequellte
(= Kräuterquark und Pellkartoffeln)
Zutaten für 4 Personen:
750 g Magerquark (für die schlanke Linie!)
250 g Sahne
2 mittelgroße Zwiebeln
1 Bund Schnittlauch
½ Bund Petersilie
½ Kästchen Kresse
weißer Pfeffer
Salz, evtl. Kräutersalz
evtl. etwas Knoblauch – frisch, Pulver oder Knoblauchsalz

Zubereitung:
Den Quark mit der Sahne in einer großen Schüssel glattrühren.
Zwiebeln schälen und fein hacken. Schnittlauch und Petersilie waschen, trockenschütteln und fein hacken. Kresse mit einer Schere abschneiden. Alles unter den Quark mischen und mit Salz und Pfeffer abschmecken.
Dazu gibt es Gequellte = Pellkartoffeln (für die schlanke Linie) oder Bratkartoffeln (für die nicht ganz so schlanke Linie).

Besten Dank ...

... wie immer an meine lieben Eltern – die nicht müde werden, alles von mir Geschriebene (und das ist ganz schön viel) zu lesen, zu beurteilen und zu korrigieren. Was wäre ich ohne euch?!

... an den Schardt Verlag, der noch einmal das Wagnis eingeht, ein Buch mit mir zu machen.

... an die Besitzer der „Tatorte“, die meine Kommissare so freiwillig bei sich ein- und ausgehen lassen.

... natürlich an meine treuen Leser, die Teil 1, also „Spectaculum“, so oft gekauft haben, dass es nach kurzer Zeit schon in die zweite Auflage ging, und somit den Weg frei gemacht haben für „Paparazzo“, den zweiten Teil meines Südpfalz-Krimis.

Ihnen allen wünsche ich spannende Unterhaltung – und hoffentlich treffen wir uns dann wieder bei Teil 3!

... oder schon vorher bei einer meiner zahlreichen Lesungen?

Besuchen Sie mich auf www.gina-greifenstein.de – da finden Sie immer die aktuellen Termine!

GINA GREIFENSTEIN IM SCHARDT VERLAG:
DER ERSTE FALL VON PAULA STERN

Spectaculum
Ein Fall für Paula Stern
Ein Krimi aus der Pfalz
Oktober 2012
ISBN 978-3-89841-663-4
Broschur, 208 Seiten
12,80 Euro

Sie liebt ihr Motorrad, gutes Essen, hat ihren italienischen Freund gerade in die Wüste geschickt und fackelt auch sonst nicht lange, wenn es um böse Buben und schnelles Handeln geht: Kriminalkommissarin Paula Stern, gerade aus München ins pfälzische Landau versetzt, bekommt es noch vor ihrem ersten Arbeitstag mit einem Fall zu tun. Auf Burg Landeck gibt es einen Toten – genau während eines der beliebten Mittelalterfeste. War es ein Unfall, Suizid oder gar Mord, der den Scheidungsanwalt Ernst Kaltwein so unsanft aus dem Leben gerissen hat? Mit ihrem neuen Kollegen Bernd Keeser fühlt Paula Stern Kaltweins Umfeld auf den Zahn und findet gleich haufenweise Verdächtige.
Ob Exfrau, der eigene Sohn, gehörnte Ehemänner oder ruinierte Scheidungsopfer – sie alle haben gute Gründe, dem Toten die Pest an den Hals zu wünschen ...

MEHR BÜCHER VON GINA GREIFENSTEIN

„1 Teig – 50 Kuchen“, der dritte Teil des Erfolgsbackbuches. Gräfe und Unzer, München. Broschur, 64 Seiten, 7,99 Euro. ISBN 978-3-83383-437-0

„Die Letzte macht das Licht aus."
Mordsgute Geschichten rund um das Älterwerden. ViaTerra Verlag.
Broschur, 272 Seiten, 14 Euro. ISBN 978-3-941970-09-0

„Tödlicher Glühwein."
Eine Anthologie mit Weihnachtskrimis. Leinpfad Verlag.
Broschur, 216 Seiten, 9,90 Euro. ISBN 978-3-942291-67-5